RENÉ LA CANNE

Roger Borniche est né en 1919 dans l'Oise.
Il fut tout d'abord artiste lyrique, puis inspecteur de grand magasin. Pendant la guerre, il passe le concours d'inspecteur de police et est affecté à la Police Judiciaire de 1944 à 1956. Il est promu inspecteur principal en 1950. Il est décoré de la Médaille d'Honneur de la Police et de la Médaille des Actes de Courage à titre exceptionnel. A titre tout aussi exceptionnel, le ministre de l'Intérieur lui accorde le bénéfice de l'Honorariat lorsqu'il démissionne de ses fonctions. « Borniche est un policier exceptionnel qui a mené et réussi seul les affaires criminelles les plus retentissantes de l'après-guerre. Policier racé. On peut lui confier les enquêtes les plus difficiles », dit de lui le directeur des Services de Police Judiciaire, partageant les appréciations formulées par le commissaire Chenevier.
Roger Borniche est l'auteur de : Flic Story, René la Canne, Le Gang *parus à la Librairie Arthème Fayard, et* Le Play Boy, L'Indic, L'Archange, Le Ricain, Le Maltais *et* Le Gringo *parus chez Grasset.*
Outre ses activités d'écrivain, Roger Borniche a collaboré à différentes revues, entre autres : Historia, Le Crapouillot, Encyclopédie du Crime, *etc.*

René La Canne : 30 ans, 1,80 m. Nom véritable : René Girier. Ennemi public n° 1. Organise avec la minutie d'un horloger les hold-up les plus sensationnels et les évasions les plus spectaculaires.
Entre ce cerveau du banditisme et Roger Borniche, policier plein d'imagination que les lecteurs connaissent par son célèbre *Flic Story*, s'engage une pathétique partie d'échecs.
Les pions avancés s'appellent : avocats, témoins, indics, truands, macs, putes. Leur lente progression sur le gigantesque échiquier du Milieu éclaire d'un jour saisissant la longue et tortueuse marche des investigations policières.

DU MÊME AUTEUR

Dans Le Livre de Poche :

FLIC STORY.
LE GANG.
LE PLAY-BOY.
L'INDIC.
L'ARCHANGE.
LE RICAIN.
LE GRINGO.
LE MALTAIS.
LE TIGRE.

ROGER BORNICHE

René la Canne

La pathétique partie d'échecs
entre un cerveau du banditisme
et un policier plein d'imagination

FAYARD

© *Librairie Arthème Fayard*, 1974.

A ma femme Michèle

A Constantin Melnik

AVANT-PROPOS

Dans Flic Story, j'avais raconté, pour mieux faire connaître le monde obscur de la police, le duel qui m'opposa à Emile Buisson, l'impitoyable tueur de l'après-guerre.

Aujourd'hui, avec « René la Canne » — tel était le surnom donné dans le Milieu au célèbre ennemi public René Girier —, j'aborde un aspect encore plus délicat de la lutte contre le banditisme : sous des dehors séduisants et charmeurs, René la Canne a organisé, avec la minutie d'un horloger, les évasions les plus spectaculaires et les hold-up les plus sensationnels que je connaisse.

Comme dans Flic Story, mon récit est fondé sur des faits authentiques. Cependant, pour préserver la vie privée et la réputation de personnes qui ont été emportées, malgré elles, dans le tourbillon de l'affaire Girier ou qui, depuis, ont changé d'existence, j'ai modifié les noms de quelques personnages et de quelques lieux.

R. B.

L'ENJEU

1

2 août 1949. Il pleut sur Deauville. Jacques Arpels, le célèbre bijoutier de la société Van Cleef et Arpels, soulève le rideau de son bureau et fait la moue. 11 h 30. Hier encore, à cette heure, la plage offrait un festival de corps bronzés et de maillots multicolores. Aujourd'hui, c'est le déluge. Le boulevard de la Mer, la promenade des Planches, le bar du Soleil sont déserts, balayés par des trombes d'eau. Le gris du ciel rejoint le gris des vagues, le gris du sable, le gris de l'humeur.

Coincée entre le Casino et l'hôtel Normandy, la rue Gontaut-Biron est triste. Ses boutiques aux noms prestigieux sont vides. Quelques rares passants, plaqués par le vent, rasent les murs, la tête dans les épaules.

« Quel temps, pense Jacques Arpels. Il fait beau depuis un mois, et maintenant que la vraie saison commence, que les hôtels sont pleins, que l'on refuse du monde, il pleut! C'est bien ma chance... »

Avec mélancolie, il se dirige vers sa table d'acajou aux pieds cannelés, la contourne, en ouvre le tiroir. Il s'empare d'un pistolet, le glisse dans sa poche, repousse le tiroir et quitte son bureau. L'huissier campé dans le vestibule se lève, déférent. Jacques Arpels s'avance vers le mur, au fond de la bijouterie. C'est un rite immuable auquel son visage glacé et le complet croisé anthracite qu'il affectionne, confèrent une solennité quasi religieuse.

Jacques Arpels appuie sur un déclic qui fait basculer un panneau de glace. Le mufle vert d'un coffre-fort surgit. Dans le décor 1900, à l'élégance raffinée, l'apparition du monstre choque comme une faute de goût.

Jacques Arpels n'en a cure. Avec des gestes étudiés, il sort un trousseau de clefs, fait jouer la combinaison, attire vers lui la lourde porte. Le coffre bâille, dévoilant la richesse de ses étagères. Toujours aussi digne, Jacques Arpels regagne son bureau, tandis que ses trois vendeurs dégarnissent les tables-vitrines des joyaux exposés depuis le matin et les rangent, avec soin, dans le coffre à l'intérieur de leurs écrins de daim.

Si, à 11 h 37 très exactement, Jacques Arpels n'avait pas été appelé au téléphone par la maison mère de la place Vendôme, il aurait remarqué l'arrivée de la traction noire qui, dans une arabesque impeccable, vient se garer devant le parterre de fleurs du Normandy, à quelques mètres de la bijouterie.

Quatre hommes en surgissent. Leurs têtes sont nues, mais leurs visages sont cachés derrière des masques. Trois portent les imperméables verts à rabats et épaulettes des surplus américains, serrés à la taille par une ceinture. Le quatrième, grand, mince, musclé, est en costume marron.

Dans leurs mains gantées, des armes luisent.

Depuis quelques minutes, le vent a faibli et un crachin trouble, qui s'est substitué à la pluie battante, estompe les contours des immeubles.

D'un bond, l'homme au complet est sur le seuil du magasin, le Colt bien en main, un sourire aux lèvres. Il appuie sur le bec-de-cane. Deux hommes le suivent, tout aussi décidés. Les doigts de l'un crispent la crosse noire d'un P 38. Une mitraillette, dont le canon frôle le sol, pend au bras de l'autre. Déjà, le quatrième, qui fait office de chauffeur, s'est immobilisé près de la voiture dont le moteur ronronne. Bien calé sur ses jambes, sa mitraillette à hauteur de la hanche, il couvre les deux côtés de l'hôtel Normandy.

La porte de la bijouterie claque sur les talons des trois inconnus. Jacques Arpels qui a reposé le combiné s'apprête à accomplir la seconde partie du cérémonial, le verrouillage du coffre.

A la vue des masques, les yeux de l'huissier s'écarquillent. L'homme au complet l'empoigne par le col de son uniforme, l'arrache de son siège, l'oblige, Colt dans le ventre, à reculer dans le salon. Rivés au sol, ses deux collègues roulent des yeux effarés, avant de le rejoindre, résignés, face au mur.

« Les mains en l'air, et vite... »

Un des hommes déguisés fait irruption dans le bureau de Jacques Arpels et braque sur lui sa mitraillette. Sa voix est paralysante. D'instinct, le joaillier note l'accent méridional de son agresseur. Son œil lorgne le pistolet qu'il a abandonné sur le coin de sa table. Un mètre à peine l'en sépare. Mais l'autre a réalisé. Avant qu'il ait pu esquisser un geste, Jacques Arpels voit son arme disparaître dans la poche béante de l'imperméable.

Insulté, rudoyé, poussé à coups de genoux dans les reins, Jacques Arpels est catapulté dans le salon où son personnel est aligné, les bras au-dessus de la tête. Le canon de la mitraillette entre les omoplates, le joaillier est plaqué, à son tour, contre le panneau. Il tente de faire face, il se raidit. Une détonation puis une seconde trouent l'air. Une balle siffle à son oreille, une glace vole en morceaux. Jacques Arpels voûte les épaules. Il ferme les yeux, persuadé qu'au moindre mouvement de sa part, une rafale le fauchera.

Le silence s'abat sur la bijouterie où flotte une odeur de poudre.

La rage au cœur, Jacques Arpels vit intensément la scène qui se déroule derrière lui. Il pourrait presque énumérer les bijoux dans l'ordre où ils sont arrachés à leurs écrins. Un déclic le fait sursauter : celui du coffret qui contient la parure destinée à la Bégum dont l'arrivée et celle de son époux, l'Aga Khan, sont annoncées. Quelle pièce inestimable pour cette fidèle cliente qui se prépare à quitter *Yakimour*, sa luxueuse villa du Cannet ! Demain, Deauville rayonnera de sa présence.

Le cliquetis des pierres qui s'entrechoquent, c'est le collier de Barbara Hutton dont les mariages successifs alimentent la presse du cœur. Et ce diamant, taillé en poire, qui vient de rouler aux pieds du joaillier et qu'une main gantée a prestement ramassé, aurait dû enrichir la collection d'une actrice internationale qui regrettera tout à l'heure son indécision de la veille. Jacques Arpels souffre. Ses ongles s'enfoncent dans ses paumes.

Un changement de rythme lui fait soudain comprendre que la mise à sac se termine, que ses agresseurs sont sur le point de déguerpir. Le fracas d'une glace le fait tressaillir. Sous un coup de crosse, la vitrine de la rue vient de se volatiliser.

C'en est trop pour Armand Coutant, premier vendeur, attaché depuis trente années à la maison Van Cleef et Arpels. Une rage noire, aveugle, s'est emparée du vieil employé. En quelques secondes, son univers feutré, digne, harmonieux, vient de sombrer dans le chaos. Il se retourne. Les hommes sont dans la rue. Qu'importe, il fonce. Il ne voit pas le canon de la mitraillette qui émerge de la Citroën et qui le fixe de son œil noir. Armand Coutant ne voit rien, n'entend rien. Il court de toute la vigueur que lui permet son âge. Il trébuche. Il se redresse. D'une détente désespérée, il agrippe l'imperméable de l'homme qui n'a pu sauter à temps sur la banquette arrière de la voiture. Il s'accroche à lui, freine sa course, tente de le ceinturer, y parvient. Une crosse de pistolet s'abat sur son crâne. La douleur, puissante et sourde, le paralyse tout d'un coup. Armand Coutant titube, lâche prise, puis, lentement, tombe à genoux. Son corps s'étale dans une flaque d'eau.

Des balles giclent, étoilant les vitres des environs. Le moteur ronfle. Le chauffeur enclenche la première. Les pneus crissent sur l'asphalte mouillé. La traction-avant s'arrache et disparaît vers la rue de la République.

Il est 11 h 42. Un rai de soleil déchire les nuages.

Le plus important hold-up de l'après-guerre vient de se dérouler. En moins de cinq minutes, plus de cent millions de francs (un million de nos francs lourds actuels) ont changé de mains.

LA PREMIÈRE MANCHE

2

Si j'étais liftier à la Sûreté nationale — j'aime rêvasser, le matin, dans mon lit —, je quitterais chaque jour à 8 heures mon minuscule deux-pièces-cuisine de Montmartre qui met Paris à mes pieds; à 8 h 15, je m'engouffrerais dans le métro Blanche; à 8 h 35, je traverserais le poste de police de la rue des Saussaies, je troquerais mon unique veste pied-de-poule et mon vieux pantalon de flanelle contre l'uniforme bleu marine aux initiales dorées du ministère de l'Intérieur et, à 8 h 45 tapant, j'attaquerais ma première ascension.

De préférence, je guiderais l'ascenseur de l'escalier E, celui de gauche dans la cour carrée de l'immeuble où s'écrasa Pierre Brossolette pour échapper aux tortures allemandes. C'est le plus gai et le mieux fréquenté. Tous les pontes de la Sûreté l'utilisent.

Parodiant les garçons des grands magasins, j'annoncerais, quand la cabine ralentirait, la spécialité de chacun des étages.

Par exemple, au second — l'ascenseur ne s'arrête pas au premier —, je distillerais :

« Cartes d'identité... Passeports... Recherches dans l'intérêt des familles... Etrangers... Expulsions... »

Ici, c'est le domaine de la Réglementation intérieure, le service qui met le Français ou l'étranger, quelles que soient ses origines ou sa position sociale, en dossiers puis en fiches. L'administration, curieuse, ne veut rien ignorer de ses ressortissants.

Au quatrième, j'observerais, sans doute, une certaine discrétion : les Renseignements généraux travaillent dans l'ombre, ils n'aiment pas la publicité. Mais, au cinquième étage, le mien, je claironnerais :

« Police judiciaire... Assassinats... Meurtres... Vols à main armée... Escroqueries... Atteinte à la sûreté de l'Etat... Fausse monnaie... Trafic de devises... »

C'est, sans aucun doute, la direction la plus intéressante. Trois sous-directions : Affaires criminelles, Affaires politiques, Affaires économiques, plongent leurs ramifications dans dix-sept services régionaux, exception faite du département de la Seine qui a sa préfecture de Police et sa propre P.J. au quai des Orfèvres.

Après cet arrêt exaltant, il ne me resterait plus qu'à poursuivre mon voyage jusqu'au sixième étage, peu visité du côté cour, qui embrasse le fichier central, la photo, l'anthropométrie et les transmissions, puis la descente commencerait.

Je sais. Je ne me suis pas arrêté au troisième étage. C'est parce qu'il est moins fréquenté que les autres et que les audiences accordées par le nouveau directeur général, Pierre Bertaux, sont rarissimes. Depuis le 23 février 1949, date de son arrivée rue des Saussaies, Pierre Bertaux travaille d'arrache-pied. Il pense redonner à la Sûreté, l'organisation et le tonus qu'elle a perdus depuis la Libération. De plus, il préfère l'escalier.

Et ainsi, chaque jour, durant les onze mois de l'année laborieuse, je suivrais le même itinéraire jusqu'à midi, heure à laquelle le grouillement s'arrête, comme si un disjoncteur d'activité basculait. Je reprendrais les excursions à quinze heures après un copieux repas à la cantine et je pourrais, le soir, conter à mon amie Marlyse, les pieds sous la table, mes rencontres passionnantes de la journée.

Seulement voilà, je ne suis pas garçon d'ascenseur. Je suis inspecteur de troisième classe affecté à la première section des Affaires criminelles que dirige le commissaire principal Vieuchêne — le Gros pour les intimes —, un quadragénaire rondouillard aux cheveux de jais, à l'œil malicieux, pointilleux comme pas un sur mes heures d'arrivée au bureau. Et en cette matinée ensoleillée que j'aurais aimé passer auprès de Marlyse, en congé depuis trois jours, j'ai émergé du métro en catastrophe et je cours vers la boîte, sachant qu'une engueulade m'y attend. Deux fois le téléphone a carillonné dans mon entrée, deux fois, avec sagesse, j'ai évité de décrocher, certain à l'avance que c'était le Gros qui m'appelait.

Je devrais, moi aussi, être en vacances, comme Marlyse, comme mon collègue Hidoine qui se vautre en ce moment sur une plage de Vendée. En ce mois d'août 1949, toute la France se promène. Cette année, pour la première fois, l'essence est en vente libre. La 4 CV, la puce des routes qui a momentanément remplacé dans les rêves mythiques de Marlyse la cuisinière à gaz, grise le Français moyen d'aventures et d'espace. La France entière est sur les routes, sauf moi, sauf le Gros. Tout cela parce que le 1er juin une catastrophe s'est abattue sur notre service.

Ce jour-là, le Gros avait fait irruption dans mon bureau de quatre mètres sur trois, aux peintures jaunâtres et aux meubles en bois blanc.

« Lisez... mais lisez donc ! » avait-il glapi en tendant à Hidoine et à moi la liste des commissaires inscrits au tableau d'avancement.

Nous avions lu. Avec la sollicitude de parents qui tremblent pour l'admission de leur progéniture aux concours des grandes écoles, nous avions épluché tous les noms. Hélas ! celui de Vieuchêne ne figurait nulle part.

« Patron, ils sont dégueulasses ! » avions-nous hypocritement murmuré, la main sur le cœur.

Avec un regard où perçait l'envie de meurtre, le Gros avait empoché ses feuillets et s'était précipité dans le couloir.

C'est alors que l'évidence m'avait frappé. Avec la puissance de déduction qui fait les grands policiers, le Gros avait, en un éclair, découvert les raisons de sa disgrâce. Si lui, le commissaire Vieuchêne, premier policier de France, n'avait pas été jugé digne d'accéder au paradis des flics, c'est tout simplement parce que ses esclaves Borniche et Hidoine avaient mal fait leur travail.

Dieu sait pourtant si je m'étais décarcassé !

« Donnez-moi de bons indics et je vous ferai de la bonne police », m'avait appris le Gros qui, malgré sa soif de gloire et d'avancement, est quand même un policier exceptionnel.

J'étais parti en chasse. Déguisé en truand, j'avais fréquenté les bars louches, rameuté les putes dans les hôtels de passe, monnayé, sur des comptoirs poisseux, des « condés » avec des interdits de séjour ou des malfrats de seconde zone.

« Chaque indic doit, tel un chien d'arrêt, vous amener à votre proie », m'avait enseigné mon patron.

Et, sans revolver ni menottes, à l'aide uniquement d'une tape sur l'épaule et de la formule consacrée : « Tu es fait ! Police ! », j'avais privé le Milieu de quelque deux cents de ses choristes.

Mais la quantité ne fait pas la qualité. Bien que juché sur mon tas de « crânes » (c'est ainsi qu'avec leur sens incomparable des raccourcis imagés les policiers appellent les truands arrêtés par leurs soins), le Gros avait pourtant été jugé trop léger. Le premier « crâne » qui manquait à sa collection personnelle était celui d'Emile Buisson, dit « Monsieur Emile », le petit tueur aux yeux noirs qui avait une déplorable tendance à confondre Paris et Chicago[1]. Le second, encore plus superbe, encore plus volumineux, encore

---

1. Voir *Flic Story*. Fayard et Livre de Poche.

mieux proportionné, cachait un cerveau du banditisme, René Girier, dit « René la Canne ». Les coups d'éclat de Girier, miracles de sang-froid impavide et d'intelligence réfléchie, ne se comptaient plus. La presse émerveillée le surnommait, tour à tour, l'« ennemi public n° 1 », le « gangster intellectuel », le « roi de l'évasion », voire le « bandit bien-aimé ».

« Lâchez les indics ! » hurlait le Gros en tapotant de ses poings grassouillets le dessus de son bureau en hêtre ciré.

Manque de chance : pour une fois, les indics ne rendaient rien. « Monsieur Emile » appliquait un principe très simple mais judicieux. « Je ne parle qu'à Dieu, disait-il, lui au moins n'est pas une donneuse » et, partant de cette interprétation personnelle des préceptes bibliques, il exécutait froidement ses complices. Quant à Girier, il n'utilisait, pour mieux semer les meutes policières, que des truands de toute confiance ou des acolytes imprévisibles.

Le Gros ne me pardonne pas son échec. Ça se voit, ça se sent. Je ne suis plus son petit Borniche d'antan. Quand il peut m'éviter dans les couloirs, il le fait. Plus d'amabilité, plus d'apéritifs aux Deux-Marches, chez Victor, le bistrot corse de la rue Gît-le-Cœur, plus de conversations à bâtons rompus. Simplement des notes, brèves, sèches, dans l'intérêt du service.

Je ne donne pas cher de ma peau. Un mot au directeur de la police judiciaire, le Méridional Georges Valantin, et me voilà muté aux Renseignements généraux, à Modane ou à Maubeuge, dans un poste frontière où j'aurai tout le temps de contempler les manœuvres des locomotives dans les gares de triage.

Assis derrière sa table, le commissaire Vieuchêne examine les deux documents placés devant lui. Je demeure songeur, collé à la fenêtre à guillotine qui surplombe le vert jardin du ministère. Dans le silence de la pièce, troué par les piaillements d'oiseaux et le bourdonnement lointain des voitures le long du faubourg Saint-Honoré, Vieuchêne me tend les documents. Je constate qu'un pli barre son front et son regard semble lourd de reproches.

Le premier feuillet est le rapport que la préfecture de Police transmet chaque jour au ministre pour information. Le Gros a réussi, je ne sais comment, à se brancher sur le circuit : aussi est-il au courant de l'activité du quai des Orfèvres qu'il considère, on ne sait trop pourquoi, comme son ennemi personnel.

Le rapport résume l'enquête du commissaire Clot, son concurrent, sur l'agression commise le 22 juillet contre un fourgon des P. T. T., boulevard Jourdan. Plusieurs millions se sont, en quelques secondes, volatilisés. Les empreintes relevées par l'identité judiciaire sur la glace arrière de la voiture volée ont permis d'identifier le chef de bande : René Girier.

Je sens, malgré moi, ma gorge devenir sèche. Ainsi, René Girier qui, trois mois plus tôt, s'est évadé de la prison de Pont-l'Evêque, fait déjà parler de lui. Si la P. P. l'arrête, nous aurons bonne mine, nous, ceux de la Sûreté ! Nous, c'est-à-dire, le Gros et moi !

Le regard de Vieuchêne me transperce. Mes pensées sont les siennes. A ceci près que lui me rend responsable de cet état de fait. Si Girier chute dans les filets de la P. P., des têtes vont tomber dans les oubliettes du tableau d'avancement.

Le second document est un télégramme sur papier translucide, à en-tête du service des transmissions du ministère. Il porte le jour, 2 août 1949, l'heure de départ, 12 h 10, et il émane du chef du service régional de la police judiciaire de Rouen.

Le texte est laconique.

« *Vous informe agression commise ce jour à 11 h 40 contre bijouterie* Van Cleef *à Deauville par individus masqués. Stop. Butin : 100 millions. Stop. Fonctionnaires service sur les lieux. Fin.* »

Je me mets à réfléchir aux liens qui peuvent exister

entre les deux hold-up. Apparemment, je n'en vois pas. Je m'apprête à reposer les papiers quand la voix du Gros s'élève :

« Non, non, gardez-les. Vous les classerez dans le dossier Girier. Je souhaite pour vous que le coup de Deauville, ce ne soit pas lui ! »

Ce nouveau direct au foie me fait chanceler. J'ai encore le souffle court quand Vieuchêne me précise :

« J'ai téléphoné là-bas. Le signalement d'un agresseur correspond à celui de René la Canne. Il connaît la région à fond. Quand partez-vous ? »

Je n'ai rien à dire, rien à faire qu'obéir. D'un signe de la tête, le Gros me congédie. Alors que je franchis la porte de son bureau, je l'entends marmonner à mon intention :

« Vous vouliez des vacances. Eh bien, vous en avez. »

3

C'est à Lisieux, dans une gare qui porte encore les stigmates de la dernière guerre, que j'abandonne le Paris-Cherbourg. Coincé dans un compartiment de deuxième classe, entre la fenêtre et la mallette en osier d'une mégère, veloutant du regard trois marmots criards, déguisés en marins, le voyage m'a paru interminable. A peine le train avait-il quitté la gare Saint-Lazare que la distribution des sandwiches commençait et qu'il me fallait résister à l'assaut de mains poisseuses sur mon pantalon de flanelle, fraîchement repassé. Délivré de la marmaille, j'attends maintenant la correspondance.

« Le train pour Deauville, s'il vous plaît ? »

Du menton, l'employé me désigne trois wagons minuscules accrochés de l'autre côté des rails à une locomotive en instance de réforme, qui s'époumone en sifflant. J'enjambe des valises, des filets à crevettes, des pelles et des seaux. Je bouscule une horde de campeurs sacs au dos, me faufile entre des matrones en imprimés à fleurs, et je me hisse dans un compartiment bondé où il me faudra rester debout pendant le trajet, le nez à la portière.

Le tortillard suit la vallée de la Touques, aux senteurs de vase et de marée. La mer est encore loin, mais je m'attends à la découvrir derrière chaque accident de terrain. Du même coup je me revois tout gosse, lors d'une journée d'été au Touquet, galopant sur le sable, bondissant dans l'écume, pénétré de la certitude étourdissante d'être à la fois Robinson Crusoé et Surcouf. J'avais dix ans. J'en ai trente aujourd'hui. Je n'ai jamais revu la mer...

Quand le tacot, dans un grincement insupportable de freins, entre en gare de Pont-l'Evêque, la pendule sur le quai, marque onze heures. Elle indiquait onze heures déjà lorsque, quatre mois plus tôt, presque jour pour jour, j'étais venu enquêter à la maison d'arrêt de la ville que Girier avait quittée par des voies pour le moins extraordinaires. Nous sommes le 3 août, c'était le 4 avril. Je me souviendrai toute ma vie de mon arrivée à la joyeuse prison.

Dans le « Michelin » des établissements pénitentiaires, la prison de Pont-l'Evêque ne mérite pas le détour. Ce n'est qu'une maison de correction de troisième classe : vingt-cinq détenus, cinq gardiens, deux ateliers où l'on confectionne des filets pour les ballons d'enfants. Pourtant, grâce à Ferdinand Bonal, véritable Ubu-geôlier qui en a été nommé le gardien-chef, elle gagnera, en quelques mois, ses trois étoiles dans la cocasserie.

Pour Ferdinand, une chose est sacrée : l'apéritif. Il l'a institué comme un ordre de chevalerie dont les règles sont la ponctualité et l'abondance. Après dix-sept années de chiourme, le brave homme a contracté pour la surveillance, la discipline et le travail administratif, une horreur proportionnelle à sa passion du pastis. Or, si le nombre des détenus a quadruplé depuis la Libération, celui des gardiens est resté le même et la paperasserie s'accumule. Ferdinand, l'œil vitreux, la face rubiconde, tonitruant et bon enfant, Ferdinand qui préfère le bistrot à son bureau, laisse les choses courir. Et la prison court à la catastrophe.

Heureusement, quelques-uns des pensionnaires de Ferdinand sont des hommes de ressource. Les uns sont des spécialistes du faux, de la carambouille, de la comptabilité truquée, les autres des chèques sans provision et de cavalerie. Ils prennent en main la gestion de la maison d'arrêt. Ferdinand respire.

Tant de bonne volonté mérite une récompense. On commence par les femmes. Le parloir des avocats se métamorphose en garçonnière. Soucieux du confort de ses hôtes, Ferdinand y autorise l'installation d'un divan. Puis, la demande dépassant l'offre, une cellule est mise à la disposition des couples.

L'hiver, des fêtes se déroulent à l'intérieur des bâtiments. On y danse le dernier pas à la mode. Un traiteur des environs fournit les vivres et les boissons dans le réfectoire transformé en salle de noces. Ferdinand et ses gardiens, invités d'honneur, sont aux anges.

L'été, lorsque la saison bat son plein, Ferdinand entrouvre les portes. Les détenus s'égaillent dans les restaurants et les boîtes de nuit de la côte. Les uns utilisent leur propre voiture, garée dans la cour de la prison, les autres empruntent le car ou le train. Les intermèdes comiques se succèdent. Un jeune délinquant, sifflé par les gendarmes pour excès de vitesse, répond qu'il est domicilié à la prison de Pont-l'Evêque. Grâce à Ferdinand, l'affaire s'arrête là. Un magistrat du siège rencontre dans un restaurant de la ville, en bonne compagnie, le détenu qu'il vient de condamner. Ferdinand soutient qu'il s'agit d'un sosie.

C'est dans cette prison en folie que Girier débarque un matin de mars 1949. Il a été récupéré en 1947 par le commissaire Clot, après son évasion de l'asile de Villejuif où il s'était fait admettre en simulant la démence. Sa prétendue irresponsabilité a effacé les quatorze condamnations, totalisant vingt-sept années de prison, qui ornaient son casier judiciaire. Les juges l'avaient remis en liberté. Mais un mandat d'arrêt pour « vol aux faux policiers » oublié depuis 1945 lui a fait prendre le chemin de Pont-l'Evêque.

1945, c'est l'année où Girier opérait à l'esbroufe,

choisissant ses victimes parmi les collaborateurs et les trafiquants du marché noir. La veuve Richard, qui exploite une ferme dans le pays d'Auge, avait reçu la visite d'un sémillant inspecteur du contrôle économique qui l'avait délestée de 800 000 francs en bons du Trésor et 200 000 francs en billets. Elle avait formellement reconnu Girier sur photographie, et René la Canne se retrouvait en prison.

Au premier coup d'œil, Girier juge la situation : sa nouvelle maison d'arrêt est digne des Marx Brothers. Pour la quitter, il suffit d'emprunter la porte. Ici apparaît l'aspect extravagant du personnage. Il s'évadera, bien sûr, mais il ne veut pas que son évasion embarrasse Ferdinand qui a réussi le tour de force de transformer ce havre carcéral en un gigantesque guignol. Il faut trouver un moyen de s'échapper qui présente suffisamment de difficultés et de danger pour être convaincant. Girier apprécie l'humour de sa position : c'est la première fois qu'un spécialiste de l'évasion doit s'ingénier pour découvrir une complication. Au bout de quelques jours, il s'aperçoit que cela ne va pas être facile. L'indifférence et le laisser-aller dans la surveillance contrarient ses plans. Après une étude approfondie des mœurs de la prison et en se basant sur ce qui reste de bonnes traditions, René la Canne fixe son choix.

Les occasions d'abord : un chevron de huit centimètres sur huit qu'il réussit à cacher dans l'interminable tuyau du poêle en fonte de l'atelier; deux lames de scie à métaux, dérobées dans un coffre à outils et dissimulées sous les lamelles de son sommier métallique par des morceaux de sparadrap; un compagnon d'échappée, enfin, recruté parmi les jeunes loups condamnés à la relégation.

Comme toutes les fenêtres des prisons, celles du dortoir sont munies d'épais barreaux. Il suffit d'en scier un ou deux et de se laisser glisser cinq mètres plus bas jusqu'à la baie de l'atelier qui ouvre sur la cour intérieure. Le chevron utilisé comme passerelle permettra d'atteindre le mur d'enceinte que quatre mètres séparent du rebord de la fenêtre. C'est peu et c'est énorme. Franchir quatre mètres en équilibre sur un chevron de huit centimètres de largeur c'est se lancer comme un funambule sur une corde raide, au-dessus d'un gouffre béant. L'exploit est de taille, de nature en tout cas à satisfaire la commission d'enquête la plus pointilleuse.

Dans cette prison où tout part à vau-l'eau, une seule règle est observée : la fouille du soir. Ferdinand a peur du feu. Les gaffes ne cherchent pas des outils mais des allumettes et des cigarettes. Avant de regagner leur dortoir, les prisonniers doivent se déshabiller et laisser leurs vêtements à la porte jusqu'au lendemain matin. Ils passent ensuite à la fouille. Girier et son compagnon tournent la difficulté. Chaque soir une corvée transporte deux tinettes dans le dortoir. C'est dans l'une d'elles, soigneusement nettoyée, que les deux complices cachent leurs vêtements qu'ils ont recouverts de sable.

La porte de la cellule vient d'être bouclée. Girier fait sauter les fils de la sonnette d'alarme. Il se méfie : un détenu, en douce, par crainte de représailles, pourrait donner l'alerte. Etonnés et ravis de participer à une tentative d'évasion en même temps qu'impressionnés par la personnalité de René la Canne, les prisonniers se mettent à chanter. Le chœur, puissant, couvre le bruit de la scie. Girier s'échine sur les barreaux. Son compagnon, à plat ventre, près de la porte, guette une éventuelle ronde.

Les barreaux sont énormes. Deux heures sont nécessaires pour venir à bout des deux premiers. L'ouverture est à peine suffisante : la tête et le tronc passent, mais les hanches restent bloquées. Girier ôte sa chemise. Il se savonne le corps. Poussé par les détenus, il glisse à nouveau son buste à l'extérieur puis, millimètre par millimètre, il parvient à arracher ses hanches ensanglantées à l'étreinte des barreaux. La tête en bas, retenu par les pieds, suspendu dans le vide, hors d'haleine et les tympans meurtris, il réunit ses dernières forces pour effectuer un rétablissement et s'asseoir sur le rebord de la fenêtre. Il reprend son souffle. Les draps qu'il a liés entre eux et qu'il a noués à un barreau, pendent le long du mur. Il s'en sert comme d'une corde et il se laisse couler jusqu'à l'atelier où son compagnon, moins musclé, vient le rejoindre avec ses vêtements. Par la baie ouverte, Girier saute dans la salle où il s'habille à la hâte. Il démonte le tuyau et tire de sa cachette le chevron qu'il dirige aussitôt vers le mur extérieur.

Catastrophe : la poutre est trop courte d'un mètre. Girier sent l'angoisse monter en lui. L'espace d'un éclair, il pense qu'il faut être fou pour pousser le sens artistique aussi loin, alors qu'il lui suffirait de sortir par la porte. Mais la difficulté et le danger l'excitent.

Les draps fixés, au-dessus de lui, au barreau du dortoir, vont lui servir de hauban pour assujettir le chevron. Il les attache à l'extrémité de la poutre qu'il pousse ensuite horizontalement le plus loin possible, au-dessus du vide. Tendus en diagonale, les draps la guident, la soutiennent. Il cale le chevron, côté fenêtre, dans l'angle du mur, avec un sac de plâtre qu'il a trouvé dans l'atelier, et il tâte du pied la solidité de son échafaudage. D'en haut, les détenus agglutinés aux barreaux regardent avec stupéfaction les derniers préparatifs. Ils jugent complètement fous ces deux hommes qui vont sûrement perdre l'équilibre et s'écraser six mètres plus bas, dans la cour. Pourtant, ils ne tentent rien pour les dissuader, fascinés par l'approche inexorable de l'accident.

Il est deux heures du matin. Pont-l'Evêque dort, indifférent au mélodrame qui se joue dans sa prison.

René la Canne s'avance le premier. Le moindre dérapage peut lui être fatal. Le chevron, insuffisamment calé, a tendance à fuir sous ses pieds. Le cœur de Girier bat la chamade. Ses bras font office de balancier. A chaque effort, il gagne quelques centimètres, s'arrête, repart. Toute sa volonté se concentre sur le but qu'il s'est fixé. Il serre les mâchoires, progresse, ralentit, reprend sa marche, le regard soudé à l'extrémité de la poutre, comme si plus rien d'autre n'existait que ce bout de bois qui se dérobe imperceptiblement, de gauche à droite, de droite à gauche, chaque fois qu'il s'efforce de mettre un pas devant l'autre.

Tout à coup, il sent que l'équilibre va se rompre, que la poutre fuit sur le côté. Il a fait un mouvement trop rapide. Ses bras battent l'air. Une jambe s'élève dans le vide. Il tente désespérément de ramener la planche dans l'axe du mur. Il retient le cri qui monte à ses lèvres. Dans un dernier réflexe, il se lance en avant. Ses doigts réussissent à agripper les draps. Ils s'y cramponnent. Par miracle, la poutre, après quelques balancements, retrouve sa position première. Girier repose le pied, prend appui, fait encore quelques pas et saute. Il se reçoit à califourchon sur le béton du mur d'enceinte. Il respire profondément, essuie d'un revers de manche son front moite et affermit sa position sur le faîte du mur. Il se penche vers l'intérieur, ses cuisses formant ventouses, et attrape le bout de la poutre qu'il tient solidement entre ses mains.

Quelques secondes plus tard, son compagnon réussit la traversée. Les deux hommes se regardent, livides, secoués par un tremblement nerveux qu'ils n'arrivent pas à maîtriser. A côté de ce qu'ils viennent d'accomplir, le saut de six mètres qui les sépare encore de la liberté leur semble un jeu. Ils se serrent la main. A cet endroit, leurs destins se séparent. Le relégué s'élance. Girier le voit disparaître dans la nuit. A son tour, il saute. Il culbute sur le côté gauche, se relève, s'ébroue. Il traverse la place de Pont-l'Evêque, silencieuse et déserte, salue la gendarmerie au passage, s'engouffre dans la voiture qui l'attend depuis plusieurs jours et regagne Paris par un itinéraire préparé à l'avance.

Le lendemain, comme il l'a prévu, le récit de son évasion s'étale dans les journaux. Ferdinand n'est pas inquiété. Les détails de « la belle » donnent à la prison de Pont-L'Evêque l'aspect d'une forteresse. Personne ne se doute des efforts que René la Canne a faits pour sauver les apparences, des risques qu'il a courus. Il se passera quelques mois avant que le scandale éclate et que les foudres de l'administration pénitentiaire s'abattent sur Ferdinand...

4

« Hé ! Borniche ! »
A l'appel de mon nom, je fixe l'homme en chemisette et culotte d'explorateur qui, de l'autre côté du portillon, derrière le ramasseur de billets, agite un journal. Sa casquette de coureur cycliste et d'énormes lunettes de soleil dissimulent un visage qu'il m'est difficile d'identifier. Je suis encore sous le coup de l'évasion de Pont-l'Evêque et les paroles du Gros s'entrechoquent sous mon crâne. J'adresse, malgré moi, une supplique au dieu des flics : pourvu que Girier ne soit pas dans le coup d'Arpels !

La barrière franchie, je m'avance à la rencontre d'une main large et puissante :

« Tu as fait bon voyage ? »

Je plie presque les genoux lorsque l'autre main, dans une tape qui se veut amicale, s'abat sur mon épaule. Cet excès de familiarité me surprend : mon voyage s'effectue incognito, je ne connais personne à Deauville où je viens pour la première fois, mais mon interpellateur, lui, a l'air de me bien connaître. La pensée que le Gros, dans un élan subit de générosité, aurait pu prier un collègue de guider mes pas, m'effleure un instant. L'accoutrement de l'inconnu me fait repousser cette idée.

Et puis, c'est le déclic. Cette voix, cette force de frappe, ce ne sont pas celles d'un policier. C'est Delpêche qui m'attend, Delpêche, le journaliste dont les articles sont à la une de *France-Soir*. Je ne sais ni comment, ni par qui il a été informé de mon arrivée. En tout cas, il est là.

J'aime bien Delpêche. C'est un Lorrain au poil blond, à l'œil bleu et vif, au sourire séraphique, qui passe dans la vie, imperturbable. Je l'ai connu à la Libération. Je débutais dans la police et je m'occupais du gang des tractions qui, sous la houlette de Pierrot le Fou et de Jo Attia, écumait la région parisienne. Delpêche s'intéressait au même problème. Pierre Lazareff l'avait chargé d'un reportage sur le nouveau Milieu et les crimes impunis. Nous avions sympathisé.

Journaliste hors pair, René Delpêche aurait pu faire un excellent policier. Il a l'art et la manière de poser les questions, d'enregistrer les réponses, sans qu'un trait de son visage ne bouge. Une affaire vient-elle d'éclater qu'il est déjà sur les lieux, le front barré, l'œil en coin, la mèche en bataille. Il sonde, fouine, questionne, farfouille. Des confrères jaloux chuchotent qu'il emploie des moyens peu orthodoxes pour arriver à ses fins. Un de ses proches affirme même qu'il se promène avec une carte tricolore dans son portefeuille sur laquelle il appose, le moment venu, le papillon « Police » qu'un imprimeur lui aurait fabriqué. Dans les salles de rédaction, par moquerie, on l'a surnommé le « commissaire Delpêche » et le titre lui est resté.

Pour l'instant, le « commissaire » s'est emparé de ma valise de cuir bouilli dans laquelle Marlyse a glissé un pantalon de toile bleue, une chemisette de tennis, une paire d'espadrilles et trois mouchoirs.

« Si quelquefois tu t'enrhumais, chéri. Je t'ai mis aussi de l'aspirine et du sirop... »

Du sirop ! Marlyse n'aime que le soleil et, peu inspirée par les brumes de la Normandie, elle n'a, pour une fois, guère rechigné quand j'y suis parti tout seul.

Devant la gare, une voiture attend, immatriculée à Paris et conduite par un homme qui ne me prête pas la moindre attention. Par la glace baissée, Delpêche jette ma valise sur le siège arrière et commande :
« Au Florian. »
Sans le moindre acquiescement, le chauffeur démarre et disparaît. Delpêche me prend le bras, m'entraîne vers le pont qui, surplombant la Touques, relie Deauville à Trouville. Il lâche, *tout de go* :
« Alors, comme ça, t'es venu piquer Girier ? »
Je m'arrête, interloqué. Je le dévisage.
« Ben, oui, quoi, je ne pense pas que tu sois venu ici pour autre chose. Ça fait du bruit, l'affaire Van Cleef ! »
J'aurais mauvaise grâce à nier l'évidence. Avec Delpêche, inutile de jouer au plus fin.
« Puisqu'on ne peut rien te cacher, dis-je, c'est exact. Mais je ne suis ici qu'à titre d'information. L'enquête, c'est la P.J. de Rouen qui l'a fait. »
Delpêche se plante devant moi, reste quelques instants silencieux, me regarde fixement, puis :
« Et mon œil » ricane-t-il.
Déjà, il a repris sa marche. Sa carrure massive me précède et j'admire le paysage sous un ciel de Corot. Delpêche s'arrête une nouvelle fois, se retourne :
« On va au Florian. Je me suis démerdé pour t'avoir une piaule. Parce qu'à Deauville, au mois d'août ! »
Il se rengorge. En bon journaliste, il m'a rendu service. En bon flic, à moi de ne pas lui en être trop reconnaissant. Nous longeons les quais. En passant devant la gendarmerie, Delpêche marmonne :
« Efficaces les pandores ! Vingt minutes après le braquage, les barrages étaient en place. Bravo ! »
Il tire sur sa cigarette et repart dans ses pensées. Il rumine un plan, ça se voit.

Rue de la Plage, en face du Casino, le Florian m'accueille. Delpêche me tend le bout des doigts.

« A tout à l'heure. Midi et demi, au Bar des Planches. »

La chambre qui m'est affectée n'a rien de luxueux. Elle donne sur une cour intérieure assez crasseuse où des chats de gouttière se disputent des restes de poisson qu'ils ont sortis d'une poubelle. L'armoire à glace est vaste, trop vaste même pour mes effets personnels. Je les range en pensant à Marlyse. Je cache le dossier Girier, que j'ai emporté avec moi, entre deux chemises, et je ferme la porte à clef. Je change de tenue.

Dix minutes plus tard, je retrouve Delpêche au Bar des Planches, installé à une table, devant une Suze-cassis. Je me sens un peu moins citadin dans ma chemisette et mon pantalon clair, un peu moins éberlué par le dépaysement. Delpêche a étalé devant lui plusieurs éditions locales. Quand il me voit arriver, il relève sur son front ses lunettes de soleil et tire une chaise à mon intention.

« Alors ? »

C'est moi qui pose la question. Delpêche boit une petite gorgée, fait claquer sa langue, me regarde.

« Eh bien, alors, répond-il, c'est une belle affaire. S'ils ont un bon fourgue, les gars ne vont pas s'ennuyer. » Puis revenant à ce qui le préoccupe : « Tu penses le piquer quand, ton Girier ? Pour moi, il n'a pas quitté la région. »

Je suis sidéré. Cette obstination contre Girier, cette volonté de le voir derrière chaque hold-up un peu spectaculaire me rappellent celles du Gros, à croire que le titre de commissaire, même usurpé, déteint sur ceux qui le portent.

Delpêche n'attend pas ma réponse. Il ôte ses lunettes, les pose sur la table, me dévisage d'un air grave et distille :

« Dis, on ne va pas jouer au chat et à la souris, tous les deux. Moi, je te donne ce que j'ai. Toi, si tu piques Girier, tu m'invites à la noce, comme pour Pierrot le Fou. D'accord ?

— D'accord » dis-je sans conviction.

Delpêche se cale sur sa chaise.

« Figure-toi, commence-t-il, qu'hier en parlant avec Duruy de la Police municipale, j'ai appris que Girier était à Deauville il y a quelques jours.

— Ah ? fais-je avec une indifférence d'autant plus feinte que l'information me paraît de taille.

— Oui. La gérante de l'hôtel Ariana à Trouville a cru le reconnaître. Il aurait séjourné chez elle peu de temps avant le hold-up. »

J'ai du mal à garder mon sang-froid. Cette fois, je suis cuit. Le Gros avait raison, René la Canne était bien là. Le lendemain même de son braquage du boulevard Jourdan, il est venu tranquillement préparer son coup à Deauville !

Même un flic a du mal à comprendre les truands. Pour eux, la vie se résume à une sorte de jeu cruel dont les règles immuables couvrent toutes les combinaisons possibles de la naissance à la mort. L'audace me paraît la marque distinctive de Girier. Elle imprègne ses actes, ses passions, ses pensées. Emile Buisson, mon vieil ennemi, est redoutable, il n'est pas surprenant. Malgré sa sanglante réputation, « Monsieur Emile » n'est, au fond, qu'un tâcheron du crime, incapable d'imagination même dans le meurtre. Girier, lui, est un stratège inspiré, toujours prêt à innover. On parle — Marlyse n'a plus que ce mot en bouche — du « new look ». Christian Dior allonge les jupes, relève la poitrine, pince la taille. Dans la phalange d'hommes froids et résolus à tout qui infestent le Milieu depuis la guerre, j'ai bien peur que Girier ne soit le « new look » des truands.

« Si nous allions déjeuner, propose Delpêche. A la Sole normande, tu connais ? »

Je ne connais pas et pour cause. Delpêche appelle le garçon, ajuste ses lunettes, place sous son bras les journaux qu'il a pliés et se lève. Je l'imite.

Quelques instants après, nous sommes installés à la terrasse du restaurant qui fait face au Casino.

Trouville grouille. Les filles sont jolies et les maillots deux-pièces qui se portent sous des robes lâches ne dissimulent pas les formes. Un maître d'hôtel cérémonieux s'incline, prend la commande. Le sommelier se présente. Delpêche relève la tête.

« On déjeune au champagne ? »

J'adore le champagne mais mon salaire d'inspecteur, même grossi des modestes notes de frais du Gros, ne me permet que de déguster une coupe de temps à autre, les jours bénis où mes enquêtes m'entraînent dans les bars chics, fréquentés par la crème du Milieu autour des Champs-Elysées. Delpêche a saisi ma convoitise. En homme avisé, il commande :

« Champagne. Du Krug, cuvée réservée. » Il se tourne vers moi. « C'est le meilleur. »

J'acquiesce. Une douce euphorie me gagne. Je suis loin de Paris, de Marlyse, de la boîte, du Gros, de tout.

« Dis-moi, fait soudain Delpêche, quelque chose me gêne dans l'agression Van Cleef : la brutalité, les injures, les hurlements. Ce n'est pas la technique de la Canne. »

Me voici revenu sur terre. Delpêche a raison. En général, Girier opère d'une manière plus féline, plus silencieuse, ne laissant à ses victimes médusées que la fragile vision d'un numéro minéralogique erroné. A moins que le côté exagéré de cette violence ne soit, lui aussi, une mascarade. Je profite de l'ouverture qui m'est donnée pour tenter d'en apprendre plus :

« Tu es sûr que l'hôtelière a vraiment reconnu Girier ? dis-je innocemment. Vous avez fait une telle vedette de René la Canne que tout le monde le voit partout. C'est la rançon de la gloire. »

Il en faut plus pour démonter Delpêche. C'est de Girier qu'il veut entendre parler. C'est Girier qu'il lui faut.

« Et Blonville, alors ? dit-il.
— Quoi, Blonville ?

— Le patelin sur la route de Caen, à quelques kilomètres. C'est là que le changement de bagnole s'est fait. Qu'est-ce qu'il foutait là, le Girier, avec une pépé genre starlett ? Un témoin est formel : grand, mince, blond. Il est parti dans une voiture de sport. Les trois autres étaient près de la Citroën abandonnée et ce même témoin pense qu'ils ont jeté des écrins dans la mare. On va faire des fouilles. »

L'étau se resserre. Si c'est Girier, la femme est sûrement jolie. Les maîtresses du « gangster bien-aimé » sont plus séduisantes les unes que les autres, comme si au pouvoir d'attraction du truand ne peut correspondre qu'une force équivalente, aussi équivoque et mystérieuse.

La voix de Delpêche m'arrache à mes évocations un peu salaces.

« Alors, que comptes-tu faire ? »

Je soulève les épaules, en signe d'ignorance.

« Je ne sais pas, dis-je. Une dizaine de truands sont capables d'avoir monté ce coup. D'ailleurs, innocent ou coupable, Girier est recherché pour l'attaque d'un fourgon postal... »

J'ai débité cela sans conviction. Dans mon for intérieur, je ne suis plus si sûr de l'innocence de Girier. Un fait m'a frappé : la pluie. Sur le moment, j'ai cru à une coïncidence, un coup de chance. A présent, je me demande si le braquage n'a pas été conçu par son auteur en fonction de la pluie, ou, plutôt, si celui-ci n'a pas attendu patiemment qu'il pleuve pour donner le feu vert. J'imagine très bien Girier planqué dans la région avec trois acolytes, guettant, dans un ciel serein d'une splendeur insupportable, l'apparition des premiers nuages. Les risques auraient été beaucoup plus grands par une journée radieuse, avec des rues fourmillantes, des boutiques bondées, un service d'ordre renforcé autour du Casino ou des grands hôtels. Spéculer sur un temps pluvieux est bien une idée à la Girier.

Et, comme me l'a fait remarquer le Gros, qui mieux que lui connaît Deauville ?

En mars 1945 par l'intermédiaire d'un homme de paille, Girier y a acheté un hôtel. Il s'y est installé avec sa jeune femme, Marinette, qui depuis cinq ans le suit partout dans ses aventures les plus folles, les plus dangereuses. Non que Girier songe à finir ses jours dans la peau d'un hôtelier mais, parce qu'on parle de plus en plus de l'échange de billets. Il ne tient pas à voir les siens se transformer en prospectus. D'ailleurs, l'hôtel devient bientôt un des hauts lieux du marché noir et de la galanterie. Girier songe même à y installer dans le sous-sol un cinéma « porno » pour amuser la clientèle de B.O.F. qu'il exploite à cœur joie. Il les reçoit en grand seigneur, avec un sourire glacé et une lueur de mépris au fond des yeux, flanqué de Marinette, ravissante, imperturbable, aussi à l'aise dans ce monde frelaté que dans le Milieu, parfaitement digne comme elle l'est toujours, que ce soit à La Roquette ou chez Maxim's, derrière un bar de Montmartre ou chez un couturier, fantastique illustration de la faculté protéiforme des femmes amoureuses. Hélas ! Girier n'est pas installé depuis trois mois que le préfet décide d'interdire les plages. Malgré les pancartes ornées d'une tête de mort, les mines provoquent trop d'accidents. La Côte d'Azur va profiter de cette interdiction. Les hôtels de Deauville se vident. René la Canne, qui a tout misé dans son affaire, reprend la matraque et le calibre...

L'attaque de la bijouterie n'est-elle pas une façon pour lui de récupérer l'argent qu'il a perdu à Deauville en 1945 ? Des représailles, en quelque sorte, d'un humour noir, mais efficaces...

Le garçon a apporté la bouteille de Krug, Delpêche me sert, emplit son verre, le lève à la hauteur des yeux.

« Santé, dit-il. Et bonne chasse ! »

Au café, les yeux mi-clos, les jambes allongées sous la table, Delpêche, dont les pommettes — comme les miennes sans doute — ont rosi, interroge :

« Dis-moi, tu le connais vraiment bien ce Girier ? »
Du coup, le charme est rompu. Si je connais Girier ! J'ai passé des soirées entières, les yeux rougis par la fumée des cigarettes, à compulser les dossiers poussiéreux de la Sûreté pour reconstituer sa vie, pour découvrir ses habitudes, ses fréquentations, ses maîtresses et ses amis. En cours de journée, avalant en vitesse un sandwich, j'ai couru prendre l'autobus et foncé quai des Orfèvres dans l'espoir que les archives de nos concurrents de la P. P. seraient plus riches que les nôtres. Bravant les reproches grinçants de Marlyse, j'ai repris mes pérégrinations nocturnes à l'affût de tout ce qui se disait de Girier dans le Milieu.

Cette somme d'acharnement obsessionnel, je pourrais l'expliquer à Delpêche, mais comment lui avouer l'essentiel, que le chasseur se prend d'amitié pour son gibier, que le Girier que j'ai découvert au cours de tous ces jours et de toutes ces nuits me fascine plus que n'importe quel autre truand ? Je n'ai jamais éprouvé de sentiment de ce genre quand il s'agissait d'Emile Buisson ou de Pierrot le Fou, tueurs bornés et irrécupérables qui, au fond, une fois passée l'excitation de la chasse, ne m'intéressent plus. Mais Girier est différent. Nous avons le même âge et je crois le comprendre. Si nous nous étions connus plus jeunes, nous aurions pu être amis. S'il avait eu plus de chance dans la vie, il aurait pu se trouver à ma place, si j'avais vécu son enfance, je serais peut-être à la sienne...

5

RENÉ GIRIER. Alias René Motton, Claude Parisis, Jacques Dubreuil, Michel Poncelet. René Girier qui possède un éventail de pseudonymes qu'il utilise au gré de son imagination et de sa fantaisie, René Girier a trente ans.

Il a été cambrioleur, braqueur, chef de gang. Il a été arrêté par la police française sous l'Occupation, traqué par la police allemande, torturé par la Gestapo. Il a connu les rigueurs des cachots du Cherche-Midi, la sécheresse des baraquements de Compiègne, l'angoisse de la déportation. Il a sauté du train de la mort, sous les rafales de mitrailleuses, pour échapper aux chambres à gaz nazies. Il a joué les faux policiers, les faux résistants, les faux curés avec l'aisance qui lui permet de jouer aussi les hommes du monde. Il aime les femmes, il plaît autant aux prostituées qu'aux jeunes filles de bonne famille, aux bourgeoises qu'aux petites employées. Bien qu'il soit parfaitement à l'aise dans les bordels ou les chambres de bonne, il adore le luxe, la grande vie. Il s'habille avec recherche, roule en voiture de sport, parle avec le détachement de celui qui n'a pas à gagner sa vie.

Pourtant, cet homme gâté, couvert de maîtresses, que l'on rencontre dans les boîtes à la mode, au pesage des champs de courses, dans les restaurants huppés et qui semble narguer la confrérie policière, n'a pas eu une enfance heureuse.

Il n'a pas eu d'enfance du tout.

En 1934 René Girier est un gosse comme les autres. Il n'a pas quinze ans. Il est né le 9 novembre 1919 à Oullins, dans la banlieue lyonnaise où son père, un gaillard long, sec, noueux, dur de peau et de cœur, est chef d'atelier au dépôt des chemins de fer. Sa femme, une Bouvard, douce, transparente, porte sur son visage la solitude résignée des malades en sursis. Un cancer du sein la ronge.

Avec rapidité, le mal progresse. René est mis en pension à Montluel, à deux pas de Bourg-en-Bresse. Une idée l'obsède : revoir sa mère. Il s'échappe. A la seconde fugue, roué de coups, il est reconduit *manu militari* à l'établissement. Il y reste deux ans.

A quelques mois d'intervalle, sa mère puis sa sœur meurent. La pension coûte cher. René est conduit à Charpey dans la ferme de son oncle, retraité des Colonies, au cœur aussi dur que celui de son frère. René s'ennuie. Il aurait préféré Lyon où sa tante maternelle a des enfants de son âge, et un chien qui se colle à lui et le lèche, dès qu'il l'aperçoit.

Le cafard le prend. Dans le tiroir d'une armoire, un billet bleu et vert de dix francs traîne. C'est plus qu'il n'en faut pour aller chercher à Lyon un peu de tendresse. René s'en empare, fend les terres labourées, prend le car. Au retour, changement de décor. Deux gendarmes rébarbatifs le cueillent à Valence, à la descente de l'autobus. On l'écroue. L'oncle, sur les instances de son frère, a déposé plainte.

Le jour de l'audience arrive. Le père Girier est là, droit devant les juges. Pas une seule fois son œil ne se pose sur son fils qui attend, dans le box, des paroles de clémence.

« Monsieur le président, cet enfant est marqué par le vice. La prison lui fera du bien. »

Le président, le procureur sont surpris. Les assesseurs se regardent. René a mal entendu. Tout à l'heure, il repartira avec son père à Oullins, dans la maison de sa mère, de sa sœur... C'est sûr ! Il ne peut en être autrement.

« J'ai bien réfléchi, monsieur le président, il faut qu'il mange de la vache enragée.

— Bon, lâche le président décontenancé. Puisque vous le voulez ! »

René ne comprend pas. Il fixe, tour à tour, de ses yeux éperdus, l'homme qui plane au-dessus de lui, dans sa large robe noire et celui qui, sans un geste de secours, vient de le balayer de sa vie.

Ce qui se passe ensuite, il ne l'entend plus. La sentence tombe. Il ira en maison de correction jusqu'à sa majorité.

La prison de Saint-Maurice abrite René quelques mois entrecoupés d'évasions. Elle n'est pas assez hermétique pour cette anguille. Il est transféré à Saint-Hilaire, le centre de redressement des criminels endurcis. Il s'en évade avec une ingéniosité qui laisse les gardiens pantois. Il ne va pas loin sans argent, sans vivres, le crâne rasé. La surveillance ne se relâchera plus.

C'est dans cet enfer où la violence, la brutalité, la bestialité, le vice sont maîtres, que Girier fait ses classes. Il y apprend la loi du plus fort. Il faut se battre pour tout. Partout. Toujours. A l'atelier pour ne pas se faire voler ses outils, au réfectoire pour avoir sa part de brouet, dans la cour pour sauver son mégot ou un quignon de pain, aux toilettes pour une place, au dortoir pour ne pas se faire piquer ses frusques. La nuit quand les grands rôdent comme des chiens en rut, il faut encore se battre pour ne pas servir de femme à ces jeunes mâles vicieux. Malheur à celui qui baisse les bras, la horde entière lui tombe dessus.

Quand Girier quitte Saint-Hilaire pour s'engager au 41e génie qui tient garnison à Casablanca, son caractère a changé. Il a une revanche à prendre. C'en est fini de la morale. Tout se réduira désormais pour lui à la chance ou à la malchance. L'idée de travailler ne l'effleure plus. L'injustice dont il a souffert, la fosse aux serpents dont il sort, l'ont rempli d'amertume. Un besoin de vengeance s'est emparé de lui. La haine et le mépris qu'il éprouve pour ceux qui jouissent des biens qu'il convoite ont fini par communiquer à ses griefs contre le destin, quelque chose de sinistre qui se reflète dans son regard. Il est devenu d'autant plus dangereux qu'il dissimule son ressentiment, sa passion encore furieuse et vaine, sous des dehors pleins de séduction. Il est disponible pour le pire, alors qu'on lui donnerait le Bon Dieu sans confession.

C'est au Maroc que Girier a le premier contact avec les « durs du Milieu » ceux qui ont fait les Amériques ». Sa vie militaire est une répétition de ce que sera sa vie de hors-la-loi. Trois cents jours de prison, pour deux cents jours de présence. On lui conseille de jouer les fous. Bon comédien, il est réformé.

En 1939 la guerre le trouve à Lyon. Marinette est entrée dans sa vie, il l'épouse.

Quand il l'a vue pour la première fois dans ce café où l'agitation, le bruit, les couleurs donnaient à l'atmosphère une sorte d'opacité impénétrable, la jeune femme lui a paru aussi miraculeuse que l'apparition fugitive, au travers des mouvements de l'eau et des algues, d'une statue immergée depuis toujours. Cette espèce de miracle ne s'est jamais usé. Il en retrouve l'émerveillement intact au fond de lui, chaque fois qu'il revient vers elle. Dès la première seconde, Marinette l'a accepté tel qu'il est. Elle a pour lui l'attachement du chien qui aime sans juger. Girier pourra la tromper, tuer, voler. Son amour pour lui se situe en dehors de toute morale et de tout interdit.

L'Occupation est le temps de l'héroïsme. C'est aussi le temps des trafics, du marché noir, des fortunes vite accumulées, insolentes, odieuses. Girier n'hésite pas. Il n'a rien à faire avec la société, qu'elle soit vichyste ou gaulliste. L'honneur, la justice, l'idéal, les droits sacrés de l'homme, l'amusent. Ce sont des attrape-nigauds. Il déteste les grands mots. Quand ses amis lui demandent à quoi il croit au juste, il répond, sourire en coin : « Au fric. » L'argent, sous une forme ou sous une autre, est le moteur qui fait marcher le monde. De cela, il en est sûr. C'est de l'argent qu'il veut.

Avec ses beaux-frères, il monte une association de « casseurs ». Les châteaux des environs reçoivent sa visite. C'est une période bénie. Aucun problème de fourgue. Tout manque, tout se vend. N'importe quoi, à n'importe qui, pour n'importe quel prix. Les billets de banque affluent entre ses mains et filent aussi rapidement. Avec frénésie, il achète costumes, bijoux, fourrures, parfums. Il gaspille, distribue, jette. Peut-être n'éprouverait-il pas ce sentiment enivrant de liberté que lui procure l'argent si la peur d'être pris un jour n'était pas là aussi pour l'exalter.

Pris, il l'est. Par les soldats allemands, en franchissant la ligne de démarcation. La police française le recherche : un de ses beaux-frères, arrêté, a mangé le morceau. Il trouve subtil de s'engager pour l'Allemagne comme ouvrier spécialisé. L'occupant recrute des volontaires, il ferme les yeux quand ce sont des repris de justice.

Girier n'a pas l'intention de travailler en usine. Il installe Marinette, qui n'a pas voulu le quitter, à Berlin, hume le vent, se débrouille pour obtenir une permission de quelques jours et débarque à Paris. Il se spécialise dans le cambriolage des immeubles des beaux quartiers que leurs propriétaires ont désertés. Gonflé d'argent frais, il rejoint Berlin, résolu à tirer Marinette du guêpier dans lequel elle s'est fourrée, par amour.

Les autorités allemandes ne plaisantent pas. Elles ont enquêté sur sa disparition, réclamé son dossier. Quand Girier se présente à l'usine où Marinette travaille, le service de sécurité les arrête tous les deux.

Un fonctionnaire de la Gestapo vient chercher le jeune couple. Girier comprend que son aventure risque de tourner court. La brute qui les escorte pue le camp de concentration. Il conduit, tranquille, sûr de sa force, de son arme, un P 38 qu'il porte dans un étui sous le bras.

La Gestapo a sous-estimé Girier. Elle n'a envoyé qu'un seul homme cueillir ce couple d'ouvriers.

La banlieue immense, déserte, défile par la portière. La nuit est tombée. Il fait froid. Une neige sale recouvre les terrains vagues et s'accumule le long des palissades tapissées d'affiches, que le vent agite avec un froissement sinistre.

Sur le siège arrière, collés l'un à l'autre, Girier et Marinette demeurent silencieux. Girier hésite. S'il ne frappe pas maintenant, dans ces rues interminables, vides, bordées de maisons muettes et d'entrepôts, il sera trop tard. La voiture passe devant un cinéma encadré de toiles peintes. L'image d'une femme à moitié nue retient le regard de Girier. Il tourne la tête. Les yeux de Marinette sont pleins de larmes. Alors il se décide. Il extirpe le poignard qu'il porte dissimulé dans sa manche et, avec un *han* de bûcheron, l'enfonce jusqu'à la garde dans le dos de l'homme qui conduisait en chantonnant.

Il a frappé fort, en oblique. La lame est entrée sous l'omoplate gauche. Elle traverse le poumon, touche le cœur. Un spasme convulse les larges épaules, fronce les bourrelets de la nuque épaisse. Avec un gargouillis bizarre, le corps s'affaisse. Girier se penche, agrippe le volant par-dessus la masse inerte, redresse la voiture, coupe le contact, la maintient jusqu'à ce qu'elle s'arrête d'elle-même. Alors, il se rejette en arrière, tremblant, incapable de penser. Il a perdu toute notion de temps.

Marinette s'est ressaisie la première. Elle le secoue. La crainte, l'horreur, l'épouvante qu'il lit dans ses yeux, arrachent Girier à sa stupeur. Il enjambe la banquette avant, pousse le corps sur le côté droit, s'assied au volant. Il tourne la clef, enclenche la première. Les yeux fixés sur la route, il conduit, en évitant de regarder le cadavre que les cahots de la voiture ramènent sans cesse vers lui. Il le repousse de l'épaule. Il croise un détachement de la Wehrmacht qui rentre de manœuvre, avise un terrain vague. Il engage la voiture sur le sol neigeux, la dirige derrière les ruines d'un bâtiment, l'arrête et éteint les phares.

Quand il arrache le poignard de la blessure, une tache auréole la veste. Hâtivement, Girier fouille le mort. Il avance la main vers le portefeuille bourré de marks puis la retire, comme s'il l'avait posée sur une plaque de fer rougie à blanc. Il s'empare du P 38 qu'il passe dans sa ceinture. Quelque chose d'inattendu vient de se produire, une sorte d'illumination. Il a tué pour sauver sa vie. Pas pour voler. S'il a pris l'arme, c'est pour se défendre. Il sait qu'il ne pourra jamais tuer pour voler. Il l'a compris en touchant le portefeuille du mort. Il vient de découvrir la ligne qu'il ne peut pas dépasser, la seule chose qu'il ne veut pas faire, qu'il ne fera jamais.

Marinette, debout près de la voiture, claque des dents. Elle le regarde. Son visage est livide. Elle tremble plus de peur que de froid. Girier l'embrasse sur le front puis l'entraîne.

Il jette un dernier regard à la forme étendue sur le sol puis, moitié tirant, moitié portant sa jeune femme, il s'enfonce dans la nuit.

Ni Girier ni sa femme ne parlent l'allemand. Ils ne possèdent que les vêtements qu'ils ont sur le dos. La Gestapo, la Police, la Feldgendarmerie sont à leurs trousses. Leur signalement, leurs photos sont diffusés dans les gares, les commissariats, les postes frontières. Ils ne peuvent compter sur personne.

L'hôtelier, le veilleur de nuit, la serveuse, le garçon de café, le chauffeur de taxi, le contrôleur de chemin de fer, le commerçant, tous ces êtres anonymes, sans visage, qui, hier encore croisaient leur vie sans attirer leur attention, vont se transformer en ennemis. Ils sont guettés, épiés, comme si le pays n'était plus qu'un regard pénétrant et soupçonneux. Tout autre que Girier se serait effondré. Pas lui. Le danger galvanise son audace. Depuis le jour où son père l'a renié, il considère les autres, tous les autres, comme des adversaires.

De Berlin à Francfort, de Stuttgart à Karlsruhe, remorquant Marinette, Girier jalonne sa route de vols et d'agressions comme s'il taillait son chemin en coupe-coupe, dans la jungle. Il s'enfonce dans les profondeurs de l'Allemagne en guerre, changeant chaque nuit de bouge, de garni, de planque. Il se méfie de tout, de la pègre qu'il côtoie par nécessité, des S.T.O. qui pullulent dans les banlieues. Il dort d'un œil, la main sur son arme, prêt à bondir, ne sort que la nuit, opère comme autrefois opéraient les escarpes. Pour se sauver et sauver Marinette, il réinvente toutes les formes d'agression. Il leur faut des papiers pour franchir la frontière. Il s'attaque aux jeunes femmes qui ont l'âge de Marinette et son signalement.

L'argent rentre. Mais la Gestapo est sur sa trace. Deux fois, il a réussi à lui échapper. La première, dans la banlieue de Mannheim, en fonçant au-devant des agents qui le poursuivaient, au lieu d'essayer de fuir, les bousculant au passage... La seconde, c'est une ruse qui le sauve.

Deux *Schupos* qui l'ont reconnu l'ont pris en chasse. Girier sent qu'il est perdu. C'est la nuit, à Neudorf, en bordure des docks. Le black-out, que transpercent à peine quelques lampadaires voilés de bleu, donne une apparence surnaturelle aux hangars et aux entrepôts qu'il longe. Il est seul. Marinette, à présent teinte en blond, les cheveux tirés en arrière, chaussée de grosses lunettes, fagotée comme une Allemande, l'attend dans une brasserie.

Girier se met à courir assez vite pour donner l'impression qu'il fuit, pas assez pour ne pas être rejoint. Les policiers se lancent à sa poursuite, dégainent leurs armes. A chaque seconde, Girier s'attend à être touché. Les balles sifflent dans l'air. Girier glisse, perd l'équilibre, tombe sur le côté comme s'il venait d'être atteint. Il fait le mort. Les deux *Schupos* se ruent. Ils se penchent pour le saisir. Girier se débarrasse du premier en lui expédiant son genou dans les testicules. Les mains crispées sur son bas-ventre, éructant, l'homme s'écroule. Girier agrippe le second par les revers de son imperméable, se laisse choir en arrière entraînant le *Schupo* et, se servant de ses deux pieds comme d'une catapulte, il le fait basculer par-dessus lui. Redressé d'un bond, il s'empare des armes qu'il jette au loin. Le souffle court, il saute de l'un à l'autre policier, les roue de coups de talon jusqu'à ce que leur figure devienne une bouillie sanglante. Un groupe de marins ivres qui débouche d'une ruelle l'oblige à fuir.

Dans la nuit, Girier et Marinette quittent Neudorf pour Karlsruhe. Ils ont tout abandonné. La frontière n'est plus très loin. Ils sont au bout du rouleau.

A Karlsruhe, la chance tourne. Ils font la connaissance d'un Français qui ravitaille en femmes les maisons closes de Stuttgart. C'est un homme du Milieu qui a bourlingué avant la guerre à Casablanca. Les deux hommes sympathisent.

Simon, c'est son prénom, a un *Ausweiss* qui lui permet de traverser la frontière avec sa camionnette à gazogène. Il parle remarquablement l'allemand. Les policiers du pont de Kehl le connaissent. Le trio franchit le Rhin sans encombre.

Tout se passerait bien si, à Strasbourg, Girier ne se mettait pas en tête de cambrioler une bijouterie. Cette vitrine où brillent plusieurs millions de pierres le fascine. Il ressent comme un défi l'idée qu'une glace de quelques millimètres d'épaisseur puisse le séparer d'un trésor. Simon soupire, hoche la tête, déclare que c'est impossible. Ce mot décide Girier. Instantanément, un plan audacieux se dessine dans son cerveau.

La nuit tombée, les deux hommes s'arrêtent devant la vitrine éclairée. La rue est animée. Des soldats déambulent par groupes, des *Schupos* arpentent le trottoir opposé. Personne ne s'intéresse au manège de deux amis qui discutent avec animation et dont l'un appuie ses épaules contre la devanture. Girier a passé ses mains derrière son dos. Simon a déployé un journal qu'il lit à voix haute. Sa stature masque Girier qui, à l'aide d'un taille-carreau à roulette, raie la glace dans tous les sens, sur quelques centimètres carrés. La molette dérape. Les doigts de Girier l'obligent à mordre le verre. Il ne peut utiliser que ses poignets, changeant souvent de main, s'arrêtant pour laisser reposer ses muscles.

Les passants se font plus rares. Des camions de la Wehrmacht dévalent la rue en grondant. Girier juge que la glace est suffisamment entaillée. Il profite du passage d'un camion-remorque, pour la frapper de quelques coups secs avec le marteau qu'il a entouré de son mouchoir. Le verre cède. La vitrine s'étoile autour d'un trou assez large pour y passer la main. En quelques secondes, cinq millions de bijoux disparaissent. Simon est heureux. Il ne quittera plus son nouvel associé.

Les deux hommes regagnent l'hôtel de Lampertheim où Marinette les attend. Elle est à la limite de ses forces. Elle ne dit rien, ne formule aucun reproche mais ses nerfs sont sur le point de flancher. Girier décide de la faire partir pour Paris. La vente de quelques bijoux lui permettra de vivre en l'attendant. Il la conduira à la gare de Strasbourg, demain, avec Simon.

Cette nuit-là, Girier ne dort pas. Au petit matin, son

flair l'avertit qu'un danger est proche. Il s'habille à la hâte et réveille Simon. Marinette est déjà sur pied. Il est temps. Deux Feldgendarmes tapent à la porte de l'établissement. Le trio n'a que le temps de fuir par la fenêtre qui donne sur un petit jardin. Simon retrouve sa voiture qu'il avait, par prudence, garée à une centaine de mètres de l'hôtel.

À la gare de Strasbourg, une affiche attire le regard. Girier s'approche. La photographie qui y figure est la sienne. Sa tête est mise à prix : 50 000 marks. Il faut quitter au plus vite cette zone dangereuse. Marinette prend son billet, passe sur le quai...

Trois jours plus tard, Girier et Simon sont à Schirmeck que traverse la nouvelle frontière entre l'Alsace et la France. Simon a obtenu l'adresse d'un passeur. C'est un employé des P. T. T. qui risque chaque jour sa vie pour aider les prisonniers évadés des camps allemands. L'homme les accueille, les nourrit et leur indique le chemin à suivre.

En ce mois de février 1942, les deux amis ont vingt kilomètres à parcourir en pleine nuit, dans la neige et la tempête. Le sentier longe des pylônes qui leur serviront de points de repère. Au cent trentième, ils trouveront un chemin qui les conduira à une gare de triage en rase campagne. Ils seront en France.

Girier et Simon partent pleins de confiance. Ils ont revêtu une combinaison de cuir et chaussé de gros souliers. Au bout de quelques mètres, ils se rendent compte que la marche pénible prévue, se transforme en calvaire. De tous côtés, la campagne est noyée dans un tourbillon qui les cingle, les étourdit, les étouffe. Ils progressent, têtes baissées. Les bourrasques les aveuglent, les flocons glacés emplissent leurs narines et leur bouche. Le froid est atroce. Ils ne sentent plus leurs mains. Leurs pieds sont gelés. Des milliers d'aiguilles leur transpercent la peau. Ils avancent, arrachant leurs jambes avec effort, l'une après l'autre, de la neige où ils enfoncent jusqu'à mi-cuisse. Ils ne voient les pylônes que lorsqu'ils butent dedans. Alors ils savent qu'ils marchent dans la bonne direction, reprennent courage et repartent, les épaules douloureuses, le dos courbé, contre le vent.

Comme si la tempête de neige ne suffisait pas, les Allemands se mettent de la partie. Des projecteurs s'allument. Des balles soulèvent des cratères de neige autour d'eux. La force de la tempête les sauve. Persuadés de retrouver des corps gelés le lendemain, les Allemands renoncent à les poursuivre. Girier a vidé deux boîtes d'allumettes dans une poche de sa canadienne. Dès qu'il a atteint un pylone, il met une allumette dans l'autre poche. Ces petites brindilles sont le dernier fil qui le rattache à la vie. Elles lui communiquent une sorte de courage aveugle. Tant qu'il aura assez de lucidité pour les compter, il sait qu'il poursuivra sa marche vacillante. A chaque halte, Simon le supplie de l'abandonner.

Il faut qu'il se repose. Qu'il dorme un moment. A coups de genoux, Girier l'oblige à se relever. Il doit lutter pour deux. Les pylônes défilent l'un après l'autre. Les deux hommes s'arrêtent de plus en plus souvent. Leurs pieds ne sont plus que des blocs, difficiles à soulever. Dans leur visage insensible, leurs lèvres sont devenues de luisantes blessures. Ils avancent toujours.

Un peu avant l'aube, la neige s'éclaircit, puis cesse de tomber. Un jour gris se lève sur les rescapés à demi morts d'épuisement et de froid. La cent trentième allumette a rejoint les cent vingt-neuf autres. Girier trouve le chemin de la gare, se traîne jusqu'à une rame de wagons en partance pour La Chapelle. Il fait signe à son compagnon. Sans être vus, les deux hommes se hissent dans un wagon. Douze heures plus tard, ils sautent du train aux abords de la gare de La Chapelle, dans les faubourgs de Paris.

6

LES choses ont changé. Les Allemands saignent la France. Tout ce que le pays produit vient s'engluer dans une gigantesque toile dont Paris est le centre. C'est à Paris que fonctionnent les services spéciaux d'achats créés par l'occupant. La Wehrmacht, la Luftwaffe, la Kriegsmarine, la S. S., la Gestapo, ont chacun le leur, et chaque bureau essaime. Certains, tel le Bureau Otto, se doublent d'une organisation d'espionnage. D'autres sont plus discrets comme celui de la Kriegsmarine, rue Saint-Florentin. Tous paient, souvent à des prix supérieurs à ceux de la taxe officielle, ce qu'ils drainent. Ils distribuent l'argent que leur fournit, à titre d'acompte pour l'entretien des troupes d'occupation, le gouvernement français : trois milliards quatre cents millions par mois. En fait, une partie de cette somme alimente les bureaux d'achats qui paient comptant, sans factures, sans formalités administratives et sans même demander le nom de l'acheteur.

A la période d'euphorie du début, où l'appât du gain et la collaboration ont joué un rôle important, a succédé l'accalmie. Les vendeurs deviennent rares. La collaboration a fait long feu et la peur du châtiment en cas de victoire alliée commence à sourdre dans les consciences. C'est l'heure des intermédiaires. Entre l'acheteur allemand, insatiable, et le vendeur, à qui l'incertitude de l'avenir conseille la prudence, se glisse un troisième larron. C'est lui qui fera fonction d'acheteur pour ses maîtres. Escrocs, voleurs, trafiquants de drogue, maquereaux, faussaires, prostituées, quittent les bas-fonds où ils végétaient. Une faune ambiguë gravite autour des officines allemandes. Son accointance avec le Milieu est évidente : la plupart de ses membres lui appartiennent, mais la protection dont ils jouissent faussent les règles du jeu. Une carte spéciale jaune, barrée de rouge avec leur photographie, les autorise à circuler à toute heure, à réclamer l'assistance de la police allemande, à porter une arme. La police française n'a pas autorité sur eux. Aucune besogne n'est assez abjecte pour décourager ces flics d'un nouveau genre. Les moins intelligents rabattent les vendeurs sur les bureaux d'achat, prélevant une commission au passage. Les plus malins créent leur propre organisation, achètent pour leur compte, revendent avec bénéfice à leurs maîtres. Tous, parallèlement à cette chasse aux marchandises, mènent une autre chasse aux juifs et aux résistants pour le compte de la Gestapo. Les deux activités ne se contrarient pas. La même équipe et le même local servent aux deux. Dans une pièce on reçoit le vendeur, dans une autre on torture. Les cris des victimes dérangent à peine les marchandages.

Quand Girier débarque à Paris, cette nouvelle race d'affranchis tient le haut du pavé. Elle se vautre dans le luxe, se drogue de pouvoir, d'impunité, d'argent. Girier la côtoie dans les restaurants de marché noir, dans les boîtes de nuit, dans les bars à la mode. La tentation est forte. Son credo n'a pas changé : l'argent, tout pour l'argent. Il faut le prendre où il se trouve. Sa réputation de tête brûlée le sert auprès de Frédéric Martin, célèbre sous le pseudonyme de Rudy de Mérode.

Poursuivi pour trafic de drogue puis pour espionnage au profit de l'Allemagne en 1936, Rudy de Mérode, ancien ingénieur qui a travaillé à la construction de la Ligne Maginot, connaît le Milieu mieux que personne. Il a passé quatre ans à Clairvaux d'où il s'est échappé en 1940. Il travaille pour l'organisation Otto. Il recrute des hommes de main, des rabatteurs et des indicateurs, de préférence chez les condamnés de droit commun. Leur tâche sera de dépister l'or et les devises que cachent les particuliers. Rudy propose à Girier de travailler pour lui moyennant un pourcentage sur les prises et la protection de la Gestapo.

Les hommes de Rudy mènent grande vie. Ils sont partout où l'argent afflue. Ils se transmettent les bonnes adresses : bistrots, souvent sordides, où l'on mange comme « avant guerre », bars où tout s'achète... Ils se prétendent courtiers en valeurs, bijoutiers, experts et se déclarent prêts à traiter la vente de n'importe quelle quantité d'or. Le tuyau est transmis de bouche à oreille. « Je connais quelqu'un qui... » La phrase clef finit par atteindre une personne intéressée. La suite est simple. Le rabatteur conduit le vendeur boulevard Maurice-Barrès, à Neuilly, où Rudy a ses « bureaux ». Là, on lui fait « cracher » son or avant de le livrer à la Gestapo.

Girier ignore ce genre de transactions. Il cambriole les appartements. Que l'or et les bijoux aillent chez Rudy, il s'en fout. Un jour, pourtant, il est invité à Neuilly dans l'hôtel particulier que Rudy a réquisitionné. Le maître de maison le reçoit dans le salon où s'entasse de quoi faire la fortune d'un casseur en une seule fois. Tout, des cendriers aux tapisseries, est digne de figurer en bonne place au musée des Arts décoratifs. Dans ce cadre royal, une seule chose cloche : un vieil homme, affreux, nu, le corps couvert de zébrures et de brûlures, est accroupi, les mains enchaînées au radiateur. Sous son corps martyrisé, pour protéger le tapis de la Savonnerie aux armes de France, on a déployé un journal. Girier pâlit. Son expression amuse Rudy qui explique qu'il s'agit d'un juif. Mais il ne se serait pas sali les mains pour si peu, si ce chien avait tout de suite indiqué où il avait caché son or.

Ecœuré, Girier refuse encore d'admettre l'évidence. Pensant qu'il sous-estime son pouvoir et sa richesse, Rudy lui fait faire le tour du propriétaire. L'hôtel particulier est un chef-d'œuvre de goût. Il y règne une activité intense. Des hommes armés de mitraillettes, des femmes élégantes aux chapeaux excentriques, des bourgeois cossus, des voyous, des fournisseurs aux mines patibulaires, des commerçants enrichis, montent et descendent le vaste escalier de marbre. Rudy parle aux uns, sourit aux autres, s'impatiente, donne des ordres. Parfois, un hurlement étouffé, bizarre, s'infiltre dans le bruit des conversations. Personne ne paraît l'entendre, personne ne semble remarquer deux hommes, les mains liées derrière le dos, le visage tuméfié, qui attendent sous bonne garde, dans un des couloirs.

Rudy présente Girier à ses hommes de main et à leurs maîtresses comme s'il était un des leurs. Il lui fait visiter la bibliothèque, le salon de musique, la salle à manger d'apparat. Dans la salle de bain de porphyre à la baignoire encastrée presque au ras du sol, une femme, nue, jeune, aux longs cheveux noirs, est étendue, la tête maintenue sous l'eau par un homme en manches de chemise. Quand elle est sur le point de s'évanouir, l'homme l'attrape par sa chevelure, la soulève hors de l'eau, la gifle pour la ranimer, puis il la replonge et on ne voit plus flotter que ses tresses noires. Girier a l'impression de vivre un cauchemar. Mais les convulsions de la victime, les coups après les gifles, les questions qui reviennent, toujours les mêmes, après chaque immersion et chaque raclée, l'arrachent à son illusion. Il voudrait intervenir, sauver cette femme. Rudy le tire hors de la pièce.

Girier est révolté. Ces méthodes sadiques lui répugnent. Il le dit. Il y a des choses qu'il se refuse à faire, même pour tout l'or du monde. Il se moque de la morale, mais il ne veut pas avoir à cracher de dégoût dans son miroir, chaque fois qu'il se rasera.

Les yeux de Rudy se sont étrécis et un sourire méprisant erre sur ses lèvres. Girier aimerait le lui faire avaler en même temps que ses dents. Il n'a jamais eu autant envie de tuer quelqu'un. Mais il se contient. Il sait que s'il cogne, il ne sortira pas vivant de l'hôtel. Les deux hommes s'affrontent du regard. Rudy baisse les yeux le premier. Dans le Milieu, Girier passe pour un dingue de la gâchette et Rudy sait qu'il est toujours armé. Sa réputation vient de lui sauver la vie. Mais il s'est fait un ennemi mortel.

A partir de 1942, la vie de Girier est une suite de renversements spectaculaires. Il prend de plus en plus de risques. En 1943, il est blessé à la jambe, au cours d'un hold-up, par un policier qui l'a pris en chasse. Arrêté, opéré, transféré à l'hôpital Marmottan, il séduit son infirmière et, grâce à son aide, parvient à s'évader, la jambe dans le plâtre. Il est condamné à boiter toute sa vie et doit marcher en s'aidant d'une canne. Le Milieu le surnomme René la Canne. N'importe qui se serait résigné. Girier, à force de volonté, de soins, de culture physique, parvient à ne plus boiter. Il acquiert même, en s'astreignant à ce long entraînement, une souplesse extraordinaire. Le surnom « la Canne » lui reste — symbole désormais de la force de caractère d'un homme qui a su vaincre le destin.

Juillet 1944. Girier monte une agression contre une usine de banlieue. Il s'agit de plusieurs millions, la paie des ouvriers. Le coup, soigneusement préparé, tourne mal à la dernière seconde. Girier, entré le premier comme prévu, est assommé par les gardiens. Il a été donné par un complice. Les lourdes portes de l'usine se referment sur lui. Celles de la prison s'ouvrent à nouveau. Les Alliés ont débarqué. L'approche de l'effondrement affole les Allemands, les rend plus féroces. On torture, on déporte, on massacre. Il n'y a plus d'espoir. Girier tombe entre les mains de la Gestapo. Rue des Saussaies, on le travaille au nerf de bœuf. Le lieutenant Radler qui l'interroge n'est pas un tendre. Girier est mêlé à d'authentiques résistants qui préfèrent la mort aux aveux. Sept jours plus tard, on l'enferme à la prison du Cherche-Midi. Puis, c'est Compiègne, avec une fournée de déportés. C'est le grand départ pour l'Allemagne, les camps de concentration, la mort.

A Compiègne, Girier a troqué ses chaussures contre un couteau-scie. Il n'en garde que la lame dentée qu'il cache, enroulée dans un morceau de chiffon, dans son anus. Le train de la mort s'ébranle. En trois jours, il parcourt cent kilomètres. Ils sont cent par wagon, cent que la dysenterie ronge, à moitié nus, empilés les uns sur les autres. La chaleur et la puanteur sont effroyables. Peu à peu, des vides s'installent dans cette masse gluante et stupéfaite. Toutes les six heures, les Allemands ouvrent les portes pour évacuer les morts.

Le soir du troisième jour, Girier réussit à percer un trou dans la paroi à côté des tampons. Quatre heures après, il est parvenu à découper une ouverture assez large pour passer. C'est la ruée. Une crise de folie furieuse secoue le wagon. Les déportés se piétinent, se griffent, s'accrochent les uns aux autres. Girier, épouvanté, s'arrache à ceux qui cherchent à le repousser pour prendre sa place. Il saute à l'aveuglette, roule en s'écorchant sur les pierres du remblai, dévale un ravin, se retrouve dans un fourré d'épines. Il est en slip, pieds nus, couvert d'ecchymoses et de sang. Deux cents mètres plus loin, le train s'est arrêté. Des projecteurs s'allument, des mitrailleuses ouvrent le feu. Les déportés, qui courent dans les faisceaux lumineux, tombent comme des marionnettes. C'est la boucherie.

De fourré en fourré, tantôt rampant, tantôt courant, Girier s'éloigne de la voie ferrée. La nuit est rendue au silence. Le crépitement des mitrailleuses s'est tu. Girier court à travers champs, insensible aux chaumes qui lui blessent la plante des pieds. Quand il s'arrête, il confond le halètement de sa poitrine et celui qui lui parvient, assourdi, de la locomotive, puis il réalise que le train est reparti. Il est sauvé mais il n'en éprouve aucune joie. Son regard reste hanté par la vision des corps nus déchiquetés par les balles. Il a découvert un nouveau sentiment : la pitié, quelque chose qui ressemble à de la fraternité.

Après la guerre, René la Canne occupe dans le Milieu une place à part. On le considère comme un franc-tireur, une sorte de bandit de grand chemin, un peu fantasque. Mais on admire son sens extraordinaire de l'organisation.

Les professionnels du gangstérisme, comme tous les professionnels d'ailleurs, se fient à leur savoir-faire, à leur métier. Ils l'ont si bien assimilé, il fait tellement partie de leur nature qu'il ne leur vient pas à l'idée d'en remettre les règles en question. Les amateurs doués réinventent les techniques à mesure de leurs besoins. Chacune de leurs entreprises est une création méticuleuse et originale. Si elle offre trop de difficultés, ils font ce qu'aucun professionnel ne fera : une ellipse, un raccourci inattendu. Le professionnel dit : « C'est impossible » et renonce. L'amateur : « Puisque c'est impossible comme cela, faisons autrement. »

La guerre fut le temps des amateurs. Pilotes, commandos, parachutistes, résistants, aucun ou presque ne sortait des grandes écoles. A sa manière, René la Canne fait partie de ces éblouissants dilettantes.

Si Girier s'était mis en tête de cambrioler les

coffres de la Banque de France, il se serait fait ouvrir la chambre forte par le gouverneur de la banque lui-même. Impossible ? Non. Il aurait, d'abord, kidnappé sa femme. Improvisation ? Il aurait étudié le rapt dans tous ses détails. Comme certains naïfs qui peignent amoureusement chaque tuile, chaque branche, chaque feuille, de la maison ou de l'arbre qu'ils veulent représenter, Girier est un passionné du détail. Quand il prépare un coup, il se renseigne. Pour l'attaque d'un fourgon, tout est noté avec une fantastique précision, résultat d'une minutieuse enquête menée tantôt sous l'apparence d'un chauffeur de taxi en stationnement, drapeau baissé, dans l'attente d'un client, tantôt sous celle d'un fonctionnaire municipal ou d'un employé du gaz. Tout intéresse Girier. Les données essentielles, d'abord : topographie, heures d'arrivée du fourgon, temps qu'il faut pour charger la recette, nombre d'employés, etc. Mais aussi, des informations à première vue sans importance. Girier se renseigne sur le nom de l'homme qui porte les sacs dans le véhicule. Il sait que le fait de l'interpeller par ce nom peut créer l'effet de surprise qui le sauvera en cas de coup dur.

Depuis que la police s'est réorganisée après la période trouble de la Libération, il redouble de précautions. Il a toujours sur lui deux modèles de lunettes pour modifier sa physionomie, plusieurs cartes d'identité à des noms différents, des tampons de coton pour augmenter les volumes de son visage. Il est toujours armé d'un Colt ou d'un P 38 passé dans sa ceinture. Il a la passion des armes.

C'est dans le choix de ses équipiers qu'il se montre le plus méfiant. Il a la hantise des indicateurs. Son expérience de l'Occupation lui a inspiré un dégoût profond du Milieu. Il s'entoure de truands habiles et intelligents qui sont à sa dévotion. En dehors des « affaires », il évite de les fréquenter. Ses amis n'appartiennent pas au mitan, même s'ils vivent, sous de solides couvertures, en marge de la loi.

Girier, comme tous les hommes traqués, cloisonne son existence.

Il est prudent. Cette prudence lui a fait relever un matin, devant le 36 quai des Orfèvres, les numéros des voitures dont se sert la P.J. et photographier, au téléobjectif, les visages de ses éventuels poursuivants. Plus d'un inspecteur serait étonné de voir, dans les poches de Girier, sa physionomie en noir ou en couleurs, digne du meilleur portraitiste.

René la Canne mène sa vie comme s'il s'agissait d'un jeu, une sorte de partie d'échecs contre un adversaire inhumain. Cet adversaire, Girier peut l'appeler la Société, la Loi, les Conventions ou même les Flics, peu importe. En réalité, il ne connaît pas son visage. Il ne voit que la combinaison qui après un certain nombre de coups mettra le monstre échec et mat. Peut-être sait-il au fond de lui-même qu'il n'a aucune chance de gagner, pas plus que contre l'automate de Kempelen, mais rien ni personne ne l'empêchera de bouger ses pièces.

C'est son vice. Comme la chasse est le mien.

7

C'EST extraordinaire comme une conversation peut éclairer brusquement les choses d'un jour nouveau. Pour Delpêche, au début de ce mois d'août vide de nouvelles, dans le calme des premières vacances insouciantes de l'après-guerre, l'affaire Van Cleef tombe à pic. Le nom et la photo de Girier vont s'étaler à la une de tous les journaux. L'appétit de Delpêche pour les nouvelles à sensation s'ajoutera à la soif d'avancement du Gros. Deauville deviendra le point de départ d'une nouvelle chasse à l'homme.

Il est quatorze heures trente. C'est l'heure où la marée multicolore déferle vers la plage. Une colonie de vacances s'étire sous le soleil, suivie par un jojo boutonneux qui postillonne dans un harmonica. Delpêche doit avoir sommeil car il bâille à s'en décrocher les maxillaires. Il réclame la note, règle par chèque, griffonne sur le coin gauche de la facture « déjeuner Borniche » et la range dans son porte-carte. Il se lève tandis que je quitte ma chaise avec quelque difficulté; je constate que son verre est plein, que la bouteille de Krug est vide et je réalise qu'il m'a fait boire pour me faire parler alors qu'il se servait modérément. Le salaud, je lui revaudrai ça !

Il n'y a pas loin de la place du Casino à la rue de la Plage. J'enlève ma clef du tableau — le 7 est mon chiffre porte-bonheur —, Delpêche s'empare de la sienne et nous montons, côte à côte, les marches jusqu'au premier étage où se trouve sa chambre. Il donne un tour de clef. Tandis que je disparais dans le coude de l'escalier, je l'entends me dire d'une voix somnolente :

« Tu te rends compte du papier que je tenais si la Bégum s'était fait braquer dans la bijouterie ? Elle arrive tout à l'heure à l'aérodrome de Saint-Gatien.

— Tu as raison, dis-je, en continuant mon ascension. Arpels et la Bégum, ça aurait fait du bruit. Pas pour nous, les poulets, pour vous. Salut, René, et merci. J'ai trop mangé. Je vais faire une sieste. »

Je claque la porte derrière moi. Je n'ai pas une minute à perdre. Dès que le journaliste sera dans sa chambre, je foncerai à Deauville rendre visite au commissaire qui a procédé aux premières constatations. Je ferai ensuite un saut à Blonville pour interroger le témoin dont m'a parlé Delpêche. Et dans la soirée, si j'en ai le temps, j'irai dire bonjour à la propriétaire de l'hôtel Ariana.

Passé la Touques, on pénètre dans un autre monde. Côté Trouville, on est sur terre au milieu d'êtres humains. Côté Deauville, c'est la science-fiction, une autre planète. De l'argent coule dans les veines des gens qui se rassemblent ici, pas du sang. Et tout ce que l'argent peut procurer se trouve à Deauville, lisse, brillant, incorruptible, aseptisé.

Le commissaire Lemonnier est un homme courtois. Je ne dirai pas que le Casino a déteint sur lui, mais j'ai rarement rencontré un commissaire de police aussi glacé. Elégant et flegmatique, il se tient à son bureau comme à une table de baccara. Je crois entendre le bruit mat des plaques quand il remue ses dossiers. Il me dévisage avec cette supériorité mêlée de crainte qu'ont les commissaires envers les inspecteurs envoyés par la direction. Je le mets à l'aise : ma mission n'a rien d'officiel. En raison de l'importance du butin, Paris souhaite seulement avoir des détails sur le hold-up.

« Je sais, dit Lemonnier, votre patron m'a appelé tout à l'heure. Il s'étonnait de ne pas avoir eu de vos nouvelles ! »

Il soulève le combiné d'un téléphone sans cadran, tapote le support avec nervosité, obtient le standard :

« La direction, commande-t-il. Anjou 28-30. En urgence ! » Puis, relevant la tête :

« Il a demandé que vous l'appeliez dès votre arrivée. Il avait l'air furieux. »

Je m'en moque. La mauvaise humeur du Gros passera. Comme passent, en ce moment, dans le ciel, de petits nuages blancs.

« Bon, reprend le commissaire Lemonnier. Il faut donc que je recommence par le début. »

Il en est à l'arrivée des gangsters dans la bijouterie lorsque le téléphone sonne. Il me tend l'appareil.

« Borniche ? Ce n'est pas trop tôt. Est-ce que c'est bien René la Canne ? »

La voix du Gros résonne dans l'écouteur comme s'il se trouvait dans la pièce voisine, près du secrétaire chauve et râblé qui, par la porte entrouverte, jette de temps en temps un œil furtif dans ma direction.

« Je ne sais pas encore, patron. Plusieurs indices le laissent supposer, mais rien de sûr. Je vous appellerai en fin de soirée.

— Bien. » Il semble déçu. « Vous avez entendu la radio ? »

Quelle question ! Comment aurais-je pu écouter la radio ? Je ne suis à Deauville que depuis midi et je n'ai pas emporté un poste dans ma valise !

« Non, pourquoi ? »

Je subodore que le nom de Girier a été prononcé et que c'est maintenant officiel : Girier est l'auteur du vol des bijoux de Van Cleef. J'entends Vieuchêne grommeler :

« C'est toujours pareil. Rien ne les intéresse, ces jeunes. Pourquoi, pourquoi !... Parce que la Bégum vient de se faire dévaliser de deux cents millions de bijoux alors qu'elle allait prendre l'avion pour Deauville ! Vous vous en foutez, bien sûr. Trois cents millions en deux jours, ce n'est quand même pas si mal. Vous rendez-vous compte ? »

Raccroché. Je me rends compte, en effet, mais qu'y puis-je ? Toute la France est en vacances, sauf les truands. Les paroles de Delpêche me reviennent en mémoire. Ce n'est pas un cerveau qu'il a, ce journaliste, c'est un radar !

Le commissaire Lemonnier m'interroge du regard. Sans la moindre compassion pour son collègue du Midi, il déclare :

« J'aime mieux ça pour lui que pour moi ! Deux hold-up à Deauville, c'était mon séjour à Vesoul assuré. »

Nous revenons sur l'affaire qui m'intéresse. J'apprends un fait qui m'étonne : un des agresseurs a oublié son Colt dans le coffre du bijoutier. A sa place, il a emporté l'automatique de Jacques Arpels.

Il y a de quoi être surpris. C'est la première fois, dans l'histoire du crime, qu'une telle étourderie a lieu. Et ma stupéfaction s'accroît lorsque j'apprends qu'une bague de huit millions et le permis de conduire d'un des auteurs du coup, un certain David Médoui, ont été retrouvés dans la mare asséchée du *Loup pendu* à Blonville. Il n'est pas pensable que Girier se soit entouré d'une troupe d'amateurs aussi farfelus.

« Et la voiture, monsieur le commissaire ?

— Volée, naturellement ! A un Parisien, Paul de Rozay, 21 rue Leconte-de-Lisle, quelques jours avant l'agression. Aucune empreinte lisible. Trop de mains l'ont tripotée après son abandon. »

Comme toujours, la description des agresseurs par leurs victimes est vague, pleine de fantaisie et de contradictions. Jacques Arpels a été frappé par la grossièreté de leur langage, non par leur taille. L'huissier se souvient d'un costume marron qui lui a paru gigantesque, alors que les imperméables lui ont semblé étriqués. Le second vendeur, un jeune homme émotif et distingué, affecté d'un léger bégaiement, a été impressionné par la musculature des individus. Enfin, sur son lit d'hôpital, Armand Coutant les voit tous grands et forts. Des hercules !

Personne non plus n'est d'accord sur le déguisement. Portaient-ils des masques, des loups, des bas, des passe-montagnes ou des cagoules ?

« Il paraîtrait qu'une tenancière d'hôtel à Trouville... »

Le commissaire a un vague haussement d'épaules :

« Oui. Attendez...»

Il appuie sur un bouton et, presque aussitôt, la porte du fond du cabinet s'entrouvre.

L'inspecteur Duruy est un peu moins réservé, un peu moins élégant, un peu moins courtois que le commissaire Lemonnier. Mais beaucoup plus précis que Delpêche. Comme le Gros, le journaliste a fait du zèle, Mme Gondera n'a jamais dit que Girier avait séjourné à son hôtel. Elle a simplement déclaré qu'elle était certaine qu'il avait pris un verre dans son bar, quelques jours avant le hold-up.

Cette affirmation faite à la cantonade, dans l'excitation provoquée par le braquage, était revenue aux oreilles de Duruy. Quand il s'était présenté à l'hôtel pour interroger Mme Gondera, elle était absente. Questionné, son mari avait haussé les épaules.

Sa femme, avait-il dit, était une victime de la presse à sensation. A force de lire toutes sortes de détails sur la vie des vedettes de l'actualité, elle avait l'impression de les connaître intimement. Deauville n'arrangeait pas les choses. Vivre là, pour une tête légère, c'était évoluer dans un monde peuplé de stars, de têtes couronnées, de milliardaires et d'aventuriers. Entre *Samedi-Soir*, *Détective*, *France-Dimanche*, *Noir et Blanc*, Mme Gondera s'était fait des relations imaginaires. Elle connaissait mieux que quiconque la vie privée des gens en vue, reine ou truand, starlette ou armateur grec. Bref, M. Gondera conseillait à l'inspecteur de ne tenir aucun compte des déclarations de son épouse, fantasmes d'un esprit surchauffé par les racontars des journalistes...

8

C'est tout autant pour calmer mes nerfs que pour admirer le paysage que je me suis assis dans l'herbe, à deux pas de la mer, tandis que le chauffeur de taxi que j'ai pris bâille à son volant, les pommettes teintées par le calvados.

Le village de Blonville est aussi coquet de près qu'il le paraissait de loin. Les villas sont riantes, le gazon des jardins bien entretenu. Les colombages bistres tranchent sur les murs clairs des maisons que je contemple à travers les portails à claire-voie.

C'est curieux. A chaque fois que je me mets en piste, j'entre dans un état de surexcitation intense. Pourtant je sais que rien, ni dans mes gestes, ni dans ma voix, ne le trahit. Apparemment je reste de marbre. Au contraire, plus l'obsession de la recherche m'envahit, plus elle dévore mes pensées, plus mon calme augmente. Moi qui suis d'habitude nerveux, inquiet, vif, je me montre ordonné, méthodique, sûr. Je deviens patience, attente, circonspection.

Je comprends la lenteur du pêcheur, sa méticulosité quand il affûte ses hameçons et qu'il prépare ses leurres avec les doigts patients de l'horloger, le temps qu'il perd à monter ses bas de ligne comme si sa vie dépendait d'un nœud mal fait ou d'une épissure incertaine. Je comprends la solennité du chasseur qui démonte et graisse son fusil, les heures qu'il passe à fabriquer lui-même ses cartouches, à doser les plombs et la poudre, à vérifier les amorces, alors que le gibier court et qu'il n'y a qu'à se lancer à sa poursuite. On dirait que quelque chose de mystérieux relie le chasseur et sa proie, un lien important et fragile, si fragile que le moindre geste un peu brusque, la moindre action irréfléchie, la moindre erreur peut le briser.

Pour moi, le métier que j'exerce n'aurait aucun sel si je n'étais pas chasseur dans l'âme. Le nom de Girier a réveillé ma fièvre. Je sens, je sais que je n'aurai plus un instant de repos avant de l'avoir découvert et arrêté.

« La villa de « Monsieur Cinq pour Cent », s'il vous plaît ? »

Derrière la haie de prunus, l'air soupçonneux, le jardinier me scrute, les mains dans la poche de son tablier bleu d'où émerge le manche d'un sécateur. J'ai abandonné le taxi à 50 mètres de là et je me suis engagé dans le chemin des Enclos.

L'inspecteur Duruy, dans un élan de camaraderie, souhaitait m'accompagner. J'ai décliné l'offre. Je préfère être seul. Pour réfléchir, d'abord. Pour exploiter le tuyau que je peux éventuellement recueillir, ensuite. Dans le cas présent, je ne me fais pas d'illusions : les collègues de Rouen sont passés avant moi, ils ont plusieurs longueurs d'avance.

Duruy m'a expliqué que la mare du *Loup pendu* se trouvait à proximité de la propriété du milliardaire Calouste Gulbenkian, baptisé « Monsieur Cinq pour Cent » en raison du taux d'intérêt qu'il prélève sur la production pétrolière de Moussoul, dans le golfe Persique. Je cherche donc la villa.

« C'est pour quoi ? »

Le fait de poser cette question prouve que je suis sur la bonne voie.

« Police, dis-je, ma plaque dorée à la main. Je voulais voir M. Garbi Selian le jardinier de « Monsieur Cinq pour Cent ». Et j'ajoute, sur un ton de confidence. « Pour le vol de Deauville. »

L'homme pousse un soupir, écarte le feuillage d'un mouvement d'épaules, colle sa face basanée sur le grillage et me dévisage de ses petits yeux.

« C'est moi, grogne-t-il, seulement j'ai déjà raconté tout ce que je sais. Je n'ai rien d'autre à dire. »

J'acquiesce d'un signe de tête :

« Naturellement ! » Il ne faut jamais, au début d'une conversation, brusquer ou contrarier un témoin, sous peine de réticence définitive. « Je viens juste vous montrer une photo. Peut-être que ce gars-là est dans le coup. »

Je tire de ma poche le cliché anthropométrique de Girier, catalogué 856775 en mai 1944 par la préfecture de Police. C'est tout ce que j'ai de lui. Il apparaît de face et de profil, un léger sourire aux lèvres, sans cravate, la pomme d'Adam saillante, au-dessus du col ouvert de la chemise. Le jardinier observe la photographie à travers la clôture, hésite, fronce le sourcil, l'observe à nouveau :

« Ma foi, déclare-t-il, c'est possible, il se peut que ce soit lui. Seulement...

— Seulement ? »

Je guette la réponse, toutes griffes rentrées, freinant mon impatience comme le chat, derrière l'arbre, guette l'oiseau. Les lèvres du jardinier s'agitent. Ou c'est la bombe qui, en déchaînant les rotatives, va exploser au nez de la France entière : « René la Canne nargue la police, un coup fantastique de Girier à Deauville, cent millions de bijoux dans les poches de l'ennemi public n° 1 » ou c'est le pétard mouillé qui va réduire à néant les suppositions du Gros, les espoirs de Delpêche et les fantasmes de Mme Gondera.

« La photo est vieille. »

Voilà ! C'est tout ce qu'il trouve à dire, le père Selian. J'en reste groggy. Que la photo soit celle de l'homme qu'il a aperçu la veille près de la mare en galante compagnie, qui a peut-être commis le hold-up le plus sensationnel de ces dernières années, que toutes les polices recherchent avec plus ou moins de bonheur, plutôt moins que plus, il s'en fout ! Ce qui l'intéresse, lui, c'est la fraîcheur du cliché ! De quoi être dégoûté des témoignages jusqu'au restant de mes jours.

J'avale mon irritation et c'est d'un air très calme que je tends une Philip Morris à travers le grillage. Chaque semaine, j'en fais une provision auprès des Arabes de la place Blanche à un prix nettement inférieur à celui de la Régie.

« Bien sûr, dis-je, la photo est vieille et le type a un peu grossi. Mais les traits sont les mêmes, vous ne croyez pas ? »

Le jardinier se penche vers le feu de mon briquet, aspire, toussote, souffle une large bouffée de fumée, examine encore la photo. Ma foi l'impressionne, il voudrait me faire plaisir. Il ferme un œil, puis l'autre, recule, se rapproche, soulève son chapeau de paille, se gratte la tête avec son auriculaire droit, semble réfléchir, replante son chapeau et finit par lâcher :

« Venez. »

Je m'attendais à tout, sauf à ça. Mon témoin disparaît derrière la futaie et je perçois le bruit de ses sabots sur le gravier de l'allée. Je le suis, à l'oreille, calquant mes pas sur les siens, jusqu'à l'imposant portail de la propriété. J'attends une déclaration fracassante. Je bous.

« Vous savez, commence-t-il, je n'ai pas vu grand-chose. J'étais dans ma jeep et, près de la mare, une Citroën bouchait le passage. Les types l'ont poussée et je suis passé. J'ai juste eu le temps d'en voir un qui jetait quelque chose dans la mare et un autre qui était avec une fille, dans le chemin, près d'un cabriolet. C'était un grand, beau garçon. Si j'avais su que ça avait une telle importance, j'aurais relevé le numéro. J'ai jamais pensé que c'étaient des gangsters. C'est vos collègues qui m'ont dit ça. » Il ôte de sa lèvre un morceau de tabac blond et s'essuie du revers de sa manche. « Quand je suis repassé, il n'y avait plus personne. Sauf la bagnole. Voilà ! »

Ce n'était vraiment pas la peine de quitter la haie de prunus pour me dire ça ! J'insiste :

« Et le grand mince, ce n'est pas celui de la photo, vous êtes sûr ? »

Le jardinier soulève ses larges épaules :

« Franchement, je peux pas dire. Vos collègues m'en ont montré une qui correspond à la vôtre. Ça se peut que ce soit ce type-là, comme ça se peut que ce ne soit pas lui. Vous voyez ce que je veux dire ? »

Je vois. C'est la réponse type du Normand. Doublé de l'Arménien ! Mais je ne peux rester dans l'incertitude. Il me faut des détails supplémentaires, sur la physionomie, l'âge, l'attitude des suspects. C'est capital : à Deauville, ils étaient masqués; ici ils ont quitté leur déguisement.

J'interroge :

« Vous ne les avez pas entendus parler ? Je ne sais pas, moi. Ils étaient jeunes, âgés, blonds, bruns, petits, grands... ?

— Bah ! Si vous croyez que j'ai fait attention ! Je les ai pris pour des vacanciers, moi. Il y en a beaucoup qui viennent ici, pique-niquer. Tenez, j'ai trouvé un bout de papier mais je sais pas si c'est intéressant. Et pis, rien ne prouve que c'était à eux. C'est un ticket de cinéma... »

Il se baisse, soulève un pot de fleurs renversé sur la bordure du muret et s'empare d'un coupon de papier rectangulaire qui a, en effet, l'apparence d'un ticket de cinéma. Il est imprimé au recto mais l'humidité a détrempé les chiffres, la date et une partie du nom. Il me le tend. Avec difficulté, je lis « ...llet 1969 -...87-473... lennes-sur-Seine ». Je reste sans voix.

« Aucun intérêt, en effet, dis-je enfin en recouvrant mon sang-froid. Vous l'avez montré à mes collègues ? »

Le jardinier secoue la tête.

« Non. Je l'ai trouvé dans le gazon, après leur

passage, pas loin d'où se tenait la voiture de sport. »

Je fais semblant de transformer le ticket en boulette et de le jeter au loin. Comme je suis un peu prestidigitateur, je l'empalme et je le glisse dans ma poche. Les dieux sont avec moi. Je suis sur une piste. Une bonne. Une filière dont les policiers de Rouen n'auront pas connaissance.

Je sais que Girier pratique l'aviron. C'est pourquoi il possède un torse si développé, une musculature aussi puissante. Je sais aussi qu'il est un fervent du bateau et qu'il fréquentait la plage de Villennes-sur-Seine et l'île des naturistes. J'avais vu ça, quelque part, dans le dossier. Je n'y ai pas pensé plus tôt mais je suis maintenant persuadé que là-bas, en guettant un peu...

« Vous avez encore besoin de moi ? »

La voix du jardinier me tire de mes réflexions.

« Non, merci. Il se peut que je revienne vous voir. Merci encore. »

Quand je serre la main du brave homme, quelques gouttes de pluie frappent mon visage. Je me félicite d'avoir pris un taxi, bien que je ne sois pas sûr que le Gros me le remboursera.

9

On entre dans l'hôtel Ariana par la salle de bar. Un bouquet de glaïeuls posé sur le comptoir tente de donner à l'endroit un air luxueux. C'est un café-hôtel assez modeste.

A la caisse, une femme blonde, grasse et molle, aux yeux bleus humides, dont les lèvres ont dévoré un tube de rouge, feuillette un illustré. Elle me dévisage avec curiosité. Je suis le seul client. Comment, avec un visage aussi amorphe, réussit-elle à exprimer un sentiment ? Le mystère me dépasse.

« Un café, madame, s'il vous plaît ! »

Mme Gondera se lève, soupire, fait siffler un jet de vapeur, me sert. Elle en profite pour me regarder sous le nez. Je comprends alors que la curiosité irradie d'elle, l'illumine en transparence. J'ai l'impression d'être englouti par une sorte de polype humain.

« Vous, finit-elle par me dire en minaudant, je vous ai déjà vu.

— Ah ? »

Mon visage doit exprimer l'étonnement puisqu'elle ajoute :

« Si, si. Je suis sûre de vous avoir déjà vu. »

Elle incline la tête. Je m'apprête à lui poser une question quand elle s'exclame, et cette fois ses traits reflètent l'extase :

« Vous êtes l'inspecteur Borniche ! »

Je reste cloué sur place. Je ne suis pas plus modeste qu'un autre, mais je ne m'imaginais pas être connu à ce point. Elle précise :

« J'ai vu votre photo sur *Détective*, avec Pierrot le Fou. C'est vous qui l'avez arrêté, non ? »

A mon tour, j'incline la tête, faussement humble :

« C'est vrai. Félicitations, vous êtes physionomiste.

— Je n'oublie jamais un visage, dit-elle épanouie, surtout quand il a été dans les journaux. Quel effet est-ce que ça fait ?

— Quoi ? d'arrêter un criminel ?

— Non. D'avoir sa photo dans le journal. »

Elle me dit ça comme s'il s'agissait d'une initiation religieuse. Son expression reste extatique. J'ai affaire à une demeurée, douée d'une mémoire d'éléphant ! Elle en rajoute :

« Vous vous rendez compte, tous ces gens qui vous reconnaissent dans la rue. Ça doit être grisant, non ?

— Peuh ! fais-je d'un ton blasé, n'exagérons rien. A Deauville, vous rencontrez tellement de célébrités que vous n'y prêtez plus attention. »

Elle prend un air condescendant et désabusé. Son regard balaie le comptoir désert, comme si elle apercevait une foule bruyante et joyeuse de vedettes en train de se taper un blanc sec. J'ai l'impression d'assister à un miracle. Les fantômes des personnalités qui hantent son cerveau semblent s'être brusquement matérialisés sous ses yeux. Pourtant elle hésite. Le rôle de la femme rassasiée des gloires de ce monde la tente une minute. Sa curiosité est la plus forte.

« Vous êtes venu pour l'enquête, hein, je parie ? »

Elle ne me laisse pas le temps de mentir. Déjà, elle se penche par-dessus le comptoir, me touche l'épaule et enchaîne sur un ton de confession :

« Eh bien, vous pouvez dire que vous avez de la chance, vous. »

Elle me raconte que quelques jours avant le hold-up,

un mercredi ou un jeudi, un homme jeune, beau, grand, l'air d'un archange (elle roule des yeux), était entré dans le bar. Elle était seule au comptoir, son mari s'étant absenté ce jour-là. Le visage fin de l'inconnu, ses pommettes saillantes, ses prunelles à l'éclat vert, mordoré, sa bouche « dévoreuse » avaient tout de suite attiré son regard. Lui-même l'avait fixée comme s'il la connaissait depuis toujours. En même temps une voix intérieure, la même que celle qui l'avait prévenue à mon entrée, lui disait : « Mathilde, tu connais cet homme, tu l'as déjà vu... » Ce regard plaqué sur elle l'avait fait chavirer. Soudain, l'illumination : ce jeune homme n'était ni un acteur de cinéma, ni un play-boy international, ni un champion illustre. C'était le chef du « gang des intellectuels », le « roi de l'évasion », le « bandit bien-aimé », celui que les truands surnomment « René la Canne » : René Girier !

Mme Gondera a lu ses exploits, connaît sa vie par cœur. Il y a quatre mois, il s'était évadé de la prison de Pont-l'Evêque. La presse s'était emparée de sa biographie. A ce souvenir Mme Gondera se pâme.

« Une panthère, monsieur l'inspecteur, avec sa grâce ondoyante et, je le sentais, la griffe prête à sortir. J'en ai été toute drôle ! »

Je me représente la scène. Mme Gondera avait jeté un coup d'œil furtif dans la glace pour s'assurer que son rouge et sa mise en plis avaient bien supporté le choc et quand elle s'est retournée, un sourire à la fois effarouché et complaisant aux lèvres, pour montrer qu'elle l'avait reconnu, Girier avait disparu. Sur le comptoir devant sa place vide, un billet glissé sous la soucoupe attestait qu'elle n'avait pas rêvé.

Quoi qu'en pense son mari, le témoignage de Mme Gondera rejoint celui du jardinier Sélian. Girier se trouvait bien à Deauville avant et pendant le hold-up.

Je suis maintenant convaincu qu'il ne s'agit pas d'une coïncidence.

La nuit est tombée quand je regagne mon hôtel. Dans la case 7, derrière ma clef, je trouve une enveloppe à en-tête du Florian.

« Déjà la facture, me dis-je. La confiance règne. »

Je déchire l'enveloppe et je déplie le mot ainsi griffonné :

> *Mon cher Roger,*
> *Tu t'es barré en douce mais je ne t'en veux pas. J'aurais aimé te dire au revoir avant de prendre la route. Le canard m'envoie à Cannes pour l'affaire de la Bégum. Je laisse tomber le papier sur la Canne. En revanche, préviens-moi dès que tu penses le fabriquer. J'aimerais être là. Bien à toi et mille fois merde.*
> DELPÊCHE.

Je retourne la feuille mais il n'y a rien au dos. Alors, je replie lentement le message que je glisse dans ma poche, je jette un coup d'œil à la clef de Delpêche qui pend au clou de sa case, désormais abandonnée, et je monte à ma chambre.

Je n'ai pas faim. Je pense à Girier. Il faut que je le découvre, coûte que coûte, que je mette en piste tous mes indics — malgré ce que je laisse entendre au Gros, ils ne sont pas nombreux —, ceux qui sont dehors comme ceux qui sont dedans. Je n'ai plus rien à faire ici. C'est à Paris et peut-être à Villennes que j'ai le plus de chance de découvrir une filière.

Je me déshabille et je me couche. Je suis long à trouver le sommeil. Les exclamations assourdies de la rue me parviennent. Les miaulements de chats dans la nuit m'énervent.

Enfin, vers deux heures, je m'endors en pensant au corps splendide et nu de Marlyse.

10

« BORNICHE, vous êtes un rêveur ! »

L'apostrophe du Gros m'arrive en pleine face alors que, mon exposé terminé, je m'attendais à ce qu'un *satisfecit* sans réserve me soit décerné.

« C'est ça, mon cher, continuez à ramasser les tickets ! Ils vous conduiront tout droit à Girier. Je vais même vous donner un tuyau : foncez à Longchamp, après le Grand Prix, ou à Auteuil, avec une brouette. Vous n'aurez que l'embarras du choix ! »

Vieuchêne me fixe quelques instants avec compassion, rythmant sa désapprobation d'un mouvement latéral de la tête, puis il soulève les épaules et il ajoute, d'un ton las :

« Cent fois, je vous ai dit de contacter vos indics mais vous n'écoutez rien. Vous n'en faites qu'à votre tête. Vous vous cramponnez à cette histoire de ticket qui ne vous mènera nulle part. D'ailleurs, rien ne prouve que Girier l'ait perdu. Le croyez-vous assez stupide pour s'en aller faire du pédalo sur la Seine, en plein mois d'août, avec le magot qu'il vient de ramasser ? »

D'une chiquenaude dont il a le secret, le Gros rabat ses lunettes sur son nez et se replonge dans le pointage du courrier régional qui sera tout à l'heure distribué aux sections intéressées. Je le regarde œuvrer sans mot dire, debout contre son bureau, désarçonné par son argumentation. Je constate que, comme chaque fois qu'il est contrarié, une touffe rebelle s'échappe de sa chevelure noire, lustrée par la brillantine. Sans lever la tête, le Gros continue à parapher de rouge les rapports de synthèse qu'il parcourt d'un œil exercé, ce qui ne l'empêche pas de poursuivre ses lamentations :

« Que vous le vouliez ou non, à ce petit jeu-là, nos amis de la P.P. seront gagnants ! Ils ne vont pas se gêner pour sucrer Girier sous votre nez ! Croyez-moi, ils ne vous ont pas attendu pour connaître tous les bas-fonds de Paris... »

Le Gros soulève brusquement la tête et pointe sur moi un crayon rouge vengeur :

« A Paris, mon petit Borniche, les indics de la P.P. grouillent, vous m'entendez bien, comme des vers sur un cadavre. »

En gagnant la porte, je pense que le lyrisme policier a déformé la pensée profonde du Gros. Je me trompe.

Quand Charlot le Lyonnais se met à cogner, Marcel Cerdan lui-même n'y résisterait pas. Ça part du droit, du gauche, du genou, du pied, ça fouette, ça cingle, ça fait mal et ça marque. Martine vient d'en faire l'expérience.

Assise devant la coiffeuse en sycomore de son luxueux appartement de la rue de la Faisanderie, les yeux rougis d'avoir pleuré, endolorie, Martine brosse ses longs cheveux bruns, la tête penchée sur le côté. Ses épaules maigres, ses omoplates saillantes lui font un dos de garçon que barre d'un trait noir l'élastique du soutien-gorge. Au-dessous de la taille, les formes s'évasent, redeviennent douces et féminines.

Allongé sur le divan, les mains derrière la nuque, Charlot l'observe du coin de l'œil. Il regrette d'avoir frappé si fort. Les traces de coups bleuissent les hanches, les épaules et les cuisses. Ses doigts ont laissé, par endroits, des zébrures violacées. Charlot soupire. La correction était méritée, bien sûr, mais les clients n'aiment pas les filles marquées. Ils s'imaginent qu'elles sont libres, qu'elles sont à eux, qu'elles vont découvrir la vie en leur compagnie. Ils paient pour ça, ces caves ! Ils se nourrisent d'illusions qu'il faut savoir entretenir. Mais, bon Dieu, pourquoi Martine s'est-elle envoyée en l'air pendant son absence ? Avec un truand, encore ! Et quel truand !

À ce souvenir, la colère de Charlot se ravive. Si la Canne avait eu des intentions sérieuses, il aurait pu, au moins, proposer de transiger, de fixer le montant de l'indemnité — le terme « amende » le rebute — à quelques briques réglées cash ! L'offre aurait été juste pour un sujet comme Martine, une des meilleurs gagneuses de la Madeleine, malgré son côté mi-fille, mi-garçon, avec ses seins menus, ses jambes fuselées et ses yeux immenses qui remontent vers les tempes.

Au lieu de ça, Girier se l'était faite au béguin ! Il s'était foutu des sentiments et de la recette du Lyonnais. Il avait bousculé les lois de la morale, l'avait ridiculisé. Ça n'allait pas se passer comme ça, foi de Charlot. Si le Milieu partait en brioche, si les braqueurs et les nanas jouaient aux Roméo et aux Juliette pendant que les hommes étaient en vacances, où allait-on ? C'en était fini de la profession, de ses règles, de sa justice. Il ne perdait rien pour attendre, le René. En avant-première, la Martine avait dérouillé !

Pour l'instant, elle lisse ses cheveux en arrière, puis en quelques gestes précis, elle les remonte en boucles sur les côtés. Charlot s'est levé. Il fixe de ses yeux mornes le visage de la jeune femme dans la glace. Il pose ses mains manucurées de chaque côté du cou gracile. Ses doigts boudinés serrent les muscles des épaules. Martine sait par expérience que la pression, pour l'instant indolore, peut se transformer en supplice. Son corps se raidit contre la douleur qu'elle appréhende. Les doigts bougent imperceptiblement. Martine retient son souffle. Inutile d'essayer de se dégager car, au moindre mouvement, ils se refermeraient comme un étau. Lentement, le buste immobile, elle avance une main vers la coiffeuse, saisit dans une coupe quelques épingles à cheveux.

« Fais attention, dit-elle d'une voix neutre, tu vas me décoiffer. »

Charlot le Lyonnais desserre son étreinte, secoue la tête et se met à arpenter la chambre.

Avant la guerre, Charles Delannoy, dit Charlot le Lyonnais, était « le placeur » le plus prisé du marché parisien de la prostitution. Son métier consistait à ravitailler les maisons closes et les clandés. Il connaissait les meilleures adresses de France, les spécialités de l'étranger, le pedigree de chaque fille, les besoins de chaque établissement. La « remonte » étant le souci majeur des tenanciers, il avait le chic pour renouveler le stock, présenter de nouveaux sujets, varier les appâts. Qu'il s'agisse d'un claque dans une ville de garnison ou d'une maison close de première classe à Paris, au Caire ou à Beyrouth, Charlot le Lyonnais remplissait ses obligations avec la ponctualité et le sérieux d'un directeur de bureau de placement. Il ventilait les filles entre plusieurs maisons et percevait sa commission en deux fois : la première à la réception du colis, la seconde quand la femme avait satisfait aux exigences de son nouvel employeur. Un départ se produisait-il, Charlot le Lyonnais réglait les dettes et offrait le voyage. Par contre, il prélevait d'office sur la fille, l'indemnité de sanction. On le consultait comme expert et comme juge. Dans le Milieu, Charlot le Lyonnais était considéré.

Il l'était moins par la préfecture de Police qui, à tout moment, pouvait le faire tomber comme un vulgaire souteneur. Cette idée le rongeait. La Mondaine s'intéressait aux marchands de viande. De temps en temps, elle organisait une rafle et les cueillait au petit matin dans leur hôtel de Montmartre ou dans leur studio stylisé du boulevard Suchet. Rien de bien grave, simplement une façon un peu brutale de leur rappeler que leur sécurité n'était qu'apparente et qu'il fallait savoir collaborer.

Ce qui intéressait la P.P., c'étaient les registres des placeurs, le répertoire analytique de la corporation, qu'elle entendait consulter à sa guise. Charlot voulait la paix. Il se considérait comme un commerçant, une sorte de maquignon d'une classe supérieure, parfaitement en règle avec la société. Dans cette optique, ses rapports avec les autorités prenaient presque une allure respectable. Il avait coopéré avec la préfecture dans le secret des arrière-brasseries.

Charlot le Lyonnais s'assied sur le lit, allume une cigarette. En slip et soutien-gorge, Martine papillonne dans la chambre. Charlot ne la regarde pas. Un instant, Martine a la tentation d'attirer son regard, de l'obliger à voir qu'elle est presque nue. Mais l'idée de sa nudité, qui l'enflamme d'habitude, a perdu son pouvoir. Elle passe une robe et, les mains derrière le dos, s'efforce de la boutonner.

« Tu peux m'aider ? » quémande-t-elle en s'approchant du lit.

Elle sent les mains de l'homme courir le long de son dos. Arrivées à sa taille, elles se posent sur ses hanches. Martine se cambre. Mais, cette fois, Charlot la repousse avec violence.

« Garce, enrage-t-il, si tu crois que tu vas t'en tirer comme ça ! »

Martine évite de répondre. Elle le connaît trop pour oser l'affronter. Pourtant elle n'est pas inquiète. Les coups ont leur langage. Charlot l'a tabassée avec méthode, comme un bourreau qui exécute une sentence, mais derrière cette dégelée, elle a découvert le désespoir et la rage d'un homme vulnérable. Tout un pan de la muraille s'est effondré. A présent, elle sait qu'il est jaloux...

Pour la centième fois, Martine se demande qui a pu le renseigner. Maud ? Cette grande bringue qui s'imagine qu'elle lui a pris sa place ? Où Maud l'aurait-elle aperçue ? A l'opéra, à la Madeleine, rue Bonaparte ? C'est vrai que la Canne et elle n'avaient pris aucune précaution. Il se promenait ce jour-là, rue Royale, poitrine au vent, chaînette d'or au cou, aussi décontracté que si la police parisienne s'était chloroformée. Pour la centième fois, Martine se demande ce qui lui a pris, à elle. Dès l'instant où leurs yeux s'étaient croisés, elle avait compris qu'il était dangereux. Elle l'avait pourtant retrouvé dans le bas de la rue Caumartin où elle s'était laissé embobiner comme une gamine.

C'est dans un hôtel de Saint-Germain-des-Prés qu'ils avaient concrétisé leur rencontre. Ils étaient restés enfermés dans leur chambre jusqu'au soir. Girier faisait bien l'amour mais, pour Martine, ça n'avait pas été l'essentiel. Le Lyonnais, plus âgé, lui donnait aussi du plaisir. Avec Girier, c'était autre chose. C'était plus drôle, plus gai. Il lui racontait des histoires qui l'avaient amusée comme des feuilletons, elle caressait son visage de mâle et trouvait qu'il ressemblait à un artiste de cinéma. Il l'effrayait un peu mais, en même temps, elle mourait d'envie de s'attarder avec lui, de jouir encore de son envoûtante présence.

Le matin du quatrième jour, Girier, d'habitude détendu et de bonne humeur, s'était montré nerveux. Il était sorti à plusieurs reprises pour téléphoner. Martine, depuis le premier instant, s'attendait à quelque chose de ce genre. Elle savait qu'elle ne le retiendrait pas. D'ailleurs, elle n'en avait pas le désir. Elle n'était pas faite pour cette existence bohémienne et traquée. Elle voulait le confort, la sécurité, un univers en ordre. Elle savait que la plupart des putes finissent mal. Elle comprenait que sa meilleure chance d'échapper à ce destin misérable, c'était Charlot qui la représentait.

Le Lyonnais était adapté à la société telle qu'elle est. Martine et lui se ressemblaient. Il vendait des femmes, elle prostituait son corps. L'un et l'autre se sentaient à l'aise, en règle avec un monde qui leur réclamait ce genre de service. Girier, lui, remettait tout en question tous les jours.

Ce jour-là, la Canne avait rendez-vous avec des amis à Montmartre, rue Marcadet, dans une épicerie italienne dont l'arrière-boutique était transformée en bar. Martine l'avait accompagné. L'endroit, au plafond décoré de jambons, de saucissons et de fiasques de Chianti, n'était connu que des initiés. On y dégustait l'absinthe du patron qu'il servait accompagnée d'amuse-gueule. Martine était enchantée. Le décor lui plut. Après son passage à Saint-Germain-des-Prés, elle se retrouvait chez elle. Pourtant c'est là que la Canne et elle se séparèrent. Très simplement, Girier lui annonça qu'il devait quitter Paris pour quelques jours.

La phrase était insignifiante, mais il l'avait prononcée comme si le fait pour Martine d'avoir été incluse dans sa vie, était une expérience unique qui ne pouvait être prolongée. Martine la comprit ainsi. L'après-midi même, elle regagnait son appartement du XVIe où Charlot, de retour plus tôt que prévu, l'attendait...

Charlot le Lyonnais déteste Girier. Il le considère comme un aventurier à qui personne ne peut faire confiance. René la Canne ne croit rien, il est disponible pour n'importe quelle affaire, il change de cap suivant son humeur, par caprice, et abandonne un coup aussi vite qu'il se décide.

L'idée que Martine s'est laissé séduire par lui l'exaspère. C'est la première fois qu'elle agit d'une façon stupide. Charlot se dit qu'il tient à elle. Il faut qu'il fasse quelque chose avant que ses rapports avec Girier deviennent passionnels et ne ravagent leur vie. Tant qu'il y aura des hommes comme René la Canne en liberté, personne ne sera en sûreté. Ce type est trop gênant. Il n'agit pas suivant les règles du Milieu.

Martine observe Charlot avec attention. Elle a la perception presque physique des pensées qu'il rumine. Son instinct l'avertit d'un danger.

« Il est capable de tout, ce sale fer ! lâche-t-il, excédé. C'est une tête brûlée ! Et toi, tu t'es laissée embobiner par ce jeune con ! »

Il se redresse d'un seul coup devant elle. Martine ne voit plus que sa silhouette massive et son visage menaçant. Sous le regard sombre et pénétrant, elle perd son assurance :

« Ecoute, murmure-t-elle, je t'ai dit que c'était fini. »

Il l'attrape par le col de sa robe et l'attire contre lui avec brutalité.

« Fini ? ironise-t-il. Tu me prends pour un cave ? »

Il la secoue à plusieurs reprises puis la lâche.

« Fais-moi confiance, je vais lui parler à ton caïd ! »

Martine ne sait que répondre. Elle dévisage le Lyonnais, incrédule. Il joue la comédie. Il n'a pas l'intention de provoquer Girier. Ce n'est pas une question de courage, mais ça ne colle pas avec son personnage. Il est trop rusé pour foncer comme un taureau, même s'il en a la force et la bravoure. Soudain, elle sent ses doigts durs s'enfoncer dans sa chair.

« C'est pour cette ordure que tu te badigonnes depuis une heure ? »

Elle tente de résister :

« Ecoute, ça va. Je t'ai dit qu'on se verra plus. Je t'assure, je sais pas ce qui m'a pris...

— Et s'il te relance ? Qu'est-ce que tu feras, hein, salope ? Cet enfant de pute te refera du gringue. Il me cherche, mais il oublie qu'il a les flics au cul ! »

Il la soulève presque du sol. Instinctivement Martine lève son bras libre pour se protéger le visage. Le masque du Lyonnais a changé. Il la dévisage avec une expression sévère, impitoyable.

« Il t'a filé rancart ? »

Martine secoue la tête.

« Non ».

La gifle l'assomme à moitié.

« Où ? demande Charlot. Où ? Dis-le, où ? »

La jeune femme titube, essaie de se raccrocher à la coiffeuse. Les larmes l'aveuglent. Une goutte de sang pointe au bord de sa lèvre. Avec force, un autre coup vient la cueillir.

« Alors, t'accouches, garce ? »

Une voix intérieure lui dit de parler, de dire n'importe quoi, autrement il va la défigurer. La peur la submerge. Elle tente d'esquiver le coup. Charlot la frappe du tranchant de la main, à la jointure de l'épaule. La douleur la paralyse. Il hurle :

« Tu parles ou je te mets la gueule en bouillie ! »

Martine ne peut plus bouger. Elle sait que s'il frappe, ce sera encore au visage. Elle veut le supplier, mais, au lieu des mots qui hantent ses lèvres, elle s'entend dire :

« ... Rue Marcadet... Chez Emilio... C'est là qu'il va... »

Le Lyonnais la lâche, satisfait. Martine reste un instant debout sur ses jambes, puis vacille. Des bribes de pensées tournent dans sa tête. Elle a dit la première chose qui lui soit passée par l'esprit. Un sanglot monte à ses lèvres tuméfiées. Son corps la brûle. Elle se laisse tomber sur le lit, la tête enfouie dans les bras.

Elle sait qu'elle a trahi Girier, elle sait que Charlot le Lyonnais va le balancer à ses « relations » de la P.P.

11

Le Gros a sans doute raison de me vanter les fabuleux mérites de la préfecture de Police, mais pourquoi négliger la piste de Blonville ? On ne sait jamais. Je prends une résolution : je vais consulter mes indics — encore faut-il que je leur mette la main dessus en cette période de vacances —, ensuite je profiterai de mon premier après-midi de liberté pour me rendre à Villennes. A mes frais, sans rien dire au Gros, pour ma gouverne personnelle.

Depuis mon retour de Deauville, cette idée me trotte dans la tête.

A trente-six kilomètres très exactement du parvis de Notre-Dame et à neuf cents mètres de la sortie de l'autoroute de l'Ouest, un chemin goudronné sillonne les terres labourées et conduit à Villennes-sur-Seine.

Juché sur un coteau verdoyant, le village s'étire en pente douce jusqu'à la rive du fleuve, paradis des pêcheurs et des amateurs de canotage, face à une île qu'enserrent deux bras langoureux de la Seine et qu'un bac relie à l'embarcadère.

J'arrive au bord de la Seine, exténué, le visage ruisselant de sueur, la chemisette à tordre. J'aurais mieux fait de demander une voiture à la boîte. Au lieu de ça, j'ai ressorti de ma cave un vieux tandem que Marlyse et moi avons enfourché. Elle m'avait promis de pédaler. En fait, je me suis tapé le voyage tout seul, tandis que sa robe légère flottait au vent. Quand je mets pied à terre, je suis aussi fourbu que la « lanterne rouge » après la montée du Tourmalet.

Le passeur, un vieux beau farci de décorations, est aussi fier de sa casquette galonnée que de sa moustache à la gauloise, roussie en son milieu. Quand il parle, il la lisse avec amour, d'un rapide aller et retour du dos de la main, découvrant des canines jaunies par la nicotine.

Pour l'instant, c'est le décolleté avantageux de Marlyse qui le préoccupe. Une main dans sa sacoche, où tinte de la monnaie, l'autre offrant les tickets d'admission, il lui vante la situation de l'île et les efforts de la municipalité, s'inquiétant de savoir si, au passage, nous avions admiré la propriété d'Emile Zola devenue, après sa mort accidentelle, un centre de convalescence.

« C'est la première fois que ces messieurs-dames viennent à Villennes ? »

J'aurais mauvaise grâce à dire le contraire. C'est la première fois, en effet. Je n'y viens, ni pour m'amuser, ni pour admirer le paysage. J'ai dans mon portefeuille la photo de Girier que j'ai débarrassée des caractéristiques peu flatteuses de l'identité judiciaire. Elle s'est transformée en un simple portrait, au dos duquel j'ai griffonné « à mon cher cousin, René ». Ainsi, on ne peut savoir si ce prénom est le sien ou le mien.

Je guette le moment favorable pour montrer la photo à ce jacasseur qui en devient fatigant à force d'être intarissable. J'apprends que la partie nord de l'île est réservée à la plage d'où s'échappent, déformés par la brise, des refrains d'accordéon, et qu'un camp de naturisme avec bungalows et pontons d'accostage occupe la partie sud.

« Comment allons-nous faire, chérie, pour le dénicher dans ce monde ? » dis-je à Marlyse. Puis m'adressant au passeur : « C'est notre cousin, un grand, beau garçon, amateur de voile. Peut-être le connaissez-vous ? »

J'exhibe la photographie. Le vieux la regarde du coin de l'œil et la repousse, le menton avancé dans un geste significatif d'ignorance :

« Vous savez, il passe tellement de gens ici ! Soixante à chaque voyage ! Le mieux serait que vous voyiez le plagiste. Il le ferait appeler par le haut-parleur. »

Je n'insiste pas. Je range ma photo, déçu sans le laisser paraître et je prends place avec Marlyse dans le bac où les passagers se sont entassés.

Lorsque nous accostons sur l'île, le vieux me crie, les mains en porte-voix :

« S'il n'est pas à la plage, demandez donc au loueur ! Il ravitaille aussi les bateaux dans le camp. »

Le chemin de halage devient pour nous un sentier d'amoureux.

Mais le cœur n'y est pas.

Le béret poisseux, les pommettes saillantes dans un visage émacié, les paupières lourdes, un corps dégingandé sous des bleus couverts de cambouis, tel est le loueur de bateaux que nous dénichons au milieu de son parc, un pot de goudron à la main. Quelques barques se trémoussent sur le clapotis des vagues nées au passage d'un train de péniches. Près de la distributrice manuelle d'essence, semblable à un phare miniature, des coques avariées jonchent le sol.

L'homme se penche sur la photographie du cousin René ressortie pour la circonstance. A plusieurs reprises, il écarte du coude un gamin au visage tacheté de son qui se hisse sur la pointe des pieds pour mieux voir.

« Cette tête ne m'est pas tout à fait inconnue, mais pour dire où je l'ai vue ! Vous avez demandé à la plage ? »

Ça sent l'échec ! Comme un jeune chien, j'ai foncé

sur une piste sans issue. Le Gros, qui pressentait l'inutilité de ma démarche, n'avait pas tort. Diffusée par la presse, la photographie de Girier a frappé le public. Le loueur l'a inconsciemment rapprochée du cliché que je lui tends. Ce n'est pas de chance mais, au moins, j'ai la conscience tranquille. Je n'aurai rien négligé.

Je jette à Marlyse un regard désemparé. Mon humeur a basculé et ma rêverie heureuse de tout à l'heure se transforme en angoisse. Je n'ai pu toucher un seul de mes six informateurs. Partis, envolés vers des cieux plus cléments. Le Gros va être content. Ma proposition d'inspecteur principal s'envole, elle aussi, à tire-d'aile, vers un point de non-retour.

L'homme paraît ennuyé de ne pouvoir me rendre service. Il essaie de justifier son ignorance :

« Vous savez, moi, je loue et j'entretiens les bateaux. Si votre cousin fait du voilier avec des amis et qu'il gare son bateau ailleurs, on peut pas savoir ! »

C'est évident ! Et c'est tellement vrai que je ne fais même pas attention au manège du gosse qui, à plusieurs reprises, enfonce son index dans la cuisse de son père. Enervé, celui-ci le repousse :

« Arrête, morpion, tu m'embêtes. Qu'est-ce que tu veux encore ? »

L'œil de l'enfant brille. Son doigt désigne la photo. D'une voix mi-espiègle, mi-craintive, il zézaie :

« Ze le connais, moi, le monsieur. Z'est le *Zans-Zouzi*, zon bateau. Il a touzours de belles dames avec lui. »

Le loueur se retourne, intrigué. Il se penche sur son fils :

« Qu'est-ce que tu racontes ?

— Zi, affirme l'enfant. Ze les ai vus tous nus dans les buissons. Il met zon bateau derrière le bungalow de Mme Zhampion. »

Je dois avoir une drôle de tête pour que le commerçant s'en aperçoive. Il me regarde avec étonnement et je fais un sérieux effort pour sourire et articuler d'une voix que j'espère inchangée :

« Oh ! vous savez, ça ne peut pas être ça ! Mon cousin n'a pas de bateau. »

J'évite ainsi la fuite possible. En même temps, mon esprit part à la vitesse d'un météore pour savoir comment je vais identifier le propriétaire du *Sans-Souci* et, ce qui me paraît être un jeu d'enfant : la dame Champion.

Le tout, dans la discrétion la plus absolue.

« Qu'est-ce qu'on fait ? » demande Marlyse.

Je n'en sais plus rien. Je suis anéanti et fiévreux. A mesure que nous progressons dans l'allée centrale, mon énervement et mon inquiétude grandissent. Dois-je continuer à rôder dans les parages à la recherche de ce cousin hypothétique ou revenir, demain par exemple, avec le renfort du Gros ? Il est seize heures et il fait chaud. Le mieux serait de faire un saut à la plage, d'étancher ma soif avec un demi et d'y consulter l'annuaire. Peut-être Mme Champion a-t-elle le téléphone ? C'est par elle qu'il faut commencer. Avec un peu de chance, qui sait si elle ne nous prêterait pas son bungalow pour planquer ?

L'abonnée Champion ne figure pas sur le bottin. Qu'importe. J'appelle la boîte.

« Borniche, passez-moi le patron ! »

Un grésillement, un grognement, une exclamation.

« Oui ?
— Je suis à Villennes.
— Où ça ?
— Villennes, vous savez bien ! »

Silence. Dans l'écouteur, je perçois la respiration saccadée du Gros. En dépit de la chaleur qui règne dans la cabine, je sens passer dans mon dos comme un rapide frisson.

« Alors ?

— Je peux difficilement parler, mais je crois que c'est bon. »

Nouveau silence. Raclement de gorge. Puis la question, rauque, précise :

« Qu'est-ce qui est bon ?

— Le ticket, monsieur le principal. Enfin, pas le ticket, l'île... »

Le Gros s'énerve, le ton est sec :

« Expliquez-vous, bon Dieu !

— Je crois que j'ai le bateau. Et l'endroit où il ancre. En planquant un peu...

— Vous l'avez vu ?

— Qui ?

— Girier ?

— Non. Je viens seulement d'avoir le tuyau.

— Bon. J'arrive. »

Malgré moi, je hausse les épaules. Je vois le Gros enfiler sa veste, sauter sur son pistolet de fête foraine, claquer la porte de son bureau, dévaler, le teint empourpré, les cinq étages et bondir dans la Citroën de service. Je proteste :

« Ce n'est pas utile ce soir, patron. Mais demain, c'est possible. Je vous expliquerai.

— Bon. » Le ton est empreint de déception. « Ne perdez pas de temps ! »

Raccroché. Je quitte la cabine et je rejoins Marlyse qui, le buste renversé sur sa chaise, les yeux fermés et les jambes allongées, s'abandonne aux rayons du soleil.

« Tu sais, chéri, dit-elle, sans bouger d'une paupière, Mme Champion, c'est la troisième allée de gauche dans l'allée principale, après le transformateur. Son pavillon donne sur la Seine, côté Triel. Elle habite Paris, boulevard Flandrin. Le *Sans-Souci* existe bien. Il était encore là la semaine dernière. »

J'écoute, ahuri, le verre à portée des lèvres. Marlyse marque un temps d'arrêt, se tourne vers moi, les yeux abrités par sa main en parasol, et ajoute :

« Tu vois, ce n'est pas plus compliqué que cela.

Un facteur qui a soif, ça sert à quelque chose. »

Je me laisse choir sur ma chaise, aussi ragaillardi par la nouvelle que démoralisé par le chemin que je dois soudain encore m'envoyer pour rentrer à Paris.

Soudain une conviction s'impose à moi. Appeler son bateau le *Sans-Souci* quand on est pourchassé par toutes les polices est bien digne de Girier, de sa manière insolente de défier la société et de jouer perpétuellement sa vie à quitte ou double.

Je suis maintenant persuadé que c'est bien lui qui a réalisé le hold-up de Deauville. Les barrages n'ont rien donné ? Et pour cause ! J'imagine René la Canne remontant paresseusement la Seine à bord du *Sans-Souci*, en maillot, sous le brûlant soleil d'août, cent millions de bijoux dissimulés sous ses pieds, pendant que des pandores dégoulinants de sueur montent leurs chicanes et interpellent de longues files d'automobilistes congestionnés.

Si mon intuition s'avère exacte, et je suis sûr qu'elle l'est, il me suffira de planquer le temps qu'il faudra à Villennes. Un jour Girier réapparaîtra. Alors, en fait de canotage, René la Canne ira ramer à la Santé.

12

DE son passé de placeur, Charlot le Lyonnais a gardé une idée particulière de la police. Il pense qu'une alliance tacite existe entre les flics et lui. Le Milieu, aux ramifications multiples, avec son fouillis de truands qui se pressent, se poussent, s'étreignent dans la hâte de vivre, est leur territoire commun. Jamais, se dit-il, les flics ne pourraient s'y retrouver s'ils n'y possédaient des antennes, et jamais, lui, ne serait parvenu à se frayer un chemin dans cette jungle sans leur concours. Pour le Lyonnais, le jeu subtil du donnant-donnant avait commencé quand il avait obtenu la reconnaissance de son trafic de placeur par l'inspecteur Morin de la Brigade mondaine.

Les deux hommes s'étaient retrouvés après la guerre. Morin avait eu de l'avancement : il n'était plus inspecteur à la Mondaine mais principal à la Volante. Charlot, par hasard, l'avait rencontré au Dirty-Dick, un bar de la rue Frochot où, de minuit à l'aube, les truands et les policiers trouvent un *no man's land* alcoolique. Le flic et le souteneur avaient échangé des souvenirs. Ce n'était pas la guerre de 14 mais presque. Les grandes batailles s'appelaient Le Chabanais, le One-Two-Two, le Sphinx...

Et ils en étaient venus à parler du présent. Charlot avait des « ennuis » : une de « ses femmes » venait d'être accrochée par les Mœurs. Morin avait compati. Ce n'était pas son rayon, mais il avait conservé des amis à la Mondaine...

Le Lyonnais n'avait pas eu besoin d'un dessin. Dans la vie on ne reçoit pas de cadeaux, surtout d'un policier, même si on a ébauché des souvenirs. De plus, les braqueurs, les tueurs, tous ces clients de Morin faisaient trop de vagues depuis la Libération. Le domaine de Charlot, c'était le vice, l'humus où la vie s'enlise. Or la chasse aux fauves troublait cette pourriture. Les rafles, les contrôles, les arrestations, les tracasseries policières, après chaque hold-up, l'exaspéraient. Les vieux truands trouvaient que la nouvelle génération de braqueurs pompait un peu trop d'air.

Charlot le Lyonnais ne se prenait pas pour un indic. Il voyait le monde en noir et blanc. Le rôle de la police, auquel il s'associait, était d'empêcher que l'un prime sur l'autre. Un policier trop zélé lui paraissait aussi dangereux qu'un truand sans mesure. Le bien suprême, dans sa vision primaire des choses, était l'équilibre des forces. La soif de respectabilité de certains truands est leur faiblesse. Ils sont du côté des partisans de l'ordre. C'était le cas de Charlot le Lyonnais.

Morin avait eu l'intelligence de le comprendre.

L'inspecteur principal Georges Morin, bras droit du commissaire Clot, chef de la Brigade volante, habite rue Custine, dans le XVIIIe arrondissement, au pied du Sacré-Cœur.

C'est un homme de petite taille, aux cheveux noirs plaqués vers l'arrière, au regard vif, au visage ouvert. Il porte des costumes stricts, gris ou bleu marine, sur d'impeccables chemises blanches à manchettes.

L'inspecteur principal Morin n'a pas le sens de l'humour, à peine celui de la plaisanterie. Il est ponctuel comme une traite, tenace comme le chiendent, réglementaire, comme le gendarme. Quai des Orfèvres, chacun s'accorde à dire qu'il possède son métier. Il pourrait, s'il le désirait, faire partie de la Criminelle, cette brigade où les champions du meurtre s'affairent sur instructions des magistrats. Il préfère la Brigade volante qui offre au policier astucieux, débrouillard, capable de discrètes surveillances et de filatures malaisées, la possibilité de faire mouche, de réussir le flagrant délit, l'enivrant « flag » sur le truand de poids ou le voleur à la petite semaine. C'est la brigade des chasseurs chevronnés. Morin est un chasseur. Il flaire, il lève, il fonce.

Sa devise est simple : il ne croit pas au père Noël. Comme le Gros, son rival de la Sûreté nationale, il sait qu'un bon indic vaut dix policiers. Alors il ferme les yeux sur certains délits, il ignore certains trafics. C'est amoral, c'est du chantage, c'est une compromission éhontée, mais l'ordre social y trouve son compte. La prostituée, le souteneur, le camelot, le veilleur de nuit, le bistrot, l'interdit de séjour, le condamné, tous sont ses auxiliaires. Leurs mobiles — qu'ils agissent par peur, par vengeance ou par cupidité — ne l'intéressent pas.

Quasi déserte à cette heure matinale, la brasserie Dupont-Barbès semble immergée comme un iceberg dans l'ennui et le silence.

L'inspecteur Morin se demande pourquoi Charlot le Lyonnais lui a fixé rendez-vous dans ce lieu. Peut-être parce qu'il est proche de son domicile ? Le coup de téléphone l'a surpris. Jamais Charlot ne l'a relancé chez lui. Il faut que l'affaire soit d'importance.

Quand il arrive à la brasserie, Charlot est déjà là, assis au fond de la salle devant un café qu'il fixe, agressif et sévère. Morin constate que ses phalanges sont écorchées. « Il a dû salement se bagarrer » pense-t-il. Il tend la main.

« Salut. Comment vont les affaires ? »

Il a dit ça comme il aurait dit autre chose, pour entamer la conversation, briser la glace. Il sent Charlot tendu. Aujourd'hui le masque du Lyonnais est presque tragique :

« Mal, dit Charlot. Tout ce qu'il y a de mal. Café ?
— Café. »

Le Lyonnais fait signe au garçon qui s'approche, sillonnant la sciure qui recouvre le dallage.

« Et un croissant. »

Le garçon fait demi-tour avant même d'être arrivé à la table. Morin est sur le qui-vive. Sa curiosité est excitée, mais il n'en laisse rien paraître. Il sait, par expérience, qu'il ne faut pas bousculer le Lyonnais. Ses motifs sont souvent obscurs et il ne lâche que ce qu'il a envie de lâcher. Les deux hommes demeurent silencieux quelques secondes. Le garçon apporte le plateau, pose la tasse, le croissant, se retire l'air étonné devant cette pantomime. Morin et Charlot aspirent par petites gorgées le café brûlant. Quand le barman est hors de portée, Charlot émiette son croissant, écrase machinalement quelques miettes sur la table. Au fugitif raidissement de son torse, Morin devine qu'il va parler, que ces quelques instants de silence sont nécessaires au Lyonnais pour surmonter son amour-propre de caïd. Chaque trahison est une infamie, et tout indic, quels que soient son rang et sa situation, éprouve pour le policier qu'il a choisi comme confident une trouble attirance où se mêlent la crainte, la haine et l'obséquiosité.

« Ce que je vais vous dire, commence Charlot d'une voix traînante et lasse, ce que je vais vous dire est important. Très important. Il faut que ça reste entre nous. D'accord ?
— D'accord, approuve Morin, impassible.
— Vous connaissez Martine ? » Morin fait un signe affirmatif. Le ton du Lyonnais lui fait espérer la révélation de l'année. « Bon. Eh bien, elle me double. »

Les yeux de Morin se rétrécissent. Il scrute le visage dur et fermé du Lyonnais. Charlot semble souffrir. « Quelle ironie, pense Morin, ainsi même les macs de haut vol peuvent tomber amoureux ! » Il plante sa première banderille :

« Comment ça, elle te double ? »

Le Lyonnais secoue plusieurs fois la tête :

« C'est comme je vous le dis. Cette conasse est tombée amoureuse...

— Et alors, coupe Morin impitoyable, ça arrive dans la vie, non ? Elle est jeune, bien foutue, elle est tombée sur le micheton plein aux as qui veut l'enlever, lui offrir des millions, un château... »

Le Lyonnais l'arrête d'un geste irrité :

« Ne plaisantez pas. Quand vous saurez qui est le mec plein aux as, vous comprendrez. Vous courez après depuis cinq mois. Il s'est évadé avec Buisson de Villejuif, il s'est fait la paire de Pont-l'Evêque ! »

Morin sursaute. René la Canne ! Insidieux, il laisse échapper : « Quelle salope, ce Girier ! Faire ça à un homme... »

Charlot n'est pas dupe. Il sait que Morin se fout éperdument de sa souffrance, mais il est trop tard pour reculer. Le voudrait-il, le visage de Martine lui apparaît, ce visage qu'elle a offert à Girier et qu'elle lui offrira encore, il en est sûr.

« Salope ou pas, dit-il, c'est comme ça. J'ai d'abord eu envie d'aller le buter chez Emilio, rue Marcadet. Et puis, après, j'ai pensé que ce n'était pas la peine de me salir les mains, de risquer les durs. Vous croyez pas ? »

Morin ne répond pas. Il connaît l'endroit qui vient de lui être lâché. Comme il connaît tous les bars louches de Paris et de sa banlieue. Il voit l'épicerie, la buvette, il sent l'absinthe d'Emilio, ce salaud qui lui fait de grands signes d'amabilité chaque fois qu'il passe devant chez lui. Attends ! Ça va être sa fête, à celui-là ! Il va te le faire plonger pour recel de malfaiteurs et le balancer aux Indirectes pour fraude sur l'alcool ! Girier se rend chez lui et il n'en a jamais rien dit !

« Tu es sûr de ça ?

— Sûr, dit Charlot. Je ne dis pas que la Canne y va souvent, mais il y va. Martine s'est mise à table. Il y vient avec Mathieu Robillard, son copain qui a une B. M. W. Un sale fer. Il serait dans le coup de Deauville que j'en serais pas surpris. »

Morin s'absorbe dans ses pensées. Il se voit déjà en planque rue Marcadet, avec ses hommes dans la camionnette qu'il a fait équiper avec table, sièges devant les viseurs camouflés à l'extérieur par des panneaux publicitaires du Gaz de France. Il attend l'arrivée de Girier et de Mathieu, il les saute, il les ramène, triomphant, à son patron.

« Bravo, Morin, c'est Vieuchêne et Borniche qui vont en faire une gueule ! »

C'est la voix de Charlot qui le ramène à la réalité.

« Qu'est-ce que vous allez faire, maintenant ? »

Morin secoue ses pensées, regarde sa montre.

« Je me sauve. J'ai rendez-vous à la boîte. Et toi ?

— Moi, dit Charlot, j'attends que vous partiez. C'est pas la peine qu'on nous voie ensemble. »

Morin se lève, veut payer l'addition mais Charlot a déjà la main dessus, abandonnant un gros billet sur la table.

« Laissez, c'est pour moi ! »

Dans son costume sombre de bonne coupe, on dirait un homme d'affaires. Il attend que Morin lui tende la main, quitte la brasserie. Il le regarde s'éloigner.

« C'est vrai que c'est une salope ! » murmure-t-il en glissant à son tour sur la sciure.

Le garçon qui accourt le regarde, ahuri. Il ne saura jamais à qui s'adresse l'épithète.

13

Depuis l'agression de Deauville, vingt-sept jours ont passé. La Sûreté nationale piétine. Le seul succès que nous ayons remporté, en guise de consolation, c'est d'avoir retrouvé David Médoui dans un bar du faubourg Montmartre. Les inspecteurs de Rouen l'ont interrogé et même un peu chatouillé, mais Médoui a protesté de son innocence, prétendant qu'on lui avait volé ses papiers. Après un court séjour en prison, le juge d'instruction l'a relâché.

Quand, les cuisses et les mollets contractés, j'avais mis le Gros au courant de ma découverte, il avait croisé les mains sur son ventre grassouillet puis, les pouces glissés sous sa ceinture, l'œil goguenard, il avait ironisé :

« Borniche, à votre âge ! S'intéresser à des histoires de gosse ! Vous croirez donc toujours au père Noël ? »

J'y avais cru. La chance, au début, ne m'avait guère favorisé. Contrairement à ce que j'espérais, les embarcations ne sont ni immatriculées, ni répertoriées dans un service analogue à celui des cartes grises. La Préfecture était formelle. Je n'avais donc pu savoir si le *Sans-Souci* appartenait bien à Girier et, par contrecoup, quel domicile était le sien.

Je n'avais pas désespéré, bien qu'au travers d'une friture insupportable, Mme Champion, de sa villa de Saint-Jean-Cap-Ferrat ait été évasive :

« Certainement, monsieur l'inspecteur, j'ai vu ce bateau plusieurs fois. Vous dire sa marque et sa puissance, c'est autre chose. Avez-vous demandé à mon maître d'hôtel ? »

Majordome méfiant et stylé, le gilet zébré de jaune et de noir, Antonin n'avait pas daigné me recevoir. Par l'entrebâillement de la porte il m'avait toisé, l'œil à demi voilé par sa paupière de chameau :

« Je ne connais pas les bateaux, Monsieur. Si Monsieur veut bien demander à Monsieur, le fils de Madame qui est à La Baule, peut-être que Monsieur saura. Je vais inscrire le nom de Monsieur et son numéro de téléphone. Quand Monsieur appellera, je transmettrai à Monsieur. »

Il avait refermé la porte. Déçu et fulminant contre cette bourgeoisie incompréhensive, j'avais quitté le boulevard Flandrin. A la poste voisine, il ne m'avait pas fallu plus de dix minutes pour découvrir le numéro du fils Champion qui, par chance, n'était pas en mer. J'avais immédiatement obtenu la communication.

« Un Requin, m'avait appris mon correspondant, un huit mètres à coque en acajou et cuivres rouges, un beau voilier. Je crois que ce Jacques l'a acheté à Meulan. Il y a adapté un moteur auxiliaire pour faire du ski nautique.

— Jacques ?

— C'est le prénom que les femmes donnent à ce garçon, sauf une, petite, brune, assez jolie qui, une fois, l'a appelé René. Je me trouvais derrière la haie, ils s'embrassaient. Je pense que c'est sa femme. Les familiers intervertissent souvent les prénoms. »

Les doigts crispés sur le combiné, j'avais enregistré ses paroles. La chance tournait. Une question, que je jugeais stupide et que je regrettais presque aussitôt, m'avait alors échappé :

« Vous ne savez pas où ils habitent, par hasard ? »

La futilité de ma demande avait paru décontenancer mon aristocratique correspondant. Je l'imaginais à l'autre bout du fil, en peignoir de soie dans son salon d'époque, les fenêtres largement ouvertes sur la mer, levant les yeux au plafond, s'étonnant que l'on puisse assimiler un homme de sa condition à de quelconques amateurs de voile ou autres pêcheurs de goujons. J'entendais la voix d'Antonin, raidi dans son uniforme de laquais zélé, m'affirmer, méprisant : « Vous avez vexé Monsieur, monsieur. Monsieur ne fréquente pas ce genre de monde. »

Je m'étais trompé. Le ton aimable et un peu snob de mon interlocuteur m'avait rassuré :

« Ma foi non. Mais je crois que, par son ami, vous devriez l'apprendre. Mon chauffeur l'a aperçu, il y a cinq ou six semaines, sur la route de Poissy. Une dépanneuse remorquait sa B. M. W. »

J'en savais assez. En tout cas suffisamment pour me précipiter à Meulan d'abord, à Poissy ensuite. Un point était acquis : le gosse du loueur ne m'avait pas raconté d'histoires, le *Sans-Souci* dont le port d'attache était Villennes paraissait bien appartenir à Girier.

Aux constructions navales de Meulan, la paperasserie coutumière avait concrétisé mes soupçons. Une facture enregistrée au nom de Jacques Béraudo, industriel, 24 boulevard Victor-Hugo à Neuilly, m'édifiait. L'adresse était évidemment fausse, mais le nom, par contre, était celui de jeune fille de Marinette Girier.

Sans désemparer, comme disent les gendarmes, je m'étais propulsé à Poissy. J'avais frappé juste : le premier garage à l'entrée de la ville était le bon. Le mécanicien n'avait aucune peine pour retrouver, au milieu des fiches graisseuses accrochées au-dessus de l'établi, la feuille de remorquage de la B. M. W. 2409 RN 2.

Le propriétaire en était Mathieu Robillard, 26 rue Notre-Dame-de-Lorette à Paris, qui avait réglé, comme il se doit, en espèces. Sur le coin de la feuille, au crayon bille, un numéro de téléphone, Choiseul 93-52 avait attiré mon attention.

« *Qu'es aco ?* »

Le garagiste avait froncé le sourcil.

« Ça, c'est le numéro où je devais le toucher quand la réparation serait faite.

— Vous l'avez appelé ?

— Non. Il me téléphonait tous les jours ou passait me voir avec son copain. Quel enquiquineur, ce type ! Ils ne doivent pas beaucoup se salir les mains au boulot, ces deux-là ! »

La photographie du cousin René avait jailli de mon portefeuille.

« Cette tête, ça vous dit quelque chose ? »

D'emblée le mécano avait reconnu Girier. J'exultais. Ainsi, en deux jours, grâce à la perspicacité d'un garçonnet de neuf ans, j'avais bouclé le circuit.

Ni le nom de Mathieu Robillard ni le numéro de téléphone ne m'étaient inconnus. Ils étaient apparus tous les deux, quatre mois plus tôt, lors de l'enquête ouverte après l'évasion de Girier de la prison de Pont-l'Evêque. Le téléphone correspondait à celui du bar Fabert, rue Marivaux. Il était même sur la table d'écoute. J'ignore pourquoi — mais c'est cela la police : une piste chasse l'autre — nous ne nous en étions pas préoccupés. Il fallait s'y remettre d'urgence.

Comme j'y avais cru moi-même, maintenant le Gros y croit. Il se frotte les mains.

« Le temps travaille pour nous, me répète-t-il à tout bout de champ. Nous sommes sur la bonne voie. Un jour ou l'autre, le *Sans-Souci* reviendra se pointer à Villennes et nous serons là. Je vois d'ici la tête de Clot et de Morin. »

Un moment, il avait songé à lancer une circulaire de recherches, pensant que le voilier de Girier musardait entre Villennes et Honfleur. L'idée n'était pas mauvaise en soi. Mais elle risquait d'attirer l'attention des brigades fluviales sur la personnalité des occupants du *Sans-Souci*. Il y avait renoncé. Mieux valait attendre.

« D'ailleurs, m'expliquait-il, la P. P. n'est pas plus avancée que nous. Ne surestimez pas la Préfecture, mon petit Borniche ! Malgré son nombre impressionnant de services et d'indicateurs de tous poils, elle patauge. Les rapports négatifs qu'elle adresse chaque jour au ministre nous en donnent la preuve. »

L'attitude du Gros à mon égard a changé. Tout ce que je souhaite, tout ce que je désire, m'est désormais accordé. Mon nouvel équipier, le commissaire Robert Boury, n'en revient pas.

« Eh bien, mon vieux, me dit-il en hochant son crâne rasé à la Yul Brynner, toi, alors, tu es dans les papiers. »

J'y suis. Je ne sais pas combien de temps durera l'euphorie mais, pour le moment, je crawle dans la félicité. Le Gros me couve, me soigne, me dorlote. Voitures pour planquer à Villennes, notes de frais accrues que je dépense avec Marlyse au restaurant de l'embarcadère, permanences de nuit supprimées, où l'on dort — ou plus exactement l'on ne dort pas — sur un matelas défoncé, rien n'y manque. Le Gros ne tarit pas d'éloges sur mes qualités professionnelles, tait volontiers mes défauts. Il m'a même prédit mon accession prochaine au principalat quand Girier sera arrêté.

31 août 1949. La journée, comme les précédentes, a commencé dans la chaleur et la sérénité.

J'ai abandonné mon veston au dossier de ma chaise, j'ai desserré ma cravate et j'ai largement ouvert le col de ma chemise. Il est dix heures. Mon bureau est déjà une fournaise que n'arrive pas à tempérer l'air vicié de la cour de la Sûreté.

Je bâille. Le casque sur l'oreille, je regarde avec nonchalance défiler sur le rouleau du dictaphone la bobine des enregistrements téléphoniques du bar Fabert. C'est un travail simple et fastidieux : chaque sillon peut contenir une brève communication, il importe de ne pas en sauter un.

Jusqu'alors je n'ai recueilli que des banalités. Je connais le prénom de la maîtresse de Joseph, le barman, je sais ce qu'il lui a fait hier dans le studio de la rue des Capucines, je sais ce qu'il lui fera demain, chez elle, quand son mari employé de la R. A. T. P. sera parti poinçonner ses billets. J'apprends que le patron du bar, Michel Varani, s'ennuie en prison, que son avocat a déposé deux demandes de liberté provisoire qui ont été refusées et que le juge d'instruction a intérêt à accepter la troisième s'il ne veut pas avoir des ennuis avec le procureur général, un ami des Corses !

Et puis, tout à coup, au milieu du fatras inintéressant des communications, un appel sec, significatif, secoue ma torpeur.

« Joseph ? Mathieu. Rien pour moi ?
— Salut ! Non !
— On est à Villennes. Je te rappellerai demain. Tchao ! »

C'est tout. Par acquit de conscience, je termine le rouleau, mais je sais à l'avance qu'il ne m'apprendra plus rien. Je me précipite chez Boury.

« Ils sont rentrés à Villennes ! »

Flegmatique comme toujours, Boury soulève sa tête de bonze et me fixe de ses petits yeux amusés.

« C'est pas vrai !
— Si. On a une chance de les cravater. Tu es prêt ? »

Boury s'inquiète.

« Et le Gros ? »

C'est vrai, il y a le Gros, l'inévitable Gros ! Il n'est pas possible de ne pas le mettre au courant. S'il s'est amusé de moi au départ, depuis il s'est rattrapé. Il est de toutes les équipées, de toutes les planques, de tous les programmes. Il partage chaque jour, à chaque minute, nos espérances et nos émois. Il s'est montré disert, enjoué, gentil, généreux. Il a payé de sa personne, sillonné l'île en compagnie de Marlyse, lui offrant le bras, singeant les touristes et les amoureux malgré les ampoules que lui ont laissées, sur le dessus des pieds, des spartiates trop étroites.

Cent fois il nous a répété qu'un bon commissaire doit être sur le tas, avec ses hommes, au lieu de se pavaner dans un bureau devant un essaim de journalistes comme ses collègues de la Préfecture, trop enclins à s'attribuer les lauriers de leurs collaborateurs. Je suis d'accord. Je le soupçonne néanmoins de ne pas être différent de ceux qu'il critique et de vouloir surtout se venger de sa déconfiture du mois de juin, en prouvant au directeur général qu'il remplit les conditions adéquates pour accéder au grade de commissaire divisionnaire. On a beau être un grand policier, on n'en garde pas moins des sentiments humains.

Le Gros accueille la nouvelle de la présence de Girier à Villennes avec une joie non dissimulée. Il bondit de son siège, enfile sa veste, ordonne à son inspecteur gratte-papier de prévenir le garage. Trois quarts d'heure plus tard, nous sommes dans l'île.

Le *Sans-Souci* est là, qui se dandine, amarré à un chêne, la voile au vent. Des traces d'eau sur le chemin de halage et l'herbe foulée témoignent d'un débarquement récent. Un cordage traîne à proximité.

« Ils ne doivent pas être loin ! souffle le Gros. Nous avons intérêt à ne pas nous faire voir. Ils vont sans doute revenir. »

D'un signe de tête, il nous ordonne de le suivre et, à l'abri de feuillages voisins, il nous chuchote sa pensée :

« On ne peut partir d'ici que par le bac. On va se placer de l'autre côté. Au restaurant de l'embarcadère par exemple. De là, nous les verrons automatiquement passer. »

L'idée est géniale. De la terrasse, nous avons vue sur la Seine, le passeur et la route.

« On ne peut pas les louper », répète le Gros qui se félicite de son plan.

C'est vrai. Nous prenons nos aises, au soleil, les jambes allongées, devant trois demis glacés. Le chauffeur a quitté son volant, et il est allé s'étendre dans l'herbe, les pieds dans l'eau, un journal sur la tête. Les chauffeurs et les inspecteurs, bien que copains, ne fraient pas. C'est l'usage. Un chauffeur est là pour véhiculer, pas pour penser. C'est ce que leur rabâche tous les mois leur délégué syndical : « Qu'on nous donne des traitements d'inspecteurs et nous prendrons des responsabilités. Sinon, on se contente de nos manches ! » Il n'a pas tout à fait tort.

Tandis que nous discutons, optimistes, nos yeux ne quittent pas la rive. Il n'est pas loin de midi. Le Gros fouille le menu. Pourtant, au fond de moi, je sens une certaine anxiété me barrer l'estomac. Ou Girier est resté dans l'île et nous allons le voir apparaître, ou bien il est déjà parti. Dans ce cas nous pouvons poireauter longtemps.

C'est à ce moment précis que le déclic s'effectue dans mon cerveau. La voiture ! Je n'y avais pas pensé plus tôt ! Si Girier s'en va récupérer la B.M.W. garée quelque part sous les arbres, il passe devant nous et nous le sautons. Mais si c'est Robillard qui va chercher la voiture, nous ne pouvons que le laisser filer et il risque de repérer notre traction-avant par trop caractéristique.

Je dévale les marches et je m'en vais secouer le chauffeur.

« Il faut planquer ta bagnole ailleurs, pépère. Là-bas, derrière les arbres, où tu veux. Ici, on va se faire repérer !

— Bon ! »

Le chauffeur n'est pas contrariant. Il ramasse son journal, se traîne jusqu'à son engin, s'y installe et va le placer au fond d'une impasse, le nez contre un bâtiment désaffecté. Il revient vers la Seine, ses clefs à la main.

« Ça te va ?
— Parfait ! »

Je reprends ma place sur la terrasse. Le Gros me donne raison, avec toutefois une réserve; si nous avons besoin de partir rapidement, nous sommes coincés.

« Il n'y a pas trente-six solutions, dis-je.
— Exact, fait le Gros dont le visage s'est soudain crispé. Il n'y en avait qu'une. Regardez. »

Je tourne la tête. A dix mètres de nous, au ralenti, la B. M. W. de Mathieu Robillard, surgie on ne sait d'où, passe devant l'embarcadère, se bringuebalant sur les inégalités du sol. Elle prend un peu de vitesse et disparaît au détour du chemin. A la droite de Robillard, j'ai pu apercevoir le visage de Girier qui riait de toutes ses dents, les cheveux au vent.

Nous restons là, tous les trois, sidérés, rivés à nos chaises. Quand nous reprenons conscience et que nous sautons dans notre Citroën, la B. M. W. est loin. Le chauffeur met la gomme pour la rejoindre, sans succès.

Sous le tunnel de l'autoroute, un coude sur le dossier du siège, le Gros se retourne vers moi. Je sens la menace poindre sous ses propos.

« Borniche, vous avez intérêt à leur mettre la main dessus avant la P. P. ! Sans ça... »

Je sais ce que signifie cette menace et je poursuis intérieurement la pensée de mon chef vénéré :

« Sans ça, mon petit Borniche, vous allez dégringoler de votre piédestal à la vitesse d'un aérolithe. »

14

L'INSPECTEUR principal Morin n'aime pas perdre son temps. Depuis huit jours, ses équipiers Bouygues et Marceau planquent devant l'épicerie-buvette de la rue Marcadet. Ils sont là quand Emilio lève le rideau. Ils sont encore là quand il le baisse et s'éloigne, les épaules tassées, satisfait de sa recette.

Bouygues est petit, gros, perpétuellement triste. La mort ravage sa famille. Il n'est pas de semaine où il n'annonce d'une voix sinistre la disparition d'un membre de sa tribu. Cette persistance du mauvais sort a d'abord impressionné. Quand on sut que Bouygues, fils unique et célibataire endurci, avait quelque chose comme trois cents cousines et cousins, on respira. L'adversité devenait une question de statistique. Il ne s'agissait pas de génocide. Le calcul des probabilités prit la place de la compassion.

Bouygues est un bon policier doublé d'un cuisinier hors série. Il collectionne les recettes comme les deuils. A sa retraite, il songe à ouvrir un restaurant dont il a déjà distribué le nom à ses collègues : Au Fin Poulet. Pour l'instant, il somnole dans la camionnette garée à proximité de l'épicerie.

A son côté, Marceau, inspecteur stagiaire récemment affecté à la Volante, est tout œil. Il ne perd pas de vue l'entrée de l'établissement qui, d'après son ancien, sert de repaire à la bande. Les ordres de Morin sont nets : si Girier se pointe, Marceau lui filera le train, à pied. Bouygues le suivra avec la camionnette, au ralenti. Ce n'est pas génial, mais, avec un peu de chance, ça peut marcher. Le succès de l'opération repose sur un pari de Morin : chez Emilio, Girier se croit en sécurité.

Bouygues aurait préféré le cueillir dans le bar, à l'esbroufe comme à son habitude. Morin n'avait pas été d'accord. Il tient à loger la Canne pour l'arrêter dans sa planque.

« Nous ne sommes pas à Chicago, avait-il murmuré. Je veux Girier, pas des cadavres au milieu des salamis et de la mortadelle. »

Bouygues, philosophe, avait remué ses larges épaules :

« T'as raison, avait-il ironisé. On le file jusqu'à chez lui, on le borde, on s'assure qu'il ne manque de rien, on éteint la lumière et... on te téléphone. »

Morin n'avait rien répondu.

Marceau, brusquement, se redresse. Il secoue Bouygues et siffle, la gorge nouée par l'excitation :
« Regardez ! »

Bouygues ouvre un œil, puis l'autre, rajuste son béret. En une seconde, il est complètement réveillé. Il se colle au viseur de la camionnette, écartant du coude son collègue. Deux hommes traversent la rue en riant. L'un est grand, mince, brun, dans un costume prince de Galles; l'autre, aussi grand, aussi mince mais plus musclé, est tête nue. Il porte des lunettes noires. Les cheveux bouclés, presque blonds, accrochent les rayons du soleil. Un troisième homme, petit, carré, trottine derrière eux. Ils entrent chez Emilio.

« René la Canne, dit calmement Bouygues. Avec Mathieu Robillard et un gars que je ne connais pas. Bravo, petit ! Va prévenir Morin, qu'il rapplique avec du renfort. »

Marceau se glisse hors de la voiture. Il est en bleu

de travail et une sacoche de cuir, d'où dépassent des outils, pend à son épaule. Il marche le nez en l'air, insouciant, dépasse l'épicerie, entre dans un café-tabac à l'angle de la rue Damrémont, prend un jeton à la caisse et se glisse dans la cabine téléphonique du sous-sol. Le standard lui passe le bureau de Morin.

« Marceau, monsieur Morin. Ils sont là. »

La voix de Morin est inquiète.

« Qui ?

— Girier et deux autres types. Il faudrait... »

Le signal coupé tinte à son oreille. Déçu, Marceau hausse les épaules. Il rejoint Bouygues à l'intérieur de la camionnette.

« Alors ?

— Alors, rien. J'ai même pas eu le temps de lui expliquer...

— Tous les mêmes ! soupire Bouygues. Pour les planques, macache ! Mais pour la curée ! »

Morin a confiance en Bouygues. Mais, tassé dans la camionnette de la boîte, il ne sera sûr de la présence de René la Canne, chez Emilio, que lorsqu'il l'aura vu de ses yeux. Et soudain il le voit. Comme l'éclair d'une truite entre deux rochers. Marceau a juste le temps de s'élancer à la poursuite du truand.

Girier est sorti seul du bar. Il suit la rue Damrémont en direction du cimetière Montmartre. Il marche vite. Les larges épaules carrées dans son veston bleu pétrole donnent à sa silhouette une allure de catcheur. Malgré le masque noir des lunettes, le visage reste expressif.

Marceau ne le quitte pas des yeux. Si Girier se méfiait, il n'apercevrait qu'un jeune ouvrier en bleu de travail, mêlé aux passants, sa journée terminée.

Tous les dix pas, Marceau se retourne. Soudain le jeune policier jure entre ses dents : la camionnette de Bouygues a disparu. Il est seul. Si Girier se dirige vers sa voiture, c'est foutu !

Marceau voudrait bondir, sucrer le truand avant qu'il ne soit trop tard. Ce ne sont pas les instructions de Morin qui le retiennent, mais la certitude qu'il ne fait pas le poids... Cette vérité l'écœure. « Je le plaque aux jambes comme au rugby, se dit-il, il n'a pas le temps de faire ouf ! Je l'assomme, je le... » Il sait qu'il n'en fera rien. Ce monologue ne l'empêche pas de remarquer un changement d'allure dans la démarche de Girier qui ralentit le pas, regarde autour de lui, s'arrête, repart.

Le cœur de Marceau bat plus vite. « Il me prépare un tour de con », se dit-il, les nerfs en alerte.

L'un derrière l'autre, les deux hommes arrivent au cimetière Montmartre. L'hôtel Les Terrasses se dresse à l'angle des rues Caulaincourt et Joseph-de-Maistre. Immobile, Girier l'observe un moment, traverse le carrefour, dépasse l'entrée de l'hôtel, disparaît.

Marceau quitte l'embrasure de la porte où il s'était réfugié et se dévisse le cou. Il ne sait pas si Girier est entré dans l'hôtel ou dans l'immeuble voisin.

Une traction noire conduite par un gardien de la paix en civil s'arrête à sa hauteur, le long du trottoir. Morin se penche à la portière.

« Où est-il ? »

Marceau allonge sa tête de mule. Il s'attend à l'engueulade classique, la suppression d'un jour de congé ou de deux jours d'états de frais. Il désigne de la main les immeubles :

« Il est entré dans un de ces deux-là. Je m'étais planqué, il se retournait sans arrêt.

— Montez ! »

Marceau s'installe à l'arrière du véhicule, dépose sa sacoche à ses pieds, ne dit plus mot. Morin réfléchit. Si Girier est venu là sans ses chiens de garde, c'est qu'il doit avoir rencart avec une pépé. Il n'y a qu'à attendre. Quand il sortira, ils le sauteront.

La nuit est tombée. Ils sont maintenant quatre dans la Citroën où règne une chaleur étouffante. Bouygues a rejoint ses collègues après avoir garé sa camionnette rue de Maistre.

Tout à coup, un couple sort du café de l'hôtel, s'arrête en pleine lumière puis, avec nonchalance, se dirige vers une B. M. W. garée rue Caulaincourt au volant de laquelle Mathieu Robillard attend. Le troisième homme, le petit gros, est là aussi.

L'œil de Morin s'illumine.

« Girier est avec sa femme, souffle-t-il, la bouche sèche. C'est bon signe. » Puis à l'adresse du chauffeur : « Faites gaffe de ne pas perdre la filoche. C'est sur vous que tout repose ! »

A bonne distance, la voiture de la P. P. suit la B. M. W. Dans les flashes des réverbères, Morin aperçoit le crâne de Girier, assis à l'arrière, dont la chevelure se confond avec celle de Marinette. Morin est sur un brûlot. Le chauffeur connaît bien son métier, mais sait-on jamais ?

Morin a l'impression que la B. M. W. roule plus vite, qu'elle accélère même dans l'avenue Gambetta. Il s'adresse au chauffeur :

« On n'a pas été repérés ? »

Le gardien ébauche un geste évasif. Les deux voitures filent maintenant à toute allure. Morin sent sa proie lui échapper. Mathieu commence à prendre des risques. Il double quand il a à peine la place de passer, conduit sec, prend des virages à la corde, grille les feux rouges.

« Je crois qu'ils nous ont vus, constate le chauffeur avec amertume. Nous sommes trop chargés, je n'avance pas. »

Il est trop tard pour s'arrêter. Porte de Bagnolet, le trafic est intense, des poids lourds coupent le boulevard Mortier.

« Foncez, foncez ! » hurle Morin.

Le chauffeur écrase l'accélérateur. La Citroën frémit, passe en trombe devant un camion qui bloque ses freins dans un hurlement de pneus, manque d'emboutir une remorque. Les feux arrière de la B.M.W. sont loin devant eux quand la traction émerge de l'encombrement. Morin les voit osciller, puis disparaître dans le tournant de la Croix de Chavaux. Trop tard. Quand ils arrivent, la B.M.W. s'est évaporée.

« Qu'est-ce qu'on fait ? » demande le chauffeur qui a levé le pied, jugeant inutile de continuer à cette vitesse au hasard.

Morin s'enferme dans un mutisme lourd de menace. Bouygues est satisfait de ne pas avoir conduit. Marceau pense que Morin est un mou. Il a saboté le travail. Il fallait cravater la Canne à l'hôtel Les Terrasses.

« On attend, décide Morin.
— On attend quoi ? ne peut s'empêcher de demander Bouygues.
— Où ? demande le chauffeur.
— Ici, dit Morin dont le cerveau s'est remis à fonctionner. Il est dix heures. La Canne et Marinette vont passer la soirée ensemble. Mais les autres ? Neuf chances sur dix qu'ils reviennent à Paris. »

Bouygues soupire. Ça ne lui paraît pas évident.
« S'ils ont vu qu'ils étaient filochés, dit-il, on peut toujours attendre.
— Et alors ? tranche Morin. Au point où on en est ! »

Il n'y a pas une heure que la Citroën planque à la lisière de Rosny-sous-Bois que des phares se dessinent, en haut de la côte, venant sur Paris. Morin attrape ses jumelles.

« Le voilà ! Coupez-lui la route ! »

Déjà, la Citroën mugit. Elle exécute un demi-tour dans la rue de Paris, obligeant la B.M.W. à ralentir puis à s'arrêter. Un seul homme est au volant. Ce n'est ni Girier, ni Robillard mais le petit gros qui descend pour invectiver les occupants de la voiture perturbatrice.

« Police ! »

L'homme sursaute, esquisse un mouvement de fuite. Les doigts de Bouygues se referment sur son bras comme un étau.

« Bronche pas ! aboie Morin. Ou on te flingue.
— Qu'est-ce que j'ai fait ? » panique l'homme.

Bouygues et Marceau l'encadrent, le tiennent, le tâtent pour s'assurer qu'il n'a pas d'arme sur lui, le poussent sans ménagement dans la traction. L'homme, ahuri, se laisse faire. Le mot police lui a coupé bras et jambes.

Morin sourit intérieurement. A sa réaction, il pense qu'il n'a pas affaire à un dur, malgré les apparences. Avec un peu de chance, ce n'est qu'un ami de Marinette.

« Comment t'appelles-tu ? »

Le ton est sans réplique.

« Vossel, dit l'homme coincé sur le siège arrière. Auguste Vossel. J'ai rien fait...
— Ta gueule ! gronde Bouygues. Tu parleras quand on te le dira. »

L'homme s'efforce de calmer le tremblement qui le secoue. Morin se penche sur lui, extrait de la poche intérieure de son veston un portefeuille qu'il ouvre d'un air dégoûté.

« Ça sent la pute à plein nez... »

Il allume le plafonnier et examine les papiers. Il compare la photo d'identité et le visage de l'homme, puis glisse le portefeuille dans sa poche.

« Vous voyez, fait Vossel, qui a repris de l'assurance. Il y a erreur...
— Pardi », dit Morin comme s'il venait de remporter une victoire. Il ajoute doucereux : « Quel est ton vrai nom ?
— Mon vrai nom ? répète Vossel qui visiblement

ne comprend pas. Mais c'est mon nom, Vossel ! »
Bouygues ricane.

« Tes papiers sont tocs, déclare Morin avec placidité. Puisque tu veux pas le reconnaître... »

La panique submerge Vossel. Au raidissement des muscles, au rythme de la respiration qui a brusquement changé, Morin devine que l'homme a compris ce qu'on lui voulait. Vossel maudit sa bêtise. Il aurait dû écouter Girier, ne pas revenir par cet itinéraire.

« Dis donc, remarque Morin, je t'ai posé une question. Tu pourrais peut-être me répondre, non ?
— Qu'est-ce que vous voulez ?
— Ton nom.
— Je vous dis que je m'appelle Vossel. »
Bouygues s'adresse à Morin.

« Il se fout de nous, cet enfoiré. On l'emmène là-bas ?
— Oui, dit Morin. En route ! Comme ça il va comprendre. »

Vossel, hébété, les regarde à tour de rôle. Une soudaine inquiétude s'empare de lui. Où le conduit-on ? Le visage du policier de gauche est impénétrable. Il sent, sur sa droite, les muscles de l'autre. Devant lui, il devine la nuque épaisse, carrée, du chauffeur. L'impuissance lui noue la gorge.

« Qui êtes-vous ? » Et comme il n'obtient qu'un ricanement en réponse, il hurle presque : « Où m'amenez-vous ?
— Qui on est ? reprend Morin d'une voix douce. Tu le sauras quand tu auras répondu à la question que je t'ai posée.
— Quelle question ? murmure Vossel.
— Où as-tu laissé la Canne et Marinette ? »

Vossel avale sa salive. La sueur perle à son front, trace des rigoles sur ses joues.

« Je vois pas ce que vous voulez dire, lâche-t-il d'une voix à peine perceptible.

— C'est pourtant clair, répond Morin calmement. Tu nous dis où ils sont et on te laisse partir, sinon...

— Puisque je vous dis que je ne connais pas ces mecs-là ! » s'exclame Vossel d'une voix aiguë.

L'espoir lui revient. Il sent que les policiers ne peuvent rien contre lui. Il n'a qu'à tout nier en bloc. C'est sa seule chance. Le silence se rétablit. La voiture longe la zone sinistre, déserte.

« Où va-t-on ? » s'inquiète Vossel que le mutisme des policiers affole.

Bouygues tourne la tête et lui jette un coup d'œil amusé.

« Du côté des gazomètres, dit-il. C'est un endroit au poil pour une petite conversation. Personne ne viendra nous déranger. »

Vossel le contemple avec stupéfaction. La peur crispe son ventre, étrangle sa voix. Il va céder à la panique.

« Qu'est-ce que vous voulez au juste ? » quémande-t-il.

Bouygues lui agrippe le bras.

« Espèce de con ! hurle-t-il. T'as pas assez fait le zouave ? On te file le train depuis Les Terrasses. Alors, tes craques, ça suffit comme ça. Ou tu accouches ou tu prends une danse comme tu n'en as jamais reçue de ta putain d'existence. Compris ? »

Vossel secoue la tête. Des larmes lui montent aux yeux. Lui, un indic, jamais ! Girier c'est son ami, c'est le mari de Marinette. Cette pensée détermine une courte rébellion.

« Si vous croyez que vous me faites peur », dit-il.

Il n'a pas vu venir le coup. Bouygues a frappé du tranchant de la main sur l'arête du nez. Vossel se casse en deux. Un filet de sang coule sur son veston. La douleur l'étourdit.

« C'est un début, remarque doucement Morin. On a toute la nuit devant nous... »

Vossel couvre son visage des deux mains. Il sent la chaleur du sang dans ses paumes. Les mots lui parviennent comme au travers d'une porte, mais leur sens est terriblement précis.

La voiture longe à présent l'immense aire déserte où, à la lumière des phares, les gazomètres brillent comme d'énormes météores.

« Arrêtez là », dit Morin.

La Citroën ralentit, s'immobilise. Le moteur tourne encore quelques secondes, puis le silence devient total. Le chauffeur éteint les phares.

« Non ! gémit Vossel. Non ! »

Bouygues le secoue durement.

« Allez, on descend, dit-il. On est arrivé. »

Vossel s'arrache à sa poigne, se jette en avant. Ses ongles griffent le dossier qui lui fait face. Il essaie d'escalader le siège, d'atteindre la portière. Bouygues le saisit à bras-le-corps. Vossel laisse échapper un gémissement de terreur, tente de se dégager. Il se débat, les yeux fous, profère d'une voix hystérique des jurons et des malédictions incohérentes.

Morin se redresse, se tourne à moitié, une fesse en équilibre sur le siège et le gifle à deux reprises.

« Ta gueule, ordure ! »

Vossel tente un dernier effort pour s'échapper, mais Bouygues resserre son étreinte. Ses gros bras opèrent comme des tenailles.

« A Montfermeil, hoquète Vossel... Hôtel du Nord... Rue Henri-Barbusse... »

Bouygues ouvre les bras. Un instant Vossel reste en équilibre, puis lentement il glisse sur le plancher où il se tasse entre les jambes des policiers. Son corps est secoué de sanglots.

Morin et Bouygues échangent un vague sourire.

Marlyse a voté à une seule voix la grève illimitée des courses.

« Est-ce que tu te décideras un jour à changer notre cuisinière ? m'a reproché une fois de plus, ma compagne. Elle est encore en panne. Si je voulais faire un repas convenable, j'aurais bonne mine ! » Puis elle a ajouté en soupirant : « C'est vrai que tu t'en moques, tu ne rentres pas dîner une fois sur deux ! »

Je ne m'en moque pas. L'idée m'est même venue d'embellir encore notre idylle de Villennes en invitant un soir le Gros chez moi. Hélas ! l'état de santé alarmant de notre pauvre vieille Arthur Martin m'a obligé à remettre ma demande à plus tard. Je compte sur l'arrestation imminente de Girier et mon accession concomitante au principalat pour mettre ce projet à exécution. Ça resserrerait nos liens !

En attendant, je me suis résigné et, comme tous les matins, mon sac à provisions à la main, je promène un œil connaisseur sur les étalages de la rue L'epic. J'aime flâner tôt dans les rues de Paris, me glisser entre les voitures des quatre-saisons, cueillir au passage les jacassements des marchandes. Après une halte chez mon boucher, je fonce, le cœur léger, à mon bureau. La boutique louchébem est encore déserte en ce début de septembre et je peux, accoudé à la caisse, prendre tout mon temps pour lire le journal. Comme cela, en attaquant mon service, Vieuchêne ne pourra me coincer sur les dernières nouvelles.

Ce matin pourtant le titre du *Parisien libéré* et la photo de Girier en première page me scient les jambes.

« Ça », me dit mon boucher d'un ton admiratif pendant que je lis que l'inspecteur Morin de la P.P. a arrêté René la Canne et Mathieu Robillard à Montfermeil, « ça se sont des policiers ! Vous vous rendez compte, monsieur Borniche ! Quel courage ! »

Si je me rends compte ! Le Gros aussi s'en rend compte. Quand j'arrive au bureau, il écume :

« Bravo ! Joli travail, Borniche. Je m'en souviendrai. »

Il me toise, ajuste sa cravate et conclut :

« On dirait que vous le faites exprès de me faire

passer pour un con ! Je ne vous demande que deux choses : Buisson et Girier. Buisson court toujours et Girier est coffré. Borniche, j'espérais vous voir faire mouche ! Deux fois mouche. Eh bien, mon cher, c'est la P. P. qui vient de vous moucher. »

Je me retrouve très vite dans le couloir. Le dîner avec le Gros est à l'eau mais je ne désespère pas pour autant. La P. P. ne dispose que de vingt-quatre heures de garde à vue et Girier n'est pas homme à se mettre à table entre deux canettes de bière.

D'ailleurs nos collègues ne sont chargés que de l'agression de la poste du boulevard Jourdan. Le hold-up de Deauville, lui, est de notre ressort : en interrogeant Girier, nous avons encore une petite chance de remettre la main sur les cent millions de *Van Cleef et Arpels*.

LA DEUXIÈME MANCHE

15

Maître Grador s'est éveillé de mauvaise humeur, encore empreint de son cauchemar de la nuit. Pieds nus, enveloppé dans une robe de chambre d'un rouge pisseux, il s'est traîné jusqu'à la cuisine où de la vaisselle sale et des restes de nourriture encombrent la table. Une odeur de chou et de graillon flotte dans l'air. Au-dessus de l'évier où stagne une eau graisseuse, la condensation a strié de raies brunâtres le mur dont la peinture s'écaille.

Maître Grador sort du buffet une cafetière fuligineuse qu'il cale sur le réchaud. Il craque une allumette. D'un revers de manche, il essuie un coin de table, repoussant du même coup les assiettes, s'assied sur un tabouret et déploie *La Gazette du Palais*. Un pamphlet retient quelques instants son attention, puis la pensée de ce qu'il a à faire ce jour-là le frappe avec force. Sans attendre que son café soit chaud, maître Grador abandonne sa lecture, repousse son siège et se précipite dans son bureau.

Comparée au reste du logis, la pièce pourrait passer pour luxueuse. Les tentures usées, la moquette râpée, les fauteuils avachis conservent encore assez d'apparence — comme le grand bureau Empire et les deux bibliothèques en placage d'acajou — pour impressionner la clientèle. De chaque côté de la fenêtre, rigide dans ses cadres dorés, la tribu des Grador qui compte d'éminents magistrats surveille son rejeton d'un œil austère. Les costumes d'apparat, rouges à bande d'hermine, les décorations qui ornent les bustes, témoignent du sérieux de leur profession et de leur fidélité au pouvoir.

Maître Grador aurait pu, comme son père, comme son grand-père, devenir magistrat. Sa licence en droit acquise sans difficulté, il avait hésité. Tout le prédisposait à cette carrière. La magistrature, c'était pour lui la tranquillité, l'avancement automatique, la retraite assurée. Vieux radical et franc-maçon, papa Grador franchissait les échelons sous l'aile protectrice de Moro-Giafferi, président de la commission de Justice à la Chambre des députés. Son fils pouvait espérer suivre sa trace, occuper des postes privilégiés du Siège ou du Parquet pour terminer à la Cour de cassation, honoré, écouté.

Maître Grador avait refusé le soutien paternel. Sa vocation, son tempérament, c'était la défense. Il voulait plaider, assurer de sa protection la veuve et l'orphelin, combattre une justice qu'il estimait inégale, aux sentences capricieuses selon la fortune des uns ou la pauvreté des autres. Les scandales de la IIIe République l'avaient marqué. Il ne voulait pas être un magistrat servile, à la conscience élastique devant les promesses d'avancement.

Séduit par le charme, la rapidité de jugement et la volonté de réussite du jeune stagiaire, le bâtonnier devant lequel il prêtait serment l'avait vivement félicité et encouragé. En lui, le barreau tenait un de ses futurs maîtres, un homme de robe pour qui l'honneur passait avant les honoraires. Un jour, c'était écrit, il entrerait au Conseil. Un jour, il serait bâtonnier. Les hostilités de 1939 allaient ruiner ces espérances.

Quand, après cinq années de captivité dans un stalag de Prusse orientale, maître Grador avait retrouvé Paris, un monde nouveau était né. La détention avait ruiné sa santé. Le long et fringant avocat de jadis, aux yeux lavande et aux cheveux noirs soigneusement rejetés en arrière était devenu un autre homme. Le regard avait pâli, avait perdu de son acuité. Des fils d'argent couraient le long des tempes. Le dos s'était voûté. Maître Grador ne faisait plus au Palais que de rares et courtes apparitions, ne plaidait que des affaires mineures, négligeait ses confrères. Le ressort semblait brisé. On chuchotait dans les couloirs que sa femme était responsable de cette cassure, que s'étant présenté chez elle sans prévenir, en costume de démobilisé, la porte lui avait été ouverte par son remplaçant. Un autre aurait peut-être supporté le choc. Maître Grador, diminué, n'avait pas su faire face. Il avait quitté les lieux, blessé à mort, abandonnant à l'épouse infidèle l'appartement de l'avenue Bosquet. Il avait gagné facilement son divorce mais la brûlure demeurait vive. Il s'était installé ailleurs, dans un quartier misérable et, peu à peu, il avait descendu la pente. Seuls, ne lui restaient que les meubles et les tableaux que son père, décédé pendant l'Occupation, lui avait légués.

Sans se soucier de ramener sur son corps nu, d'une maigreur squelettique, les pans de sa robe de chambre, maître Grador se met à farfouiller dans le désordre de sa table. Sous une pile de dossiers, il trouve ce qu'il cherchait : un tube en ivoire de la grosseur d'un stylo. Rêveur, il le contemple quelques secondes. Il tient entre ses mains un « plan », cet étui dont se servent les bagnards pour cacher les lames de scies et l'argent dont ils auront besoin pour réussir la « belle » et qu'ils portent dans le ventre, enfoncé par l'anus, très haut vers la gauche, immédiatement sous l'aine.

Une fois de plus, maître Grador doit résister à la tentation de dévisser le tube. Il a l'impression grotesque que l'ignorance de son contenu atténuerait sa culpabilité en cas de découverte. Il sait que ce « plan » ne renferme pas l'indice qu'il espère découvrir et qui le mènerait aux bijoux qu'il convoite, aussi sûrement qu'un fil d'Ariane. Et pourtant, tout en dépend, à condition toutefois de pouvoir le remettre à Girier sans être surpris par le gardien. Qu'arriverait-il s'il était pris sur le fait ? Si Girier était fouillé avant de regagner sa cellule ? Si son évasion ratait... L'esprit tortueux de maître Grador se remet à filer le cocon d'éventualités désastreuses.

Une odeur de café bouilli qui envahit la pièce arrache l'avocat à ses craintes.

En toute hâte, il regagne sa cuisine où la cafetière a débordé. Il verse en jurant ce qui reste de liquide dans une tasse. Puis il s'assied pour avaler son petit déjeuner.

Il est sept heures du matin. Dans trois heures, il sera à la prison de la Santé, face à Girier. Par petites lampées, maître Grador déguste son café brûlant.

Tout avait commencé deux mois plus tôt par un coup de téléphone d'un mystérieux Monsieur Louis qui, sans préliminaires, lui demandait s'il accepterait de défendre René Girier.

Maître Grador recrute désormais sa clientèle parmi les truands sans envergure. Il n'est pas devenu, à proprement parler, un avocat marron mais la morale n'est plus son fort. Il ne refuse pas de rendre à ses clients toutes sortes de gracieusetés illicites. Sa réputation s'est étendue chez les prostituées, les souteneurs, les habitués des champs de courses, en un mot, à ce monde interlope qui le considère comme un avocat débrouillard, toujours prêt à rendre service pour un peu d'argent.

De l'argent, maître Grador n'en a jamais assez. Il a des échéances difficiles, habite un appartement triste dans un immeuble délabré de la rue de la Grande-Truanderie. En comparaison, il dépense des fortunes pour ce qu'il appelle par euphémisme « ses plaisirs ». Les clandés d'un genre spécial, les maisons à passions, connaissent bien sa haute et maigre silhouette. Les demoiselles à spécialités ne voient pas arriver sans une certaine répugnance ce client au visage cireux, aux yeux caves, autour duquel flotte comme une odeur de cadavre. Elles l'ont surnommé « Fantômas le Décalitre » à cause de la cape noire et du gibus qui servent d'accessoires à la mise en scène macabre qu'il exige. Dans le tarif des perversions, les plaisirs de l'avocat figurent en haut de l'échelle et il lui faut accumuler les honoraires misérables que lui versent les petits délinquants pour pouvoir les satisfaire.

C'était la première fois qu'on lui demandait de s'occuper d'un caïd, d'une vedette du Milieu dont la photo s'étalait en première page de tous les journaux.

Maître Grador est trop cynique pour s'imaginer un seul instant que son talent est pour quelque chose dans cette proposition. René la Canne a d'autres défenseurs, des ténors du barreau comme Touati, Berthon, et même une jeune avocate, Suzanne Dubreuil. Si on a recours à lui, c'est pour faire la sale besogne, passer des lettres, des messages, payer des complicités.

Dans le cas d'un Girier, ennemi public, détenu à la Santé, soumis à une surveillance continuelle, dont la cellule est fouillée tous les jours, cet office peut rapporter beaucoup d'argent à maître Grador. Pourtant, il avait failli refuser.

Au nom de Girier, son estomac s'est noué. Il sait qu'il ne fait pas le poids contre des truands d'envergure, et comme l'idée d'aider quelqu'un sans chercher à le rouler lui est aussi étrangère que celle d'aller soigner des lépreux en Afrique, il évite d'avoir affaire à plus fort que lui. Déchiré entre la peur et la cupidité, le combiné serré dans sa main moite, il avait tardé à répondre, essayant d'évaluer dans sa panique les dangers et les avantages de cette proposition déconcertante. A l'autre bout du fil, son correspondant s'impatientait. Finalement, l'appât du gain l'avait emporté. « Monsieur Louis » avait raccroché sans un mot de remerciement.

Quelques jours plus tard, maître Grador avait trouvé dans sa boîte à lettres une enveloppe contenant quelques billets de mille et un mot lui intimant d'avoir à se mettre en rapport avec son nouveau client qui venait de le désigner chez son juge.

Leur première entrevue lui avait laissé une impression de danger.

D'après les photos de presse, maître Grador s'attendait à voir un grand et bel homme, au visage d'intellectuel. Dans la cabine du parloir, semblable à une cage, il a vu entrer un fauve dont la grâce apparente, comme celle du tigre, cache une puissance de rétraction, une détente proprement effrayantes. C'est ce contraste entre l'aspect raffiné de l'homme et sa force contenue qui, chaque fois qu'il se trouve en face de Girier, met l'avocat mal à l'aise.

A la deuxième ou troisième visite, maître Grador avait tenté d'obtenir quelques renseignements sur Monsieur Louis, mais Girier s'était contenté de le dévisager, un sourire en biais sur son visage ironique et menaçant. L'avocat avait perdu contenance tandis qu'un frisson parcourait son échine. Puis le sourire avait disparu, remplacé par une expression méprisante :

« T'occupe pas de ça ! avait dit Girier avec ce tutoiement caractéristique de truand à truand. On ne te paie pas pour poser des questions. »

Maître Grador n'avait rien osé répondre. Son corps s'était voûté un peu plus et sa figure cadavérique s'était, s'il en était possible, encore allongée. Il avait compris que son rôle se bornerait à servir d'intermédiaire entre Girier enfermé dans sa cellule et le monde extérieur. Mais le truand et ses correspondants, à l'image de Monsieur Louis, sont méfiants. Les messages que l'avocat transmet sont codés. Malgré tous ses efforts et toute sa ruse, maître Grador n'a pas réussi à se faire une idée de ce qui se trame. Il est néanmoins arrivé à la conviction que l'évasion de Girier n'est que le prologue à quelque chose d'insaisissable et de mystérieux.

A dire vrai, les projets d'avenir de son nouveau client ne l'intéressent pas. Toute sa faculté de rêver s'est fixée sur les bijoux de Deauville, ce trésor fabuleux disparu un an plus tôt, et dont la rumeur publique attribue le vol à René la Canne.

A la grande surprise de maître Grador, Girier, lorsqu'il lui en avait prudemment touché un mot, un jour que le truand semblait en veine de confidences, avait eu une attitude énigmatique. Ses yeux s'étaient plantés dans ceux de l'avocat, sa tête s'était légèrement inclinée tandis que son habituel sourire en coin était venu effleurer ses lèvres.

Etait-ce un aveu ? Au fond maître Grador s'en moque. Il est convaincu de la culpabilité du gangster et décidé à toucher une part du gâteau quand Girier récupérera les bijoux. Comment ? Maître Grador n'en a aucune idée. Il improvisera le moment venu.

« Quelque chose se produira », pense-t-il, quand il réfléchit au moyen d'agir tout en repoussant la peur qu'il sent monter en lui, à la perspective de doubler le truand.

Et à ce moment-là...

L'occasion espérée s'était produite la veille.

Ce n'est pas une enveloppe que l'avocat avait trouvée dans sa boîte, comme chaque fois qu'il devait se rendre à la Santé, mais un paquet étroit et long, enveloppé de papier brun. Il l'avait ouvert avec précaution et un tube entouré d'une feuille dactylographiée était apparu. Maître Grador l'avait examiné, tourné et retourné dans tous les sens, tenté de le dévisser. Il savait qu'il tenait un « plan » entre ses doigts et sa curiosité était excitée. Il avait renoncé à ouvrir le tube, chaussé ses lunettes, déplié la feuille dactylographiée.

Monsieur Louis — depuis son unique coup de téléphone deux mois plus tôt, maître Grador lui attribue, à tort ou à raison, tout ce qui est déposé dans sa boîte à destination de Girier — lui ordonnait de remettre le tube d'ivoire au prisonnier sans chercher à l'ouvrir. Girier lui donnerait ses instructions lui-même, de vive voix, le lendemain.

Maître Grador était déçu : le paquet ne contenait pas d'argent. Mais une petite lueur s'était mise à trembler dans son cerveau. L'évasion de Girier n'allait-elle pas créer la situation qu'il attendait fébrilement ? Il n'avait qu'à persuader le truand en cavale de se confier à lui. Maître Grador considérait cette idée avec un mélange d'effroi et d'exaltation. Girier n'était pas seul, livré à lui-même. Il avait derrière lui un redoutable réseau de complicités. Son évasion faisait partie d'une machination et elle était préparée avec soin. L'avocat n'avait aucune chance de capter sa confiance, à moins...

A moins qu'il ne parvienne à ronger, maille après maille, le filet que Girier a certainement tendu pour se recevoir. Curieusement, la peur que le truand lui inspire s'atténue. Si son évasion réussit, Girier aura tous les policiers de France à ses trousses. Maître Grador se dit, pour se rassurer, qu'un homme traqué, aux abois, est une proie facile. Il se surprend même à éprouver un léger sentiment de supériorité.

16

BALAYÉS par un vent froid et humide, les pavés de la prison n'ont jamais paru aussi sinistres à maître Grador.

Serrant sa serviette de simili-cuir contre lui, l'avocat traverse la cour de la Santé. Un pardessus pelé a remplacé la vieille robe de chambre et il porte des bottines à tiges. Avec une expression indifférente, voire dédaigneuse, les gardiens le regardent passer. Son allure est toujours celle d'un vaincu. Il marche lentement, recroquevillé dans son manteau, escalade quelques marches, franchit la première porte vitrée sur le perron. L'odeur de la prison le saisit. Chaque établissement a son odeur *sui generis*, ténue comme le souffle d'un mourant, tenace comme la prison elle-même. Les ingrédients sont identiques partout, mais le mélange se fait différemment. Les émanations de crasse, d'eau de Javel, de détergent, de chaux, de cuisine et de peinture ne se combinent pas de la même manière à Fresnes ou à la Roquette. Maître Grador respire l'odeur familière de La Santé avec une légère angoisse. Il serre un peu plus sa serviette où il a caché le « plan ».

Près du greffe, un surveillant lui coule un regard machinalement soupçonneux avant de noter son nom et sa qualité sur le registre des visiteurs. Dans le parloir des avocats, un gardien lui désigne une cabine. Maître Grador s'installe sur une chaise, pose sa serviette devant lui, sur une table en bois blanc marquée de traces d'ongles, pareilles à des hiéroglyphes exprimant tous les espoirs et les angoisses de centaines de détenus. Brusquement, il la reprend et la presse contre son cœur.

A cette heure, la majorité des cabines sont occupées. Dans celle d'en face, maître Floriot, l'œil vif derrière ses grosses lunettes, attend son client. Il consulte un dossier étalé devant lui avec l'air affairé d'un homme dont chaque minute est précieuse. Maître Grador le contemple, étonné. Cette comédie lui semble grotesque. Tout à coup, il se rend compte qu'il ne s'agit pas d'une comédie. La plupart des avocats ne s'intéressent vraiment qu'à leurs dossiers. C'est lui qui joue la comédie. Cette pensée l'effraie, comme si elle avait le pouvoir de le désigner à la réprobation générale. L'espace d'une seconde il envisage d'ouvrir sa serviette et d'en extraire quelques feuillets qu'il lira, lui aussi, d'un air sérieux pour donner le change. Il y renonce, par paresse. Il fait chaud. Son corps transi se détend.

Un murmure continu monte des cagibis disposés de chaque côté du couloir qu'arpente un gardien. Maître Grador le voit passer et repasser devant les portes dont le panneau du haut est vitré. Il entend le claquement des verrous chaque fois qu'un détenu sort ou pénètre dans une cabine. Et toujours, dans le couloir, le va-et-vient de l'homme-tronc qui ponctue le bruit des serrures et donne l'impression d'un jouet mécanique, se balançant de droite à gauche.

René la Canne s'introduit dans le parloir. Dans son dos, la porte se verrouille avec un bruit sec. Aussitôt les murs semblent trop étroits. Girier remplit la pièce. Son attitude est celle d'un homme qui s'impose une perpétuelle réserve, et pourtant maître Grador a l'impression de voir les muscles jouer et les nerfs vibrer sous la peau. Il se lève instinctivement. Le visage de Girier est dur, fermé, malgré le sourire qui erre sur ses lèvres. Il fait le tour de la table et s'assied à la place qu'occupait l'avocat à qui il ne tend même pas la main. Il a ainsi la porte vitrée face à lui. Surpris par cette manœuvre, maître Grador se laisse tomber sur l'autre chaise. De ne plus voir ce qui se passe dans le couloir le panique. Il tourne la tête vers la porte, l'œil inquiet, redoutant l'irruption du gardien dans la cabine.

« Ben quoi, qu'est-ce qu'il y a ? Tu veux qu'on nous repère, sans doute ? »

Girier parle à voix basse, presque sans remuer les lèvres, mais fermement. Avec difficulté, le cerveau de l'avocat se remet à fonctionner. Il pose sa serviette, sort des documents, les étale, donne des explications filandreuses. Il parle fort, mais il évite de regarder Girier qui l'écoute en simulant l'intérêt. Peu à peu, il reprend de l'assurance. Son visage livide se colore.

« T'as le truc ? »

On dirait que Girier a attendu que maître Grador ait retrouvé son calme pour poser la question. L'avocat incline la tête, se met à chercher dans sa serviette.

« Alors, insiste Girier, tu l'as ou pas ? Réponds, bon Dieu ! »

Maître Grador fait un signe affirmatif sans oser regarder Girier qui guette l'apparition du gardien et ordonne, à voix basse, avec une force de persuasion irrésistible :

« Dès que tu me l'auras filé, tu te lèves et tu marches autour de la table. Dis quelque chose, ça aura l'air plus naturel. »

Maître Grador balbutie son accord avec un lamentable sourire. Il croit vivre une farce, une parodie burlesque que Girier va arrêter d'un mot. Ses yeux implorent, mendient un contrordre. Mais au lieu des paroles rassurantes qu'il espère entendre, le truand s'exclame avec une sourde violence, le corps à moitié dressé comme s'il s'apprêtait à sauter par-dessus la table :

« Qu'est-ce que tu fous, merde alors ! Allez, grouille-toi. »

Maître Grador cherche au fond de sa serviette. Dans son affolement, il ne trouve rien. Une peur ignoble lui tord le ventre. Il se demande s'il n'a pas oublié le « plan » au moment de partir. Le regard de Girier lui donne la sensation d'une arme braquée sur lui. Enfin il sent le long tube sous ses doigts. Il est si soulagé qu'il le glisse dans la main de Girier, venue comme la foudre à la rencontre de la sienne.

Les yeux de Girier s'adoucissent. Son corps se relâche. Il a soudain l'air très jeune, arbore l'expression sournoise et ravie d'un enfant qui a enfin obtenu ce qu'il désire. Mais la métamorphose ne dure pas.

« Bon. Maintenant, tu sais ce que tu as à faire. »

L'avocat se rappelle qu'il doit se lever. Il prend au hasard un dossier et se met à le lire à voix haute en tournant autour de la table.

Sa marche, le cou engoncé dans son pardessus verdâtre, une épaule en avant, son buste étriqué presque immobile, éveillent l'idée d'un cafard. Girier l'observe avec dégoût. Il a envie de l'écraser d'un coup de talon. Mais son visage reste impassible. L'avocat joue un trop grand rôle dans ses projets pour risquer de le mettre sur ses gardes. Il faut entretenir sa confiance jusqu'au bout, lui faire miroiter les avantages qu'il y a encore à tirer de leur connivence.

Depuis que maître Grador l'a interrogé sur Deauville, Girier sait qu'il le tient à sa merci. Il n'ignore pas l'abjection du personnage. L'avocat est aussi lâche qu'il est cupide. A tout moment un vice peut prévaloir contre l'autre.

Deux fois le visage du gardien s'immobilise derrière les vitres. Ses yeux suspicieux observent la ronde de l'avocat, s'attardent sur le visage attentif du prisonnier, puis se détournent, rassurés par leur allure inoffensive.

Girier sait qu'il faut maintenant faire vite. Le gardien a enregistré la scène, il ne réagira plus. Quand l'avocat se trouve en face de la porte, Girier lui ordonne de s'arrêter et de ne plus bouger.

La silhouette de maître Grador forme écran devant les vitres. Du couloir, on ne voit plus ce qui se passe à l'intérieur de la cabine. Girier a trente secondes devant lui : le temps d'un passage du gardien. Si à son retour le dos de l'avocat masque toujours la porte, sa méfiance s'éveillera.

Girier se lève, déboutonne en hâte son pantalon, le repousse avec son slip le long de ses cuisses. Maître Grador regarde la scène, stupéfait. Sans se préoccuper de l'avocat, Girier écarte les jambes, s'accroupit et enfonce sans hésiter le tube entre ses fesses. Son visage se tord dans une grimace de souffrance. Le souffle coupé, maître Grador ne peut détacher les yeux de ce spectacle. Il voit les veines du truand se gonfler sur son front, sa bouche se crisper pour ne pas crier de douleur. La main que Girier a passée entre ses cuisses n'a pas reparu. Il faut enfoncer le tube profondément pour que les contractions du sphincter ne l'éjectent pas. Des gouttes de sueur perlent sur le visage de Girier. Puis la douleur semble s'atténuer. La Canne se redresse avec précaution, essuie son front d'un revers de main, remonte son pantalon et se rassoit, les jambes serrées. D'un signe il fait comprendre à l'avocat qu'il peut reprendre sa marche.

Les yeux papillotants, les nerfs à fleur de peau, maître Grador se déplace. Une seconde plus tard, le visage du gardien se colle à la vitre. Déjà Girier a repris son expression attentive, et la voix mal assurée de maître Grador emplit à nouveau la cabine.

17

« UNE lettre pour vous, Borniche. »

Le Gros darde sur moi un regard dépourvu d'aménité. Il me tend une enveloppe, à l'écriture fine presque illisible, qu'il a trouvée dans le courrier de la sous-direction et qu'il a tournée et retournée entre ses doigts épais, aux ongles soignés, avant de carillonner à mon bureau. Curieux comme je le connais, il a essayé de mettre un nom sur les initiales de l'expéditrice. Il en a été pour ses frais. Aussi est-il de mauvaise humeur.

Depuis que j'ai rapporté au Gros le « crâne » d'Emile Buisson, le petit tueur aux yeux noirs, Vieuchêne a été promu commissaire divisionnaire. Il cumule désormais les fonctions de chef du groupe de répression du banditisme et celles, à titre provisoire, de sous-directeur des Affaires criminelles. Sa titularisation, que la réussite d'une affaire spectaculaire pourrait encore accélérer, ne saurait tarder. Il est devenu pratiquement le troisième personnage de la Sûreté.

Malgré cet avancement tant espéré, le Gros s'ennuie. Son tempérament combatif ne s'accommode pas à la paperasserie administrative. Il a quitté son modeste bureau de la première section pour une pièce plus gaie, aux meubles de bois verni, qui donne sur la cour des Saussaies. De son fauteuil, qu'un voile de coton mal lavé dissimule aux regards indiscrets, il embrasse, d'un coup d'œil, la totalité du cinquième étage où sont répartis les services qu'il supervise. Il peut ainsi, à leur insu, se rendre compte de l'activité ou de l'inertie de ses subordonnés. Dans un bureau voisin, la jolie Paulette Viel, rousse et court vêtue, lui sert de dactylo. Elle joue de la machine comme Choutier, son vis-à-vis, vieux secrétaire bourru, noie ses chagrins dans un ballon de rouge, au bistrot du coin.

« Vous pourriez vous dispenser de recevoir le courrier de vos maîtresses, au service », grogne le Gros.

Je n'ai pas de maîtresses, du moins qui m'écrivent. Je tourne l'enveloppe. Les initiales S.T. et l'adresse, 143, rue de la Roquette, portées au verso, m'édifient. L'expéditrice en est Simone Tirard, un cheval de retour, détenue depuis dix années à la maison d'arrêt de la Roquette, avec interruptions pour évasion, en 1941 et 1946.

« C'est la fille Tirard », dis-je, comme pour me justifier.

Le Gros m'observe, incrédule. J'ouvre la lettre. Sur le papier quadrillé d'écolier, une date, 5 novembre 1950, partiellement oblitérée par le cachet de la censure, apparaît. Dans le coin supérieur gauche, masquant les numéros de division et d'écrou, une autre inscription, en caractères plus petits, informe le destinataire que les timbres-poste et les billets de banque sont rigoureusement refusés dans l'établissement.

« Alors ? » demande le Gros, le sourcil levé.

Je le place le dos à la fenêtre et je lis à mi-voix :

Monsieur l'inspecteur,
Je ne vous é pas vu depuis longtemps et ç'é regretable. Je suis passé plusieurs fois au juge et je m'attend a être transféré à Rennes. Il faus que je vous voit d'urgence.

SIMONE

Le mot urgence est souligné. Je relève la tête.

Mon regard croise celui du Gros. Je fais une grimace comique.

« Elle recommence sa chansonnette, dis-je. Il y a deux ans, c'était pareil. »

Le Gros me considère d'un œil étonné.

« Quelle chansonnette ? »

Je prends appui des deux mains sur sa table.

« Celle de s'accuser de vols qu'elle n'a pas commis pour pouvoir rester à la Roquette. La sévérité du régime des Centrales la terrorise. Alors, pour ne pas y aller, elle écrit. »

Le Gros pose son stylo et ses lunettes sur le sous-main rouge que nous lui avons offert pour sa nomination de divisionnaire. Il hoche la tête, l'air pensif.

« Peut-être a-t-elle une affaire intéressante à vous donner ? Une fille comme ça, c'est une mine. Elle est au courant de tout ce qui se passe en taule. »

J'ouvre les bras en signe d'approbation.

« Sans doute. L'ennui, c'est qu'elle ne raconte que des histoires. Comme elle a récolté quinze années de réclusion pour assassinat, elle s'accuse de délits insignifiants; on l'interroge, un juge la place sous un mandat de dépôt qui la préserve d'un éventuel transfert et, en Correctionnelle, elle ramasse une condamnation qui se confond avec sa peine principale. Elle tient le coup comme ça, depuis des années. Elle n'a d'ailleurs pas pu commettre tout ce qu'elle prétend.

— Pourquoi ? s'inquiète le Gros toujours à l'affût d'une piste.

— Parce que la moitié des vols dont elle s'accuse est bidon. Elle glane des informations à droite et à gauche sur leurs circonstances, elle les reconstitue avec minutie et, quand l'affaire est au point, elle écrit. Les vrais coupables, reconnaissants, lui font parvenir des colis et des mandats.

— Amusant ! grince le Gros. Mais qu'y a-t-il donc à cette Roquette qui la retienne tant ?

— Je vous l'ai dit : la crainte d'aller en Centrale. A la Roquette, elle est la détenue la plus ancienne et elle y fait ce qu'elle veut. Elle commande les prisonnières, répartit les petits ménages, conditionne les bonnes sœurs, invective même les surveillantes. Elle connaît la prison à fond, ses rouages, ses faiblesses et ses combines. Elle ne craint rien, se moque de tout, sachant qu'on ne peut rien lui faire. Son seul point faible c'est qu'elle est amoureuse.

— Oh !

— De Gaby Darly qui doit passer aux Assises pour meurtre. Une dure, comme elle. Toute la prison connaît leurs amours. Simone la couve depuis son arrivée et tant que Gaby sera là, elle fera tout pour rester à la Roquette. »

Le Gros réfléchit quelques instants puis :

« Si on se servait de ça comme moyen de pression ? Si Simone ne veut pas nous renseigner, nous faisons partir Gaby ailleurs. A Fresnes, par exemple. »

Je secoue les épaules, sceptique.

« Et son avocat ? Vous pensez qu'elle n'est pas tombée de la dernière pluie, la Simone ! Elle m'a donné deux ou trois affaires de hold-up, c'est vrai. Mais quand j'ai vu que les types qui s'accusaient étaient des condamnés à perpétuité qui ne pensaient qu'à s'évader, j'ai compris ! Ils pratiquaient la même combine qu'elle. »

Je plie la lettre, la glisse dans ma poche et je conclus, la main sur la poignée de la porte :

« Croyez-moi, patron, cette fille-là, c'est du vent. Nous n'en tirerons rien. Ce n'est pas la peine de perdre notre temps. »

Je sors. J'allume une cigarette dans le couloir et je regagne à pas lents mon bureau. Au moment où j'appuie sur le bec-de-cane, le téléphone sonne. Je me précipite. Dans l'écouteur, la voix du Gros nasille :

« J'ai réfléchi, Borniche. Il faut y aller à la Roquette ! Le plus tôt sera le mieux. Il ne manquerait plus que la Tirard file ses tuyaux à la P.P. ! »

Il a raccroché avant que j'aie pu ouvrir la bouche.

J'expédie vers la fenêtre des ronds de fumée puis je m'assieds en soupirant. Quel vieux machin ! Il ne voudra jamais rien comprendre.

10 novembre 1950. Il fait gris et froid ce matin et le brouillard enveloppe la butte du Sacré-Cœur. J'ai resserré frileusement le col de mon pardessus et je trotte vers le métro Blanche, avide de retrouver sa bienfaisante chaleur.

Je suis privilégié. La ligne numéro 2 qui relie la porte Dauphine à la place de la Nation est directe jusqu'au Père-Lachaise. De là, je n'ai que trois cents mètres à parcourir pour frapper au portail de la prison qui dresse sa masse sinistre dans un quadrilatère de rues désertes et monotones. S'il faisait beau, je m'aventurerais dans le cimetière du Père-Lachaise où les oiseaux, été comme hiver, chantent mieux qu'ailleurs, peut-être parce que des personnages de tous rangs et d'époques différentes s'y sont enfoncés dans la nuit des temps.

Un jardinet paré d'arbrisseaux agrémente l'entrée de la maison d'arrêt. La grille s'ouvre. Je me retrouve au greffe, ma carte de police à la main, le permis de communiquer, que m'a délivré le Parquet général, étalé sur le comptoir.

« C'est pour la Tirard ! » maugrée une gardienne dont le col de la blouse bleue est piqué de deux étoiles argentées, symbole de l'administration pénitentiaire. « Ça promet. Qu'est-ce que vous avez tous à venir la voir ? »

Le ton hargneux, la chevelure embroussaillée, l'œil oblique et le carré des mâchoires me causent une impression désagréable. Je n'aimerais pas tomber sous la coupe d'un tel garde-chiourme.

La surveillante qui me précède dans le « guichet », vaste salle aux murs verdâtres et au carrelage briqué, me paraît, au contraire, plus humaine. Elle est même assez jolie. Elle a la taille bien faite et des jambes

expressives. Elle se retourne pour me demander :
« Vous la connaissez, la Tirard ?
— Un peu, dis-je. Pourquoi ? »
Elle reprend sa marche et sa voix résonne sous la voûte :
« C'est une drôle. Une terreur ! Quand donc en serons-nous débarrassées ? »
Un long couloir se présente, bordé de chaque côté de pièces carrées de deux mètres sur deux, fermées par des portes trouées d'une vitre à hauteur du visage : les parloirs.
« On vous l'appelle, dit la surveillante, en débloquant un verrou. C'est ici. »
Elle disparaît. Je m'installe sur une chaise devant une table de bois blanc. Je n'ai ni serviette, ni dossier. J'allume une cigarette. Par l'ouverture de la porte, je regarde passer une nonnette de vingt ans à peine, si fraîche, si belle que je me demande comment elle a pu venir se perdre dans cet enfer de vice et de barreaux. J'étends les jambes et je me prends à rêvasser en attendant l'arrivée de ma « terreur ».

Un visage d'ange aux cheveux bruns coupés à la Cléopâtre, des yeux de biche, des seins lourds et fermes, des jambes longues et nerveuses, Simone Tirard a commencé sa carrière galante dans le Rouergue où son protecteur, Jo l'Enjôleur, l'avait expédiée.
Elle l'avait connu de la façon la plus banale qui soit. A seize ans, décidée à gagner sa vie par des moyens que la morale réprouve, elle avait atterri au Balajo, le bal de la rue de Lappe où les mauvais garçons, entre deux refrains musette, cherchaient des proies faciles. Georges Renassian l'avait repérée. Il avait trente ans, le poil noir et le teint mat des Levantins et, sous des costumes de bonne coupe, il portait des chemises de soie dont les manchettes s'ornaient de diamants. Il roulait en voiture de sport et possédait une garçonnière à deux pas de la tour Eiffel,

décorée par un styliste en renom. Deux heures plus tard, Simone, douillettement étendue sur un sofa de satin, n'ayant pour parure que sa combinaison noire ajourée, n'avait pas caché ses intentions : c'était le fric qui l'intéressait, elle voulait vivre comme une princesse.

Le lendemain, munie de faux papiers qui la vieillissaient de quatre ans, elle découvrait à Millau une curieuse maison où les chambres étaient installées au sous-sol. Les pensionnaires y avaient remplacé le traditionnel « Tu montes, chéri » par « Tu descends, mon lapin ».

Simone réalisa vite qu'elle ne ferait pas fortune dans le Rouergue. Elle pria l'Enjôleur de la placer à Paris. Jo promit d'examiner le problème. Les quinzaines passèrent. Simone, restée sans nouvelle, renâcla alors à la besogne. La tenancière se plaignit. Jo dut payer une indemnité de carence. Il se fâcha, puis il cogna. Il eut tort.

Raymond le Casseur, comme un coup de tonnerre, était entré dans la vie de Simone. Fils d'un adjudant de la Coloniale et d'une épicière, il habitait Paris, à deux pas de la rue Rebeval où elle était née. Il était beau, carré d'épaules, un tantinet bagarreur. Un cambriolage l'avait amené à Millau où il avait fini la soirée Au Panier fleuri. Raymond regagna Paris avec Simone dans sa valise.

Il lui apprit le métier. Tandis que Raymond opérait, Simone faisait le guet. Puis elle monta en grade. Mettant à profit sa jeunesse, elle attirait les clients dans les coins déserts où Raymond les assommait pour les dévaliser. Les affaires étaient rentables.

Un matin, Simone eut une idée lumineuse :

« Dis donc, dit-elle à son amant, si on faisait les trains ? On se repère un voyageur de première classe, et la nuit, quand il roupille, on se le farcit. »

Raymond n'avait pas particulièrement prisé l'innovation qui lui paraissait dangereuse.

« Et si on se fait gauler ?

— Tu piges pas ! avait repris Simone. Avec du

chlorure d'éthyle on l'endort, on le fauche et, quand il se réveille, on est loin. C'est mieux que de les assommer, ça leur fait moins mal. »

Raymond avait accepté. Quand le 15 novembre 1937, la riche Mme Garola avait pris le Strasbourg-Vintimille, elle ne se doutait pas que l'on retrouverait son corps, le lendemain, recroquevillé sur une banquette, les chevilles entravées par des chaînettes d'acier. Le tampon d'ouate, trop serré, avait provoqué l'étouffement.

Au terme d'une longue enquête, Raymond le Casseur et Simone furent arrêtés. Raymond se mit à table. Simone nia les faits. Un mois plus tard, à l'aide d'une corde de draps noués, elle s'évadait. De mémoire de gardienne de la Roquette, on n'avait jamais connu une telle envolée.

La police ne subit pas que des échecs. Reprise, Simone était traduite en Cour d'Assises. Huit années de détention sanctionnaient sa complicité de meurtre. La sentence avait eu un effet salutaire. Simone, au grand ébahissement de ses gardiennes, était touchée par la grâce. On la voyait prier, communier, égrener au fil des heures son chapelet, avouer des méfaits qu'elle avait jusqu'alors soigneusement cachés. C'était mal la connaître.

Une nouvelle fois, elle faussait compagnie à ses gardiennes et elle devenait l'égérie d'une équipe de cambrioleurs d'usines. Son amant, le Grand Pierrot, de quinze ans son cadet, se heurtait une nuit à un vieux gardien :

« Flingue-le ! hurlait Simone, ce con pourrait nous balancer ! »

Pierrot vidait son chargeur. Il vidait aussi son sac à la police, accusant Simone de l'avoir obligé à tuer. La Cour d'assises condamnait Simone à quinze années de réclusion criminelle.

C'est ce petit bout de femme que, dans quelques minutes, je vais voir apparaître, timide dans sa robe de bure. Je vais retrouver sa gueule d'ange, encadrée de cheveux noirs.

18

JE m'attendais à tout, de la part de cette garce de Simone Tirard, sauf à ce que Girier refasse brutalement surface dans ma vie.

L'année avait été riche en meurtres et en hold-up et, pendant treize mois, je n'avais pu m'occuper de René la Canne. La P.J. de Rouen l'avait interrogé sur son évasion de Pont-l'Evêque et sur l'agression de Van Cleef et Arpels, Clot et Morin l'avaient tarabusté pour le hold-up du boulevard Jourdan et les représentants des Lloyds en étaient même arrivés à lui offrir une récompense mirifique s'il consentait à restituer les bijoux volés. Girier avait rigolé.

« Puisque je vous dis que Deauville, ce n'est pas moi ! »

Et voilà que Simone Tirard, mâchonnant le bout de la Philip Morris que je lui ai offerte, m'affirme froidement :

« Deauville, c'est lui ! »

Je la regarde, ironique et sceptique. Tout ce qu'elle peut m'annoncer ne me fait ni chaud ni froid. Je connais trop sa rouerie. Elle a entendu parler de l'agression, comme tout le monde, elle a enregistré les détails, comme à l'habitude, et elle va me balancer, comme auteurs du braquage, des copains à elle en mal d'évasion. Un seul point, pourtant, me chiffonne : Simone ne connaît pas Girier. Mais qui sait si le beau René ne l'a pas fait contacter pour nous mijoter un travail que, pour le moment, je n'arrive pas à définir ?

« Pas possible ! dis-je avec un sourire entendu. Et c'est pour m'annoncer ça que vous m'avez fait venir ? »

De ses ongles ras, Simone arrache le bout humide de sa cigarette, égalise quelques brins de tabac blond. Une lueur noire traverse sa prunelle.

« Comme vous voulez ! dit-elle en se levant. Je pensais que ça vous intéresserait. C'est pas la peine de continuer. Je vais voir avec la P.P. »

Elle se dirige vers la porte. Je reste figé, me demandant si je vais pouvoir la rattraper. Est-elle sincère ou me fait-elle le coup de la fausse sortie ? Quelle salope ! Après la galanterie, les cambriolages et les meurtres, c'est le chantage. Et à moi, encore ! J'entrevois d'ici la rogne du Gros si, par malheur, la P.P. bénéficiait des informations de la Tirard sur Deauville. Je fais machine arrière.

« Dites, ne vous fâchez pas ! Vous voyez bien que je plaisantais ! L'affaire de Deauville, c'est loin... »

Elle se retourne, revient à pas lents vers la table devant laquelle elle se plante. Le visage de la gardienne s'encastre dans la lucarne de la porte.

« C'est peut-être loin mais vous ne l'avez jamais éclaircie. » Elle se rassied. « Donnant, donnant. Vous intervenez au Parquet général pour me faire rester ici et moi, je vous donne toute l'affaire. Ça colle ?
— Ça colle. »

Je m'engage un peu vite mais il n'y a pas moyen de faire autrement. Ce n'est plus le moment de la contrarier. Et puis, le Gros, qui jouit maintenant d'une position importante, verra s'il peut intervenir à la Chancellerie. Les promotions doivent bien servir à quelque chose. Que la Tirard soit à la Roquette ou en Centrale, je m'en fous, après tout. Le principal, c'est qu'elle reste en taule.

Simone a suivi le cheminement de ma pensée. Elle précise :

« Comme je n'ai pas confiance dans les poulets, je vais vous donner la moitié des tuyaux maintenant. Vous vérifierez s'ils sont exacts. L'autre moitié et la planque des bijoux, quand j'aurai eu satisfaction. D'accord ?
— D'accord. »
Je suis d'accord. Sur tout. Je verrai bien à ses explications si elle m'emmène en bateau. Simone tire une bouffée de cigarette puis secoue la cendre, de son index :
« Quand la Canne s'est évadé de Pont-l'Evêque, c'est Mathieu Robillard qui l'attendait avec sa B.M.W. Quand le coup de Deauville a été réalisé, c'est dans le bateau de René que les bijoux ont été transportés. Pendant que les pandores barraient les routes, le René et le Mathieu se baladaient sur le *Sans-Souci*, d'habitude garé à Villennes-sur-Seine. Et quand ils ont été piqués par la P.P. à Montfermeil, ils sortaient de chez Emilio, rue Marcadet. Je sais qui les a balancés. »
Il faut croire que j'ouvre des yeux étonnés car un sourire flotte sur ses lèvres.
« Ça vous en bouche un coin, hein ? reprend-elle. Si vous étiez venu me voir plus tôt au lieu de faire la mauvaise tête, c'est vous qui les auriez piqués ! »
J'essaie de me justifier :
« J'ai eu beaucoup de travail avec l'affaire Buisson. Et puis, vous n'aviez pas besoin de moi pour vos affaires. Vous écriviez au juge, ça suffisait.
— C'est ce que j'ai fait. Mais avec vous, j'avais de la visite, ça me distrayait. »
Elle écrase sa cigarette sous son pied et poursuit en me fixant de ses yeux vifs :
« Personne n'est au courant de ces détails. Personne ne sait où la came est planquée, entre Les Andelys et Rouen. Vous me faites une fleur et vous la récupérez. »
Je hoche la tête et, en réfléchissant, je tapote à plusieurs reprises le fond de mon briquet Zippo sur

la table où je le laisse tomber. Les détails que Simone me fournit me crispent l'estomac. Je croyais être le seul à les connaître avec le Gros et Boury, et voilà qu'elle me les répercute. Elle paraît vraiment bien renseignée.

Simone continue à me regarder intensément.

« Ce sont de bons tuyaux, ça, hein ? Tenez, je vais vous faire une autre confidence. Quand vous avez loupé la Canne à Villennes, il allait chercher Marinette. Puis il a fait un tour avec elle sur le *Sans-Souci*. Si vous l'aviez attendu : vous le sautiez. C'est Morin qui a rigolé en apprenant cela. »

Je me sens tout d'un coup mal à l'aise. Une question me brûle les lèvres :

« Comment le savez-vous ? »

Les yeux de Simone se plissent. Elle secoue la tête et ses cheveux dansent dans le pâle rayon de soleil qui traverse les barreaux.

« Pour votre loupé ? Par Martine !
— Connais pas ! »

Mon affirmation la désoriente. Elle me regarde deux secondes avec curiosité puis s'exclame :

« Mais si, voyons, la femme à Charlot le Lyonnais. Qu'est-ce qu'elle a pris comme danse pour avoir fait la Canne au béguin ! Elle m'a tout raconté quand elle est venue ici. C'est Charlot qui l'a balancé à Morin, et Morin lui a raconté son enquête. »

Elle agite la main plusieurs fois verticalement, comme une petite fille. Pendant qu'elle parle, j'essaie, à toute vitesse, d'identifier Charlot le Lyonnais, mais sans succès. Aucune importance, j'irai consulter le fichier des barbeaux à la Mondaine où ils sont notés sous leurs pseudonymes. Simone ajoute :

« Ça m'étonne que vous voyiez pas qui c'est. Elle se défend rue Godot-de-Mauroy. En tout cas, je peux vous dire que vous avez un sacré ticket avec elle. Vous pouvez vous la faire quand vous voulez !
— Merci bien ! »

Je fais la grimace. La psychologie des putains,

qui s'amourachent aussi facilement des truands que des policiers, m'a toujours étonné. Il est vrai que, depuis la guerre, certaines barrières se sont aplanies. Les truands se mélangent aux policiers, les policiers s'habillent comme les truands, fréquentent les mêmes bars, rencontrent les mêmes filles. On appelle ça « la pénétration » du Milieu, avec les risques que cela comporte. Je me demande souvent si ce n'est pas le Milieu qui « pénètre » la police. Reste à savoir si la société y trouve son compte. Quelques inspecteurs, en tout cas, y trouvent le leur. Si j'étais ministre de l'Intérieur, je ferais régulièrement valser les gars des Mœurs d'un service à un autre. Il n'en manque pas à la P.J. Je surveillerais aussi d'un œil attentif la distribution des condés, ces autorisations que l'on donne à des filles dites soumises, qui ne se soumettent en fait à personne et qui ne donnent rien qu'une enveloppe épaisse à la fin de chaque mois pour continuer leur business en toute tranquillité.

Je prends une cigarette dans mon paquet et je l'allume. Je laisse la flamme du briquet un instant à la hauteur de mon visage et je risque :

« Si j'ai bien compris, je n'aurai les bijoux que lorsque vous serez sûre de rester ici, pas avant ?

— Non.

— Bien ! J'en parlerai à mon patron. La seule chose qui me tracasse c'est comment vous pouvez connaître la planque avec un Girier si méfiant. »

Un sourire éclaire la face de Simone.

« Il n'était pas tout seul pour faire le coup. Il y en avait trois autres.

— Je sais. Mais ils n'étaient que deux sur le bateau, c'est vous-même qui l'avez dit.

— Et alors ?

— Alors ? Ou bien Girier a caché, seul, les bijoux en attendant de pouvoir les négocier ou bien ses amis connaissaient la planque et ils ont récupéré leur part. C'est simple et logique.

— De la simplicité de poulet, oui ! Ce serait logique si la Canne n'avait pas été arrêté ! Il devait déterrer la came le lendemain et la présenter à un vieux fourgue, chez Emilio ! Tout le monde a été marron dans l'histoire et ils attendent tous que la Canne sorte. »

Je pars d'un grand éclat de rire.

« Ils peuvent attendre longtemps, avec ce qu'il a sur les reins ! »

Simone me regarde amusée :

« Peut-être pas aussi longtemps que vous croyez. Je ne peux vous en dire plus, mais vous serez surpris quand vous saurez de qui je tiens le tuyau.

— Marinette ?

— Ne cherchez pas, vous ne saurez rien. J'ai dit donnant, donnant. Ah ! j'oubliais : si quelquefois Girier se faisait la malle, allez prévenir Martine. C'est une bonne fille, ce n'est pas la peine qu'il lui casse la tête. Et puis, voyez aussi Grador, son avocat.

— Pour quoi faire ?

— On ne sait jamais ! »

Simone se lève, me tend la main, frappe deux coups secs à la vitre et la porte s'ouvre. Je suis persuadé que la matonne, pliée en deux, avait l'oreille collée au plancher. Simone l'a réalisé aussi, qui lui tire la langue d'un air méprisant.

Elle la devance dans le couloir. Au moment de disparaître, elle se retourne et m'adresse une petit salut guilleret de la main. Je reste sur le seuil de la cellule, légèrement décontenancé.

En somme qu'ai-je appris ? Rien. Enfin, peu de chose. Si ! Que le Gros et moi, il y a un an, sommes passés pour des cons aux yeux de la P.P.

Ça, j'éviterai d'en parler au Gros.

Il n'y a pas loin de la Roquette au métro Voltaire. Ça oblige, en tout cas, à passer devant le bistrot qui fait l'angle de la place. Comme mes pieds se sont frigorifiés sur le ciment du parloir, je pense qu'un bon café me remettra le sang en mouvement.

J'entre dans le troquet 1900, aux cuivres ternis par les jets de vapeur du percolateur. Deux égoutiers bottés, leur lampe au côté, dégustent au comptoir un demi de bière. Le garçon déplumé, à la veste trop large, écoute leur conversation, en essuyant ses verres avec méthode, le pouce à l'intérieur.

« Un crème ! »

Je gagne un guéridon dans le coin de la salle et je me mets à méditer sur les propos de Simone Tirard. Cette fille m'intrigue. Je me demande jusqu'à quel point elle ne m'a pas raconté d'histoires.

Tout se sait en prison, c'est un phénomène que j'ai souvent constaté. Avant même que la presse ou la radio ne les diffusent, les détenus sont au courant de toutes les nouvelles. Simone a donc appris, ce n'était guère difficile, que Girier faisait du voilier à Villennes et qu'il se promenait sur la Seine, avec Robillard, au moment de l'agression de Deauville. C'est une chose. Par Martine, elle a su que Charlot le Lyonnais avait balancé Girier à Morin. C'en est une autre. Et le reste ? Zéro. Elle ne m'a éclairé sur rien, ni sur les noms des auteurs du hold-up, ni sur l'endroit où les bijoux pouvaient être planqués, ni même sur la participation directe de Girier à l'affaire, se contentant de me dire que c'était dans son bateau que le butin avait été transporté. Qu'en sait-elle, au fond ? Comme à son habitude, elle a rassemblé des morceaux d'information pour leur donner une certaine vraisemblance et elle me les a servis tout chauds, pour m'appâter et me faire intervenir en sa faveur au Parquet général.

En conclusion : rien de positif, à part peut-être Martine. Et encore ! Quant à Grador, on s'en fout, c'est l'avocat de Girier. Qu'est-ce qu'il peut nous apporter ? Je le lui avais dit, au Gros : cette garce ne peut nous offrir que du vent.

« Combien ? »

Je règle mon café au garçon qui découvre ses fausses dents dans un sourire angélique et je dégringole dans le métro. Pas de changement jusqu'à Miromesnil. Le compartiment de première est vide. Je m'installe sur une banquette du milieu, les jambes confortablement allongées.

Elle ne doute de rien, la Simone. En plus, elle m'a reproché de ne pas être venu la voir plus tôt. Comme si j'en avais eu le temps !

Je récapitule : après l'arrestation de Pierrot le Fou, en juillet 1948, sur les toits de la rue Charlot où j'avais failli me casser la gueule, qui avait galopé derrière le Grand Pierrot, envolé de la P.J. au cours d'une extraction ? Moi ! Ça m'avait amené en septembre. Qui avait ensuite cavalé pendant quatre mois après son copain Badelane, sorti par le grand portail de la Santé, avec le chapeau, la serviette et la carte professionnelle de son avocat à la main ? Toujours moi. Un modèle du genre, d'ailleurs, cette évasion, que le bâtonnier et le Parquet n'avaient pas trouvé du meilleur goût ! L'avocat non plus puisqu'il avait remplacé illico son client dans la cellule abandonnée !

Alors, elle m'ennuie, la Tirard, avec ses états d'âme. Il ne faut tout de même pas exagérer ! Et en 1949, année millésimée, avec la cavale de Girier, le hold-up de Deauville, le vol des bijoux de la Bégum qui allait faire perdre la tête au directeur de la P.J. et la tête de la Sûreté à son directeur général, pendant que Buisson, à grands coups de Colt, effaçait ses complices ou ses victimes, je m'étais amusé, peut-être ? Et en 1950, quand je m'étais occupé des braqueurs de la Bégum, d'Emile Buisson et de son équipe, quand je m'étais tapé des montagnes de procédure tandis que le Gros, rayonnant, signait des autographes, qu'est-ce qu'elle foutait, elle, la Simone ? Franchement, elle abuse ! Avais-je le temps d'aller écouter ses sornettes alors que je n'ai pas pris un seul jour de vacances ?

Miromesnil. Mes réflexions s'arrêtent au moment où la porte du wagon se referme. Heureusement, la station Saint-Philippe-du-Roule n'est pas éloignée de la rue des Saussaies. Ça me permettra de jeter un coup d'œil sur les vitrines du faubourg Saint-Honoré qui, déjà, préparent Noël.

Bien sûr, si nous pouvions sortir l'affaire de Deauville, ça revaloriserait singulièrement nos actions. Jusqu'ici, nous avons été dans un cirage complet. Je vais voir. Je vais recontacter mes indics qui ont l'air de s'endormir, j'irai chatouiller Robillard qui doit en savoir plus long qu'il ne le dit, je rendrai une petite visite à Martine pour voir la frime qu'elle a — elle ne sera pas difficile à identifier —, et quand j'aurai quelques pions avancés, j'irai dire un petit bonjour à Girier ou, mieux encore, je l'extrairai.

Avec lui, je suis tranquille, je l'ai sous la main pour un bout de temps. Je peux le voir quand je veux et comme je veux.

19

20 NOVEMBRE 1950. Girier croit soudain déceler, dans le couloir, le pas précautionneux du maton en chaussons, son glissement mou quand il s'approche en tapinois pour ajuster son œil fureteur au mouchard.

D'un bond, il est sur sa paillasse. L'angoisse le tenaille, lui broie les nerfs. Son cœur cogne. Girier frissonne, le nez au mur, sous la couverture qu'il a ramenée sur lui. La sueur inonde sa chemise. Il bande ses muscles pour contraindre son corps à ne pas trembler, mord ses lèvres, refuse de céder à la panique. Il imagine Bas-des-Miches, soudé à la porte, l'œil vissé au mouchard, en train de l'observer, la main sur l'interrupteur, prêt à surgir dans la cellule. Il l'entend susurrer de sa voix d'eunuque : « Alors, la Canne, on prépare une évasion ? » tandis que son regard sournois furète dans les coins.

Girier sent dans ses veines courir une fureur impuissante. La rage a balayé la peur. Il serre les poings, ses paupières s'étrécissent. Il humecte ses lèvres blanches, desséchées par la fièvre. Si Bas-des-Miches entrait maintenant, il l'étranglerait sans hésiter. Il s'en rend compte et l'absurdité de la chose lui arrache en même temps une grimace. Tuer ce salopard, perdre du coup le bénéfice d'une année de préparatifs minutieux, renoncer à ses projets, sûrement pas ! Il n'est pas homme à compromettre ses chances par un acte irraisonné, même s'il en meurt d'envie. Pas maintenant.

Girier déglutit avec peine. Peu à peu, pourtant, ses nerfs se détendent. Le bruit, dans le couloir, ne s'est pas renouvelé. Girier soupire. Il se sent tout à coup calme de corps et d'esprit.

Depuis longtemps, la demie de cinq heures a tinté au clocher du Val-de-Grâce. La prison, énorme bâtisse semblable à une nécropole, dort, battue par la pluie de novembre. Girier l'entend fouetter les murs du quartier bas, rebondir sur le zinc des gouttières et, parfois, sous l'effet d'une rafale, cingler la vitre de sa lucarne.

Girier repousse la couverture, déploie sa longue carcasse dans l'obscurité, s'approche, silencieux, de la porte. Immobile, le souffle en suspens, il écoute. Personne. Si Bas-des-Miches était aux aguets, Girier sentirait sa présence. La claustration, la solitude, la haine ont exacerbé ses facultés. La moindre sollicitation les alerte, comme tout à l'heure, le pas feutré du maton dans le couloir.

Du dos de la main, Girier rejette quelques mèches collées à son front, puis il se glisse jusqu'à la tinette. Il s'agenouille. Ses doigts courent sur le mur, derrière la cuvette, s'immobilisent sur une rugosité. Girier ébauche un sourire. Le morceau de mie de pain durci qui masque le trou, creusé au fil des nuits, à l'aide d'une épingle dans le ciment, est à sa place.

Girier se retourne, tend encore l'oreille. Rassuré, il commence à gratter. La mie s'effrite. L'ongle crisse. Un tube d'ivoire apparaît. Girier le saisit avec précaution, l'extrait, puis rebouche l'ouverture avec de la mie fraîche. Le cœur battant, il regagne sa couchette.

Sous la couverture, Girier dévisse le « plan ». C'est plus fort que lui, il ne peut s'empêcher d'en vérifier une nouvelle fois, la dernière se dit-il, le contenu, comme si les lames dentées et la vrille enserrées dans un bulletin de consigne et un billet de cinq mille francs, avaient le pouvoir maléfique de disparaître à leur guise. Un sourire étire ses lèvres. Il sent craquer sous ses doigts le rouleau de papier. En tâtonnant, il lui fait réintégrer le tube qu'il revisse avec douceur, pour ne pas en fausser le filetage.

Anxieux, Girier attend que les cachets produisent leur effet. Il en a ingurgité quinze, d'un seul coup, mais il n'éprouve jusqu'alors qu'un léger malaise. D'après ce qu'il sait, la dose de Rubiazol doit agir une heure ou deux et provoquer une inquiétante poussée de fièvre et des vomissements incoercibles. Il n'en est pas encore là. Pour l'instant, son état est insuffisant pour impressionner Bas-des-Miches et l'obliger à donner l'alarme.

Avec sa prudence habituelle, Girier n'a pas demandé à maître Grador de lui fournir les cachets. Ils lui sont parvenus par une voie extraordinaire mais classique pour les taulards : le yoyo. Un matin, au cours de la promenade, il avait pu glisser au petit Roger Dekker :

« Dis, Roger, c'est vrai que le Rubiazol ça donne envie de dégueuler ? »

C'était tout, mais suffisant. Dekker avait compris. D'un coup d'œil il avait rassuré Girier, le copain qu'il avait fait évader deux ans plus tôt avec Buisson de l'asile de Villejuif [1]. Il n'avait pas cherché à savoir ni combien il désirait de comprimés ni à quoi il les emploierait. Il s'était débrouillé. Et le yoyo avait fonctionné.

Attachée au bout d'une ficelle, la boulette de chiffon contenant les cachets avait glissé lentement le long du mur extérieur aux cellules, entre les barreaux du troisième étage et s'était immobilisée deux mètres plus bas. D'un geste sec, précis, la main de Dekker lui avait imprimé un mouvement de balancier puis de rotation et la ficelle était alors venue s'enrouler autour d'un bras émergeant de la cellule voisine. Dekker avait lâché prise.

---

1. Voir *Flic Story*.

« A suivre ! Q.B. 17 », avait-il ordonné, désignant ainsi le destinataire enfermé dans la cellule 17 du quartier bas de la prison.

De lucarne en lucarne, frôlant le mur de pierre, le projectile, actionné par des mains anonymes, avait gagné la dernière ouverture du bâtiment, précédé du même ordre impérieux : « Q.B. 17 ! » Au-dessous de lui, dans le vide, deux mains s'étaient ouvertes en plateau et l'avaient reçu. Il avait continué sa sarabande silencieuse jusqu'au premier étage puis avait gagné le rez-de-chaussée. De palier humain en palier humain, propulsé par des doigts agiles, il était arrivé à destination.

« Stop ! Banco. »

Girier avait cueilli le balluchon, l'avait ouvert et avait aligné les cachets dans l'épaisseur de sa braguette décousue et recousue pour la circonstance.

Les heures se traînent. Maintenant la fièvre, accompagnée de nausées violentes, secoue Girier. Son ventre est ballonné et douloureux, son estomac gargouille. Des courants de glace lui parcourent l'échine, ses tempes bourdonnent. Il accroche désespérément sa pensée sur les détails de son évasion.

L'idée lui en est venue un jour de juin, alors qu'on le conduisait en fourgon de la prison de la Santé au Palais de Justice pour un interrogatoire.

Il y a quelque chose d'atroce dans ces déplacements, même si le prisonnier les accueille comme une sorte de distraction. Bouclé dans la prison, le détenu appartient à l'univers pénitentiaire, retranché, immobile et clos. Il peut ne pas s'adapter à l'existence carcérale mais elle forme un tout puissant, avec son espace, son temps, son rythme, son atmosphère propre, un monde complet et étouffant, à la fois protecteur et destructeur. Les vagues viennent mourir à ses pieds, mais elles n'entament pas les murs et leur rumeur reste imprécise et lointaine. Mais lorsque, au cours d'un transfert, le prisonnier est cloîtré dans le box minuscule et obscur du fourgon cellulaire, quelques millimètres de tôle seulement le séparent de la rue. Les bruits du monde extérieur gorgent le véhicule de vie, de cette vie libre qui est l'idée fixe de tous les prisonniers sans exception. Tout est à portée de main, mais rien n'est accessible. Durant les brefs trajets entre la prison et le Palais de Justice, la frustration est complète. Et c'est contre ce supplice de Tentale que Girier avait réagi.

Dans le noir le plus complet, il avait longuement tâté le compartiment dans lequel il était enfermé. Le plafond comportait une ouverture d'aération, trop étroite pour y passer la main. Les côtés, le toit étaient en tôle blindée, comme la porte. Il aurait fallu un chalumeau pour y découper une ouverture. Le plancher était fait de planches épaisses soigneusement mortaisées. Accroupi entre la porte et le siège, Girier avait palpé longuement, minutieusement, chaque pouce de bois. Quand il croyait sentir un défaut sous ses doigts, il craquait une allumette. Les planches étaient rigoureusement jointes. Pourtant Girier savait que la liberté était là, sous quelques centimètres de bois. Ce mot portait une folle espérance. Il résonnait dans sa tête comme une invitation, l'obsédait comme la tentation de l'aventure. S'il arrivait à se procurer un morceau de lame de scie, alors...

Ce jour-là, au Palais, on l'avait bouclé dans une cellule crasseuse où il était resté de dix heures du matin à trois heures de l'après-midi, avant qu'on vienne le chercher pour l'interrogatoire. Jamais l'attente ne lui avait paru si courte. Fouetté par l'espoir, il envisageait mille projets, supputait ses chances, ressassait les mêmes détails, se heurtait aux mêmes difficultés. Ses idées couraient à une vitesse folle. Il échafaudait des combinaisons pour se procurer les outils nécessaires : une lame de scie à grosses dents, pour que la sciure se dégage bien, et un outil en forme de vrille, pour engager la lame. Il s'imprégnait de tout ce qu'il avait observé dans le compartiment, passait de l'abattement à l'optimisme, d'un sentiment de triomphe à la certitude de l'échec.

Le soir, pendant le trajet du retour, il s'était contraint à reprendre posément l'examen. Il avait constaté que les planches en dessous de lui avaient de trente à trente-cinq centimètres de large. Comme il n'avait pas senti de traces de vis, il en avait conclu qu'elles étaient probablement d'une seule longueur, ajustées à chaque extrémité du fourgon. L'une d'elles passait au milieu du compartiment sans déborder sous le siège et dans le couloir. Girier avait ainsi acquis la certitude qu'en sciant en deux endroits dans le sens de la largeur, il pouvait pratiquer un trou suffisant pour s'évader.

Qu'y avait-il sous le plancher ? Les longerons du chassis, des câbles ? René la Canne savait qu'il n'y avait pas de réponse à cette question. Il fallait parier pour le vide, quel qu'en soit le risque.

La liberté était à ce prix...

Une évasion est une longue patience. Il ne suffit pas d'inventer un moyen de s'enfuir et réunir les outils indispensables. Il faut avoir le temps de la réaliser.

Au cours de ses transferts successifs de la Santé au Palais, Girier s'est aperçu qu'il n'aura jamais le temps de percer le plancher, de le découper et de sauter. Il a compté et recompté les pulsations de son pouls dont il s'est servi comme d'un chronomètre, et il a réalisé que le fourgon ne mettait qu'une dizaine de minutes pour parcourir le trajet. Une course plus longue est indispensable. Il n'y a qu'un moyen : se faire transférer à Fresnes, à l'hôpital des prisons.

Girier a trouvé la combine. Sous prétexte de douleurs stomacales, il a obtenu l'autorisation de passer la radio. Mais de nouvelles difficultés surgissent. Au départ de la Santé, comme s'il s'agissait d'un condamné à mort, on lui a vissé les fers aux poignets.

A l'aller et au retour, les gardiens ont signalé sa présence aux convoyeurs et on l'a enfermé dans une cellule, près de la porte arrière devant laquelle se tient un garde mobile. Il est impossible, à partir de ce compartiment situé à proximité des roues arrière, de se laisser glisser sur la chaussée sans risquer d'être broyé ou décapité par le marche-pied qui rase le sol.

Girier a cependant marqué un point. Il a constaté que le fourgon faisait un détour par le Palais avant de gagner Fresnes, ce qui allonge le trajet d'une vingtaine de minutes. C'est peut-être suffisant. Sa décision est prise. C'est sur ce parcours qu'il tentera sa chance. Peu importe la mort ou la mutilation, il les préfère à des années de prison et de misère.

Girier vit les semaines et les mois qui suivent dans un état de fébrilité intense. Il ne pense qu'à son évasion. Dans un couvercle de boîte à sardines, à l'aide de vieilles plumes et de morceaux de verre, il a fabriqué une clef plate pour ouvrir le verrou de ses chaînes. Il la porte cachée dans le col de sa chemise. Ses vêtements seront fouillés, mais il a remarqué que les surveillants négligent les chemises qu'ils considèrent comme impropres à dissimuler quelque chose. Et puis il a découvert le moyen de se faire transférer à l'infirmerie de Fresnes. Il y a deux jours, le yoyo lui a fait parvenir les cachets de Rubiazol. Ce soir, il les a absorbés. Ce qu'il va tenter ne l'a jamais été. C'est un défi à l'état pur, une manière de s'affirmer contre le monde.

Il a beau n'être qu'un repris de justice, s'il réussit l'exploit, il aura fait reculer les limites du possible.

20

IL pleut toujours. Girier se sent de plus en plus mal. Des spasmes crispent son ventre. La fièvre l'a déshydraté. La soif le torture. Il éprouve le désir tyrannique d'appeler, de supplier Bas-des-Miches pour qu'il lui apporte à boire. Il lutte pour s'empêcher de crier. L'idée qu'il peut mourir, qu'il est en train de mourir s'insinue dans son cerveau. Le bruit de ses dents qui claquent l'assourdit, l'empêche de se concentrer sur autre chose. Des lambeaux de passé lui reviennent à l'esprit.

Le visage de Monsieur Louis se détache de la masse confuse de ses impressions; Monsieur Louis, c'est l'ami, le complice, le refuge ignoré de tous, dans ce monde pourri d'indics, de lâches, d'imbéciles.

Girier revoit son visage rond et plat au teint cuivré de vieil Indien, sa bouche épaisse, entrouverte sur des dents gâtées, son front démesuré qu'une ride sépare du crâne en ivoire poli, dominant de sa masse, des yeux d'un bleu délavé, sans cils et sans sourcils, des yeux à fleur de tête où le regard a l'air de s'être retiré au fond d'une grotte marine.

Sans Louis, pas d'évasion possible. Girier connaît d'expérience les failles qui font échouer les grandes cavales. Pour reconquérir sa liberté, le prisonnier, jour après jour, espionne les gardiens, étudie la vie de la prison, sonde les murs, les planchers et les barreaux, parvient enfin à se faufiler dans le trou d'aiguille qu'il a découvert. C'est à ce moment merveilleux entre tous, où il jouit de la liberté, que le danger le guette. Il se retrouve dehors, nu et désarmé comme un nouveau-né. Il ne sait où aller, où s'abriter, où se nourrir, comme si toutes ses forces s'étaient vidées dans l'effort surhumain qu'il a dû effectuer pour s'arracher du ventre de la prison. Les amis sûrs, les parents, sont surveillés par la police, la meute des honnêtes gens est prête à toutes les délations, les canailles pullulent qui vous vendront pour un plat de lentilles.

Girier a monté sa première évasion à l'âge de seize ans. Cinq fois il a vécu l'exaltante épreuve, cinq fois il a découvert que survivre en liberté est une longue marche dans un désert peuplé de chacals et de coyotes. Le souvenir des journées qui ont suivi le moment enivrant où il s'est projeté dans six mètres de vide du haut du mur de la prison de Pont-l'Evêque le brûle encore. Quelles erreurs a-t-il commises ? Il n'a profité de la liberté que pendant cinq mois. A-t-il bien fait de revenir à Villennes ? A-t-il eu raison de recontacter Mathieu Robillard ? Etait-il sage de revoir Marinette ? Depuis quand les policiers l'ont-ils suivi ? Depuis Villennes ? Depuis Emilio ? Depuis l'hôtel Les Terrasses ? Ou bien filaient-ils Marinette et Vossel ? A moins qu'ils aient réussi à faire parler quelqu'un. Qui ? La ravissante Martine dont il a eu la faiblesse de s'amouracher ? Non, elle ne connaissait qu'Emilio. Emilio ? Il ne connaissait pas Montfermeil. Mathieu Robillard ? Il a été arrêté avec lui. Vossel ? C'est un ami de Marinette et il lui témoigne une adoration de jeune chiot. Qui, mon Dieu, qui ? Pendant treize mois la lancinante question avait torturé son esprit mais n'avait pas reçu de réponse. Qu'importe ! Cette fois-ci, Girier ne veut pas être repris. Il changera toutes ses habitudes, il bouleversera toutes ses fréquentations. Monsieur Louis est sa chance. Secoué par la fièvre, René la Canne revit leur première rencontre.

Girier avait dix-huit ans et débutait dans la « cambriole ».

L' « affaire » lui avait été indiquée par une gamine qu'il avait levée dans un bar de la rue du Dragon. Elle était italienne, belle et désirable.

Il est entré par hasard. L'enfant sage dans sa robe noire au col blanc, derrière le comptoir désert, lui a tout de suite plu. Il l'a abordée avec douceur, pour ne pas l'effaroucher. Jamais il ne s'est autant trompé sur une femme. Elle n'a que seize ans, mais son expérience de la vie est un gouffre.

Lisa, pour se faire un peu d'argent, sert de rabatteuse à un antiquaire collectionneur de bijoux anciens. Elle lui procure des mineures que le vieux déguise en petites filles modèles. La mise en scène qui excite l'homme serait grotesque et vulgaire si le cadre où elle se déroule n'était d'une merveilleuse richesse, les vêtements et les objets d'une beauté précieuse et le principal acteur impressionnant « comme un vampire de cinéma »... Du moins c'est ce que Girier croit comprendre à travers les confidences de Lisa, ses fous rires à l'évocation de certaines scènes, les mots qu'elle emploie, usés comme la lie de l'amour, sa longue familiarité avec le vice. Les détails érotiques intéressent moins Girier que l'adresse du collectionneur, ses habitudes de solitaire, la disposition des lieux.

L'appartement est au rez-de-chaussée d'un immeuble sans concierge. La porte du couloir et celle du logement sont munies de serrures de sûreté infracturables. Des volets de fer obstruent les fenêtres garnies de barreaux. Un dispositif permet de déclencher l'ouverture automatique de la porte d'entrée. Ces difficultés sont compensées par l'existence, d'après Lisa, d'une cour étroite et sombre sur laquelle s'ouvrent les fenêtres de la cuisine et de la salle de bain, ainsi que la porte de service qui dessert un escalier métallique. Si Girier trouve le moyen de s'introduire dans la cour, franchir la fenêtre à guillotine de la cuisine sera un jeu. Ce moyen, le hasard le lui fournit.

Un matin, de bonne heure, alors qu'il rôde dans le quartier, il aperçoit une vieille femme portant fichu et tablier bleu, qui ouvre avec une clef la porte d'un immeuble comparable à celui de l'antiquaire. Intrigué, Girier s'arrête. Quelques instants plus tard la femme ressort, poussant un chariot chargé de poubelles qu'elle range le long du trottoir, et s'éloigne à pas pressés. Intuitif, Girier la suit. Ce que cette concierge vient de faire, une autre l'accomplit sans doute dans l'immeuble de l'antiquaire. Girier se précipite. Son hypothèse se révèle exacte : un vieil homme sort des poubelles dans la rue. Girier lui emboîte le pas. Le vieux s'engouffre dans un passage voûté sur lequel s'ouvre une loge. Par la porte vitrée, Girier le voit suspendre une clef munie d'une étiquette à un tableau.

Le vieil homme fourgonne son poêle, le dos tourné au tableau, quand Girier pénètre dans la loge, une clef avec étiquette dissimulée dans le creux de sa paume. Le vieillard pose sur lui des yeux sans couleur.

« Mme Beaudu, c'est bien là ? »

Girier a refermé la porte, s'est collé au tableau. La clef de l'immeuble de l'antiquaire est à sa place. Le front du gardien se plisse dans un effort de concentration.

« Attention, grand-père, vous allez vous brûler. »

Girier a dit ça avec sollicitude. Tandis que le regard du vieux, qu'accompagne un mouvement instinctif de recul, se reporte sur le poêle, Girier, vif et précis, a déjà fait l'échange des clefs.

« Connais pas, maugrée le vieil homme. C'est pas ici. »

Il peste encore contre son fourneau et les enquiquineurs, que Girier a depuis longtemps quitté la loge.

Monsieur Louis s'éveille brusquement. Quelqu'un essaie de pénétrer chez lui, il en est certain. Il s'assied sur son lit, les nerfs tendus, sa vie confondue avec le silence qui l'enveloppe. Le bruit sourd, insolite, lui parvient à travers l'obscurité. Il tente encore de l'identifier quand il réalise que ce qu'il écoute depuis de longues secondes n'est que le battement de son cœur. Il demeure immobile, l'oreille attentive au rythme inouï et bizarre, issu de sa poitrine.

Soudain, du fond de l'appartement, un craquement le fait sursauter. Monsieur Louis pense à la fenêtre à guillotine de la cuisine, le point faible de sa forteresse qui abrite tant de trésors. Depuis longtemps, il songe à y faire poser des barreaux. Quelqu'un vient de la forcer. Le bruit qu'il perçoit est celui du verrou brisé sous la pression d'un levier.

Debout derrière la porte de sa chambre, son 7,65 serré dans sa main comme aux bons vieux jours, Monsieur Louis attend avec une impatience fébrile que le craquement se renouvelle. Il a l'impression d'avoir atteint le point culminant de sa vie, que les événements reliant sa lointaine jeunesse à son brusque réveil de tout à l'heure, ne s'expliquent que par la nécessité d'aboutir à cette attente d'une intensité dramatique extraordinaire. Les minutes s'écoulent.

Girier jure entre ses dents. Le verrou de la fenêtre a cassé sous la pression de la pince avec un bruit sec qui résonne comme un coup de fusil. D'un bond il regagne le passage couvert qui fait communiquer la cour et l'entrée de l'immeuble. Le cœur battant, l'oreille aux aguets, il attend. L'immeuble est mort, plongé dans la nuit. Girier se risque de nouveau dans la cour, se faufile jusqu'à la fenêtre. La « monseigneur » est fichée entre l'appui et la traverse. Il la soulève lentement de ses mains gantées. Le châssis glisse dans les rainures. Girier le maintient levé puis, se servant de l'appui, avec agilité, il saute dans la cuisine.

Ses semelles de crêpe amortissent le choc. Il n'a pas lâché le châssis et il doit faire un effort pour conserver son équilibre. Il écoute encore. Seul le bruit assourdi de la ville lui parvient.

Girier referme le châssis. Ses yeux s'habituent à l'obscurité. Le suintement d'un robinet mal fermé, le contour familier des objets, la certitude que l'antiquaire est en voyage lui procurent un sentiment de sécurité. Il ouvre la porte, sonde l'obscurité, cherche à repérer son chemin jusqu'au grand salon où les collections sont exposées. Le couloir lui paraît immense, démesuré. Il bloque sa respiration. Son cœur bat. Le rayon de sa torche se perd au fond de ce boyau interminable sur lequel donnent plusieurs portes. Enfin, il se décide, ouvre l'une d'elles, entre dans une pièce que le faisceau lumineux arrache par fragments à l'ombre. Des vitrines encastrées dans les murs apparaissent.

Girier se dirige vers la vitrine la plus proche qui contient des ivoires et des jades. Sa torche balaie les étagères. Lisa lui a parlé d'une collection de bijoux anciens de grande valeur, de monnaies d'or et de pierres précieuses. Un groupe de statuettes attire son regard. L'obscénité de la scène le fait sursauter. Sa torche éclaire un groupe de personnages entrelacés. En en prenant conscience, Girier réalise qu'il ne devrait pas les voir dans leur ensemble. Lorsqu'il comprend, il est trop tard. La pièce baigne dans la lumière. Un homme en robe de chambre, le crâne nu, se tient dans l'embrasure d'une porte, un pistolet braqué sur lui. Girier se raidit. Son corps se contracte. Une voix froide, légèrement gouailleuse, brise son élan.

« Pas de connerie ou je te mets une balle dans la tête. »

Girier relâche la tension de ses muscles. Cette voix, le ton dont la menace a été proférée, la manière dont l'antiquaire tient son arme, l'expression presque amusée du visage ne laissent pas l'ombre d'un doute.

« Laisse tomber « la dingue »... »

La pince-monseigneur heurte le tapis avec un bruit mat.

« Jette ton feu.

— Je n'ai pas d'arme. »

L'homme hoche la tête, fait un pas en avant. Sous la robe de chambre en soie rouge brodée de dragons, les jambes d'un pyjama dépassent. Des babouches de cuir souple chaussent les pieds nus. Il est gros, petit, mais il porte ses vêtements de nuit avec une si parfaite aisance qu'on en oublie sa silhouette lourde et tassée.

Girier suppute ses chances de s'emparer de son pistolet passé dans sa ceinture. Il compte sur sa souplesse et sa rapidité pour agir et prendre l'autre par surprise. Il ne se pose pas de question. L'argot dont l'antiquaire a usé ne l'intrigue pas pour l'instant, son attention est concentrée sur l'arme pointée sur lui.

L'homme fait quelques pas, s'arrête, ordonne : « Les mains en l'air. »

Les lèvres de Girier se pincent. Son regard se voile. L'ordre le met hors de lui. Sa vanité, endormie par la surprise, se réveille. Elle jaillit en lui tel un serpent prêt à mordre. Il ne lève pas les bras.

Monsieur Louis le contemple une seconde. Il n'a pas affaire à un cambrioleur ordinaire. Il y a un ressort prodigieux dans cette grande carcasse apparemment nonchalante. Rien ne l'empêchera de se détendre si on l'amène par imprudence à son point limite de contraction. La vanité ? Le courage ? Une idée folle de lui-même, de ses ressources physiques ? Louis est intrigué. Il éprouve une brusque sympathie pour son jeune voleur. Un autre se serait effondré. Il a vu des durs pleurnicher, supplier pour sortir d'une situation semblable, d'autres, plastronner stupidement. Celui-ci semble d'une race différente. Il est beau, sûr de lui, insensible au ridicule de sa situation. Louis a l'impression exaltante d'une rencontre prédestinée. Son passé ressuscite, sa solitude s'effrite. Il ne sait pas comment agir, le jeune garçon est buté. Ses bras légèrement écartés pendent le long de son corps. « Bon Dieu, se dit Louis, il est armé et il veut se prouver à lui-même qu'il n'a pas peur. C'est trop con ! Je vais être obligé de le descendre... » Machinalement son doigt se crispe sur la détente. Son regard où pointe déjà l'amitié ne quitte pas le regard de l'autre. Louis le sent sur le point de dégainer. Un sourire anime alors son visage rond et plat.

D'un geste indifférent, il jette son pistolet sur un fauteuil.

Aujourd'hui encore, Girier ressent sa surprise intacte et le flot de chaleur qui l'a envahi quand l'arme est allée atterrir sur le coussin où elle s'est enfoncée. Plus que du soulagement : un sentiment joyeux comme si le vieil homme, par son geste inattendu, venait de rompre l'enchaînement des faits, le déroulement des choses depuis sa naissance jusqu'à cet instant. Girier a la certitude enivrante d'une libération. Ses relations avec le monde ont brusquement changé. L'imprévisible vient de se produire. Il n'est plus prisonnier d'un univers immobile où les phénomènes et les causes se développent suivant une logique implacable. Il est semblable à un homme qui voit une forêt pétrifiée reprendre vie.

Leur amitié date de cette nuit-là. Ce n'est que plus tard, par petits bouts, que Girier a découvert sous l'antiquaire, amateur d'objets d'art et de gravures pornographiques, le truand retiré des affaires, l'allié que rien, aucun interdit, aucun préjugé, aucune loi, ne peut mystifier. Assis au milieu de ses collections bizarres, avec ses sujettes déguisées, tel un vieux roi lubrique et capricieux, entouré de livres sur la criminalité, les perversions sexuelles, les assassins célèbres, Louis compare le monde à un asile d'aliénés où les fous se prendraient pour les personnages du drame humain.

Les relations des deux hommes sont étranges, entrecoupées de longues éclipses. Louis ne se mouille jamais, ne prend aucun risque. Parfois il indique une « affaire », signale un receleur, fournit une planque sûre. C'est la première fois depuis qu'ils se connaissent que Monsieur Louis compromet sa sécurité dans un projet d'évasion.

Par l'intermédiaire de Lisa, il a contacté Girier. La jeune femme joue toujours un rôle important dans sa vie. Il ne lui en a pas voulu de son indiscrétion. Au contraire, depuis, leurs rapports se sont resserrés. Quand Girier, étonné, l'a vue apparaître au parloir, munie de papiers d'identité la faisant passer pour sa cousine, Lisa a employé, pour définir l'antiquaire, des expressions qui l'ont choqué : « Le vieux cochon », « le salaud », « l'ordure ».

L'avilissement, par une grue, d'un homme qu'il admire exaspère Girier et l'inquiète à la fois. Il se demande si ce n'est pas elle qui a raison. Louis n'est peut-être devenu, après tout, qu'un vieillard riche et vicieux qui s'ennuie.

Il sait pourtant qu'il peut compter sur lui pour réussir sa cavale.

21

SOUDAIN, Girier a l'impression d'une présence. Une peur inexplicable s'empare de lui. Des taches sombres se rejoignent au même point, s'agglutinent en une masse opaque. Les yeux écarquillés, il essaie de dissocier cette vision de l'obscurité environnante, d'en fixer les contours. A son étonnement, il découvre que l'ombre menaçante n'est que la porte de sa cellule.

Girier détourne son regard, essaie de fixer le mur. Au-dessus du châlit, les traits de crayon, témoins des semaines écoulées, s'ajoutent aux traits de crayon. Il y en a soixante-deux qui flottent et tremblent devant ses yeux. Le seizième est un arbre de Noël rageusement dessiné.

Maintenant des visages de femmes se substituant aux traits, peuplent sa cellule. Marinette ! Marinette, son épouse, son amie, la compagne et le témoin de toute une vie ! Il ne faudra plus qu'il la voie. Il ne pourra pas grimper, quatre à quatre, le cœur battant, les escaliers de son appartement et se serrer contre son corps souple et chaud pour puiser en elle un peu de réconfort. Il ne pourra pas l'entraîner en riant, bras-dessus, bras-dessous, dans les calmes auberges de banlieue ou les petits hôtels de la périphérie où il la rencontrait pour lui murmurer les mots doux qui la rassuraient.

Les yeux amoureux de Martine se détachent à présent sur le mur. Celle-là ne lui pose pas de problèmes. Il a passé avec elle quelques jours éblouissants de bonheur mais il a vite découvert, derrière ses abandons de petite fille perverse, qu'elle se trouvait solidement implantée de l'autre côté de la barrière. Pute elle est, pute elle le restera, même lorsqu'elle aura pris une retraite cossue et bourgeoise avec Charlot le Lyonnais ou avec tout autre vieux beau qui se sera laissé berner par sa fausse fraîcheur. Il est, dans le Milieu, des gens qui sont pires que des notables. D'ailleurs, il lui faudra, à l'avenir, éviter ce genre de rencontres, ces amours insouciantes de quelques jours où le plaisir intense du moment n'arrive pas à fondre en un seul tout, deux êtres différents. L'homme traqué ne peut faire confiance qu'à ceux qui lui ont donné leur âme.

Telle est Gennie. Girier l'a connue quelques semaines avant son arrestation et s'est laissé aimer un peu sans le vouloir. Gennie est belle, d'une beauté un peu lourde et sévère. Intelligente, cultivée, elle appartient surtout à un autre milieu que le sien. Son éducation, sa culture, sa façon sérieuse d'envisager les choses, de s'habiller avec austérité et élégance, le moindre de ses gestes lui causait une agréable surprise et le dépaysait. Près d'elle, il avait l'impression d'être un homme différent. L'adoration qu'il lisait dans ses yeux le flattait, bien qu'à la longue ce jeu eût commencé à l'ennuyer : il s'était rendu compte, sans avoir le courage de rompre, que cette éducation jamais prise en défaut, ce bain perpétuel de mots n'avaient, au fond, rien à voir avec l'authenticité de la vie.

Girier a caché à Gennie la vérité sur son existence de hors-la-loi. Pourtant Gennie n'est pas dupe. Il a bien joué son rôle de fils de famille désœuvré, mais pas assez pour la tromper. Depuis le premier jour, quand il s'est écarté d'elle avec son sourire d'ange déchu, la certitude qu'elle lui appartenait corps et âme l'a transpercée, le désir inavouable d'être possédée jusqu'au sacrifice, l'attente d'une révélation monstrueuse se sont emparés d'elle. Dès l'instant où elle a émergé du plaisir comme d'une eau profonde et trouble où elle n'était jamais descendue, elle s'est sentie perdue.

L'arrestation de Girier lui a donné l'occasion de se prouver à elle-même que son amour est plus fort que tout. La vérité sur son amant, au lieu de lui ouvrir les yeux, l'aveugle un peu plus. Peu importe qu'il soit marié. Elle se conduit en parfaite épouse. Elle a rompu avec sa famille et son milieu. Elle a trouvé un modeste emploi dans une compagnie aérienne, décidée à consacrer sa vie à le sauver. Elle lui adresse des lettres enflammées où il est question d'avenir. Il lui répond sur le même ton, mais avec une pointe de mystère, lui fait parvenir ses missives par l'intermédiaire de maître Grador. Elles sont émaillées de vagues promesses. Il lui parle de l'Espagne, de l'Amérique du Sud où il a des amis.

Pauvre Gennie ! Girier sait que les flics n'auront aucun mal à remonter jusqu'à elle, par le livre du courrier où toutes les adresses sont notées. Il coupera les ponts avec elle. Le temps que les poulets perdront à suivre cette piste, sera gagné pour le « grand coup » qu'il projette, « l'affaire » la plus sensationnelle de sa carrière, sur laquelle il travaillait quand on l'a arrêté et qui doit lui permettre de décrocher, définitivement. De tourner la page, comme Monsieur Louis.

Sa température monte. Girier a l'impression que la fièvre purifie son cerveau. Il se dit qu'il est sur le point de faire une grande découverte. Il va comprendre pourquoi il est un révolté. « Inadapté », disent de lui ces clowns de psychiatres ! A quoi doit-on s'adapter, s'il vous plaît ? Et pourquoi le doit-on ? Pour que la machine tourne, pardi ! Pour que le rouleau compresseur, — formule de Louis — passe, écrasant tout sur son passage...

« Un rouleau compresseur, voilà la société, mon gars, avec, derrière, une goudronneuse qui dégorge une épaisse couche de bitume bouillant sur un tapis d'hommes écrasés ! Rien de plus : une machine à aplatir, avant de tout recouvrir soigneusement d'une purée noire... »

Il n'est pas étonnant que Monsieur Louis ait tellement intrigué maître Grador ! Malgré la souffrance, l'évocation de la silhouette tassée de l'avocat amène un sourire narquois sur les lèvres gercées de Girier. Une marionnette ! Lui aussi fait partie du plan. Pour le manœuvrer à sa guise, il suffit de connaître les fils sur lesquels il faut tirer. Cent millions ! Les bijoux de Deauville, les joyaux disparus qui hantent les rêves de ce raté depuis que Louis l'a arraché à sa vie misérable pour en faire un des défenseurs de René la Canne. Hypnotisé par le trésor, l'avocat jouera le rôle du leurre ! il remorquera les policiers à sa suite sur une fausse piste. Pourtant une pointe d'inquiétude perce sous l'assurance de Girier. Maître Grador n'est peut-être pas aussi simple à manipuler qu'il en a l'air. Il est retors, il peut avoir flairé le stratagème, décidé d'attendre, tapi dans son antre, au lieu de foncer aveuglément, entraînant toute la police derrière lui comme une meute...

Girier repousse ses craintes. Si Grador lui fait faux bond, il a d'autres lièvres prêts à prendre la relève, d'autres pistes de remplacement où les flics pourront user leur flair... Non, Grador est bien ferré. Il lui en a juste assez dit pour exciter sa convoitise. Pour un homme aussi vénal, cent millions, c'est la sortie du tunnel.

Le mépris de l'humanité monte à la gorge de Girier avec un flot de bile.

Un jour timide et sale filtre dans la cellule. Girier se sent faible. Sa chemise trempée le glace. Pourtant, tout, à présent, lui semble simple. Son plan lui apparaît de nouveau avec clarté et tous les actes qui lui restent à accomplir se profilent devant lui avec netteté, pareils aux jalons d'une route facile et sûre. Il a un léger haussement de sourcils en pensant à la peur qui l'étreignait encore quelques minutes plus tôt.

Dans moins d'une heure, Bas-des-Miches pénétrera dans la cellule, une grimace niaise aux coins des lèvres.

« Sept heures, la Canne. En piste ! »

L'enfoiré ! Il en fera une tête quand il apprendra que Girier s'est évadé. Lui et toute la poulaille ! Ça va les secouer, ces ordures, ces flics sûrs d'eux-mêmes, ces juges d'instruction omniscients, ces procureurs, ces magistrats, persuadés, les chnocks, d'incarner l'ordre ! Quel ordre, nom de Dieu !

Il faut agir. Avec précaution, Girier passe le « plan » entre ses cuisses, rassemble ses forces pour se soulever, s'arc-boute des pieds et des épaules. L'objet glisse entre ses doigts humides. Girier pense à Louis. Le tube d'ivoire fait partie d'une collection rare d'objets que les forçats fabriquaient. Il l'a souvent manipulé avec une admiration goguenarde. Il revoit l'expression du vieil antiquaire quand il a fait mine, un jour, de l'introduire dans son corps : « Ne joue pas avec ça, petit ! Ça représente tellement d'espoir, d'angoisse, de courage, de patience, de souffrance... »

Une douleur sourde le distrait de ses pensées. Il ne peut détacher son esprit du « plan », à présent logé dans son intestin. « Pourvu que je le supporte jusqu'au départ... » pense-t-il en se mordant les lèvres.

La voiture cellulaire quitte chaque jour la Santé vers dix-sept heures. Dix heures à attendre. Girier épie son corps avec anxiété. Le Rubiazol qu'il a absorbé pour justifier son transfert l'inquiète également. La drogue trop puissante ne va-t-elle pas le terrasser au moment où il aura besoin de toutes ses forces ? Il essaie de se représenter la lente et complexe transformation des substances chimiques dans ses viscères, l'effet de cette transmutation mystérieuse sur ses nerfs et ses muscles. Il éprouve une sorte de répugnante curiosité pour tous les bruits qu'il surprend, les sensations qu'il ressent au fond de lui. En même temps, il constate que ses nausées sont moins fréquentes et qu'en dehors des tortures de la soif et d'un vague étourdissement, il ne souffre pas.

Alors une autre inquiétude pointe : celle d'être trop vite guéri. Arrivera-t-il à tromper Bas-des-Miches ? Parviendra-t-il à sortir de sa cellule ?

22

La porte s'ouvre, à la volée. Bas-des-Miches, s'encadre dans l'embrasure, son éternel sourire dégoulinant le long de ses bajoues.

« Sept heures, la Canne. En piste ! »

Girier tourne vers lui un visage décomposé. Il tente de réprimer l'écœurement qui soulève son estomac. Bas-des-Miches s'impatiente, fait cliqueter ses clefs.

« Oh ! s'exclame-t-il, hargneux, c'est-y que ça irait pas ce matin ? »

Il s'approche, dévisage Girier avec méfiance, interroge :

« T'es pas malade, au moins ? »

Girier fait un signe de tête affirmatif. D'un geste mou, il désigne son estomac.

« Sais pas ce que j'ai... Ça me brûle là-dedans. »

Il n'a aucune peine à simuler la maladie. Un goût infect lui emplit la bouche. La lumière du plafonnier lui blesse les yeux. Bas-des-Miches le scrute. Sa vieille expérience jointe à son mépris des prisonniers, « tous des simulateurs », lui commande de se méfier. Pourtant Girier paraît malade.

« Je t'envoie le toubib, grogne-t-il. Seulement si tu m'as pris pour un con... »

Il n'achève pas sa menace, fait demi-tour, cadenasse la porte derrière lui, éteint la lumière.

« De l'eau... »

La serrure qui claque couvre la voix de Girier. Qu'importe ! Il vient de remporter une première victoire. Bas-des-Miches est parti, convaincu. Un mot, une plaisanterie vulgaire, un doute peuvent influencer les médecins qui n'ont que trop tendance à s'en remettre aux jugements des gardiens.

A neuf heures, la porte s'ouvre sans bruit. Bas-des-Miches s'efface devant l'interne en blouse blanche. A demi conscient, Girier somnole. Il essaie de se redresser. L'effort lui arrache un gémissement. Il retombe sur sa paillasse, le visage livide. Le docteur se penche. Il est jeune, plein de bonne volonté. Girier s'en rend compte à la manière scrupuleuse dont il l'ausculte, aux questions qu'il pose. Ça fait une différence avec le docteur Paul.

Le médecin prend le pouls, la tension, palpe et repalpe le ventre ballonné. Il se relève, le front soucieux. Il hésite à rendre un diagnostic. Girier sent que tout s'écroule. Son impuissance le désespère. Ses mains se crispent. Le silence se prolonge au-delà du supportable. Bas-des-Miches, adossé au mur, se cure les dents. Le bruit de succion qu'il fait avec sa langue agace l'interne.

« I. C. F.[1] », dit le toubib, brusquement.

Girier reste sans force. Il balbutie un remerciement que le médecin écarte en lui souhaitant bonne chance. Rageur, Bas-des-Miches referme la porte.

Tout est prêt : le ballot de vêtements, la boule de pain, les lettres laissées en évidence, l'une pour Marinette, l'autre pour Gennie.

Comme l'exige le règlement, Girier est extrait de sa cellule et conduit à la salle de départ. Au long des couloirs, il lui semble que son regard traverse les murs, les grilles, le dos même de Bas-des-Miches qui ouvre le chemin et les portes. Au bout de sa pen-

---

1. Infirmerie Centrale de Fresnes.

sée, il trouve Louis. Il se prête aux formalités de fouille puis il se cale dans un coin de la salle. Il est midi. L'idée qu'il approche du but lui insuffle une résolution farouche. Il a fait de violents efforts pour se lever et pour marcher. Sa bouche et sa gorge sont encore cotonneuses, mais l'envie de vomir a maintenant disparu.

Une odeur de sueur et d'haleine flotte dans la pièce où les partants sont affaissés sur les bancs. Le « plan » le fait souffrir. Les heures sont lentes. L'inquiétude habite de nouveau Girier. Il regarde ses compagnons de voyage, dégoûté. Aucun n'aura le cran de tenter la belle avec lui. Ça se lit sur leurs visages. Au premier mouvement, il sera trahi. Il n'y a qu'une solution : assommer l'homme qui aura la poisse de partager sa cellule dans le fourgon. Cette pensée lui répugne mais il sait qu'il n'y renoncera pour rien au monde. Il ira jusqu'au bout, quoi qu'il arrive.

La porte s'ouvre. Un homme jeune, d'une pâleur inquiétante, pénètre dans la salle, un mouchoir taché de sang sur la bouche. Quelque chose, en lui, suggère une force d'âme peu commune.

A voix basse, Girier l'attaque. Il a décidé d'en faire son compagnon d'échappée. S'il veut profiter de la cavale, il n'a qu'à se faire enfermer dans le même compartiment. L'autre accepte sans hésiter.

« Ça marche, dit-il. Seulement nous sommes deux de la haute surveillance. Ils ne sont pas assez cons pour nous mettre ensemble ?

— Te casse pas la tête. Fais ce que je te dis et ça ira... »

De midi à cinq heures, serrés les uns contre les autres, les prisonniers attendent le départ du fourgon. L'atmosphère est irrespirable. Les hommes n'ont pas tous eu la possibilité de s'asseoir. Les matons ont calmé de brèves bagarres au milieu des jurons et des plaintes.

Par crainte d'attirer l'attention, Girier et son compagnon se sont séparés. Ils savent qu'il existe toujours un mouton prêt à faire du zèle. Des oreilles, des yeux qui traînent, une lope capable de balancer un camarade de misère pour une faveur, un avantage infime...

Le temps s'égrène. Cette dernière attente torture Girier. Il ressasse les mêmes pensées, les mêmes angoisses, les mêmes espoirs. Ses forces sont revenues, mais il a l'impression que sa cage thoracique est broyée dans un étau. Pourtant, à mesure que le moment approche, son anxiété se calme. La perspective d'agir bientôt lui procure une sorte d'apaisement.

Enfin la porte s'ouvre. Des surveillants envahissent la pièce, bousculent les prisonniers, hurlent des ordres. Comme d'habitude, après une longue et vaine station, le temps presse.

Girier et son compagnon sont les premiers à sortir. Ils sont ballottés vers le greffe où les attendent d'autres formalités. Ils se tiennent l'un derrière l'autre, Girier est décontenancé. On ne lui passe pas les bracelets. Il a les mains libres. Il n'est pas loin de croire au miracle. Hélas ! à l'appel de son nom, il entend un brigadier hurler « A.S. » ce qui signifie « A surveiller ». On ne l'enchaîne pas. On se contente de le bousculer un peu plus rudement dans la cour. Son compagnon le suit, courbé en deux par une quinte de toux.

Le fourgon cellulaire est là. Un surveillant leur fait monter le marchepied, les dirige dans l'étroit couloir central, les pousse dans le dernier compartiment à gauche, derrière la cabine du conducteur. Il leur ordonne de poser leurs sacs et de s'intégrer dans la minuscule cellule. Les deux hommes n'en reviennent pas. La porte se referme derrière eux. Ils sont ensemble !

Girier, écrasé contre le siège, sent sur sa nuque

le souffle de son compagnon. Il tente vainement de relever la banquette contre la paroi pour gagner quelques centimètres.

Contrairement aux autres fourgons, elle est fixe.

« Monte dessus ! grince Girier. Faut que je puisse me remuer. »

Soudés l'un à l'autre, les deux corps exécutent un demi-tour en se frottant aux tôles qui les enserrent. Le jeune homme parvient à se hisser sur la banquette où il se tient accroupi.

Girier s'agenouille et tâte le plancher. Avec angoisse, il découvre que les planches qui le composent sont moins larges que d'habitude. Il remarque toutefois un jour entre deux lattes, sous le siège. L'apparition agit sur lui comme un coup de fouet. Une lueur tremblante envahit la cellule. Son compagnon, au-dessus de lui, a craqué une allumette.

« Merde ! s'exclame Girier. T'aurais pu le dire plus tôt. Combien t'en as ?

— Une boîte. Ils me l'ont laissée à la fouille. Je la tenais dans mon mouchoir. »

Girier apprécie. Le gars est plein de ressources.

« Tu t'appelles ?

— Moinon.

— Ecoute, reprend Girier, tu vas te mettre sur le banc, les pieds écartés, et moi je vais m'asseoir entre. C'est la seule solution. »

Il a fait glisser son pantalon. Il s'accroupit pour récupérer le « plan ». Le rebord de la banquette lui scie le dos. Son front heurte la porte. Le bruit est infernal. Il a l'impression que le fourgon résonne comme une grosse caisse. Le surveillant alerté va rappliquer. Moinon craque allumette sur allumette. Girier imagine sa tête. Le spectacle doit être grotesque.

Girier se redresse. De l'étui d'ivoire, il extrait la scie et la vrille puis il s'assied sur le siège, entre les pieds de Moinon.

En se cassant, il arrive à atteindre, sous le siège, les deux lattes disjointes. Sa tête cogne sur la tôle, à la hauteur des boulons qui lui écorchent le front, lui cisaillent le cuir chevelu. Moinon lui tend son mouchoir ensanglanté dont il se sert comme d'un tampon. Ses genoux lui labourent les reins. Girier se demande ce qui arrivera quand le véhicule démarrera. Déjà une douleur aiguë lui perce les tympans, exacerbe ses muscles, crispe ses poumons et son ventre. Il n'a pas longtemps à attendre. Des portières claquent, le moteur se met à ronfler, le véhicule s'ébranle.

Girier attaque aussitôt le joint avec la vrille. Le mouchoir glisse au premier cahot et le sang commence de ruisseler, dans ses yeux. Malgré ses efforts, Moinon ne parvient pas à se soutenir en prenant appui sur les tôles. Ses mains glissent. Il retombe sans cesse sur le dos de Girier, qui travaille avec rage, reniflant le sang qui lui coule du nez, les bras recourbés sous le siège. Bientôt le trou est assez grand pour engager la scie. Girier se sert des doigts de sa main gauche pour guider la lame. En dépit de l'exiguïté de l'espace, ses coups sont rapides et précis. Chacun le rapproche de la liberté.

Au bout de quelques minutes, il n'en peut plus. Son souffle siffle dans sa gorge. Une sensation de brûlure l'enveloppe. Il a l'impression d'être enfermé dans un four. Des crampes paralysent ses bras. Ses doigts ensanglantés lui élancent comme si on y enfonçait des aiguilles. Le poids de l'autre écrase sa cage thoracique. Girier serre les dents pour ne pas hurler. Il n'a plus que quelques centimètres à scier, mais ses muscles ne répondent plus. Une plainte de plus en plus aiguë monte de sa gorge.

« Arrête ta chanson, tu vas les faire venir ! »

Girier maudit Moinon. Il balbutie des mots sans suite, crispe la lame. Les dents reprennent leur va-et-vient, scient le doigt en même temps que le bois.

Girier ne s'en rend pas compte.

Brusquement la scie cède. Elle a traversé la planche sur toute sa longueur. Girier se redresse hébété. Moinon craque une allumette. Il contemple le doigt haché jusqu'à l'os.

« Fais vite, souffle-t-il, on va arriver. »

Girier ne réagit pas. Il n'a jamais rien éprouvé de semblable. Il sait qu'il a presque réussi mais l'épuisement et la souffrance annihilent sa volonté. Moinon le secoue :

« Qu'est-ce que tu attends. Magne-toi ! »

Girier s'extirpe de sa torpeur. Sa vrille fait office de levier. Il parvient à soulever la planche, passe ses mains dans l'ouverture. Il réunit ses dernières forces pour arracher le bois. Une bouffée d'air frais lui cingle le visage. Sous lui, à toute vitesse, les pavés défilent. Moinon, extasié, regarde l'ouverture dont une partie est sous la banquette.

« Jamais tu ne passeras, dit-il d'une voix étouffée. C'est peut-être assez long, mais pas assez large. »

Girier réagit avec violence. Il sait que son compagnon a raison, mais l'idée d'échouer, si près du but, l'exaspère. Il doit passer ou crever.

Passer ou crever. Les deux mots lui pétrissent le cerveau...

Ses gestes sont automatiques. Il les a si souvent imaginés, répétés, fixés dans son esprit qu'il se voit les accomplir en même temps qu'il les exécute au ralenti comme dans un cauchemar. La réalité le saisit à la gorge. Il a réussi à glisser ses jambes par l'ouverture jusqu'aux cuisses, mais les hanches ne passent pas. La banquette le gêne. Il est obligé de se pencher sur le côté pour l'éviter. Le poids de son corps repose sur une seule main. Jamais il n'y arrivera dans cette position. Ses jambes repliées sous lui pèsent de plus en plus lourd, le bras qui le soutient frémit. Le grondement du moteur remplit la cellule, l'assourdit.

Puis le bruit change, il n'entend plus bientôt que le grésillement des pneus sur les pavés mouillés. Le fourgon ralentit, s'arrête.

Moinon, arc-bouté sur ses épaules, le pousse. Girier a l'impression que ses os éclatent. Ses pieds touchent le sol. Il est engagé dans l'ouverture jusqu'à la taille. Il n'a plus qu'à se mettre de profil pour passer le torse et les épaules. Avant qu'il ait réussi à se retourner, le fourgon repart. Il n'a que le temps de replier les jambes.

Au prix d'un effort atroce, en prenant appui sur ses coudes, il parvient à se soulever. Le fourgon accélère. Incapable de résister à la douleur qui envahit ses membres, Girier sent qu'il va lâcher d'un instant à l'autre. Dans l'état d'épuisement où il est, il ne peut pas tenir plus de quelques secondes et chaque seconde lui semble une éternité.

Millimètre par millimètre, ses jambes fléchissent. Quand elles toucheront la route, elles seront immanquablement entraînées et happées par les roues. Rien ne saurait être plus terrifiant que cette certitude que la mort est là, infiniment proche, prête à fondre quand il relâchera la tension de ses muscles. Pourtant Girier n'éprouve aucune peur. C'est la fin. Même l'idée d'être broyé sous les roues ne l'effraie pas.

Le fourgon freine brutalement.

Girier se sent soulevé, puis une masse s'abat sur ses épaules. Il comprend que Moinon l'écrase pour le projeter sur le sol. D'un coup de reins désespéré, Girier s'arrache au plancher, se retrouve recroquevillé devant deux énormes roues jumelées, dégouttantes de pluie. Un dernier éclair de lucidité lui permet d'exécuter un tonneau complet. Sa tête vient heurter le trottoir.

D'un bond, Girier se relève, se secoue puis disparaît en chancelant dans l'obscurité. Il reconnaît les rues tristes qui entourent la porte d'Orléans.

23

GIRIER marche dans la nuit. Il est en manches de chemise, mais il ne sent ni le froid ni la pluie. Il a essuyé, du dos de la main, son visage taché de sang et il a enfoncé son doigt blessé dans sa poche. Ceux qui le croisent le remarquent à peine. Ce n'est qu'un paumé comme il y en a tant autour de la gare Montparnasse.

Girier s'engouffre dans la rue de l'Ouest, débordante d'animation, se glisse dans la foule. Les trottoirs encombrés, les immeubles vétustes, la chaussée, les voitures, les signaux lumineux, les boutiques, tout ce spectacle coloré ne lui parvient qu'au travers d'une sorte d'écran d'hébétude. Il ne voit rien, ne pense à rien. Si on l'interrogeait en ce moment précis, il dirait qu'il rêve, couché sur sa paillasse, d'une rue envahie de gens sans contraintes, pressés et indifférents.

Mais sous ce rêve éveillé, comme le tic-tac d'une horloge que l'on perçoit distinctement au-dessous d'autres bruits, une idée l'obsède : la valise déposée par Louis, à la consigne.

Et c'est l'angoisse. Si la mallette n'était pas là ? La frayeur assaille son cerveau. Girier secoue les épaules, se ressaisit, presse le pas. Il a l'impression que tant qu'il n'aura pas retiré la valise, il se trouvera exposé, sans défense. En quelques secondes, les passants, la rue, les lumières, tout se transforme en un monde hostile, peuplé d'ennemis. Il se voit maintenant comme les autres le voient : en manches de chemise malgré la pluie, le visage décomposé, l'allure d'un fugitif.

Gare Montparnasse, Girier gagne les toilettes gratuites d'où l'eau chaude, le savon et la serviette sont bannis. Il se lave les mains, passe son visage à l'eau, se peigne du bout des doigts. Sa blessure le lancine. Il confectionne un pansement avec un morceau de journal. Des hommes entrent et sortent, qui ne lui prêtent pas attention. Quand il se juge plus présentable, il gagne la consigne où il tend son bulletin.

L'employé, un gros homme indifférent, est d'une lenteur exaspérante. Girier le voit parcourir les travées en traînant les pieds, s'arrêter, comparer les étiquettes, hocher la tête, repartir puis, enfin, revenir, porteur d'une valise. René la Canne respire. Au guichet, l'autre employé râle parce qu'il n'a pas de monnaie. Des yeux de serpent le fouillent, en même temps qu'ils fixent le billet de cinq mille francs. Girier s'efforce de sourire. L'employé rend la monnaie. René la Canne s'éloigne, à pas lents, le regard de l'autre dans son dos.

Aux douches du sous-sol, Girier abandonne un bon pourboire contre du savon et une serviette supplémentaire. La matrone au visage adipeux le fixe de ses yeux pareils à deux ventouses aux reflets bleuâtres. La chemise crasseuse, tachée de sang, le grand corps aux épaules droites et carrées, les mains puissantes lui semblent bizarres.

Elle ne reconnaît pas l'homme quand il sort de la cabine. Ses vêtements sont différents, sobres, propres. Il porte une chemise blanche et une cravate. Ses cheveux blonds encore humides sont bien coiffés. La violence et la sauvagerie qu'elle a senties en lui quelques minutes plus tôt sont domptées, maîtrisées. Il y a désormais quelque chose de triomphant dans cet inconnu.

Girier savoure un sentiment extraordinaire de liberté et de force. Son évasion s'éloigne avec une vitesse vertigineuse. Elle se confond déjà, dans son esprit avec d'autres épisodes de sa vie, étoile un peu plus brillante que d'autres, dans un brouillard de lumières.

Il descend la rue de Rennes, vers Saint-Germain-des-Prés, la valise à la main. Il voudrait se débarrasser de ses effets de taulard et se demande s'il ne pourrait pas les abandonner dans un café. Il se dit qu'il vaut mieux la garder, surtout s'il doit prendre une chambre d'hôtel. Cette perspective ne l'inquiète pas. Toute la police doit être à sa recherche, mais personne n'aura l'idée de le traquer dans un meublé de la rive gauche et sa photo ne sera pas dans les journaux avant le lendemain matin. Et puis s'il trouve Gino au Royalty, il n'aura pas besoin de chambre. Le jeune homme lui passera la sienne. Il y a un tel va-et-vient dans cet hôtel, un dédain si complet des règlements que, de toute façon, il ne risque rien.

Girier a connu Gino par Monsieur Louis. C'est le dernier en date des jeunes protégés du vieil antiquaire : il joue maintenant, dans l'existence solitaire et gourmande de l'ancien truand retiré du monde, le rôle qui fut celui de Girier il y a douze ans.

Personne ne connaît les liens qui unissent Girier à l'antiquaire. Gino est ignoré de la police. René la Canne se félicite d'avoir cloisonné sa vie. Non seulement il n'existe aucun rapport avec le Milieu et ses amis, mais il possède différents territoires de repli, des quartiers qui sont comme autant d'enclaves étrangères les unes aux autres. Saint-Germain-des-Prés est un de ces îlots. René s'y sent décontracté, à l'aise. C'est un monde à part, en marge de la société. Les flics, les truands, les putes, les indics y crèveraient comme des poissons hors de l'eau. Ils ne sont pas armés pour vivre dans cette atmosphère d'insouciance et de dérision, parmi ces ratés de génie que rien n'impressionne ou ne scandalise.

Girier redresse la tête. Il marche à grands pas. Sa fatigue a disparu. Il a rejeté la peur loin de lui, telle une dépouille, un cadavre en décomposition. Il sent contre les muscles de son estomac la pression d'une arme. Louis pense à tout. Dans la valise, sous les vêtements, il y avait une carte d'identité au nom de Brézin et un P 38.

Girier connaît bien ce pistolet. Il l'a souvent tenu dans sa main. Une belle arme, ni trop légère, ni trop lourde. Dangereuse et rassurante.

René la Canne glisse la main sous son veston, serre la crosse. Une joie brûlante l'envahit. Il vient de remporter une terrible victoire.

LA TROISIÈME MANCHE

24

20 NOVEMBRE 1950. Le grand soir tant attendu est arrivé.

Huit jours plus tôt, après ma visite à la Roquette, le Gros avait paru désarçonné par mon invitation. Son teint avait rosi, il m'avait fixé quelques secondes avec émotion, il avait bredouillé : « Je ne sais si je dois, vous me gênez beaucoup », mais, sur mon insistance, il avait finalement accepté.

Marlyse s'est mise en frais. Elle a déniché dans son livre de cuisine un menu qui devrait, normalement, satisfaire le palais le plus délicat. Elle n'a pourtant rien d'un cordon-bleu. Comme beaucoup de jeunes filles de son âge, elle n'a pas reçu de sa mère une éducation culinaire prometteuse. Je m'y étais fait au début, d'autant plus qu'elle me rabâchait que, pour un policier, la tranche de jambon et la salade de laitue étaient idéales pour conserver la ligne.

Et puis, un jour, dans une librairie du boulevard Saint-Michel où je m'étais abrité pendant une filature, j'étais tombé en arrêt sur une encyclopédie gastronomique que le marchand soldait à un prix intéressant, à la portée de mes moyens. Le volume n'était pas très jeune mais, quand je l'avais feuilleté, j'avais réalisé que la cuisine de Marlyse était vraiment par trop simpliste.

Debout contre l'étalage, changeant souvent de place pour ne pas perdre de vue l'entrée de l'immeuble où avait disparu mon « client », j'avais appris que la cuisine se découpait en rondelles, comme le saucisson. Il y avait la cuisine vite faite — je la connaissais —, la cuisine économique, la cuisine qui se réchauffait, la bonne cuisine, la grande cuisine et « le petit rien qui fait tout ». J'avais aussi appris comment on doit parer une table pour lui donner un air de fête, la façon de préparer ses menus pour devenir une parfaite maîtresse de maison, et quels vins, blancs, rouges ou rosés, il est nécessaire de servir avec chaque plat pour éblouir ses invités par son talent de connaisseur. Je m'étais dit que le premier dîner serait pour le Gros et j'étais parti avec mon acquisition sous le bras.

Marlyse m'avait tout d'abord lancé un regard en dessous.

« C'est bien beau de jouer les Curnonsky, m'avait-elle jeté, mais il faudrait au moins avoir les ustensiles appropriés. »

Des ustensiles, nous n'en manquions pas, reliquats d'héritages qui dormaient depuis des mois dans le placard de l'entrée. Je les avais ressortis et, en m'inspirant toujours du bouquin, je les avais complétés par des achats sélectifs chez le droguiste voisin. Marlyse ne pouvait plus objecter la défaillance de notre vieille cuisinière, car, à l'occasion de l'arrestation de Buisson, le directeur général m'avait gratifié d'une prime de 35 000 francs. Nous nous étions précipités, aussitôt, au sous-sol des Galeries Lafayette où nous avions admiré des cuisinières de toutes marques. Nous avions posé des questions au vendeur, soulevé les étiquettes, fait des comparaisons. Finalement, notre choix s'était porté sur un réchaud à quatre feux et veilleuse centrale qui nous avait été livré le lendemain.

Plongée dans la lecture de l'encyclopédie, un tablier à dentelles noué autour de la taille, Marlyse m'avait d'abord demandé s'il fallait considérer l'invitation comme un repas de famille, un dîner d'affaires ou une réception de cérémonie, puisque la date, à quelques jours près, correspondait à l'anniversaire du Gros. Nous avions, finalement, opté pour le dîner d'affaires.

Le doigt de Marlyse avait ensuite fouillé les spécialités de la catégorie.

« Que penserais-tu d'un poulet tricheur ? » avait-elle suggéré, son regard bleu fouillant sournoisement le mien.

J'avais sursauté. Le Gros n'allait-il pas se vexer d'une appellation aussi équivoque ? Après avoir pesé le pour et le contre, j'avais acquiescé.

Tandis que Marlyse s'affairait dans sa cuisine, j'avais, avant de partir rue des Saussaies, noté le menu sur des rectangles de carton glacé, savamment découpés dans un couvercle de boîte à chaussures, et inscrit en tête « *Bon anniversaire, patron* ». La liste des plats défilait sur des lignes différentes tracées avec la pointe d'une épingle : *Coquille Saint-Jacques, poulet tricheur, purée de marrons, plateau de fromages, charlotte aux pommes, bordeaux 1947*. Ma calligraphie terminée, j'avais éloigné les cartons pour juger de l'effet produit, claqué deux baisers sur les joues de Marlyse et je m'étais éclipsé. Je savais que, malgré son désir de bien faire, elle n'aurait jamais le temps de tout organiser et que le charcutier et le pâtissier voisins allaient lui être d'un grand secours.

C'était mieux ainsi.

Il est vingt heures très exactement lorsque j'ouvre la porte de mon logement après avoir averti Marlyse de notre arrivée par un joyeux coup de sonnette. Le Gros cache son visage empourpré par l'escalade des quatre étages, derrière un bouquet de glaïeuls qu'il tient comme un cierge.

Marlyse, plus ravissante que jamais, le débarrasse des fleurs démesurément grandes, de son chapeau rond et de son pardessus bleu foncé à chevrons. Je remarque que le bout de son index gauche disparaît sous un morceau de sparadrap.

« Tu t'es blessée, chérie ? »

Elle esquive la question, précède le Gros jusqu'à la salle à manger, l'installe sur la bergère à oreille, souvenir d'une promenade chez un brocanteur de

Montfort-l'Amaury. Une bouteille de Ricard nous attend. Je casse la glace, verse l'apéritif.

Visiblement, Marlyse a bien fait les choses. Ma minuscule salle à manger, qui me sert en même temps de salon et de chambre d'amis — quand ma belle-mère vient à Paris —, respire la joie. La table est coquette, un chemin de fleurs égaie la blancheur de la nappe et deux chandeliers de cristal, que je ne connaissais pas ce matin, supportent des bougies rouges.

Le Gros semble détendu et radieux. Je l'observe du coin de l'œil, cherchant à déceler l'impression qu'il retire de mon logement mais il ne semble pas avoir d'arrière-pensées. Ce n'est pas le château de Versailles, bien sûr, ce n'est que les deux pièces-cuisine sans salle de bain d'un modeste fonctionnaire dans le quartier montmartrois, avec ses défauts mais aussi sa vue féerique sur un Paris malheureusement grisâtre aujourd'hui.

« A table » dit Marlyse.

Le Gros préside, comme il se doit. Je me place en face, Marlyse à ma droite afin qu'elle puisse commodément faire le service. Je débouche la bouteille de bordeaux, je la goûte — dans l'encyclopédie gastronomique il est recommandé de goûter le vin avant de le verser —, je ne sens pas le bouchon et j'emplis les verres. Les coquilles Saint-Jacques, odorantes, sont dans les assiettes.

La première partie du dîner se passe bien. Le Gros a jeté un coup d'œil au menu et, sensible à la dédicace, il a murmuré. « Vous me gâtez, si, si, vraiment » puis il a adressé à Marlyse un compliment qui l'a fait rougir. La conversation se porte, bien entendu, sur les problèmes de la police. Tout y passe, de la direction générale aux gardiens de la paix, de l'arrestation de Buisson à la mise à pied du directeur de la P.J. Valantin, emporté par les remous de l'affaire de la Bégum, de la pauvreté du service à l'opulence des sections privilégiées des Renseignements généraux.

J'ai une légère appréhension lorsque Marlyse se

lève pour aller quérir le plat de résistance. C'est la première fois qu'elle se sert de sa cuisinière. Pourvu que le poulet tricheur soit une réussite ! Contre toute attente, il l'est. Il est même délicieux puisque le Gros en reprend deux fois, tachant sa cravate à pois au second service. Déjà Marlyse se précipite avec de l'eau chaude, mais le Gros l'écarte du geste.

« Laissez, chère amie, j'ai tout ce qu'il faut à la maison. »

Je ne change pas de vin, les mélanges me font mal. Pourtant, quand la charlotte apparaît, je sors du garde-manger extérieur à la cuisine — les leçons du journaliste Delpêche ont porté leurs fruits — une bouteille de champagne Krug. Le bouchon saute. La mousse emplit les coupes.

« Bon anniversaire, patron. »

Je lève mon verre. Le Gros lève son verre, l'œil brillant.

C'est à ce moment précis que le téléphone se met à sonner dans l'entrée. Je regarde ma montre instinctivement : 22 h 15. Marlyse abandonne son verre, va décrocher.

« C'est pour vous » dit-elle en revenant dans la pièce.

Le Gros semble étonné. Il pose sa serviette froissée sur la table, essuie ses lèvres de son index et s'approche du guéridon. Je perçois deux exclamations entrecoupées de silences, « Ah ! Oh ! » et une interjection « Bon ! », puis le déclic que fait le combiné en retrouvant son socle.

Quand le Gros réapparaît dans la salle à manger, une transformation s'est opérée en lui. Son visage est crispé. Un pli ravage son front. L'expression rieuse a quitté son regard. Il se laisse choir sur sa chaise. Je n'ose le questionner à la pensée qu'une catastrophe s'est abattue sur sa famille.

Finalement, il se décide à parler. Il secoue plusieurs fois la tête, regarde Marlyse, me dévisage, trempe ses lèvres dans le champagne, repose la coupe et lâche d'une voix monocorde :

« Vous connaissez la nouvelle ? »

Nous le regardons, ahuris. Comment pourrions-nous savoir quelque chose qu'il vient d'apprendre à l'instant ? Nous attendons, anxieux, comme s'il s'agissait de la fin du monde :

« Girier s'est évadé ! »

Je respire. Ce n'est que cela. Il n'y a pas de quoi en faire un drame. Nous ne sommes pas chargés de le garder, le Girier ! Qui s'est évadé, s'évadera, c'est connu ! La Canne n'a fait que ça toute sa vie, ce n'est pas demain qu'il s'arrêtera. Et le Gros reprend sur un ton que la présence de Marlyse empêche d'être trop déplaisant :

« Vous voyez, Borniche, je vous l'avais dit de l'extraire ces jours-ci. Vous n'en avez rien fait ! Simone Tirard vous avait fourni de belles informations. Vous n'y avez pas cru. Comme toujours. »

Je n'ose répondre. Marlyse tente une diversion :

« Café, monsieur le divisionnaire ? »

La hiérarchie a repris ses droits. Nous avons quitté le terrain de l'amitié pour la scène administrative. Le Gros refuse de la main.

« Merci. Vous allez m'excuser mais il faut que j'aille à la boîte. Je veux voir ce qui s'y passe. J'avais rudement bien fait de laisser votre numéro à la permanence. »

Marlyse ébauche un pâle sourire tandis que le Gros la remercie. Dans l'entrée, il marmonne à mon intention :

« C'est Poirier de la Criminelle qui est sur l'affaire. Je souhaite pour vous qu'il n'arrête pas Girier sous votre nez comme Morin l'a fait l'an passé !

— Moi non plus » dis-je, une boule dans la gorge.

Le Gros prend congé, assez sèchement. Quand je me retourne vers Marlyse, je comprends, à ses lèvres pincées, qu'elle a définitivement rayé de ses programmes les dîners d'affaires.

« Qui est ce Poirier ? me demande-t-elle.

— Le meilleur flic de la P. P. ma chérie. Un vrai rouleau compresseur. »

25

Le temps, la chance et la patience sont les trois armes de tous les policiers. La ponctualité, la méthode, la perspicacité et la persévérance sont celles de l'inspecteur principal Louis Poirier de la Brigade criminelle de la préfecture de Police.

C'est un homme de grande taille, un mètre quatre-vingt-cinq, avec des cheveux bruns rejetés à l'arrière, clairsemés sur le sommet du crâne, et une carrure de joueur de basket. Poirier est musclé, cela se discerne à ses épaules et aux poignées de main qu'il distribue à ses collègues lorsque, chaque matin à neuf heures précises, il escalade les cent cinq marches usées qui le conduisent à son bureau au deuxième étage du quai des Orfèvres et s'assied à sa table d'où il aperçoit la Seine s'étirer vers le Pont-Neuf.

Il a un visage ouvert, des yeux inquisiteurs de couleur marron, les traits bien dessinés, la bouche volontaire, dominée par un nez aquilin. Il marche les pieds légèrement écartés — les jeunes inspecteurs l'ont irrévérencieusement surnommé « Dix-Heures-Dix » —, choisit ses vêtements pour leurs avantages strictement utilitaires, avec un penchant pour le gris foncé, et porte des chaussures noires, brillantes comme un miroir. Il a l'allure d'un homme qui ne s'en laisse pas conter, fume des cigarettes qu'il roule entre ses doigts et utilise, pour la rédaction de ses rapports, un antique porte-plume d'écolier dont il change, de temps à autre, la plume sergent-major. Sa calligraphie élégante enthousiasme ses supérieurs, peu habitués à découvrir dans l'administration des broderies d'écriture.

Les portes des grandes écoles ne s'étaient pas ouvertes pour l'inspecteur principal Louis Poirier.

Fils d'un employé en parfumerie, il avait perdu son père, alors en pleine force de l'âge, et, pour subvenir aux besoins de sa mère, s'était engagé dans le corps des gardiens de la paix. En 1933 le nombre d'annuités requises lui permettait de se présenter au concours d'inspecteur et il avait tenté sa chance. Brillamment reçu, sa facilité d'écriture le faisait affecter à l'identité judiciaire. Poirier était désespéré. Il en arrivait à regretter le bâton blanc tandis que, sous les combles vétustes et poussiéreux du Palais de Justice, il classait et analysait les empreintes digitales. L'identification délicate d'un meurtrier lui ayant valu la possibilité d'opter pour un service actif, il avait choisi la brigade des mandats qui, seule à la P.J. offrait une place disponible.

Chaque matin que Dieu faisait, Louis Poirier désertait son domicile de Gentilly et s'en allait cueillir, au premier coup de six heures, les réfractaires à l'ordre établi. Il leur notifiait les pièces de justice et les conduisait, emmenottés, au dépôt dans la cour de l'Horloge. C'était une école de patience, de recherches savamment dosées, de surveillances longues, continuelles et déprimantes.

A ce jeu, Poirier acquit une ténacité, une subtilité qui lui firent obtenir sa mutation à la Brigade volante où il se perfectionna dans la filature et les déplacements rapides dans le département de la Seine, pour la réussite des flagrants délits. Son nom, souvent prononcé à la conférence des chefs de service, attira l'attention du directeur de la P.J. En 1939 l'inspecteur Poirier était affecté à la Brigade criminelle, section d'élite où les inspecteurs sont choisis à la loupe.

Pour un fils d'ouvrier, c'était encore la lutte contre

le crime qui pouvait lui valoir de l'avancement, les places d'officiers de police ou de commissaires étant réservées aux jeunes gens issus des écoles. A la Criminelle, l'inspecteur Poirier fit merveille. Il usa à bon escient de son flegme, de sa sagacité et de sa psychologie pour réussir là où d'autres plus diplômés que lui, avaient échoué.

Il passa les menottes au docteur Petiot, le Landru des années d'Occupation, dénombra ses victimes, le confondit et l'expédia à l'échafaud. Il prit en chasse Sinibaldi, le célèbre tueur corse, qu'il pourchassa en Amérique et qui ne lui échappa que par suite d'une indiscrétion d'un journaliste inexpérimenté.

Sous une carapace sévère, Poirier, devenu principal à la force du poignet, dissimule une grande noblesse de cœur. Quand il le peut, avec sa femme et ses enfants qui poursuivent de brillantes études, il s'en va taquiner le poisson à Bonneval, sur le Loir, à deux pas de Châteaudun. Là, tout en suivant les péripéties de son bouchon, il réfléchit à la façon dont il mènera à un terme logique et inéluctable les enquêtes qui lui ont été confiées.

En cette soirée du 20 novembre alors que la bruine englue Paris, l'inspecteur principal Poirier est soucieux. Assis à sa table dans la grande salle des inspecteurs au deuxième étage, sa blague à tabac à portée de la main, il lève la tête vers Hillard, son chef de groupe, un petit bonhomme à la cinquantaine allègre, à la tête ronde et dégarnie, qui vient de lui remettre un message.

« Tu avoueras que je n'ai pas de chance ! dit-il après l'avoir lu. Le 6, un double meurtre rue Ordener ! Lundi, un chauffeur de taxi repêché dans la flotte au pont de Charenton ! Aujourd'hui, une envolée ! Regarde mon bureau, je ne sais plus où mettre un dossier. »

Il soupire, se concentre un instant, puis demande :

« Tu ne pouvais pas coller ça à Courchamp, non ? Il était là il n'y a pas cinq minutes. »

Hillard consulte machinalement sa montre et soulève les bras en signe d'impuissance.

« Il est parti, mon vieux. Il est sept heures. Gouny et Dupont sont occupés, je n'ai plus personne sous la main. Tu sais, pour ce soir, ne te tracasse pas : tu fais un saut à Fresnes, histoire de montrer au Parquet que nous nous occupons de l'affaire, et tu rentres chez toi. Le quart [1] de Choisy s'occupera des constatations. C'est son boulot, après tout. »

Poirier se tourne vers la fenêtre, le sourcil froncé, et découvre au loin les halos des réverbères du Pont-Neuf. Il maugrée :

« Avec le temps qu'il fait, il n'y verra pas grand-chose. Au fait, on sait qui s'est évadé ? »

Hillard fait un signe négatif de la tête :

« J'attends les noms d'un instant à l'autre. Dès que je les ai, je te les donne et je m'occupe de la diffusion générale de recherches. »

Il quitte le bureau. Poirier, résigné, repousse sa chaise et demeure pensif quelques secondes. Il se lève, contourne sa table et, de sa démarche mesurée, gagne la cabine téléphonique située dans le coin de la pièce, près des portemanteaux, où il s'engouffre de biais. Il compose un numéro de trois chiffres sur l'automatique intérieur. Son nez se découpe sur le verre poli, en ombre chinoise.

« Mazard ? Poirier. Une bricole, il paraît. On va à Fresnes. Je vous expliquerai. On se retrouve en bas devant le 36. »

Il raccroche, quitte la cabine et regagne sa table. Hillard surgit, le visage révulsé :

« Girier ! clame-t-il. Tu te rends compte, c'est encore Girier qui s'est barré ! Ça change tout. Cette fois, il va y avoir du sport ! »

Poirier sentait la tuile. Son expérience de vieux

---

1. Le commissaire.

renard lui avait fait flairer le « saucisson pourri » que redoute tout policier. Il accuse le coup sans broncher, en habitué, se contentant de faire une croix — une de plus — sur l'invitation à dîner qu'il avait reçue et qu'il n'honorera pas. Sa femme ira, seule comme toujours. Il ramasse sa blague à tabac, verrouille son tiroir, traverse la pièce et enfile son pardessus. Il ajuste son chapeau et tend le bout de ses doigts à son chef, comme s'il lui en voulait :

« S'il y a quelque chose d'important, je te préviendrai » dit-il.

Il éteint la lumière puis, à pas lents, descend les deux étages. Sous la voûte, un petit vent frais le saisit. Il resserre son écharpe. Un chauffeur vient à sa rencontre.

« On roule, ensemble, monsieur le principal ? »

Poirier remercie intérieurement Hillard de son initiative. Il grogne :

« Oui, on va à Fresnes. Avec Mazard. Le voilà. »

L'inspecteur Mazard, trente ans, visage épanoui, est aussi fier de sa moustache que désolé de sa calvitie précoce. Il s'installe à l'arrière de la Citroën, laissant, comme il est d'usage dans la profession, l'honneur du siège avant à son aîné.

Albert, le barman du Royalty, a des dents d'écureuil, des yeux de brebis, le sourire d'un clown triste. Son importance, celle du Royalty et de la rue Saint-Benoît, ne lui échappe pas. C'est le pivot du monde. Il n'y a pas un seul événement, si mince soit-il, d'un pôle à l'autre, qui ne soit mystérieusement relié à son bar. Celui-ci viendrait-il à sombrer, toutes les pièces de l'édifice s'effondreraient, comme un jeu de construction auquel on ôterait une cheville.

A cette heure l'établissement est tranquille. Les tables et les tabourets sont occupés, mais ce n'est pas encore la ruée des clients qui s'écraseront, tout à l'heure, sur trois ou quatre rangs. C'est le moment de calme qu'Albert apprécie. Il a le temps de rêver. La diversité de la vie le distrait comme un spectacle. Aucun de ses habitués n'est semblable. L'un paie ses consommations avec la ponctualité d'un encaisseur, l'autre laisse s'accumuler les bons avec indifférence. Un troisième évalue avec inquiétude le montant de sa dette, un autre encore mesure sa soif au contenu de son portefeuille. Pour Albert ces déterminations sont passionnantes. Un regard sur son bar édifie. L'élite qui le fréquente n'a d'autre raison d'être que l'alcool qu'elle consomme, comptant ou à crédit, et ce qui est bon pour elle, vaut pour le reste de l'humanité, même si les circonstances l'empêchent de s'accouder jamais au comptoir du Royalty.

Dans la catégorie de ceux dont l'ardoise est inquiétante, Gino Valentin est en bonne place. Albert a un faible pour lui. Gino ne vérifie jamais son compte, joue au 421 à la perfection et lui abandonne des pourboires royaux qu'il récupère en tapant un copain qui en tape aussitôt un autre.

Gino habite le Royalty depuis deux ans. Il y a, dans l'existence des patrons d'hôtel, un point de non-retour qu'un enchaînement subtil de promesses et d'avances les oblige à franchir. Tous les hôtels connaissent ce genre de clientèle, incrustée depuis des semaines, insolvable, que l'on ne peut mettre à la porte sans renoncer, du même coup, à l'espoir d'encaisser ce qu'elle doit. Gino joue en expert de cette espérance. Son art consiste à maintenir sa dette toujours au même niveau, par des paiements inattendus, parfois inexplicables, qui déconcertent sans rassurer.

Avec lui, la fermeté serait mal venue. Gino est un enfant gâté. Dans l'indulgence, le Royalty a pris la relève de sa famille et on lui pardonne tout parce qu'il est beau, jeune, gai et généreux. Réfractaire à l'effort, il ne voit du monde que le reflet luxueux, oisif et dissipé qu'en donnent les illustrés. L'alliance de la richesse, de l'élégance et de la beauté le plonge dans une sorte de rage confuse. Il n'éprouve jamais, avec autant de force, le sentiment de son insignifiance que lorsque son regard croise, au cours de ses flâneries, celui d'une femme, belle à force d'artifices, trônant comme une idole dans une Rolls conduite par un chauffeur. Ces yeux indifférents posés sur lui comme s'il n'était qu'un objet le brûlent au fer rouge. Etre regardé sans être vu lui est insupportable. Au Royalty, Gino a l'impression d'être quelqu'un, de compter, d'exister. Toutefois cette satisfaction d'amour-propre ne l'apaise pas. Il a de plus en plus la conviction d'être dupe, mais il ne sait ni de qui ni de quoi, et cette ignorance attise sa rancune.

C'est cette force mauvaise et sans emploi que Monsieur Louis apprécie en lui. Il distille, dans l'âme du jeune homme, les flatteries et les railleries pour en recueillir un jour le poison. Dans l'agressivité secrète de Gino, dans sa vanité maladive, Louis a reconnu les signes du tueur.

Pour l'instant, Gino, debout au comptoir, donne des cours de 421 à la « petite bande » dont il ne fait pas partie. Ils sont six ou sept, bruyants, amateurs de farces, comédiens, journalistes, photographes qui réussissent le tour de force de boire vingt-quatre heures sur vingt-quatre au Royalty et de mener quand même ailleurs une existence active. C'est un mystère qu'Albert n'a jamais pu élucider. Ils sont là à l'ouverture, ils sont encore là à la fermeture. Le jour et la nuit, à chaque fois qu'il jette un regard dans leur coin — car ils ont un coin à eux qu'ils défendent contre les intrus —, ils y sont agglutinés, accrochés à leurs verres, tous ensemble. Albert n'en croit pas ses yeux. Il sait bien qu'il en manque, ce n'est pas possible autrement, à moins qu'ils aient des sosies que Saint-Germain-des-Prés fabrique en série, comme une usine produirait des objets dont le Royalty serait le banc d'essai alcoolique.

Quand Girier est entré dans le bar, il a eu un imperceptible mouvement de recul. L'atmosphère bruyante et enfumée l'a rejeté quelques heures en arrière, lorsqu'il avait pénétré dans la salle d'attente de la prison, à l'odeur fétide de corps mal lavés et fiévreux. Puis il a aperçu Gino et cette impression désagréable s'est atténuée. Il s'est avancé.

Gino n'a pas changé. Girier, chaque fois qu'il le voit, éprouve le même sentiment de sympathie et de doute. Quelque chose dans ce visage trop beau, aux traits trop réguliers, le met mal à l'aise. Une certaine mollesse autour de la bouche, le menton légèrement empâté, le corps athlétique mais sans ressort, le gênent. Chez Gino, la force n'est jamais vraiment disponible. L'amitié et l'admiration qu'il lit dans ses yeux, la chaleur de la poignée de main, le sourire enthousiaste dissipent l'incertitude, mais il en reste une trace. Il manque à Gino la qualité que Girier apprécie : l'audace. Ce n'est pas un reproche. Gino est loyal, courageux sans doute, intelligent, sûrement dangereux. Mais ce n'est pas le genre d'homme que la Canne aimerait avoir à ses côtés en cas de coup dur. Si Louis ne s'en était pas porté garant, il ne l'aurait pas choisi pour intermédiaire malgré les avantages qu'il offre. Seulement, les hommes sur lesquels il peut compter sont rares. La plupart sont en taule ou traqués, les autres à l'étranger. Il n'y a que Louis et Gino.

Les relations des deux hommes irritent Girier. La domination inquiète et ironique chez le vieil homme, l'indifférence capricieuse chez Gino le mettent mal à l'aise. L'antiquaire possède, dans sa chambre, hideuse sur un socle de velours noir, une statue de bronze au corps verdâtre. Le visage énigmatique sourit. Du corps accroupi, sortent des bras, aussi nombreux que les tentacules d'une pieuvre. Le rêve du vieux truand n'est-il pas de posséder plusieurs existences qui rayonneraient de son tronc ? Coupé de Louis,

Gino continuerait à vivre comme une branche qui reprend racine, mais ce qui l'anime vraiment c'est la volonté du vieil homme...

L'œil de Girier fait rapidement le tour du bar. La ruée de la nuit a commencé. La barmaid s'infiltre dans la foule, son plateau, où les glaçons tintent dans les verres, à bout de bras. Des filles arrivent, embrassent Gino sur la bouche, posent leurs fesses moulées dans des jeans sur les dossiers des fauteuils, commentent l'événement de la nuit : l'ouverture d'un restaurant martiniquais rue Jacob où tout le monde est invité. Girier perçoit « phénoménal, sensass, fumant ». Albert l'interpelle, la main sur un verre :

« Monsieur ? »

Girier remercie de la tête. Il tape sur l'épaule de Gino. Gino se retourne. Sa main qui agitait les dés reste suspendue, en cornet. Une expression d'intense surprise traverse son regard. Il lance les dés sur la piste, cède sa place sous les huées, en jetant un coup d'œil à Albert qui suit la scène.

« Viens. »

Il entraîne Girier dans la rue, s'assure que le couloir de l'hôtel est vide, lui fait signe de grimper derrière lui. Comme un automate, Girier le suit, arrive à sa chambre. Gino s'est souvenu qu'au fond de son armoire traînent un restant d'alcool, une bande de gaze et un vieux tube de pommade à la pénicilline. Il arrose le doigt entaillé de Girier qui se mord les lèvres au sang, pour ne pas hurler. Puis il confectionne un pansement sommaire avant de quitter les lieux. Il reviendra tôt dans la matinée.

Girier passera sa première nuit ici. Demain, il verra Louis. Et après, dans quelques jours, il réalisera le grand coup de Suisse. Une idée étonnante.

26

La voiture de l'inspecteur principal Poirier disperse un essaim de journalistes et s'arrête dans la cour intérieure de la prison de Fresnes. Rangé contre un mur, un fourgon cellulaire est là, portière arrière grande ouverte. Un groupe s'est formé sous la lampe qui brille au-dessus du perron. Poirier reconnaît le directeur de la maison d'arrêt et le commissaire de Choisy-le-Roi. Il examine rapidement le fourgon. Entraîné dans le cabinet directorial, il se laisse choir dans un fauteuil.

« Je suppose que vous ignorez les détails de l'évasion, commence le directeur. Je vais répéter ce que j'exposais à M. le commissaire... »

Poirier s'appuie sur un coude, allonge ses longues jambes.

« A dix-huit heures, un convoi a quitté la Santé pour Fresnes *via* le Palais de Justice où certains détenus sont déposés et d'autres repris... »

Le visage de Poirier est imperméable. Il pense que si la conférence commence ainsi, il sera encore là à minuit. Le directeur poursuit :

« Cette pratique est courante, question d'économie de temps et d'essence. Ainsi les prisonniers dont les instructions ont lieu en fin de soirée n'attendent pas toute la journée et ceux dont l'interrogatoire est terminé réintègrent Fresnes par cette navette. »

Poirier se cale un peu plus dans son fauteuil. Il

suit en pensée le parcours du fourgon dans la nuit poisseuse de Paris, tandis que son œil fixe les doigts du responsable de la prison qui tapotent le sous-main avec une régularité de métronome.

« Rien, continue le directeur, ne laissait prévoir une évasion. A la Croix-de-Berny, donc près de l'arrivée, un garde mobile ressentit un choc sous le véhicule. Il aperçut par la vitre arrière un homme gisant sur la route. Croyant à un accident, il fit stopper le fourgon. Quand, avec le convoyeur, il se porta au secours de la victime, l'homme s'était relevé et détalait à toutes jambes. La vérification des cellules révéla que Girier s'était enfui après avoir scié le plancher de la cabine. Quel courage ! René la Canne n'avait pas une chance sur mille d'en réchapper. Son complice est un certain Moinon qui a dû sauter le dernier. »

Le directeur se tait. La main de Poirier caresse sa blague dans la poche de son pardessus. Il sent la douceur du caoutchouc sous ses doigts et le crissement des brins de tabac. Il réfléchit quelques instants, puis il se tourne vers le commissaire :

« Vos constatations ont donné quelque chose ?

— Oui et non. Un des deux évadés a été touché, si j'en juge par les cheveux ensanglantés qu'un de mes gardiens a découverts sur la roue arrière gauche. L'identité nous dira à qui ils appartiennent. Mais les rondes, elles, n'ont rien rendu du tout. »

Le commissaire semble déçu de son échec. Poirier aussi, qui réalise qu'après une évasion aussi spectaculaire, la course ne fait que commencer. Il se déplie, boutonne son pardessus :

« Je repasserai demain, monsieur le directeur, après mes vérifications à la Santé. Que personne ne touche au fourgon avant les relevés d'empreintes. »

Il serre des mains, récupère Mazard devant le fourgon et s'installe dans la traction de la P.J. Le portail s'ouvre à deux battants. La voiture prend la route de Paris.

« Alors ? questionne Mazard.

— Alors, mon vieux, conclut Poirier en soupirant, avec un homme de la trempe de Girier, ça ne va pas être de la rigolade. J'ai la nette impression que nous ne sommes pas encore sortis de l'auberge ! Espérons que la diffusion générale des recherches faites par Hillard va donner quelque chose. »

Gaby, dite « la Grosse », michetonne aux abords de la Madeleine. En argot de métier, c'est une « marcheuse ». Elle ne stationne pas, elle se déplace en rond, comme les lièvres, repassant toujours aux mêmes endroits. Elle est petite, potelée, a les cheveux châtains coupés court, le visage lisse éclairé par des yeux gris et doux. A la voir discrètement habillée, souvent en tailleur, marchant d'un pas vif, on ne la prendrait jamais pour une prostituée. Son genre à elle c'est « l'honnête femme ». Et ça rend !

Ce soir, elle a abandonné son terrain de chasse. Dans le taxi qui l'amène rue de la Grande-Truanderie, chez cet avocat au drôle de nom, elle se demande pourquoi Gino ne fait pas lui-même ses courses. Il lui a téléphoné au café où, tous les soirs à vingt heures, elle fait une brève pause, l'a convoquée rue Saint-Benoît en face du Royalty, lui a remis cette lettre. Glisser une enveloppe dans une boîte, ce n'est quand même pas la mer à boire...

Dès que son frère Gino est en cause, la Grosse se fait du souci. Elle a pour lui un amour aveugle, excessif. Gino est sa chose. Elle l'a élevé. Leur mère est morte en le mettant au monde et il n'avait que douze ans quand leur père, d'origine italienne, docker à Marseille, a été tué dans un accident, en 1938.

Gino est souffreteux, difficile. Pour qu'il ne manque de rien durant les années noires de la guerre, Gaby a abandonné son emploi mal payé de dactylo, pour devenir barmaid dans un des innombrables établissements de nuit qui prolifèrent dans le Vieux-Port où ils habitent. Tout ce qu'elle gagne se transforme en viande, beurre, chocolat, lait, achetés au marché noir à prix d'or, que Gino chipote avec des airs de petit prince écœuré. Il a très vite mesuré son pouvoir sur sa sœur. Il lui suffit de mimer un malaise pour que la malheureuse, folle d'anxiété, cède à tous ses caprices. Elle vit dans la hantise de le perdre. Elle guette le moindre signe de mécontentement, de fatigue, sur son visage, elle tremble dès qu'il se plaint, elle le couve, le dorlote, le pourrit avec humilité, comme si elle était indigne de se sacrifier pour lui.

Bientôt les pourboires ne suffisent plus. La santé de Gino, son confort, ses désirs sont un gouffre. Gaby commence de se prostituer pour augmenter ses ressources. Elle doit se défendre contre les souteneurs, lutter pour rester libre. Gino trouve ce qu'elle fait tout naturel. Du moment qu'elle rapporte de l'argent... Il rêve de beaux quartiers, de beaux vêtements, de voitures. Il déteste le Vieux-Port. Les jeunes voyous du quartier lui font peur. Les filles lui paraissent stupides et vulgaires. Il en veut à sa sœur de l'obliger à vivre au milieu de cette crasse millénaire, de cette pouillerie exubérante.

Quand les Allemands décident de raser le quartier, Gino s'en réjouit comme d'une victoire personnelle. La racaille que les *Chleus* déportent est son ennemie, les malheurs qui l'accablent le remplissent d'un sentiment de puissance comme s'il était à l'origine de cette décision. Il a seize ans. Un de ses meilleurs souvenirs est d'avoir vu sauter les immeubles du Vieux-Port dans un nuage de poussière. En quelques jours, le quartier le plus coloré de Marseille s'est transformé en un amas de décombres. Gino, ravi et médusé, assiste de loin à ce gigantesque spectacle. Tout ce que cette destruction représente de misère et de souffrance ne le frappe pas. Il se prend pour Néron contemplant l'incendie de Rome.

A dix-huit ans, Gino vit encore aux crochets de sa

sœur, mais il s'est fait quelques amis parmi les fils de famille qui fréquentent, comme lui, les boîtes de nuit et les bars de la Canebière. Son élégance, une certaine distinction, quelques lectures font illusion. Il délaisse la pègre, se montre prodigue, cache avec soin l'origine de son argent. Gaby n'arrive plus à satisfaire ses besoins. Ses nouveaux amis sont, eux aussi, à court d'argent. Leurs parents sont riches, mais les filles, le champagne, le poker, les voitures, les virées à Aix et à Cassis coûtent cher. Où trouver des fonds sinon dans sa propre famille ? Cambrioler la villa de leur père est un exploit à la mesure de ces jeunes dévoyés qui se prennent pour des « durs ». Gino participe à quelques opérations maquillées en cambriolages. « Le gang des villas » est né. La bande est arrêtée, Gino avec les autres. Les avocats obtiennent leur mise en liberté provisoire. L'instruction est difficile : des pressions se produisent et les plaignants se dérobent. Gaby, effondrée, réalise que si Gino passe en jugement, il risque de payer pour les autres. Il n'a aucune protection et sa famille se réduit à une prostituée de la rue Paradis.

La volonté de le sauver l'inspire. Gino a été arrêté sous son nom, Charles Bergonza, nom de son père qui l'a reconnu à sa naissance. Gaby a acheté pour lui, dans un bureau de tabac, une carte d'identité vierge. Dans un café de la Canebière, un vieux souteneur l'a remplie et oblitérée au nom patronymique de leur mère, Valentin. Gino devient officiellement Charles Valentin, né de Simone Valentin et de père inconnu. Muni de cette nouvelle identité, il n'a qu'à disparaître.

Quand le tribunal rend son jugement, Gino et la Grosse sont installés à Paris depuis six mois. Charles Bergonza est condamné par défaut à cinq ans de prison et un mandat d'arrêt est décerné contre lui.

La Grosse est inquiète. Pourquoi un avocat ? D'habitude quand Gino a un ennui, c'est elle qu'il vient voir. Elle l'entretient toujours. Elle lui remet une partie de l'argent qu'elle gagne. Elle préfère ça. Livré à lui-même, Gino recommencerait à voler. Elle a bien essayé de lui trouver un travail régulier mais Gino ne sait rien faire. Il le lui reproche assez ! C'est elle la seule responsable, elle n'a pas su l'élever convenablement. Sans doute. Il était si fragile, si câlin, qu'elle n'avait pas eu le courage de le brusquer, de lui refuser quoi que ce soit. D'ailleurs, tant qu'elle sera là, il ne manquera de rien. Il n'est pas fait pour travailler, recevoir des ordres, se lever à l'aube, prendre le métro. Et pour gagner quoi ? Un seul de ses costumes représente le salaire mensuel d'un ouvrier. C'est comme elle. En une journée elle gagne ce que gagne par mois une dactylo. Comment pourrait-elle l'entretenir, payer le Royalty, la M.G., Juan-les-Pins ? Elle a heureusement une santé de fer. Que deviendrait-il sans elle ? L'inquiétude revient la harceler et avec elle cette histoire d'avocat...

La lettre est dans son sac. Elle a longuement examiné l'enveloppe; le nom et l'adresse, écrits en lettres majuscules, sont de la main de Gino, et Gaby a l'impression qu'elle contient de l'argent. Elle résiste encore une fois à l'envie de l'ouvrir.

Le taxi la dépose à l'angle de la rue de la Grande-Truanderie. Elle fait quelques pas. L'immeuble ne paie pas de mine : une cour ténébreuse au bout d'un passage étroit encombré de caisses, des escaliers branlants et sales. La Grosse se dit qu'un avocat aussi mal logé ne peut que tremper dans des affaires louches. La boîte aux lettres, de guingois, avec une plaque rongée par le vert-de-gris, évoque un piège à rat.

Sur le point de glisser l'enveloppe dans la fente, Gaby se ravise. Elle rebrousse chemin, s'installe dans un café et lit la lettre. Le message est bref, deux lignes en lettres d'imprimerie.

« *Prenez demain le train de 22 h 45 pour Biar-*

ritz. Descendez à l'hôtel Terminus où vous serez contacté. »

Deux billets de dix mille francs y sont épinglés. La grosse relit dix fois le texte. Elle tente de se persuader qu'il n'y a rien là d'inquiétant, mais son intuition lui souffle le contraire. Elle découvre avec stupeur que Gino a une vie qu'elle ignore. Elle sait sur lui une infinité incroyable de choses auxquelles viennent s'ajouter mille et un détails insignifiants mais précieux, et pourtant des zones de son existence demeurent obscures. Elle a le sentiment d'une formidable injustice, d'une escroquerie. Sa sollicitude, sa tendresse, ses sacrifices lui paraissent soudain dépourvus de signification. En même temps, les mécanismes de protection se mettent en marche. Si Gino lui cache quelque chose, c'est qu'il est en danger. Il faut qu'elle en sache davantage pour mieux le protéger.

« Maître Grador ? »

L'avocat cherche à distinguer le visage de l'inconnue dans l'entrebâillement de la porte. C'est une petite femme replète, sanglée dans un tailleur noir. Dans la pénombre du palier, il l'a d'abord prise pour un enfant. Il introduit la visiteuse. Le couloir glacial a un remugle de choux et de crasse. Le bureau surchauffé sent le poussier et la paperasse.

La Grosse contemple l'avocat avec curiosité. Son costume noir, où luisent des taches de graisse, son visage émacié et blafard la mettent mal à l'aise. Le regard lubrique ne la quitte pas. Le vieux salaud la déshabille en pensée. Gaby a l'habitude. Pourtant cet examen auquel un peu de salive blanchâtre séchée aux coins des lèvres minces donne un côté libidineux, la choque. Son expérience lui dit qu'elle a affaire à un vicieux. Les deux billets de dix mille francs qu'elle a dans son sac pourraient vite lui revenir. Aussitôt elle se reproche cette pensée comme une trahison.

Maître Grador a immédiatement flairé la prostituée. Il devine la pétrification intérieure, cette sclérose qui donne aux traits et aux regards, malgré les expressions de commande, une sorte de rigidité désagréable. « Elles ont toutes des gueules de juge... » Ses yeux se détournent, flottent un instant sur les portraits de ses aïeux qui ornent les murs. D'un léger signe de la main, il la prie de s'asseoir. Lui-même contourne son bureau et vient se tasser dans un fauteuil.

« Que puis-je pour votre service, madame ? »

Il parle d'une voix onctueuse, s'attendant à ce qu'elle se nomme.

La Grosse a décidé de ne pas se dévoiler.

« J'ai un message pour vous », dit-elle, s'efforçant de rester naturelle.

Maître Grador semble surpris.

« Un message ? »

La Grosse ouvre son sac, sort la feuille de papier qu'elle a repliée et l'argent. Elle les tend par-dessus la table, note dans les yeux de l'avocat un éclat fugitif à la vue des deux billets.

Le regard de maître Grador va de la main tendue au visage de la Grosse. Il ne fait aucun geste et son expression reste interrogative.

« Qui vous a chargé de cette commission ? Et d'abord, qui êtes-vous ? »

Les questions restent courtoises avec une pointe de méfiance.

« C'est écrit dans la lettre », ment la Grosse.

Maître Grador avance sa main osseuse. Les deux billets tremblent un instant dans ses doigts comme un oiseau capturé, puis s'évanouissent. La Grosse écarquille les yeux. Il ne reste plus que la lettre dans la main de l'avocat qui chausse ses lunettes et la déplie :

« Je ne comprends pas », dit-il après lecture.

Son regard scrute le visage placide de la Grosse. Elle constate qu'il a l'air effrayé et tendu. Un frisson court le long de son dos. Son intuition ne l'a pas trompée. L'avocat n'aurait pas autrement cette mine de chat échaudé.

Maître Grador feint de relire le mot. Ses pensées s'entrechoquent dans son cerveau. Girier s'est certainement évadé. Mais pourquoi Biarritz ? C'est près de l'Espagne, ça. Soudain, c'est l'illumination, fulgurante, libératrice. Girier compte sur lui pour organiser son passage en Espagne ! Et avec le magot de Deauville sans doute ! Voici enfin venue l'occasion tant attendue. L'esprit tortueux de l'avocat se met en branle. Il imagine déjà comment il pourra soudoyer un passeur, monter une embuscade. A moins qu'il ne passe un marché avec les Lloyds ? Ou qu'il mise tout simplement sur la reconnaissance de Girier ? De toute façon, il lui faut en apprendre davantage. Cette prostituée en face de lui vient, il en est sûr, de la part de Monsieur Louis. Mais quel rôle joue-t-elle dans la machination ?

« Vous n'avez pas répondu à ma question, dit-il. Et il n'y a rien dans ce mot pour me renseigner. »

La Grosse hausse les épaules. Depuis qu'il a escamoté l'argent et lu le message, elle se sent plus en règle. Son anxiété reste vive. Dans quel coup fourré Gino s'est-il mis ? Une histoire de contrebande, peut-être...

Maître Grador insiste.

« Comment ce mot vous a-t-il été remis et par qui ? »

Et il ajoute, accusateur :

« Il n'y a même pas d'enveloppe ! »

La Grosse rougit. Sa confusion n'échappe pas à maître Grador qui devine la vérité. « La garce a ouvert la lettre par curiosité. » Elle connaît donc Monsieur Louis, suffisamment en tout cas pour s'intéresser à ce qu'il fait.

« Il ne sera pas content, dit-il, quand il saura que vous avez trahi sa confiance. »

La Grosse est effondrée. L'avocat va se plaindre à

Gino. Gino lui reprochera de se mêler toujours de ce qui ne la regarde pas. Il faut nier.

« Pourquoi l'aurait-il mis dans une enveloppe ? s'écrie-t-elle. Il a confiance en moi. Je suis sa sœur tout de même ! »

Maître Grador dresse l'oreille. Une petite voix lui dit qu'il a fait un grand pas en avant, mais qu'il lui faut avancer avec prudence.

« Il ne m'a jamais parlé de vous ! » lâche-t-il comme s'il doutait de la parole de sa visiteuse.

La Grosse secoue la tête.

« A moi non plus ! Et j'aimerais savoir ce que vous fricotez tous les deux !

— Fricoter ! »

Maître Grador se redresse. Il y a des choses qu'il ne peut tolérer. Des capitulations impossibles. Son expression se fait sévère. Il foudroie la Grosse du regard.

« Je suis son avocat, madame !

— Son avocat ! Qu'est-ce qu'il a fait, mon Dieu ? Quel besoin Gino a-t-il d'avoir un avocat ?

— Gino ? »

La Grosse est trop inquiète pour remarquer l'interrogation.

« C'est vrai, dit-elle. Vous êtes là à m'accuser. Gino ne me dit jamais rien ! Pourquoi me fait-il des cachotteries ?

— Mais il n'a rien à cacher, madame... ?

— Bergonza. Je l'ai élevé, je me suis toujours occupée de lui. Je me fais du souci, vous comprenez ? »

Maître Grador se demande ce que ce Gino vient faire dans le circuit. Est-ce un complice de Girier ? A-t-il participé au hold-up de Deauville ? Ou est-ce tout simplement le vrai nom de Monsieur Louis ? Il questionne :

« A propos, vous n'auriez pas sa nouvelle adresse ?

— Toujours le Royalty, il n'a pas changé. Qu'est-ce qu'il veut aller faire à Biarritz ? »

La question reflète une angoisse si sincère que maître Grador n'a plus aucun doute. Il a découvert une piste qui peut le mener à Girier, mais cette fille ne sait rien de plus. L'avocat se réfugie derrière le secret professionnel. Gino l'informera lui-même s'il le juge utile. L'histoire de l'enveloppe ouverte restera un secret entre eux. De toute façon, qu'elle se rassure, Gino n'a rien à se reprocher.

L'avocat se fait paternel. Son regard s'attarde à nouveau sur les formes pleines que le tailleur laisse deviner. Gaby se dit qu'elle n'a qu'un effort à faire pour tout savoir. Elle sent l'imagination de l'homme rôder autour d'elle. Mais il n'y a pas de désir dans ses yeux. On dirait qu'un écran s'est interposé entre elle et lui, et qu'il contemple avec une délectation morose des images qu'elle ne peut voir.

27

TANDIS que les journalistes de tous âges, de toutes tendances que l'exploit de Girier méduse, rédigent leurs papiers et spéculent sur les chances qu'a la police de mettre les menottes aux évadés, la puissante machine du quai des Orfèvres, aux multiples rouages, s'est mise en mouvement.

Tous les services, de la Voie publique à la Brigade mondaine, de la Volante à la section des garnis, en passant par la Brigade des mandats, les brigades territoriales et les commissariats, se sont mobilisés au cours de la soirée en un gigantesque safari avec l'espoir de traquer l'ennemi public qui, depuis trop longtemps, défie la police, la magistrature et le personnel pénitentiaire.

Paris est passé au tamis. Les hôtels, les boîtes de nuit, les restaurants, les cafés, les hôpitaux ont été visités ou mis en observation. Imprimée à la hâte et reproduite à des milliers d'exemplaires, la fiche signalétique de Girier, avec sa photo de face et de profil, sera, d'ici deux ou trois jours, épinglée dans tous les services de police et de gendarmerie. La diffusion générale d'extrême urgence a secoué la quiétude de la quasi-totalité du corps policier, touchant même les Renseignements généraux et la D.S.T., généralement appelés à d'autres besognes. Chaque fonctionnaire espère obtenir l'information qui vaudrait, à titre exceptionnel, la nomination au grade supérieur ou le ruban rouge. Dans les bas-fonds, les indicateurs sont en place avec ordre de contacter la faune habituelle : maquereaux, prostituées, tenanciers de cabarets, casseurs et escrocs à la petite semaine.

L'inspecteur principal Poirier, que le juge d'instruction Chapar chargé de l'information contre X pour évasion et complicité a désigné, ne laisse rien au hasard.

Dans sa chambre du Royalty, Girier se tourne et se retourne sur le lit. Le matelas trop mou, les draps, les oreillers de plumes où sa tête s'enfonce le désorientent. Il dort à demi. Les émotions intenses qu'il a éprouvées au long de ces vingt-quatre heures, tenues en laisse par la précipitation des événements, se libèrent. Il revit l'attente, l'angoisse, l'évasion, comme un joueur revit en rêve les péripéties d'une partie d'échecs. Tantôt il se croit encore en cellule et il essaie de raccorder les bruits de la rue à ceux qui ont martelé son existence pendant quatre cent trente jours, tantôt il se revoit dans le fourgon, le corps suspendu dans le vide, et la peur l'étouffe. Il perçoit le bruit de succion des roues sur l'asphalte. Ses muscles se crispent, alors qu'il sait que ce n'est qu'un cauchemar.

La rue est bruyante, les portes de l'hôtel claquent, des robinets coulent. Chaque son est nouveau, insolite. Girier voudrait ne plus les entendre. Il appelle le sommeil de toutes ses forces.

Un grattement contre la porte le fait se dresser. Sa main plonge sous le traversin à la recherche du pistolet. Une voix de femme lui parvient, étouffée :
« Gino ! Gino ! »

Silencieux, Girier enfile son pantalon. Les pieds et le torse nus, l'arme à la main, il se glisse jusqu'à la porte, colle l'oreille au panneau. Il sent que, dans le silence, de l'autre côté, quelqu'un est là, la main sur la poignée, immobile. Un instant, l'idée que Bas-des-Miches est dans le couloir le transperce. Il retient sa respiration. Il ne capte que le gargouillement d'un tuyau dans une chambre et le ronflement d'un moteur dans la rue. Les flics ? Girier les imagine à l'affût, prêts à tirer. Qui aurait pu les renseigner ? Gino ? Impossible ! Le barman, alors ? Non, il n'a fait que l'entrevoir. Grador ? Risible ! L'avocat ne sait pas qu'il est au Royalty. D'ailleurs le vieux chacal vient de recevoir son enveloppe et il doit se torturer le cerveau pour trouver comment il va le doubler à Biarritz. Girier essaie de raisonner calmement, mais ses nerfs surexcités l'en empêchent. Ses idées s'entrechoquent. On l'a donné ! La fille, sans doute une complice de la police, est repartie. Les flics sont restés, retenant leur respiration. C'est le piège. Girier domine sa panique. Il cherche à comprendre ce qui est arrivé, mais une partie de sa mémoire refuse encore de l'aider. Il oublie qu'il est un fugitif, traqué comme une bête malfaisante. Sa résolution est prise. Il faut en finir et vite. Il ouvre brutalement la porte. Personne. Il se fige sur le palier qu'une veilleuse éclaire faiblement. Il a enfoui son arme dans sa poche, la main sur la crosse. Il avance sur la pointe des pieds. Par la porte de la chambre restée ouverte, les bruits de la rue l'escortent et le rassurent. Si les flics cernaient l'hôtel, il le devinerait à la densité du silence. Il marche jusqu'à l'escalier, s'accroche à la rampe, se penche. Assise sur une marche, une femme lève la tête vers lui.

« Gino ? »

Elle réalise son erreur, sourit et se lève. Elle est grande. Bien que placée deux marches au-dessous de lui, sa tête lui arrive aux épaules. Girier distingue mal ses traits mais, à son port de tête dégagé sous une chevelure blonde relevée en chignon, il a la perception immédiate d'une beauté éclatante.

« J'attends Gino, dit-elle. Excusez-moi. Vous ne savez pas où il est ? »

Sa voix douce et agréable, lui fait le même effet que son allure. Le frisson qu'il a ressenti entre les omoplates, quand elle a levé la tête vers lui, se prolonge en une étrange sensation où se mêle cette pointe de nostalgie que la beauté physique suscite presque toujours comme l'aurore du désir.

« Non, dit-il, mais ne restez pas là. Venez. »

Il la précède dans la chambre, ferme la porte derrière lui, allume la lampe de chevet. La jeune femme l'a suivi sans rien dire. A présent elle lui tourne le dos et regarde par la fenêtre dont elle a écarté les rideaux. Girier se souvient qu'il est torse nu. Il cherche sa chemise, finit de la boutonner quand elle se retourne.

« Je m'appelle Hélène, dit-elle avec un sourire amusé par cet accès de décence superflu. Vous êtes un ami de Gino, je suppose ? »

Girier incline la tête. Hélène le dévisage sans aucune gêne. Elle est mince, presque aussi grande que lui. Son jean délavé dessine, avec la précision d'un trait de fusain, ses hanches de garçon. Sous son chemisier de laine à petits carreaux rouges et blancs, les seins fermes bougent librement. Le cou long et souple lui donne ce port de tête plein d'aisance que Girier a tout de suite admiré. Le visage aux traits purs manque un peu de vie. Le chignon blond est sévère, inhabituel. Girier pense qu'elle n'est pas le genre de femme qui va avec Gino. Elle a quelque chose d'innocent et de secret qui lui plaît, mais qui s'accorde mal avec le jeune homme.

« Vous aviez rendez-vous avec Gino ?

— Non. J'ai oublié mes clefs. J'étais venu lui demander l'hospitalité jusqu'à demain. »

Girier la regarde, étonné. Elle a dit cela naturellement. Elle a d'ailleurs l'air de trouver tout naturel : la présence de Girier dans la chambre de Gino, l'absence de ce dernier, le fait d'y venir, elle-même en pleine nuit.

« Tant pis, dit-elle. Je n'ai pas de chance ! Avec l'ouverture du nouveau restaurant, tout le monde est rue Jacob, cette nuit ! »

Elle se meut avec grâce, insoucieuse, semble-t-il, du regard qui la suit.

Il y a si longtemps que Girier ne s'est pas trouvé seul avec une femme qu'il se demande un instant si elles sont toutes comme elle, aussi libres d'allure, aussi inconscientes de l'effet qu'elles produisent, ou si Hélène est une exception, une sorte d'originale comme il en existe dans le quartier. Sa stupidité le fait sourire.

« Pourquoi riez-vous, demande-t-elle. J'ai dit quelque chose de drôle ? »

René secoue la tête. Il ne peut quand même pas lui avouer la vérité. Elle l'observe avec attention. Ses yeux s'attardent sur la bosse que le pistolet fait dans la poche, puis ils reviennent sur son visage. Il y a comme une interrogation dans le regard. Girier se dit qu'elle a deviné qu'il est armé. Il a un bref sursaut d'inquiétude. Mais cela aussi lui semble naturel. Le silence entre eux se prolonge.

Hélène se tient près de la porte, une main à moitié soulevée comme si elle s'apprêtait à en saisir la poignée, le corps tourné de trois quarts vers lui. Son chignon s'est défait. Quelques mèches de sa longue chevelure blonde, glissent majestueusement sur ses épaules. Girier voudrait retenir la jeune femme, lui parler, la questionner. Il est pris d'un sentiment de panique hors de proportion avec son départ.

« Si elle ferme la porte, pense-t-il, c'est fichu ! Elle va raconter à tout le quartier qu'elle m'a vu. Il faut qu'elle reste là jusqu'à demain. De gré ou de force. » Mais au lieu d'essayer de l'arrêter, il s'entend lui dire platement : « Moi aussi Gino m'a prêté sa chambre pour la nuit. » En même temps, il se maudit. Il est persuadé qu'elle va s'en aller.

Il est surpris quand Hélène s'approche de lui.

« Alors, je vous ai réveillé ? demande-t-elle. Excusez-moi. »

Elle a une petite moue sympathique et enchaîne

d'une manière inattendue, semblant répondre à une question :

« Vous savez, Gino est un copain. Il n'y a rien de sérieux entre nous. »

Elle ne paraît plus pressée de partir. Elle va et vient dans la pièce, en examine les meubles, ramasse une chaussette qu'elle pose sur une chaise, revient à pas lents vers la fenêtre.

« C'est ça qui est chouette ici, ajoute-t-elle, par-dessus son épaule. On trouve toujours quelqu'un pour vous dépanner. Et personne ne pose de questions embarrassantes. »

Girier, l'espace d'un éclair, s'inquiète. Fait-elle allusion à lui ou parle-t-elle pour elle ? Elle lui tourne le dos et sa voix un peu rauque emplit la chambre d'une sorte de quiétude. Il se demande si ce qu'elle vient de dire n'est pas une manière détournée de l'apaiser, de le rassurer, de dénouer l'angoisse qu'elle sent sous son apparente nonchalance.

Hélène est revenue près de lui. Il sent sur sa peau la tiédeur de son haleine. Elle se tient droite, les bras écartés du corps. Le désir qu'il a d'elle afflue avec la force d'un fleuve qui se jette dans la mer. Il se penche pour la regarder. Sa respiration lente et régulière soulève son buste. Son attention se concentre sur la découverte de ce visage encore inconnu dressé vers lui, où chaque imperfection met un surcroît de beauté, comme si ces signes d'usure au lieu de l'enlaidir l'eussent au contraire conduit à une sorte de mélancolique perfection.

Elle dit quelque chose, il répond mais chaque mot lui paraît appartenir à un monde différent de celui où ils vivent à l'instant présent. Soudain, dans les paroles qu'Hélène prononce, le « tu » jaillit, miraculeux.

Girier a l'impression d'être projeté, par la vertu de ce tutoiement, dans l'avenir. Une partie de leur vie vient d'être vécue à une vitesse vertigineuse.

« Viens », dit-il.

Alors les distances s'évanouissent. Les murs de la chambre se rapprochent, se referment, les soudent l'un à l'autre.

Hélène après l'amour s'est endormie. Girier sent son corps collé au sien, entend sa respiration régulière. Il n'ose pas bouger de peur de la réveiller. Dehors, les bruits de la rue se sont estompés. Il est quatre heures. Le coup de Suisse qui lui permettra de décrocher définitivement, l'obsède. Avec Louis, tout à l'heure, il en parlera.

28

A CINQ heures du matin, les traits tirés d'avoir mal dormi, un nuage de fumée bleuâtre au-dessus de la tête, l'inspecteur principal Poirier est assis devant sa table. Il sait que le succès de son enquête dépend, avant tout, du travail de routine que lui ont enseigné ses pairs. Il n'ignore pas que la consultation des archives peut être le premier maillon d'une chaîne qui enserrera le coupable grâce à la connaissance parfaite de la vie professionnelle et intime, de son caractère, de ses habitudes, de ses relations. Avec la méthode et la logique qui ont jalonné de succès sa carrière et qui font sourire plus d'un jeune policier, Poirier est donc allé déranger, dans ses ablutions matinales, l'inspecteur de permanence aux archives et il a regagné son bureau, l'énorme dossier de Girier sous le bras. Quand, à sept heures, Mazard et Joliot se présentent devant leur chef de groupe, un peu honteux de leur arrivée tardive en ce jour exceptionnel, ils réalisent au premier coup d'œil que Poirier a épluché le dossier avec sa minutie coutumière. Des tas de notes jonchent sa table et son cendrier de terre cuite déborde de mégots.

Poirier se lève, va jusqu'à la fenêtre d'où filtre un jour maussade, et pivote sur ses talons.

« Je n'ai pas trouvé grand-chose d'intéressant, dit-il. Girier est trop malin pour contacter Marinette et Robillard. D'ailleurs, depuis l'arrestation de Buisson, tout le monde sait que Robillard est devenu un indic de Borniche[1]. Nous allons commencer par la Santé.

« Pendant que je fouillerai la cellule de Girier, Mazard relèvera les noms et adresses des expéditeurs de lettres, colis ou mandats qu'il a reçus. Joliot fera de même avec le registre des visites. Si l'un de nous a terminé avant les autres, il tâchera de se renseigner auprès des surveillants, avec doigté s'entend, car l'un d'entre eux peut être dans le coup. D'accord ?

— D'accord, répondent Mazard et Joliot avec un ensemble parfait.

— Alors, en route. »

Cinq minutes plus tard, la Citroën de la P.J. quitte le quai des Orfèvres, traverse le pont Saint-Michel et, dans la grisaille d'un Paris qui s'éveille, met le cap sur la prison de la Santé.

Il fait encore nuit lorsque Girier quitte le Royalty. Des nuages chargés de pluie roulent, chassés par le vent d'hiver, au-dessus des toits luisants. Il est six heures. La rue Saint-Benoît est déserte. Seuls, les chocs répétés des poubelles, que les boueurs lancent sans ménagement sur le trottoir du boulevard Saint-Germain, trouent le silence.

Girier, malgré sa fatigue, n'a pu trouver le sommeil. Il s'est tourné et retourné sur sa couche. Trop d'idées caracolent dans sa tête. Hélène a poussé un grognement quand il s'est levé et qu'il a allumé la veilleuse, puis elle s'est pelotonnée sous les draps. Elle ne l'a pas vu quitter la chambre. Hier, il ne savait rien d'elle. Ce matin, il connaît son nom et son adresse. Sa carte d'identité dépassait de la poche de son jean. Il l'a tirée puis il l'a vivement remis en place. Il a noté que sa fugitive maîtresse, Hélène de Labassagne, née le 15 août 1929 à Moissac, demeure

---

1. Voir *Flic Story*.

65, rue des Dames-Augustines à Neuilly. Il a eu un sursaut : « Une noble ! Quelle idée de se faire grimper tous les soirs par des mecs différents ! »

Sa pensée a alors basculé vers sa fille qu'il n'a pas vue depuis longtemps et qu'il ne reverra pas de sitôt. Elle a dix ans. Elle est blonde, comme Hélène. Qui sait si, dans quelques années, livrée à elle-même, elle ne fréquentera pas, elle aussi, la rue Saint-Benoît et le Royalty, voltigeant de copains en amants de rencontre ? Girier sent son cœur cogner.

Devant l'hôtel, il hésite sur la direction à prendre. Comme Gino l'avait promis, il a trouvé le papier glissé sous sa porte : « *Huit heures à confesse — Saint-Jacques de la Villette.* » Pour un profane, cela ne veut rien dire. Pour René, c'est l'endroit discret, choisi par Louis pour leur premier contact. Le vieil antiquaire adore les rendez-vous dans les églises. C'est sombre, calme, mystérieux et c'est garni d'objets d'art. Aucun policier, même le plus averti, ne se douterait que des truands puissent se rencontrer en ces lieux. C'est le côté prudent de Monsieur Louis. Girier connaît l'endroit. Il lui faut traverser Paris, mais il a deux heures pour y arriver.

Il suit la rue Saint-Benoît jusqu'à la rue Jacob, tourne à gauche, enfile la rue Bonaparte et débouche sur la Seine. Le vent le transperce. Son doigt blessé le lance. Il a modifié sa démarche, et sa nouvelle manière d'avancer, les épaules voûtées, le corps porté de trois quarts, l'allure modeste, fait plus pour le rendre méconnaissable qu'un déguisement.

Il repense à Hélène. Il ne regrette pas sa nuit au Royalty malgré le risque. Comme la date de son évasion n'était pas prévue, il lui fallait bien une étape où il serait sûr de rencontrer Gino à n'importe quel moment. Il ne pouvait aller chez Louis ou même le contacter. Le vieux est intraitable à ce sujet. Il craint autant les écoutes que les indiscrétions.

Girier garde d'Hélène un souvenir exaltant. Il se dit que n'importe quelle femme désirable l'aurait comblé après ces mois de privation, mais Hélène l'a séduit plus qu'il ne l'admet. Cela l'intrigue. Il a rarement rencontré une femme aussi libre et aussi disponible. Tout à l'heure, quand elle s'éveillera, surprise de se retrouver seule, elle ajustera son jean et, de sa démarche onduleuse, elle s'en ira traîner son ennui au Flore ou aux Deux-Magots en attendant une nouvelle occasion. Dommage ! Il la reverrait avec plaisir.

Girier traverse le pont du Carrousel, puis les Tuileries. Il arrive au Palais-Royal. L'avenue de l'Opéra brille encore de ses lampadaires allumés. Il descend dans le métro. Dans la rame qui l'emporte vers la porte de la Villette, seul dans son compartiment de première classe, il regarde les stations défiler. A l'Opéra, un couple s'assied près de lui. L'homme lit *Le Parisien libéré*, la femme un roman de la série noire. Girier glisse un œil vers le journal. Sous un titre énorme « RENÉ LA CANNE S'ÉVADE DU FOURGON CELLULAIRE » sa photographie occupe la première page. Il détourne la tête. La glace arrondie reflète son image déformée. Il se prend à compter les réclames qui se succèdent sur la grisaille des tunnels : « Dubo... Dubon... Dubonnet... » A la station Riquet, il retrouve l'air libre. Il grelotte à nouveau. Le quartier du bassin de la Villette est désert et glacial. Girier longe le quai de l'Oise et s'arrête devant l'église Saint-Jacques-et-Saint-Christophe. L'horloge indique sept heures trente. Il est en avance. Il s'engage sous le porche, trempe son doigt dans le bénitier, savoure la qualité particulière du silence, la beauté des vitraux, l'odeur d'encens et de cire, toutes ces choses qui demeurent gravées au fond de son esprit d'une manière indélébile. Il remonte une allée latérale, passe devant le maître-autel, découvre le confessionnal. Il s'agenouille à proximité. Il attend, l'œil rivé à la lueur vacillante du chœur, flamme de vie qui ne doit jamais s'éteindre. A huit heures, Louis apparaît, un gros missel à la main. Un sourire de dérision tord sa bouche. Il s'agenouille à côté de Girier, chuchote sans tourner la tête :

« Qu'est-ce que tu penses de l'endroit ? »

A leurs retrouvailles, quels que soient le temps passé et les événements, Louis se comporte comme s'ils s'étaient quittés la veille.

« Pas mal, grogne Girier. Si ma planque est aussi discrète, ça ira. »

Louis tire de sa poche deux clefs attachées à un anneau qu'il glisse sur le prie-Dieu.

« Tiens, murmure-t-il. C'est au 49, rue Surcouf, rez-de-chaussée droite. Il n'y a pas de concierge dans l'immeuble. L'appartement est à un ami, Brézin, qui est au Gabon pour deux ans. Un haut fonctionnaire. Insoupçonnable. C'est ton oncle. Le gérant est prévenu. Si tu ne traînes pas dans les rues, tu ne risques rien. Il y a ce qu'il faut dans la cuisine. Le garde-manger est garni et tu as la radio mais pas le téléphone, c'est plus prudent. »

Girier ébauche un sourire. Louis poursuit dans un souffle :

« Gino fera le ravitaillement et la liaison. Tu n'as aucun souci à te faire.

— Parfait, dit Girier. Et pour la Suisse, quoi de neuf ?

— Rien !

— Comment rien ? Ça fait plus d'un an qu'on est sur le coup ! »

Le vieil homme ricane dans son missel.

« Tu n'as pas changé, grogne-t-il. Il te faut d'emblée quelque chose de positif, des précisions, des détails et tout ce qui s'ensuit ! Moi, ce que j'apprécie avant tout dans cette affaire de Suisse, c'est son originalité. L'imagination ! Sinon, je ne m'en serais pas occupé. »

Girier ne peut s'empêcher de tourner la tête. Le vieux radote. L'imagination ! Il n'a rien à en foutre de l'imagination !

« Ce travail-là, grince-t-il, je le gamberge depuis

des mois. Je n'ai pensé qu'à lui en cabane et j'ai risqué ma peau dans l'espoir de le réussir et de toucher la plus belle affaire de ma vie.

— Après Deauville », murmure Louis.

Girier fronce le sourcil.

« Comment, Deauville ? Tu y crois, toi, que j'ai fait Deauville ? »

Louis fait un large signe de croix.

« C'est le bruit qui court, mon petit ! Les journaux eux-mêmes en ont parlé. Dans le Milieu on murmure que tu as enterré les bijoux et que tu ne voulais pas les déplanquer avant d'être sorti.

— Et mes associés ? dit Girier le regard dur. Je les aurais laissés crever de faim, moi ? »

Le vieil antiquaire hoche son crâne chauve dans un geste de dénégation. Silencieux, un abbé passe dans l'allée. Monsieur Louis et René la Canne baissent la tête, s'abîment, les mains jointes, dans une prière. Les lèvres de Girier bougent à peine.

« Rien n'a changé depuis que je suis en taule ?

— Non. Rassure-toi : tout va de plus en plus mal. L'inflation galope, le franc s'effondre, la spéculation bat son plein. À la Bourse il y a toujours, autour de la corbeille, un tas de courtiers plus ou moins officieux. Ils continuent à collecter des centaines de millions et à les faire passer clandestinement en Suisse. »

Un sourire illumine le visage de Girier.

« Parfait. Tu as obtenu mes tuyaux ?

— Oui. Gino et Lisa ont surveillé deux ou trois courtiers marrons à la Bourse. Nous avons localisé leur transporteur : Albert Bagard, un pauvre type inoffensif qui habite à la porte Dorée. »

Girier émet un léger sifflement qu'il refrène tout de suite en se souvenant qu'il se trouve dans une église. La tête dans ses mains, Monsieur Louis semble toujours plongé dans une profonde prière. Il marmonne :

« Tous les deux jours environ, Bagard quitte son domicile vers 20 h 30 passe chez sa maîtresse, rue de la Roquette, et se rend ensuite à la gare de Lyon où il prend le train de 23 h 46. »

Girier sursaute :

« Dis donc, on ne peut pas le braquer quand il sort de chez sa pépée, non ? »

Louis relève la tête.

« Comme tu es jeune et impétueux ! L'attente, mon petit, est le sel de la vie. Ma réponse est non. Le transporteur ne touche l'argent qu'à la gare de Lyon. Il passe sur le quai, s'installe dans un wagon de première et c'est peu avant le départ du train que les courtiers lui remettent les valises ou les sacs à provision bourrés de liasses de billets. Ils sont deux ou trois, ce qui me fait penser que Bagard travaille pour des clients différents qui lui paient chacun une commission. »

La voix de Monsieur Louis a soudain baissé d'un ton lorsqu'une vieille femme est venue s'agenouiller sur un prie-Dieu voisin. Vus de dos, les deux hommes semblent plongés dans la contemplation de saint-Joseph dont le doigt de marbre, au-dessus d'eux, leur donne la bénédiction. Après un instant d'hésitation, Girier reprend :

« Où il va ton transporteur ?

— A Annecy. Gino l'a suivi. Le train arrive à 6 h 37. Bagard sort de la gare à toute vitesse, traverse la place et va rejoindre, avenue d'Aléry, un passeur qui l'attend dans une bagnole, tous feux éteints. Quand il le voit arriver, l'autre fait clignoter deux fois ses phares et Bagard lève son chapeau. Il monte dans la voiture, y reste trois ou quatre minutes, puis revient au buffet de la gare déguster un café crème tandis que la bagnole démarre. Il reprend le train pour Paris à 7 h 28 et est de retour gare de Lyon à 13 h 30 avec sa mallette vide. La planque est donc à l'intérieur de la voiture du passeur. »

Girier grogne de satisfaction.

« Bon boulot, dit-il. C'est facile à monter, ce truc-là. Je m'installe dans la région d'Annecy. Quand

Bagard a pris le train, tu me passes un coup de fil. Le lendemain matin, je planque derrière la gare, je filoche le passeur, je lui fais une queue de poisson sur la route et je le braque. Tiens, on peut même se permettre de jouer aux faux policiers. Tu dois encore avoir chez toi, une vieille carte tricolore dont je m'étais servi en Normandie en 1945. Ce serait marrant. »

Louis ébauche un sourire. En pensée, il vit la scène qui se déroulerait sur la route de Genève, en pleine campagne, la voiture du passeur serrée contre le talus. Il imagine Girier s'approchant, calme et détendu, du véhicule.

« Alors, monsieur, on fait du trafic de capitaux, maintenant ?

— Mais non, monsieur l'inspecteur.

— Comment, non ? Et le paquet que le type de Paris vous a remis tout à l'heure, derrière la gare ? C'était du nougat peut-être ? Où est-il, ce paquet ?

— Je ne comprends pas, monsieur l'inspecteur.

— Qu'est-ce que vous ne comprenez pas, mon vieux ? Vous voulez qu'on vous fasse un dessin ? A coups de crosse sur la tête ? Et qu'on saisisse votre bagnole pour la désosser ? »

Girier tire l'antiquaire de sa rêverie.

« Il faut repérer le passeur très rapidement. Gino doit aller à Annecy et me fournir le numéro de sa voiture. Avec ça, je saurai son nom et son adresse. Le reste, je m'en charge.

— Tu feras l'affaire avec Gino ? »

La question brutale de l'antiquaire a surpris Girier. Il hésite. Gino l'inquiète. Le jeune homme saura-t-il maîtriser ses nerfs ? Que fera-t-il en cas de pépin ? La réponse est claire : il se servira, à tout coup, de son arme. Ça, le vieux s'en fout. A force de jouer au *deus ex machina*, il a décollé de la réalité, les êtres de chair et de sang ne sont plus pour lui que des pions qu'il avance et recule sur son échiquier de rêve. Girier élude :

« Ne t'en fais donc pas ! Dans quinze jours, on sera tous bourrés. Dans cette affaire, on peut prendre facilement cinq cents ou huit cents briques. Peut-être un milliard... »

Louis ne répond pas. Son crâne luisant appuyé sur le prie-Dieu reflète le peu de lumière qui filtre par le vitrail de la nef.

« René, siffle-t-il soudain, quand comprendras-tu que l'argent n'a pas d'importance ? Ce qui me plaît dans ton coup, c'est l'immunité. Les courtiers ne pourront porter plainte ! Ils ne risqueront pas des mois de prison et des amendes au moins trois fois supérieures aux sommes exportées. Le passeur aussi la bouclera. Et ses patrons ne voudront jamais croire qu'il a été piqué sur la route. Ils penseront qu'il les a doublés. Voilà la beauté de l'affaire : un milliard comme s'il n'avait jamais existé. »

Monsieur Louis consulte sa montre.

« Pars le premier, dit-il. Sois prudent et attends de mes nouvelles. Gino va faire le nécessaire à Annecy. Je te ferai signe dès que la Bourse sera vraiment bonne. »

Girier se lève. Il traverse la nef, gagne le porche. Une impulsion subite le jette derrière un pilier. Au bout de quelques minutes, Louis émerge à son tour des travées. Il marche lentement, sa grosse tête au crâne poli légèrement penchée en arrière, pour ne pas perdre un pouce de sa taille, le ventre en avant couvert par son chapeau. Arrivé à la hauteur du bénitier, il y plonge littéralement la main, se retourne vers le maître-autel, dessine un large signe de croix ruisselant. L'eau bénite vole vers les prie-Dieu de paille où, de-ci de-là, dodelinent quelques vieilles femmes en noir.

29

VERS midi, la voiture de l'inspecteur principal Poirier stoppe devant le quai des Orfèvres.

En répondant au salut des gardiens de la paix qui battent la semelle devant le 36, Poirier se rend compte qu'il a pris tout à coup de l'importance et que son nom sera ce soir, avec celui de Girier, dans toutes les bouches. Il hausse les épaules, traverse le porche, tourne à gauche dans la cour, se dirige vers l'escalier de la P. J. qu'il a monté et descendu tant de fois au cours de sa longue carrière, souvent seul, parfois en compagnie de collègues disparus, toujours avec des coupables qu'il conduisait au dépôt. Il pousse la porte. Une nuée de journalistes qui l'attendaient au bas de l'escalier, s'abat, l'encercle, le pousse, le tiraille. Des éclairs de magnésium l'éblouissent. Poirier essaie de se déranger, joue des coudes, grogne. Des questions l'assaillent :

« Cette perquisition à la Santé, monsieur le principal ? »

Poirier marque un temps d'arrêt. Son regard s'abat sur le groupe. Il soulève son chapeau, se gratte la tête. Son menton s'avance en signe d'ignorance :

« Je vous dirai ça ce soir, quand j'aurai épluché les lettres. » Il tapote sa serviette. « Il y en a un paquet. »

Son sourire se fige sur les pellicules des Rollei.

Poirier rompt le cercle, attaque l'escalier, toujours aussi entouré, ouvre sa porte.

« Venez vers seize heures, lance-t-il. J'aurai peut-être du nouveau. »

Dans son bureau, il pose sa serviette sur la table, accroche sa gabardine au portemanteau et sort sa blague à tabac. Il roule une cigarette. D'un coup de langue savante, il colle le papier puis fait craquer une allumette. Bientôt un filet de fumée s'élève vers le plafond.

Poirier revient à sa table. Il sort de sa serviette un paquet de lettres, puis une enveloppe vierge qu'il ouvre avec précaution. Des parcelles de poudre brune roulent sous ses petits coups de doigt répétés. Poirier les contemple, referme l'enveloppe et la glisse dans son tiroir.

L'écriture serrée des premières lettres l'oblige à froncer le sourcil. Il souligne de rouge quelques passages et il s'arrête perplexe, sur un prénom. Mazard pénètre dans la pièce :

« Du nouveau ? » questionne-t-il en contournant la table de son chef.

Poirier désigne le tas de paperasses éparpillées.

« Je crois. Une nommée Gennie lui a écrit régulièrement. Une fille de famille employée à Air Tourist, d'après ce que je vois. Elle a l'air de l'avoir dans la peau ! »

Mazard sort de sa poche une feuille couverte de graffiti qu'il déplie.

« C'est la mienne, affirme-t-il. Je l'ai trouvée, moi aussi. Et j'ai son adresse : rue Poulet. Vous vous rendez compte, un nom bien de chez nous. » Il rit. « Qu'est-ce qu'elle a pu envoyer comme colis et comme mandats à la Canne ! Pas possible, tout son mois devait y passer ! »

Poirier expédie vers le plafond un nuage blanchâtre :

« Vous vous occupez d'elle, dès ce soir. On va voir ce que Joliot va rapporter. »

Pour Poirier, l'affaire ne se présente pas trop mal.

Il devient optimiste. Gennie semble une piste intéressante. Tôt ou tard, elle peut le conduire à Girier, si l'on en juge par ses lettres d'amour. Le vieux dicton lui revient en mémoire : « Cherchez la femme ». Et la femme, pour le moment, c'est Gennie.

Une seconde, la pensée l'effleure que la Canne a pu laisser traîner volontairement les lettres dans le dessein de l'aiguiller sur une fausse piste. Mais les colis et les mandats ? Non, il peut être tranquille. Mazard fera la filature de la fille, Joliot se planquera au central téléphonique de la rue La Boétie pour surveiller ses communications.

Girier se manifestera bien un jour ou l'autre. Il tombera alors dans le filet.

A son tour, Joliot débarque dans le bureau, le visage rougi, ses cheveux blancs et ondulés dispersés par le vent. Il desserre la ceinture de son imperméable, en glisse les extrémités dans ses poches. Il se plante devant Poirier :

« Vous ne pouvez vous imaginer à quel point Girier était défendu ! s'exclame-t-il. Jamais je n'ai vu autant d'avocats pour un seul truand. »

Poirier l'observe, les yeux plissés. Sa cigarette passe d'un coin à l'autre de ses lèvres.

« Oui, reprend Joliot. En une année, j'ai enregistré cent quatre-vingt-sept visites. J'en ai mal au poignet. Une quinzaine de sa femme Marinette, neuf de sa cousine Lisa Bouvard qui demeure 34, rue Danton, une trentaine de ses avocats, Touati et Berthon et le reste, tenez-vous bien, de son autre avocat, maître Grador ! A lui seul il a visité la Canne plus de cent trente fois ! Dans les derniers temps, il venait cinq fois la même semaine. Curieux, non ?

Poirier réfléchit quelques instants tandis que les regards de Mazard et de Joliot convergent vers lui. Puis il déclare, d'un ton mesuré :

« Girier allait passer aux Assises, il est normal

qu'il reçoive la visite de son avocat. Ça paraît quand même beaucoup. Quand se situe la dernière visite ?
— Il y a cinq jours.
— Et avant, quelle était la fréquence ?
— Tous les jours. Même deux fois par jour. »
Poirier secoue la tête et murmure :
« Oui, c'est en effet curieux. Il faudra gratter aussi de ce côté. Mais, fait encore plus curieux, dans le dossier Girier, je n'ai trouvé aucune cousine du nom de Lisa Bouvard. Ce nom est le nom de jeune fille de sa mère, mais jamais il n'a été question d'une cousine qui habiterait Paris. Passez-moi l'annuaire par rues, elle a peut-être le téléphone. »

Mazard se précipite dans la cabine et revient, un Bottin à la main qu'il feuillette en marchant. Il se fige devant le bureau de Poirier, relève la tête, les yeux étonnés :

« Vous avez raison, monsieur le principal, ça doit être un faux blaze. Le 34 n'existe pas. La rue Danton ne possède que dix numéros ! »

Poirier sort sa blague à tabac, tire lentement une feuille de papier à cigarette de son mince étui en carton, la plie en deux, tasse le tabac avec ses gros doigts, mouille la cigarette avec sa langue. Des grains brunâtres sont tombés sur le bureau. Posément, de sa large main recourbée en cornet, Poirier rassemble les brins sur la table, les fait rouler dans sa blague. La piste Lisa Bouvard aboutit à un cul-de-sac ? Tant pis. Il lui reste Gennie. Et peut-être Grador.

Assis derrière son bureau, maître Grador déguste un petit pain au chocolat qu'il a acheté tout à l'heure en revenant du Palais. Il récolte les miettes, du bout de son index mouillé de salive, et les porte à sa bouche. L'évasion de Girier s'étale à la une des journaux qui parsement le tapis élimé. Maître Grador réfléchit et hésite. Doit-il ou non partir pour Biarritz ce soir même ?

De la main gauche, il saisit la dernière édition de *France-Soir* qu'il parcourt d'un œil attentif. L'article fait le point sur l'enquête. L'inspecteur principal Poirier aurait trouvé des indices dans la cellule abandonnée. Avec fièvre, maître Grador cherche quelles preuves peuvent bien subsister de sa complicité, ne trouve rien, respire. Il ne se berce pas pour autant d'illusions. La police le soupçonnera d'avoir aidé Girier. Mais que risque-t-il en tant qu'avocat ? Les soupçons ne suffisent pas. Il n'est pas comme le simple citoyen à la merci d'un interrogatoire un peu brutal. Sa robe le protège. Elle ne le met pas, par contre, à l'abri d'une filature.

Une filature ! Ce qu'il vient de découvrir laisse maître Grador tout pantois. C'est sur sa filature que Girier spécule ! Il sait que l'avocat sera soupçonné. En l'envoyant à Biarritz, il espère concentrer l'attention des policiers sur lui. Ce voyage n'a pas d'autre but. Maître Grador grimace, jette un coup d'œil écœuré sur les journaux qui jonchent son tapis. Il ne comprend pas comment il a pu être assez naïf pour croire un seul instant à ce roman. Girier n'a jamais eu l'intention de se rendre en Espagne. Il s'est moqué de lui ! Il s'est servi des bijoux de Deauville comme d'un appât.

Une rage froide envahit maître Grador. Il a été manipulé. Il a risqué le paquet pour rien ! Son corps se couvre de sueur à la pensée de ce qui serait arrivé si on avait découvert le « plan ». Il récapitule ce qu'il a fait depuis qu'il s'occupe de Girier. Il songe déjà à se venger de lui. Depuis que cette grosse prostituée a fait irruption dans sa vie, il sent qu'il détient un maillon de la chaîne qui peut mener au truand évadé. Un instant, il caresse l'idée de passer un coup de téléphone anonyme à la police pour leur signaler cette pute blafarde, son petit frère Gino et le Royalty. Il rejette aussitôt la tentation : seul Girier peut le mettre en cause et il n'a pas intérêt à le revoir derrière les barreaux. Sa vengeance doit attendre, il ne peut renoncer à l'espoir de s'emparer des bijoux. Une cloison a sauté. Par ce Gino, il peut remonter la filière. Sa décision est prise. Il ne va pas partir pour Biarritz. Une fois que la police se sera calmée, il cherchera du côté de Gino.

Maître Grador frotte l'arête de son nez, bâille. Il se demande, encore une fois, comment il a pu donner dans un panneau aussi grossier. Il se lève, s'étire, hésite à ramasser et ranger les journaux. Puis, comme s'il s'agissait d'une chose importante, il les piétine. Il éprouve une agréable satisfaction quand il les sent crisser sous ses pieds.

Non, la police ne peut rien contre lui !

A vingt heures, Gennie abandonne son casque et ses manettes à sa collègue de nuit. Un coup de peigne, un peu de rouge sur ses lèvres pleines et sévères et elle quitte les locaux d'Air Tourist où, depuis l'arrestation de René Girier, elle a trouvé un emploi de standardiste. Elle s'enfonce dans la bruine. Parce qu'elle est belle, Mazard passe instinctivement un doigt sur sa moustache avant de lui emboîter le pas. Une bouche de métro les aspire. Gennie tend son ticket au poinçonneur. Discrètement Mazard exhibe sa carte de police.

La rame les emporte jusqu'à Strasbourg-Saint-Denis où ils se retrouvent côte à côte derrière le portillon. Un peu hautaine, Gennie dévisage l'inconnu qui toussote et sort un journal de sa poche. Elle pénètre sur le quai en direction de la porte de Clignancourt et s'assied sur un banc. Mazard reste debout, face aux premières, la tête dans son journal. Le convoi entre en station. De sa démarche altière et élégante, Gennie se dirige vers l'entrée des secondes. Elle laisse monter quelques voyageurs. Soudain, saisie d'une impulsion irraisonnée, elle se ravise et laisse filer le convoi. D'un pas rapide, elle emprunte le couloir de correspondance. Ainsi qu'elle le prévoyait, le moustachu l'a imitée. « Pas de doute, ce curieux petit bonhomme s'occupe bien de moi », songe-t-elle. Elle entend résonner des pas derrière elle. Elle ralentit l'allure. A un angle du couloir, elle fait demi-tour. Mazard est surpris. Il a une légère hésitation et poursuit sa marche avec dignité. « Je ne me suis pas trompée », se dit Gennie dont le cœur bat la breloque, tandis que de son côté l'inspecteur marmonne : « La vache, elle se méfie, elle a sûrement rancart avec la Canne. C'est pas le moment de la paumer. »

Mazard attend quelques secondes, puis il rebrousse chemin. Le portillon s'est refermé. Derrière la vitre du wagon de queue, Gennie le regarde fixement. « Semé et grillé ! s'avoue Mazard. Poirier ne va pas être content. Tant pis, je ne dirai rien. »

Gennie descend à Château-Rouge. Elle s'assoit sur un banc et elle laisse, par prudence, le flot des voyageurs se disperser. Elle quitte le quai la dernière. Elle grimpe les marches et achète *France-Soir* au marchand installé devant la pharmacie. Elle remonte la rue Poulet.

« Il n'y a rien pour moi, madame Duteil ? »

La voix de sa concierge lui parvient :

« Non, mademoiselle Gennie, rien. »

Accablée, elle monte à son studio. Le silence de Girier l'angoisse. Même pas un coup de fil ! Si demain René ne lui a pas donné signe de vie, elle se rendra chez maître Grador. Il doit bien savoir quelque chose. Gennie dîne, fait sa toilette, se couche mais dort mal. L'attente sera-t-elle longue ? Quand viendra-t-il ? Elle a tellement envie de le revoir, d'être rassurée sur son compte.

Au petit jour, à peine levée, elle soulève le rideau de sa fenêtre. A trente mètres de chez elle, tous feux éteints, une Peugeot commerciale stationne. Gennie discerne des ombres à l'intérieur. « Pourvu que René ne fasse pas d'imprudence, pense-t-elle en laissant doucement retomber le rideau. Il me fait souffrir mais, au fond, il a raison. L'heure n'est pas encore venue de nous rencontrer. » Avec hâte, elle se jette sous la douche.

30

24 NOVEMBRE 1950. Lorsque l'inspecteur principal Poirier regagne son bureau en cette fin de matinée ensoleillée, il a dans sa poche le rapport de la section de chimie et biologie du laboratoire de police scientifique, caserné dans les locaux de l'identité judiciaire. La poudre rouge qu'il avait ramassée dans la cellule de Girier provient d'un cachet de Rubiazol que le détenu a dû, probablement, écraser par mégarde. Le chimiste a été formel. Il s'agit d'un sulfamide utilisé dans le traitement des maladies infectieuses. Absorbé à dose élevée, il est susceptible de provoquer un état fébrile accompagné de vomissements.

Tout de suite Poirier a compris. Girier a préparé son évasion avec une redoutable minutie. C'est l'absorption d'une quantité suffisante de comprimés qui a berné l'interne de service et motivé le transfert du truand à l'hôpital de Fresnes. René la Canne a profité de cette promenade inespérée pour scier le plancher du fourgon et disparaître. L'exploit est de taille et, malgré lui, Poirier esquisse un sourire d'admiration. Ce sourire surprend Mazard qui l'attend, debout, depuis vingt minutes, devant sa table déserte.

Poirier s'assied avec un *han* de satisfaction. Il déplie le rapport, le défroisse du dos de la main et l'étale sur les autres pièces du dossier, à l'intérieur de la chemise sur laquelle, en lettres de ronde, il a inscrit : *Affaire Girier*, puis il relève la tête vers Mazard :

« Alors, questionne-t-il, du nouveau ? »

Mazard secoue négativement la tête :

« Rien. Gennie n'a reçu aucune nouvelle de la Canne. Aucune lettre, aucun coup de fil. Ni chez elle, ni à son travail. Elle semblait méfiante au départ, mais ce n'était qu'une impression. »

Mazard se garde de relater les péripéties de sa première surveillance. Pourtant, le lendemain et les jours suivants, déguisé tantôt en plombier, tantôt en peintre, avec ses sacs à outils sur le dos, il s'était rattrapé. Pas une fois, Gennie ne l'avait repéré. Mazard, le spécialiste de la filature, n'avait pas compris ce qui lui était arrivé le premier soir. Il n'en avait pas dormi de la nuit.

« C'est tout? demande Poirier.

— Non. La fameuse Lisa Bouvard n'existe pas. J'ai vu le juge. Il ne se souvient pas dans quelles conditions il a délivré le permis de communiquer, si c'est directement ou à la demande de l'avocat de Girier. En tout cas, l'identité que la fille a laissée à la taule est fausse. Elle se balade donc avec de faux papiers. On n'est pas près de l'identifier.

— Bien sûr, fait Poirier, soudain agacé. J'ai compris. Ensuite ? »

Mazard reste bouche bée.

« Ensuite ? Rien.

— Et Grador ?

— Grador ? Je ne suis pas au courant, moi. C'est Joliot qui s'en occupe.

— Je sais, interrompt Poirier. Je vous demandais si Gennie avait contacté Grador ou vice versa ? »

Le front de Mazard se plisse. Ses yeux perdent leur aspect rieur habituel.

« Une seule fois. Hier soir. Elle est allée chez lui, mais elle n'y est pas restée longtemps. Dix minutes à peine. »

Pour Poirier, cette visite n'apporte pas grand-chose mais elle est tout de même significative. Elle prouve que Gennie et Grador sont en relation. Pour quelle raison la maîtresse de Girier viendrait-elle voir l'avocat si ce n'était pour parler de la Canne ?

« Quel genre, cette femme ? interroge Poirier. Une dure ? Facile à s'allonger ? »

Mazard soulève les épaules.

« Je ne sais pas. C'est une bêcheuse, mais à mon avis, si elle est au parfum de quelque chose, elle ne devrait pas le garder longtemps. Quoique avec les femmes on ne sache jamais. Quand elles en pincent pour un homme ! Tenez... »

Poirier ne l'écoute plus. Il a fait le tour des opérations que le processus normal de l'enquête lui commandait d'exécuter : visites aux prisons, examens des registres, interrogatoires des surveillants et de quelques détenus, mise en observation de Girier et Moinon dans tous les services policiers, hospitaliers et hôteliers. Il n'a rien négligé, et pourtant, jusqu'ici, le résultat a été négatif. Il a appliqué sa méthode procédurière, il a mis ses pions en place, comme le veut et l'exige même le code d'instruction criminelle. Ça donnera ou ça ne donnera pas, mais il aura la conscience tranquille. On n'épingle pas comme cela un cerveau du banditisme !

Mazard a quitté le bureau. Les yeux mi-clos, sa cigarette collée au coin des lèvres, la fumée lui piquant les yeux, Poirier dresse son plan de bataille.

Gennie est le témoin numéro un. Ses lettres le prouvent. Il va s'attaquer à elle. Il ne l'a pas interpellée plus tôt car il espérait que les filatures seraient fructueuses et le mèneraient à Girier. La malchance en avait décidé autrement. Maintenant il doit agir comme le veut la loi. Personne ne comprendrait cette lacune de l'enquête. Il débarquera chez la jeune femme demain à l'aube et il perquisitionnera son domicile. Il en a le droit puisque le juge lui a délivré une commission rogatoire générale lui déléguant ses pouvoirs pour « procéder à tous les actes susceptibles d'aboutir à la manifestation de la vérité. »

La connaîtra-t-on jamais, cette vérité ? Celle qui permettrait de mettre un nom sur le visage des ou du complice, de celui qui a passé les scies, qui a procuré les cachets de Rubiazol. Un gardien ? Un détenu ? Un avocat ? Grador ?

Grador, voilà une bonne piste ! Ce que Jolio a appris sur son compte aux archives l'a laissé pantois. C'est une vieille habitude de la Maison que de passer au fichier tout individu mêlé, de près ou de loin, à une affaire criminelle. Le témoin du jour peut devenir le coupable du lendemain.

Quand Joliot avait lu, dans les dossiers de la Brigade mondaine, que Fantômas-le-Décalitre se faisait fouetter, le jeune inspecteur avait été stupéfait. Quand il s'était rendu compte que l'avocat de Girier fréquentait les endroits les plus pourris de Paris et que sa clientèle était uniquement composée de mauvais garçons et de filles soumises, il en avait conclu que le personnage devait avoir une conscience élastique et que Girier l'avait choisi à bon escient. A son tour, Poirier avait été édifié lorsque le directeur de la Santé lui avait appris que maître Grador était discrètement tenu à l'œil par ses gardiens en raison du nombre impressionnant de voyous qu'il venait, avec assiduité, visiter au parloir.

L'inspecteur principal avait, tout de suite, chargé Joliot de la surveillance de l'avocat. Mais les filatures n'avaient rien donné. Grador restait terré chez lui comme une vieille chouette et ne sortait qu'à la nuit tombée pour faire, à petits pas, le tour de son pâté de maisons.

Il faudrait l'interroger, pense Poirier, mais comment faire parler un avocat ? Comment s'attaquer à lui sans risquer de s'attirer les foudres du bâtonnier, du procureur, voire du ministre de la Justice ? Des coups à perdre sa place. Ce n'est pas l'administration qui vous soutient dans ces moments-là ! Au contraire. Au moindre accroc, la « maison bœuf-carottes », surnom de l'Inspection générale des services, la police des polices, se met en mouvement. Et elle ne fait pas de cadeaux. On dirait même qu'elle prend plaisir à tarabuster les policiers, son pain quotidien. Avec elle, pas de sentiment. Les plaintes, vraies ou fausses, sont toujours, au départ, justifiées.

Poirier se passe la main sur le front. Il est midi, il n'a pas le temps de rentrer déjeuner chez lui. Alors, comme il en a l'habitude, il va se contenter d'un sandwich à la buvette du Palais, devant un demi mousseux, en lisant son journal.

Il quitte le bureau, descend les marches au milieu d'une cavalcade de collègues moins anciens, les mains dans les poches de sa gabardine. Brusquement il s'arrête, le front soucieux. Il fait demi-tour, remonte l'escalier d'un pas plus accéléré.

Il avait oublié sa blague à tabac sur sa table. Un sacrilège !

Gennie dort profondément lorsque des coups redoublés à la porte la font sursauter. Elle ouvre l'œil, perçoit des murmures sur le palier, allume sa lampe de chevet. Il est six heures.

Inquiète, elle sort de son lit, enfile sa robe de chambre, traverse, pieds nus, l'étroite pièce, et questionne :

« Qui est là ?

— Police, répond une voix. Ouvrez. »

La gorge nouée, Gennie s'exécute. Trois hommes se tiennent dans l'encadrement de la porte, deux petits et un grand, coiffé d'un chapeau, qui semble être le chef.

« Excusez-nous, dit Poirier en exhibant sa carte. Mademoiselle Gennie ? »

Gennie approuve de la tête. L'irruption des trois policiers la laisse sans voix, d'autant plus qu'elle reconnaît celui de gauche : c'est le petit bonhomme à moustache qui l'a suivie, un soir, dans le métro.

Dans un rêve, elle entend le grand inspecteur prononcer des paroles inintelligibles où il est question de commission rogatoire, d'information, de perquisition. Elle referme la porte. Pourvu que les voisins ne se soient aperçus de rien.

L'inspecteur principal Poirier se présente, lui demande d'assister à la perquisition qu'il est obligé de faire, lui ordonne de ne rien tenter de dissimuler qui puisse entraver ou retarder la marche de la justice.

« Je peux m'asseoir ? bégaie Gennie.

— Faites », dit poliment Poirier.

Puis une question nette, précise, brutale, la fait tressaillir :

« Détenez-vous ici des objets, armes, lettres, vêtements qui puissent appartenir à Girier ? »

Des lettres, Gennie en a, bien sûr. Elle les a gardées précieusement, comme René devait conserver les siennes dans sa cellule, pour les lire et les relire chaque jour, en pensant à elle.

Gennie se lève, ouvre un tiroir, tend un paquet ficelé que Poirier dénoue. Aucune lettre n'a d'enveloppe. L'index de Poirier fouille le tas avec une dextérité de prestidigitateur, s'arrête en son milieu, fait une coupe.

« Celle-là, qu'est-ce que c'est ? »

Gennie se penche, examine l'écriture.

« C'est une lettre de René, bredouille-t-elle. Pourquoi ?

— Je vois, fait Poirier. Mais comment se fait-il qu'elle n'ait pas le cachet de la prison ? »

Son regard foudroie Gennie. Elle sent un courant glacé parcourir son échine. Elle a déchiré les enveloppes qui portaient l'écriture de Girier ou de maître Grador, mais elle n'a pas pensé au tampon de la censure. Sa pomme d'Adam monte et descend à une allure vertigineuse. Poirier continue :

« Et celle-ci.... et celle-là... »

Angoissée, Gennie le voit secouer la tête dans un mouvement qui en dit long sur les conséquences de son imprudence, puis enfouir le paquet de lettres dans sa serviette. « Il a dû faire ça toute sa vie, pense Gennie, fourrer des lettres, des tas de trucs dans son abominable serviette, l'antichambre de la prison. »

La fouille du studio est vite achevée. Il ne faut qu'une demi-heure, sous l'œil vigilant de Poirier pour inspecter les coins les plus discrets. Les livres eux-mêmes, ces livres qui constituent le seul lien de Gennie avec sa vie passée sont impitoyablement retournés, effeuillés.

« Avez-vous une armoire à pharmacie ? » demande Poirier tout d'un coup.

Gennie se méfie de cet homme si poli, si placide. Pourquoi cette question ? Dans la salle de douche, au-dessus du lavabo, une armoire de toilette contient quelques médicaments sans importance.

« Oui, chuchote-t-elle, par ici. »

Poirier la suit, se plante devant l'armoire, l'ouvre. Un éclair de satisfaction traverse son œil lorsque, devant lui, sur l'étagère du haut, deux tubes apparaissent.

« Qu'est-ce que c'est ? » interroge-t-il en les saisissant.

Gennie s'approche, fixe les étuis.

« Du Rubiazol. Des comprimés de Rubiazol, vous voyez bien.

— Je vois, dit Poirier en tournant les tubes dans sa main. Et c'est pour quoi faire ? »

La question exige la réponse immédiate. Gennie hésite. Ses idées se brouillent.

« Pour me soigner quand je suis malade, souffle-t-elle, apeurée. Il n'y a rien de mal.

— Evidemment, sourit Poirier. Un médicament c'est fait pour ça. Mais quelquefois on s'en sert aussi pour se rendre malade, vous comprenez ? »

Gennie ouvre des yeux étonnés.

« Ça ne fait rien, poursuit Poirier, on verra ça tout à l'heure. Habillez-vous, je vous emmène. »

Les deux tubes disparaissent dans la serviette fourre-tout. Gennie s'affole :

« Vous n'avez pas le droit ! Qu'ai-je fait ?

— On vous le dira, répond Poirier en bouclant sa serviette et en remettant son chapeau. Ici, l'endroit est mal choisi. On sera mieux quai des Orfèvres. Un conseil, prenez aussi quelques effets personnels. »

L'odeur de tabac soulève le cœur de Gennie lorsqu'elle fait son apparition dans la grande salle du second étage. Tous les yeux se tournent vers elle et elle se sent gênée de se montrer, parmi tous ces homme, mal coiffée, sans fard, un manteau bleu hâtivement jeté sur ses épaules, sa petite valise Vuitton à la main. La tête basse, elle traverse la pièce et se laisse tomber sur la chaise que Poirier lui a avancée, face à sa table. Poirier se débarrasse de sa gabardine qu'il tend à Mazard, pose son chapeau sur un siège voisin, ouvre sa serviette avec méticulosité et en extrait les lettres et les deux tubes. Sa lenteur exaspère Gennie.

« Je vais vous faire une petite démonstration », commence-t-il, en guise de préambule.

Il décapsule un étui, sort un comprimé et le place sur l'angle de son bureau. Fascinée, Gennie le regarde. Poirier ôte sa chaussure droite et, la tenant par la semelle, il écrase le cachet d'un violent coup de talon. Puis il se rechausse. Il sort alors de son tiroir une enveloppe, fait rouler un peu de poussière rouge sur du papier blanc et amène la feuille à proximité du cachet écrasé. Il sourit en fixant Gennie.

« Vous voyez ce qu'est le Rubiazol, explique-t-il. Eh bien ces comprimés que j'ai trouvés chez vous, je les ai aussi ramassés, écrabouillés, dans la cellule de Girier. »

Il exagère, à dessein, l'importance de sa découverte tout en scrutant le visage de Gennie. Les traits sévères et altiers de la jeune femme se sont maintenant décomposés. Poirier poursuit :

« Alors, expliquez-moi pourquoi vous avez ce produit chez vous. Et a quoi vous servait-il ? »

Gennie avale sa salive. Elle se souvient avoir acheté trois tubes de Rubiazol pour un ami de Girier qui souffrait, d'après maître Grador, d'une angine. Elle les avait portés à l'avocat qui n'en avait accepté qu'un. « C'est bien suffisant pour le moment », avait-il dit. Gennie avait machinalement rangé les deux autres étuis dans son armoire et n'y avait plus prêté attention. Elle ne comprend pas comment les comprimés ont atterri dans la cellule de Girier, à moins que Grador lui ait menti à l'époque.

« Alors ? » s'inquiète Poirier.

Gennie est bouleversée. Dire la vérité, c'est accuser Grador qui lui a souvent rendu service, contre récompense s'entend, mais qui lui a permis d'entretenir sa merveilleuse correspondance avec René. Se taire est l'échappatoire. On ne peut arrêter quelqu'un parce qu'il détient des cachets pharmaceutiques ! Et il lui sera facile de prouver qu'elle n'est jamais allée à la Santé, faute de permis, et qu'elle n'a donc pu communiquer avec Girier.

« Bon, soupire Poirier qui a compris que Gennie resterait muette, ce n'est pas très important. Je constate que vous m'avez menti car les tubes sont intacts. Vous n'avez donc jamais utilisé de Rubiazol. Passons aux choses sérieuses. Qui vous a remis les lettres non censurées ? »

Dans la Citroën qui l'amenait quai des Orfèvres, assise entre deux policiers, Gennie avait tourné et retourné cette question dans tous les sens, cherchant vainement une réponse. Comment allait-elle pouvoir se justifier ? Il n'y avait pas trente-six solutions. Ou elle gardait le silence une fois pour toutes ou elle mettait maître Grador en cause. Le problème n'était pas encore résolu quand elle posait le pied dans la cour de la P.J.

Paternel, Poirier se penche vers elle, une liste calligraphiée à la main.

« Je vais vous faire une nouvelle démonstration, sourit-il. Vous allez me croire camelot. Je prends au hasard une lettre, celle datée du 26 juillet 1950 , par exemple. Je cherche si cette date correspond à celle de ma liste puisque tout le courrier qui sort de la Santé est enregistré. Je ne la trouve pas. Elle est donc sortie par une voie extraordinaire. Je recommence avec celle du 15 janvier 1950. Je ne la trouve pas non plus. La déduction est facile à faire : quelqu'un a sorti clandestinement les lettres et vous les a expédiées ou remises. Dans les deux cas, vous êtes passible de la Correctionnelle. »

Gennie ne répond pas. Son univers s'effondre. Son amour, ces longs mois d'attente, ces lettres qu'elle lisait et relisait avec tant de passion n'aboutissent donc qu'à cela : un instrument de torture entre les mains d'un policier. René aurait dû le prévoir ! Lui, connaît la police et ses méthodes. Un doute affreux s'insinue dans son cœur. Girier lui écrivait beaucoup de sa cellule mais, depuis son évasion, il ne lui a pas fait parvenir la moindre nouvelle. S'est-il vraiment enfui pour elle ? Insidieux, Poirier poursuit :

« Vos parents sont domiciliés où ? Peut-être ont-ils eux aussi reçu du courrier de Girier ? Et qui nous dit que le beau René ne se cache pas chez eux ? Nous allons leur rendre une petite visite en votre compagnie. »

Gennie accuse le coup. Si la police va faire une perquisition chez ses parents à la campagne, dans ce petit pays de Bourgogne où son père est adjoint au maire, c'est le scandale. Une lueur de détresse que Poirier saisit au vol traverse son regard. Elle sent sa volonté défaillir. Mazard s'avance, lisse sa moustache et donne le coup de grâce avec jubilation :

« Et votre visite à maître Grador, avant-hier au soir, c'était pour quoi faire, hein ? Vous nous prenez pour des pantins, peut-être ? »

Gennie s'est retournée, abasourdie. L'œil de Mazard

ne présage rien de bon. Ballottée par le harcèlement progressif des questions, ses idées s'embrouillent. Un manège de Rubiazol, de lettres, de parents, de prison, de perquisition à Air Tourist a démarré dans sa tête et accélère sa ronde à une vitesse infernale. Elle n'est pas femme à tenir le coup devant des questions aussi précises, aussi censées. Les sacrifices qu'elle a consentis pour Girier arrivent soudain à leur point limite. Au nom de leur amour, elle a rompu avec sa famille et son milieu. Pour lui, elle a accepté un emploi de standardiste et déménagé dans ce misérable studio. Oui, elle aime un gangster, elle aurait aimé le remettre dans le droit chemin, mais elle ne veut pas, elle ne peut pas aller en prison, pour sa famille, pour ses amis, pour elle-même. Elle ne veut pas avoir son nom et sa photo dans la presse, comme une criminelle. Elle faiblit, elle va parler, elle parle :

« Oui, dit-elle, dans un souffle, c'est maître Grador qui passait les lettres. Je ne pensais pas que c'était grave. Pour le Rubiazol, c'est moi aussi, mais ce n'était pas pour faire évader René, je vous le jure.

— Je sais, mon petit, dit Poirier en lui mettant la main sur l'épaule. Vous faites bien de dire la vérité. D'abord, ça soulage; ensuite, ça évite bien des déboires. Venez, on va mettre tout ça noir sur blanc ! »

Une demi-heure plus tard, dans le bureau de l'officier de police Bouvier, le secrétaire du commissaire divisionnaire Pinault, chef de la Brigade criminelle, Gennie, sanglotante, signe un procès-verbal d'aveux.

« C'est pas tout ça, dit l'inspecteur principal Poirier à Mazard en quittant la pièce. Maintenant il faut s'attaquer à Grador. Vicieux comme il est, il doit bien avoir une petite idée de l'endroit où se planque la Canne. Mais ça ne va pas être de la tarte. »

31

L'ARRESTATION de maître Grador a semé la révolution chez les journalistes. Des colonnes entières sont consacrées à la carrière de l'avocat dont la photographie, à la une, a remplacé celle de Girier. Les titres sont énormes. *Le Parisien libéré* annonce que « le défenseur de René Girier servait d'agent de liaison entre un codétenu de la Canne et sa famille ». Dans *Ce Matin*, Robert Cario informe ses lecteurs que trois psychiatres, Gouriou, Génil-Perrin et Cenac ont été commis par le juge pour examiner l'avocat.

L'inspecteur principal Poirier est triste. Mitraillé par les photographes, assailli de questions, il a dû expliquer et répéter comment et pourquoi maître Grador avait été incarcéré. Maintenant, les flashes se sont éteints, les reporters se sont éclipsés, la grande salle des inspecteurs a retrouvé son calme habituel. Mazard a passé sa moustache dans l'entrebâillement de la porte.

« Vous venez au mess, monsieur le principal ? »

Poirier n'a pas faim. Il n'a pas envie non plus de rester seul au bureau ou d'aller s'attabler, comme au cours d'une enquête, devant un demi et un sandwich à la buvette du Palais. Le mess lui changera les idées. On n'y mange pas comme à la Coupole mais ce n'est pas mauvais, surtout pour le prix. Poirier ramasse sa blague à tabac, la glisse dans la poche de sa gabardine.

Assis à une petite table, dans le brouhaha de la

salle aux tintements des verres et d'assiettes entrechoqués, Poirier réfléchit. Il avait deux pistes pour récupérer Girier : Gennie et Grador. Maintenant, c'est raté. Les deux filières sont mortes. Poirier avait espéré que la maîtresse de Girier serait laissée en liberté. La jeune femme, bouleversée par la fin sordide de son grand rêve d'amour, avait accepté de lui prêter son concours. Mais le juge Chapar, un Pyrénéen tenace et dynamique, s'était malheureusement montré inflexible. Prisonnier de son code, il avait balayé les objections de Poirier et avait décidé d'appliquer strictement l'article 248 sur la répression de la correspondance irrégulière avec un détenu. Pâle et défaite, ses belles épaules secouées par de longs sanglots, Gennie avait pris le chemin de la Roquette.

Quant à maître Grador, son sort avait été fixé au cours d'une conférence chez le procureur de la République en présence des juges d'instruction Chapar et Jacquinot, des substituts du procureur Barc et Canonne, et d'un membre du conseil de l'Ordre des avocats désigné par le bâtonnier Toulouse.

Soutenu par le commissaire Pinault, chef de la Brigade criminelle, Poirier avait proposé de renforcer le surveillance de l'avocat. L'aréopage avait été inébranlable. Digne et sévère, il s'était transporté, pour une perquisition, au domicile de maître Grador. La découverte d'une scie à métaux et, glissées dans les dossiers de procédure, de lettres que des détenus avaient demandé à l'avocat de faire parvenir à l'extérieur, lui valaient d'être inculpé. Pendant que maître Grador allait rejoindre ses clients à la Santé, l'inspecteur principal Poirier assistait, désespéré, à la brutale coupure de la dernière piste qui pouvait le mener à Girier.

Poirier n'a pas faim. Il chipote quelques frites, en contemplant son verre de rouge. L'enquête est fichue. Tout est à recommencer à partir de zéro.

« A quoi pensez-vous ? » interroge Mazard, la bouche pleine.

Poirier essuie son front de sa main.

« A rien, murmure-t-il. Ou plutôt, si. A Girier et à tous les truands qui cavalent, qui volent, qui tuent. Si les magistrats nous comprenaient, nous n'en serions pas là. Il y aurait moins d'agressions, moins de meurtres. Nous nous cassons la tête pour courir derrière les voyous, nous en perdons le boire, le manger et le sommeil. Nous délaissons notre vie familiale, nos enfants que nous ne voyons pas grandir. Qu'il pleuve, qu'il neige, nous sommes dehors, le jour, la nuit, pendant des heures, des semaines, des mois, à filer, à planquer ! Pour qui, pour quoi ? Pour quel résultat ? Quand le vrai truand est arrêté, on le met dans du coton, on lui trouve des circonstances atténuantes. Il ressort et il recommence. Et nous, nous recommençons à cavaler, à ne pas bouffer, à ne pas dormir ! Mais quand c'est un délinquant primaire, sans défense, qui tombe, on le matraque. Nos méthodes sont critiquées, les avocats nous malmènent à l'instruction ou à l'audience, le public ne nous aime pas. Alors, voyez-vous, mon vieux, je suis écœuré. Je n'ai qu'une hâte, foutre le camp en retraite et partir pêcher à Bonneval, toute la journée. »

Mazard ouvre des yeux étonnés :

« Vous êtes bien cafardeux, aujourd'hui, monsieur le principal ?

— Peut-être, soupire Poirier. Mais voyez-vous, Mazard, malgré tout le travail que nous avons fait, malgré tout le travail qui nous reste à faire car, maintenant, il va falloir retrouver les anciens compagnons de cellule de Dekker pour leur faire cracher l'histoire du Rubiazol livré par Grador, nous pouvons faire notre deuil de l'affaire Girier. Vous verrez ce que je vous dis, Mazard. Je vais vous avouer autre chose : si maintenant on m'apportait un tuyau sur la Canne, je ne m'y intéresserais même pas ! »

L'inspecteur Stievenard s'est approché de la table.

« Alors, ça va l'appétit, monsieur Poirier ? Justement, je voulais vous voir.

— Ah ? fait Poirier, le regard dans le vide.
— Oui, vous connaissez le petit Bertel de la Mondaine ? »

Poirier fait un effort, puis le visage de l'inspecteur aux cheveux blancs, sec comme une trique, se dessine dans sa mémoire :

« Oui, pourquoi ? Il part en retraite ?
— Pas encore, dit Stievenard. Dans trois mois. On va lui offrir un vin d'honneur. Il a un indic qui fréquente Saint-Germain-des-Prés. Et vous savez le bruit qui court ?
— Non, fait Poirier, en portant un morceau de pain à sa bouche.
— Que le soir de son évasion, Girier se baladait là-bas. Il paraît qu'un barman l'y a vu. »

Poirier arrête de mastiquer. Son regard a repris de l'assurance. Il pose sa serviette.

« C'est curieux, ce que vous me chantez là ?
— Ma foi, ça m'étonnerait, mais avec la Canne, on ne sait jamais. »

Poirier se lève. Il cherche dans sa tête comment joindre Bertel le plus rapidement possible.

« Où allez-vous ? demande Mazard.
— A la boîte. On s'y retrouve. A tout à l'heure. »

Quand il a le dos tourné, Mazard part d'un rire inextinguible :

« Girier à Saint-Germain-des-Prés ! hoquète-t-il. La Canne chez les existentialistes ! Décidément, c'est une affaire pour Borniche ! »

« ÉCHEC... »

32

BOULEVARD des Capucines, la Singer bleu pétrole, capitonnée de cuir rouge, émerge du flot de la circulation. Elle s'arrête devant l'hôtel de Paris et s'insinue dans un espace vacant, près du trottoir. Sans ménagement, ses pare-chocs repoussent une voiture qui la gêne. Martine manœuvre, le visage crispé, sous le regard amusé des badauds. Enfin satisfaite, elle coupe le contact, ouvre la portière et offre aux passants la vision de deux longues jambes gainées de soie.

Martine remonte sans hâte la rue Caumartin. Elle entre au Lux-Hôtel. Une minute après, l'ascenseur la dépose au quatrième étage, face à la chambre 29, dans laquelle elle pénètre. Elle tire le verrou, jette son sac sur le lit, quitte son tailleur en shantung et revêt sa tenue de travail, un fourreau en surah imprimé noir et rouge, accusé aux hanches, à longue fermeture Eclair. D'un doigt expert, elle rajuste sa coiffure. La glace murale lui révèle que son maquillage est parfait. Martine sourit. Elle sait que son jour de repos approche, qu'elle le passera à la campagne avec Charlot le Lyonnais. Pour le moment il est à Cannes dans sa villa proche de celle de la Bégum, qu'il modernisera bientôt par la construction d'une piscine. Ses liens avec Charlot se sont resserrés. Il est content d'elle. Plusieurs fois il l'a félicitée et il l'a récompensée en lui donnant la haute main sur les cinq filles qui travaillent pour lui à la Madeleine. Martine est chargée de leur surveillance et surtout de les soulager chaque soir de leurs gains, dans un café de la rue Volney, à l'abri des regards indiscrets. Martine ne leur fait pas de cadeaux. Dans deux ans, trois peut-être, Charlot achètera un hôtel sur la Côte. C'est décidé. Ce projet la stimule. Elle y pense sans cesse. Elle ne laissera rien ni personne l'en détourner. Parfois, une vague nostalgie trouble sa résolution. Le rire d'un enfant, un couple d'amoureux, un béguin l'émeuvent, mais sa faiblesse ne dure pas. L'image de l'hôtel à l'éclatante blancheur dans un paysage d'affiche touristique dissipe son vague à l'âme. Au fond, elle est heureuse. Elle sait ce qu'elle veut et, ce qui est plus rare, elle possède les moyens de son ambition.

Martine enfile un manteau de skungs, ferme à clef son armoire et sort. La tenancière du meublé lui décoche un sourire commercial. A l'angle des rues de Sèze et Godot-de-Mauroy, Martine rallie ses compagnes déjà sur la brèche.

« Bonjour, mon chou, lance l'une d'elles. Cinq minutes plus tôt, tu tombais sur la Mondaine.

— Sans blague ! » (Martine, inquiète pense à ses filles.) « De l'emballage ?

— Non. C'est marrant, j'ai pas l'impression qu'ils venaient pour nous. Ils en ont griffé trois seulement au passage. »

Martine fronce le sourcil.

« Qui ?

— Josiane, Doris et une nouvelle que je ne connais pas.

— Josiane ? » (Martine ne cache pas sa surprise) « Et Doris, la femme à Vossel ?

— Oui, mais tu sais, je me casse pas la tête pour celle-là ! Depuis le temps qu'il en croque, son jules va bien la décrocher de la P.J. »

Martine retient un mouvement de mauvaise humeur. On murmure que Vossel n'est pas étranger à l'arrestation de René la Canne par la Volante un an plus tôt. Elle a horreur de tout ce qui éveille ce souvenir. Elle interroge néanmoins :

« Tu as dérouillé ?

— Penses-tu ! Avec leur connerie de rafle, ils ont cassé tout le travail. L'Artilleur va encore râler, mais je peux tout de même pas leur demander une attestation. »

Les filles rigolent.

« On attaque ? dit Martine.

— On attaque ! »

Elles se séparent. L'une suivant l'autre, elles remontent la rue avec nonchalance, prennent des poses, semblent hésiter au carrefour, rebroussent chemin. Elles les connaissent leurs trois cents mètres de trottoir. Chaque centimètre évoque pour chacune d'elles tant de souvenirs !

Consciencieusement Martine entreprend sa tâche.

Il est tard. Martine est fatiguée. Sa démarche s'est alanguie. Ce n'est plus par tactique. Aujourd'hui, elle a envie de décrocher plus tôt. S'il n'y avait pas le ramassage de la rue Volney, elle rentrerait chez elle, rue de la Faisanderie, dans son luxueux six pièces aux meubles d'époque, aux tableaux de prix. Mais elle a des responsabilités. Elle doit donner l'exemple.

Un pas derrière elle qui se mesure aux siens, lui fait changer d'allure. Martine se redresse, imprime un balancement professionnel à son corps, parcourt quelques mètres, s'arrête devant une vitrine. Dans la glace, une silhouette qu'elle reconnaît s'immobilise. Elle se retourne, le sourire aux lèvres :

« Tiens, poulet. Vous êtes dans le quartier ? »

L'homme lui rend son sourire. Il a l'air de bonne humeur. Ses yeux brillent.

« On ne peut rien vous cacher », dit-il en hochant la tête.

Martine est contente. Sa fatigue s'est envolée. Elle ne sait pas pourquoi, ce flic l'amuse. Elle ne le considère pas comme un vrai policier. Elle l'avait aperçu plusieurs fois, quand il attendait une fille blonde, longue et mince, devant chez Lancel, place de l'Opéra. Elle l'avait revu, décontracté et riant, avec la même fille chez Henri Spacagna, le patron du Club des Capucines, sous le théâtre. Il a l'air différent de ses collègues avec son costume étriqué, son visage ouvert et son regard direct. Martine avait eu un faible pour lui, « un ticket » comme disent entre elles ses copines. Plusieurs fois, elle avait pensé à lui : un flic de la Sûreté, cela pouvait rendre service. Et puis, un jour, le lendemain de l'évasion de René la Canne, il était arrivé. Le « Paris mondain » est ainsi fait que les routes, même divergentes finissent par se croiser.

« On monte ? »
Martine prend un air scandalisé.
« A l'hôtel ?
— Pourquoi pas ? C'est là qu'on sera le mieux. »
Instinctivement, le pas de Martine se fait rapide, comme s'il s'agissait d'un client ordinaire qu'il ne faut laisser ni réfléchir ni respirer. L'inspecteur la suit, les mains dans les poches. Il marche droit, avec application, sans remuer la tête. Martine se dit qu'il a l'air un peu parti. Elle trouve que ça ne fait pas sérieux, se surprend à penser que ça peut nuire à son avancement. Ils arrivent aux Coquelicots, un garni discret de la rue de l'Arcade.

« Toujours poète ! » lance l'inspecteur, ravi par le nom de l'hôtel.
« Toujours. »
L'inspecteur suit Martine dans l'escalier, monte sans effort, le corps légèrement penché en avant. Dans son sillage, flotte une vague odeur de musc. Martine sent le regard de l'homme sur ses reins. Un premier palier est franchi, puis un second sans qu'elle se retourne.

La chambre est chaude, rouge, tout en lit et en lumière tamisée. Une porte bâille sur un cabinet de toilette, aussi glacé qu'un bloc opératoire. Le policier s'assied sur le lit.

« Ça me fait plaisir de vous voir », dit Martine avec une certaine gêne.

A présent qu'ils sont tous les deux enfermés dans cette pièce, acteurs d'un théâtre où l'on ne peut jouer qu'une seule scène, elle se demande si c'est bien pour cela qu'il est venu.

« C'est gentil, répond le policier dont l'œil fait le tour de la chambre. Je viendrais plus souvent si je pouvais. L'ennui, c'est que j'ai beaucoup de travail... »

Il a une voix suave, drôlement mise au point, dont les intonations font courir un frisson entre les épaules de Martine. Elle le regarde et pense que son costume est toujours aussi démodé et qu'il devrait laisser pousser ses cheveux, désespérément courts. Elle a l'impression d'être, malgré elle, entraînée dans un tourbillon qui lui crispe le ventre :

« Je me déshabille ?

— C'est tellement mieux. »

Les yeux de Martine pétillent : sa main fait coulisser la fermeture Eclair de sa robe.

J'adore regarder une femme se déshabiller. La manière dont elle procède en apprend plus sur son caractère que tout ce qu'elle raconte. Martine joue de l'ambivalence de son corps avec un érotisme inconscient qui me ravit. Elle a des gestes effrayés de jeune fille pour dénuder son torse un peu maigre. Quand elle dégrafe son soutien-gorge, les mains passées derrière le dos, on dirait une pensionnaire. Puis ses mains retrouvent la force et la lenteur d'une femme épanouie quand elles font glisser l'étoffe le long de ses hanches. L'ambiguïté de sa nature se révèle dans cette façon de s'offrir. C'est vraiment deux femmes en une. Pudique, gaie et naïve quand elle a le béguin, âpre et cynique le reste du temps. Pour l'instant, je lui plais. Simone Tirard me l'avait dit. Elle a envie que je la trouve belle et que je la caresse. Elle ne me prend pas au sérieux en tant que policier. Pour elle, je dois être une sorte de copain de plaisir. Avec moi, elle veut oublier son métier, quitte à le retrouver dans dix minutes et à miauler comme une panthère parce qu'une fille aura essayé de la faire marron d'une passe.

« La Canne va sûrement venir vous voir ! »
Martine se fige. Elle blêmit.
« C'est pour me dire ça...
— Que je suis venu ? Oui. Il fallait que vous sachiez que la Criminelle a fait chou blanc. L'arrestation de Grador a coupé leur dernière piste. »
Machinalement elle remet son soutien-gorge.
« Ce n'est pas une raison pour vous rhabiller. »
Martine coule vers lui un regard méfiant. Elle n'est pas dupe. Il est venu pour lui annoncer cette nouvelle, même s'il a une arrière-pensée. Dans quel dessein ? Son cœur bondit. René a réussi à berner la police. C'est le plus fort ! S'il entrait dans la pièce, elle lui sauterait au cou. Puis, brusquement, le sang lui monte au visage. Un souvenir qu'elle veut repousser l'assaille une fois de plus. Par sa faute, l'aventure heureuse, presque parfaite de Girier, s'était soldée par une arrestation sordide. Il doit lui en vouloir. Au Lyonnais encore plus. Martine n'éprouve plus soudain de remords. Elle ne pouvait faire autrement. Le Lyonnais l'aurait défigurée. C'était Girier ou elle. Ce qui l'étonne, c'est de découvrir qu'elle tient encore à la Canne et de savoir, en même temps, qu'elle le trahirait de nouveau pour se protéger.

D'un œil inquiet, elle regarde son compagnon, toujours assis au bord du lit comme un oiseau de proie.
« René va se remettre au combat ? demande-t-elle, songeuse.
— Sans doute ! Il doit gamberger un coup. C'est son genre. Après sa cavale de Pont-l'Evêque, il a fait le boulevard Jourdan et Deauville. »

L'admiration perce dans sa voix. Il a un visage plus dur que celui de Girier, plus accusé, mais Martine trouve qu'il lui ressemble. Pas physiquement. C'est une affinité plus troublante comme si le même feu courait dans leurs veines. Martine se sent frissonner :

« Qu'est-ce qu'il va faire ? »

L'inspecteur a une moue significative :

« Il va d'abord régler ses comptes. Il croit que c'est vous qui l'avez balancé à Morin ! »

Je vois son corps se crisper. Le charme est rompu. Je suis redevenu un flic.

« Quel con ! » s'exclame-t-elle.

Je ne puis m'empêcher de sourire. Les femmes sont extraordinaires. Elles balancent un type, puis elles s'étonnent qu'il leur en veuille. Tout cela sans cesser de l'aimer. Car au fond Martine a le béguin pour Girier. Le plus drôle, c'est que dans cinq minutes, elle sera peut-être d'accord pour m'affranchir enfin sur ce qu'elle sait. Il n'y a là qu'une contradiction apparente. Elle nous met tous les deux dans le même panier. Nous ne sommes pas des gens sérieux. Ce qui est sérieux, c'est sa vie avec le Lyonnais, le fric qu'ils mettent de côté, le but qu'ils se sont fixés. Girier va mettre en péril cet avenir. Tant qu'il sera en liberté, le Lyonnais risque d'avaler sa langue. Alors, adieu les projets, la sécurité et l'argent. Je la sens gamberger, mettre au point un plan qui me ferait repiquer Girier sans éclaboussures, ni pour elle, ni pour le Lyonnais.

« Pourquoi êtes-vous venu m'annoncer ça ? » interroge-t-elle.

Je prends un air protecteur :

« Pour que vous fassiez attention. Je ne veux pas qu'il vous arrive des ennuis.

— Vrai ?

— Vrai !

— Et qu'est-ce que je dois faire ?
— Je le retrouverai », dis-je pour la rassurer.
Elle a un petit rire de gorge vite réprimé puis se soulève sur ses avant-bras. Ses yeux fouillent les miens. Elle secoue la tête.

« Pensez-vous, dit-elle, il est malin. Pourquoi réussiriez-vous là où vos copains ont échoué ? Vous risquez de le chercher partout sauf où il est. »

Elle se tourne vers la fenêtre, ramène le drap sur elle, expire profondément, puis se retourne vers moi. Ses seins très écartés, à la courbure à peine dessinée, dardent leur pointes mauves.

« A Saint-Germain-des-Prés, ajoute-t-elle dans un souffle. C'est là qu'il m'a amenée la première fois. Personne ne le sait. Même pas le Lyonnais. Je ne l'ai jamais dit. René prétend que c'est le seul coin de Paris où il n'y a ni poulets, ni indics. C'est sûrement là qu'il a dû se réfugier. »

Martine s'assied sur le lit, fouille dans son sac, sort un paquet de Philip Morris, se recouche.

« Et si vous me racontiez un peu tout ça, dis-je au bout d'un moment. Avec des détails...
— Quels détails !
— Je ne sais pas, moi... Où vous alliez, les restaurants, les bars... Les gens qu'il connaissait, vous voyez ? »

Martine réfléchit. Elle a l'air tout d'un coup très sage, comme un vieil explorateur.

« Dans ce coin, dit-elle, tout le monde connaît tout le monde ! C'est rigolo, le genre artiste... des bohèmes... Ils ne vous demandent pas vos faffes, vous comprenez ? Ils parlent sans arrêt des choses qu'ils vont faire.
— Quoi, par exemple ?
— Des films, des livres, des voyages...
— Et les filles ?
— Cradingues. Décontractées. En pull et blue-jean. »

Je sens de la désapprobation dans sa voix.

« On ne sait jamais avec qui elles sont. Ça embrasse sur la bouche et ça tutoie tout le monde !
— Et la Canne ?
— Lui, il est à l'aise partout. Vous connaisez ça, le lettrisme ?
— Non.
— Je l'ai entendu en discuter toute une nuit avec des mecs ! Vous vous rendez compte !
— Quels mecs ? »
Martine rit de bon cœur.
« Des poètes, mon chou ! pas des truands...
— Il y en a quand même quelques-uns.
— Non... Ou alors ils sont déguisés. »
Je sens une hésitation dans sa voix. Elle se rappelle vaguement quelque chose.
« Vous pensez à quelqu'un en particulier ?
— Il y a un gars que j'ai déjà vu ici.
— Ah ?
— Vous connaissez la Grosse ?
— Non.
— C'est une indépendante... Une salope ! Elle s'explique sur les boulevards. Je l'ai vue un jour discuter avec un type que Girier connaît de là-bas.
— Un client à elle ?
— Non. Les cllles, on les repère tout de suite, et la Grosse n'est plus de la première fraîcheur.
— Son mac ?
— Non plus. C'est pas son genre. Elle serait plutôt gougnotte. Charlot et ses amis de la Mondaine pensent que c'est son Jules. Moi, je ne sais pas. C'est une indépendante, je vous dis.
— Alors ?
— Alors, rien, ou plutôt si. Ce beau gosse-là fréquente le village.
— Quel village ? »
Martine me regarde d'un air étonné.
« C'est comme ça qu'ils appellent le quartier. »
Mon ignorance la suffoque. Girier a raison. Nous ne nous intéressons pas assez à Saint-Germain-des-

Prés. C'est un quartier qui monte. On commence à en parler dans les journaux. Il est temps que j'aille y mettre mon nez.

« Et comment il s'appelle le copain de René ?
— Vous savez, moi, les blazes ! En tout cas, c'est un beau mec. »

Elle se redresse, s'assied. Son torse a jailli des draps. Ses sourcils se froncent.

« Qu'est-ce qui vous prend ?
— Ses yeux ! Il a des yeux gris, immenses ! Comme la Grosse... C'est peut-être un parent après tout ! »

J'enregistre. Le parent de la Grosse est le copain de René. Ça, c'est drôle ! Tandis que Poirier cavale derrière la femme de Girier ou ses anciennes maîtresses, j'ai l'impression, moi, de tomber sur une filière intéressante. J'éprouve une formidable reconnaissance pour Martine.

Elle pose un pied à terre.

« C'est pas que je m'ennuie », dit-elle.

Je plonge mon regard dans ses yeux bleus, ombragés de cils soyeux et recourbés. Ils sont froids et durs. D'un mouvement brusque, elle détourne la tête. Nous n'avons plus rien à nous dire.

33

MA plaque de police saute dans ma main à l'instant même où je franchis le seuil du commissariat central du IXᵉ arrondissement. Le nez rougi par le froid, le planton m'adresse un salut fatigué. Je traverse le poste au milieu de l'indifférence des agents dont les pèlerines et les képis s'alignent sur une file de portemanteaux cloués au mur. Quelques ceinturons pendent. Deux gardiens de la paix, affalés sur un banc, dévorent des bandes dessinées. D'autres jouent aux cartes autour d'une table massive, au bois noirci par les ans. Sur le poêle, dans le coin de la salle, une bouilloire chantonne.

« Les Mœurs ? Première à droite, au fond, là-bas ! »

Le ton de commandement du brigadier appuie son mouvement de menton qui m'expédie dans un couloir crasseux. Une porte au verre dépoli se présente. Je frappe. Trois têtes se lèvent vers moi avec un ensemble parfait.

« Brigade des mœurs ?
— Oui.
— Borniche, de la Sûreté. »

Je tire la porte. La pauvreté du local m'impressionne. Une fenêtre grillagée par laquelle le jour pénètre avec difficulté sépare ce bureau de la cour intérieure de la mairie du IXᵉ. Peu de meubles : deux tables, trois chaises, un classeur au tablier défoncé, le tout en bois clair verni. Un fil torsadé, couvert de chiures de mouches, soutient une ampoule à l'éclairage vacillant. Sur le mur, des fiches de recherches d'individus réputés dangereux sont épinglées, entourées de notes de service. La photo de Girier m'éclate au visage. J'ai l'impression que son regard me fixe et je ressens la désagréable impression qu'il se fout de moi.

« Cherchez la pute », m'avait souvent répété le Gros lors de mes balbutiements dans la profession policière. Je suis son conseil.

Si je n'étais pas flic, avec les seuls éléments que m'a fournis Martine, je n'y arriverais jamais. Heureusement, je suis flic. Et un flic, dans ce domaine, ça a de l'imagination et des ressources.

Puisque la parente du copain de Girier s'explique sur les boulevards, j'ai pensé qu'elle devait être connue de la police des mœurs dont l'activité s'étend sur les arrondissements qui encerclent l'Opéra : Ier, IIe, VIIIe et IXe. J'ai commencé par le IXe. C'est l'arrondissement le plus actif sur le front de la galanterie. Il n'est qu'à se promener rue Vignon, rue de Sèze, rue Godot-de-Mauroy ou boulevard des Capucines pour s'en apercevoir. Ce n'est plus un quartier, c'est une ruche multicolore et déshabillée que canalisent avec peine la Brigade mondaine et les « bourgeois. »

En argot de métier, le « bourgeois », c'est le gardien de la paix en civil que le petit chapeau et le long imperméable caractéristiques font renifler à cent pas. Il appartient à la police municipale et sa compétence s'arrête aux limites de son arrondissement. Il lui est interdit de traverser le boulevard et d'empiéter sur le secteur voisin. C'est stupide mais c'est ainsi. Sa tâche n'est pas facile. S'il n'agit pas avec la promptitude nécessaire, les « clandestines » se réfugient dans les arrondissements limitrophes où il ne peut les poursuivre. Exactement comme le policier de la préfecture de Police ne peut traverser la Seine pour traquer un malfaiteur à Saint-Cloud, domaine exclusif de la Sûreté nationale.

De temps à autre, quelques frictions opposent
« bourgeois » et inspecteurs de la Mondaine. Les
« bourgeois » pourchassent les prostituées dont les
« condés » leur apparaissent douteux. Ils procèdent à
des examens de situation approfondis et exigent de
leurs concurrents des justifications sur les autorisations données à des filles qui ne leur paraissent pas
être toutes des indicatrices. La bagarre se termine
parfois au cabinet du préfet.

Puisque les Mœurs s'intéressent à l'activité des
prostituées, je me suis dit que les bourgeois possédaient un fichier qui, pour n'être pas aussi complet
que celui de la Mondaine, n'en comportait pas moins
des indications suffisantes. C'est pourquoi, anxieux
et impatient, je suis venu frapper à la porte de cette
brigade misérable qui sévit dans un secteur florissant.

« Vous dites : grosse, pas très fraîche, yeux gris
assez grands ? »

Il ne faut pas cinq secondes à l'un des gardiens pour
me donner le nom de la femme que je cherche, Gabrielle Bergonza, dite Gaby, dite la Grosse et pas
plus de trente pour extraire sa fiche du classeur et
me la coller sous le nez. Le carton ne comporte pas
de photographie. J'y relève pourtant la date de naissance, 14 avril 1912 à Marseille, les noms des parents,
Luigi et Simone Valentin et l'adresse, 124 avenue des
Ternes, à deux pas du bois de Boulogne. Au verso, les
dates des rafles sont inscrites au crayon à bille. Elles
occupent la presque totalité de la fiche. Le « bourgeois » précise :

« Celle-là, c'est une indépendante. On ne lui connaît
pas de julot. Elle est descendue trois fois. »

Descendre, en terme de police, c'est aller faire un
stage en maison d'arrêt. Mon imagination s'accélère.
Si Gaby n'a pas de souteneur, le parent qu'a repéré
Martine a pu l'assister lors de ses séjours en taule.
En consultant la fiche de détention, je devrais norma-

lement connaître son nom et adresse. Je l'identifierai après.

Le service des prisons, cantonné derrière le Palais de Justice, au-dessus du bâtiment du dépôt, dans la cour de l'Horloge, abrite mes espérances. J'ai deux possibilités pour me renseigner : ou m'y précipiter ou téléphoner du central qui relie entre eux tous les services de police. C'est automatique et ça me fera gagner du temps.

Quand je sors du commissariat, j'ai le cœur gonflé d'espoir. Je sais que Gaby Bergonza a été visitée deux fois par un certain Charles Valentin, domicilié rue Saint-Benoît, hôtel Royalty.

Valentin, Bergonza ? Une parenté est établie et l'adresse me comble de joie. La rue Saint-Benoît est en plein centre de ce Saint-Germain-des-Prés où, d'après Martine, Girier aime à chercher refuge. J'imagine dans un éclair Poirier, Morin collant leurs indics au cul de tous les malfrats qu'ils connaissent, mettant Montmartre et Montparnasse sens dessus dessous. Ils ne penseront jamais au « village ». Je suis devenu tout d'un coup optimiste.

34

Dans le bureau de Poirier, pâle, les cheveux ébouriffés, sans cravate, Gino subit depuis deux heures un tir croisé de questions. On lui a retiré les menottes. Que pourrait-il tenter d'ailleurs au milieu de tous ces inspecteurs aux regards haineux, feulant leurs demandes avec des bruits de gorge éraillée, se gaussant de ses réponses ? Il les a comptés et recomptés. Ils sont cinq, les uns debout, les autres à califourchon sur une chaise. Le plus puissant de l'équipe, au front bas et aux mains de lutteur, a posé ses larges fesses sur le bord d'une table. Barrant la porte, un gardien de la paix, mitraillette en main, surveille l'interrogatoire.

L'anxiété et l'attente sont pires que le mal. Dès que Gino a compris ce qu'on lui voulait, il a repris de l'assurance. Il est accusé de connaître Girier et de l'avoir aidé après son évasion. Il le nie. Pour le faire avouer, Poirier a tout essayé. Il pratique l'interrogatoire en dents de scie. Tantôt il fait patte de velours, le sourire bienveillant; tantôt, excédé, il agite le spectre de l'article 61 du Code pénal qui punit d'un mois à trois ans de prison quiconque aide un criminel à se soustraire aux recherches de la justice. Gino résiste. Il sait qu'il n'existe aucune preuve contre lui. C'est un mauvais moment à passer. Il suffit de tenir le coup.

Pourtant, il est inquiet. Son palais se dessèche lorsqu'il entrevoit ce qu'il risque. Il a beau se convaincre que Poirier ignore son passé et sa condamnation à cinq ans par défaut à Marseille, il sait que son vrai nom et ses empreintes digitales sont classées quelque part à l'identité judiciaire, prêts à jaillir et à mordre.

Gino contemple d'un œil éteint le contenu de ses poches étalé sur le bureau. Avec des gestes de collectionneur, Poirier renouvelle l'ordre des objets. Ça en devient irritant. Entre ses mains, la montre et le briquet en or, les clefs de voiture, le portefeuille en crocodile, la pince en platine, dernier cadeau de la Grosse, qui enserre cinq billets de dix mille francs, le mouchoir de soie bleue brodé à ses initiales dansent une sarabande énervante. Poirier attend des explications sur Girier. Il tire sur sa cigarette avec des bruits réguliers de lèvres qui agacent Gino.

« Alors, mon gars, toujours au même point ? »

Gino hausse les épaules avec lassitude.

« Je ne le connais pas, monsieur l'inspecteur, je vous assure. Je ne peux pas vous dire autre chose !
— Bon ! »

Les mains de Poirier recommencent à s'agiter, à manipuler les objets, à les aligner, les séparer, les faire passer les uns sur les autres comme les pions d'un jeu d'échecs. Il aimerait débarrasser la société de cette jeune gouape dont le visage à l'insolente beauté lui déplaît, mais il en a besoin pour retrouver Girier. Pour le moment, il faut qu'il parle, qu'il se mette à table. Ce n'est qu'une question de patience. Poirier en a connu d'autres au cours de sa carrière, des voyous comme Gino, plus têtus, plus vicieux, qui ont résisté à ses interrogatoires quelques heures ou quelques jours et qui, finalement, ont craché le morceau. Gino fera comme eux. Il vomira la planque de Girier.

Poirier reprend son ton paternel.

« Alors, tu ne veux vraiment pas nous aider ? Ce n'est pourtant pas difficile de dire la vérité. »

Gino hoche la tête à plusieurs reprises.

« Je vous l'ai dit, la vérité, monsieur l'inspecteur, soupire-t-il. Je ne connais pas ce Girier. Vous me tueriez sur place, ça ne changerait rien.

— Il n'est pas question de te tuer, dit Poirier avec douceur. Mais pourquoi tu fais l'imbécile ? Le soir de son évasion, la Canne était avec toi. C'est indiscutable. Nous sommes renseignés. Tu ne veux pas le reconnaître, c'est ton droit. Tu ne pourras pas dire que depuis deux heures je ne t'ai pas tendu la perche. »

Gino tressaille. Il regarde Poirier avec une stupeur mêlée d'admiration. Il se passe instinctivement la langue sur les lèvres et ce détail n'échappe pas à l'œil vigilant de l'inspecteur qui poursuit :

« Je sais beaucoup de choses sur ton compte, tu sais. Je ne t'en ai pas encore parlé mais, puisque tu ne veux rien comprendre, je vais être obligé d'y venir. »

Gino ne perd pas un mot des paroles de Poirier. Que va lui sortir encore ce grand inspecteur placide que rien ne démonte ? Il ne sait pas pourquoi mais il sent la tuile arriver. Ses épaules se tassent. Autour de lui, les inspecteurs s'amusent.

« Vois-tu, commence Poirier avec une ironie voilée, tu me disais tout à l'heure que dans ton monde on n'avait pas l'habitude de fréquenter des voyous comme Girier. Mais est-ce qu'on a l'habitude d'y faire le maquereau ? »

Il saisit le mouchoir brodé, le soulève, le laisse retomber avec dégoût sur la table et ajoute :

« Ça sent mauvais, tout ça, mon gars ! Une question, une simple question, comme ça en passant. Est-ce que Gaby, ça te dit quelque chose ? La Grosse, si tu préfères. Normalement, ça devrait, puisque c'est elle qui te rapporte la comptée ! »

Le mastodonte, que la démonstration de son chef enthousiasme, éclate d'un rire qui emplit la pièce. Il adresse des œillades à l'agent de faction dont la face s'éclaire, elle aussi. Gino est devenu livide. Ainsi Poirier connaît Gaby. Il s'est renseigné à la Brigade mondaine où elle est sans doute fichée. Il a désormais son nom, son état civil et son adresse. Les siens aussi, par conséquent. Il lui suffit de passer un coup de téléphone à la mairie de Marseille pour s'apercevoir que son identité est fausse. Et il est cuit ! Le cerveau de Gino tourne à cinq mille tours. Qui a pu les dénoncer ? La Grosse vit avenue des Ternes, lui au Royalty et ils ne se rencontrent pour ainsi dire jamais. Les bourgeois l'ont piquée plusieurs fois, ils ne lui ont jamais parlé de souteneur ! Mais les faits sont pourtant là; Charles Valentin est connu de la Mondaine comme étant le proxénète de la fille Bergonza. C'est clair.

Malgré sa résolution de se taire, Gino ne peut s'empêcher de lancer :

« Je ne comprends pas ce que vous voulez dire. Je n'ai jamais fait le maquereau de ma vie. Si vous croyez ça, c'est des saloperies ! »

Le mastodonte s'avance, tous muscles dehors.

« Alors de quoi vis-tu ? éclate-t-il. De la Loterie nationale peut-être ? Ou de la charité des petites sœurs des pauvres ? Je vais te dire un truc, moi. Si tu continues, je vais passer aux actes. Et ça ne va pas être long. Tant pis pour ta petite gueule de hareng ! »

Il colle son énorme poing sous le menton de Gino qui ferme les yeux, puis il ponctue sa tirade en faisant claquer son battoir contre la paume de sa main. Gino sursaute. Poirier, d'un geste, calme son collaborateur.

« Tu ne peux pas savoir ce qu'on découvre quand on épluche la vie des gens, insinue-t-il. Je n'aurais jamais pensé que tu fasses le mac. Combien ça peut rapporter par mois, un métier pareil ? »

Gino soulève ses épaules. Il s'efforce de cacher son trouble. Poirier peut dire ce qu'il voudra, ce qui importe c'est qu'il ne sache jamais que Gaby est sa sœur, qu'il se nomme, comme elle, Bergonza. Poirier poursuit son avantage :

« Si je voulais, je pourrais te faire tomber. Ce n'est pas ma spécialité, mais c'est tentant. C'est pour ça, mon gars, qu'il faut te montrer raisonnable. Le plus vite possible. Ma patience a des limites. »

Il a remarqué que l'angoisse s'est emparée de Gino

quand il a parlé de Gaby. Son esprit méthodique fonctionne comme un classeur. Il déclenche l'ouverture d'un casier, note qu'il faut se renseigner aux archives de la Sûreté nationale, obture le casier.

« Alors ? interroge-t-il. C'est oui ou c'est non ? »

Gino regarde Poirier, interloqué. La tête lui tourne. Il cherche l'explication qui ne vient pas. Une lueur danse dans la prunelle du policier. L'atmosphère est irrespirable.

« D'ailleurs, reprend Poirier, il n'y a pas que ça. »

Instinctivement Gino rentre la tête dans les épaules.

« Il y a aussi Albert. »

Gino le regarde sans comprendre. Il fronce le sourcil. Albert ? Ce nom ne lui dit rien. Dans son affolement, il s'imagine qu'il a un rapport avec sa condamnation de Marseille.

« Tu ne vas pas me dire que tu connais pas Albert ? reprend Poirier. Le barman du Royalty ! Lui te connaît, en tout cas. Et même bien. Tu lui dois, tiens, j'ai noté ça quelque part : 64 337 francs.

— Manque pas d'air ! » s'exclame Mazard que la somme stupéfie.

Le soulagement de Gino est visible. Ce n'est pas du côté d'Albert que vient le danger. Albert est son ami.

« Tu sous-estimes les barmans, attaque Poirier. Ils sont physionomistes, tu sais. Serviables aussi, surtout avec nous. Forcément ! Eh bien, Albert t'a vu avec Girier. Il a reconnu sa photo le lendemain dans le canard. Qu'est-ce que tu dis de ça !

— Ce que c'est que de fréquenter des gens célèbres ! » ricane Hillard qui vient de faire son entrée dans la pièce.

Poirier se lève, contourne son bureau, se poste en face de Gino dans les yeux duquel il plante son regard.

« Girier s'évade du fourgon à six heures, poursuit-il. Deux heures après, il est avec toi au Royalty. Ensuite, vous disparaissez. Tu réapparais, seul, une heure après. Heureusement Albert et la barmaid sont là. Ils l'ont photographié. Sans ça, on était chocolat ! »

Gino se mord les lèvres. La trahison d'Albert, au lieu de l'assommer, lui donne envie de tuer.

« Mettez-les en face de moi ! s'énerve-t-il. Vous verrez qu'ils renverseront la vapeur.

— Si tu veux, dit Poirier avec calme. Ils sont là. On va commencer par Albert. »

Il fait un signe. Un inspecteur ouvre la porte. Gino reconnaît les dents d'écureuil d'Albert. Il a toujours vu le barman en veste blanche et en cravate noire. Aujourd'hui, il arbore un nœud papillon et un complet veston gris perle. Ses cheveux noirs lustrés ondulent. Gino a l'impression de sentir l'eau de Cologne dont il s'est inondé. Albert est assis de trois quarts. Quand la porte s'est ouverte, il n'a retourné que son buste. Il a l'air à la fois ahuri et accusateur.

La vue d'Albert fauche d'un seul coup la rage de Gino. Il cherche un siège. Ses jambes flageolent. Ses tempes sont douloureuses. L'armoire à glace, aux mains de battoirs, s'approche à nouveau :

« Sais-tu que tu commences à nous emmerder sérieusement ! » gronde-t-il.

Gino contemple les énormes poings couverts d'un duvet roux et plie l'échine.

« Je ne connais pas Girier ! dit-il. Je ne sais rien ! »

Il a hurlé sa phrase sous le nez du colosse. Poirier s'interpose encore.

« Bon. Je n'insiste pas. Maintenant, on va écrire, on va rédiger les procès-verbaux. On va t'habiller comme il faut. Crois-moi tu n'auras pas froid cet hiver ! »

Hillard prend la relève.

« Je n'ai pas l'impression que tu te rends compte de ce qui t'attend, dit-il. Tu vas être inculpé de plusieurs délits. D'abord proxénétisme. Tu connais le tarif : six mois à trois ans.

— Il faut des preuves, grogne Gino. Je connais la loi. Il faut aider, assister ou protéger la prostitution ou le racolage. Ce n'est pas mon cas.

— Ou recevoir des subsides d'une personne se livrant habituellement à la prostitution, ponctue Hillard. C'est la loi du 13 août 1946. Tu ne la connais pas encore très bien celle-là. Ensuite, que tu le veuilles ou non, ton affaire de recel de malfaiteur tient dur comme fer. »

Gino n'écoute pas. Ce qu'il voit, c'est la prison. Il la redoute. L'abîme se rapproche.

Si Poirier le veut, il peut le faire coucher ce soir au dépôt, le conduire à l'identité pour l'établissement de sa fiche signalétique : photographies de face et de profil, prise des mensurations, relevé des empreintes digitales. Comme ils ont fait jadis à Marseille. Il aura un beau carton au nom de Charles Valentin né le 13 mai 1926, de père inconnu, et de Simone Valentin. Mais il aura surtout droit à une belle condamnation pour usage de faux papiers qui viendra s'ajouter aux cinq ans par défaut, lorsque l'identité judiciaire établira, par la comparaison des empreintes, que Valentin et Bergonza ne font qu'un.

Gino ferme les yeux. Il essaie d'évaluer le temps qu'il restera en prison. Le maximum, sans doute, car son passé et son inactivité ne plaideront pas en sa faveur. De plus, les magistrats n'aiment pas les souteneurs.

Poirier sent que Gino va capituler. En bon psychologue, il a toujours été frappé par l'expression presque songeuse que prend le visage d'un homme au moment où il va passer aux aveux.

« Qu'est-ce que vous voulez que je fasse ? demande Gino la voix sourde.

— Tu nous donnes la planque de Girier et nous, on te fait cadeau du reste. »

Gino croit avoir mal entendu. Poirier ne lui a pas parlé de sa condamnation de Marseille. Il ne doit pas la connaître ! Une joie folle tressaille au fond de lui. Il réussit à la contenir. Ils vont le laisser partir !

Il n'ose faire un geste, prononcer une parole même d'acquiescement, de peur qu'ils ne changent d'avis. Son regard coule vers la porte. Poirier réprime un sourire de satisfaction.

« Je t'écoute, dit-il. Fais gaffe si tu me doubles. Je ne te ferai pas de cadeau ! »

Gino respire. Il a une chance de s'en tirer. Comme tous les bons menteurs, il sait qu'il faut doser la vérité et le mensonge. Là, il est en terrain de connaissance. Il parle.

Il raconte comment il a connu Girier à Saint-Germain-des-Prés. Il en fait un portrait qui correspond à un des aspects de l'évadé. Ils sont devenus amis, mais il ne le voyait que rarement lorsqu'il passait dans le quartier. La Canne prétendait voyager pour ses affaires. Dans la bohème du village, les gens apparaissent et disparaissent sans fournir d'explications. Il se faisait appeler Garcin. C'est sous ce nom que Gino l'a connu. Ce n'est que lorsque Girier a été arrêté l'année dernière qu'il a fait le rapprochement. Il était loin de penser à lui quand il l'a vu surgir au Royalty. C'est tout.

Poirier a écouté Gino sans broncher. Il a paru intéressé par la première partie du récit. Il est sceptique sur la seconde. Pour quelle raison un homme aussi prudent que Girier serait-il venu voir un copain de rencontre, le soir de son évasion, dans un bar de la rive gauche où tout Paris aurait pu l'apercevoir ? Une seule explication : ce soi-disant copain est un complice qui l'a conduit aussitôt dans une planque sûre.

Gino a eu le temps de réfléchir, de parfaire son mensonge. Girier ne se méfiait pas de lui, explique-t-il. Il était venu lui emprunter de l'argent et sa voiture. Gino habite l'hôtel, il avait la meilleure chance de le trouver là. Mais sa M.G. était en panne et il n'avait que peu d'argent sur lui. Alors Girier était reparti, en lui disant qu'il le contacterait à nouveau, un jour ou l'autre.

Les inspecteurs se regardent perplexes. Si Gino dit la vérité, la piste a fait long feu. Girier ne reparaîtra pas. S'il ment, il est plus fort qu'il en a l'air.

Poirier détaille le jeune homme, ses traits faussement énergiques, ses grands yeux qui semblent si francs. Il est persuadé qu'il ment. Ce voyou en sait plus long qu'il n'en dit sur les projets de Girier. Il doit avoir la filière pour joindre la Canne. Son arrestation ne servirait qu'à bloquer une nouvelle piste. Avisé, Girier couperait les ponts. Du coin de l'œil, Poirier consulte Hillard qui incline la tête : il partage la même opinion.

« Si je comprends bien, dit Poirier, tu ne sais rien. »

Son ton est neutre, ni ironique, ni menaçant. Gino se rend compte qu'en minimisant son rôle, il s'est ligoté lui-même. Il tente de se rattraper :

« Je suis sûr qu'il va me contacter, affirme-t-il.
— Pourquoi ?
— Parce qu'il a besoin d'une voiture avec triptyque pour passer la frontière. Il me l'a dit. Il peut voler une bagnole, mais pas le triptyque qui va avec ! »

Les yeux de Poirier s'écarquillent.

« Tu dois les lui fournir ? »

Gino incline affirmativement la tête.

« Oui.
— Et il doit te joindre quand ?
— Je ne sais pas, dit Gino. Aujourd'hui, demain ou dans une semaine. Mais il va me toucher, c'est certain ! »

Poirier reste silencieux.

« Bon, fait-il brusquement, je te laisse ta chance. Prends tes affaires, tu es libre. Donnant, donnant. Dès que Girier te contacte, tu me préviens. Tu as mon numéro ?
— Non », dit Gino en replaçant en vrac ses affaires dans sa poche, les mains tremblantes.

Poirier gribouille une carte, la tend à Gino, qui la cueille. Son visage a repris des couleurs.

« Je ne veux avoir affaire qu'à vous ! exige-t-il. Pour ne pas porter le chapeau.

— Mais oui, fait Poirier. Tu appelles ce numéro. A n'importe quelle heure. »

Gino est trop excité pour répondre. Il a peur de trahir la joie qui transforme son visage. Il s'avance vers la porte. Tous les regards le suivent. Au moment où il tourne la poignée, la voix de Poirier l'immobilise.

« Pas par là, mon vieux, c'est le trou ! »

Gino fait volte-face, le visage décomposé. C'est encore une des ruses de Poirier. Il joue avec lui comme le chat avec une pelote de laine. Il ne le laissera donc jamais repartir ?

« N'oublie pas ce que je t'ai dit ! lance Poirier. Si tu me doubles, moi, je ne te louperai pas. Sois-en sûr ! »

Gino quitte le bureau à grandes enjambées. Poirier se tourne vers Joliot.

« Où est Mazard ?

— Il prend la déposition du barman.

— Bien. Il s'occupera aussi de l'écoute du Royalty. Je veux toutes les conversations de Gino. Et vous, Joliot, vous allez filer aux archives de la Sûreté, rue des Saussaies. Je suis sûr que Valentin a quelque chose sur le paletot. On aurait dû le vérifier avant. Vous ne voudriez pas qu'il ait un mandat d'arrêt ou une condamnation en province ? »

Hillard s'approche de son collègue, rayonnant.

« On l'a quand même eu, dit-il. Normalement Girier ne peut pas nous échapper. Vous voyez, messieurs, il faut opérer en douceur. Toujours en douceur. C'est la meilleure méthode. Nous tenons le bon bout. Dans huit jours, nous fêterons l'arrestation de la Canne au champagne ! Tu viens, Poirier ? »

Poirier ne répond pas. Quelque chose lui dit que Girier n'est pas encore en cage.

35

J'AI toujours eu un faible pour les illusionnistes. Leurs tours m'émerveillent. Ils vous présentent un chapeau haut de forme, vous font constater qu'il est vide en le tournant et retournant devant vous et, d'un coup de baguette, ils vous en sortent des foulards, des drapeaux et, pour couronner le tout, un lapin blanc frémissant de crainte. Magicien, l'inspecteur principal Louis Roblin, l'est aussi. C'est le prestidigitateur des archives de la Sûreté nationale.

Dans son repaire du sixième étage de la rue des Saussaies, au centre de gigantesques classeurs qui contiennent tout ce que la population française compte d'honnêtes gens et de criminels, il vous sort de ses boîtes les noms les plus « hétéroclites » auxquels vous ne vous attendez pas. En attendant l'ère de l'ordinateur, il est le cerveau de millions de fiches classées alphabétiquement et phonétiquement qui attendent, dans les casiers, l'éclair d'actualité qui les sortira de leur léthargie.

Les innocents sont notés aux archives à la suite d'une demande de passeport ou de carte d'identité. C'est le marais des coupables potentiels sur lesquels la police, prévoyante, prend quelques longueurs d'avance. Les renseignements qui les concernent sont groupés dans les dossiers dits « administratifs » ou D.A. Les biographies des coupables, leurs photos, leurs empreintes, leurs jugements, leurs transferts d'une prison à une autre, sont consignés dans les dossiers individuels, les D.I., tandis que leurs méfaits s'entassent dans les dossiers criminels, les D.C.

Quand je tends à Roblin mes demandes de recherches, l'une au nom de Gabrielle Bergonza, l'autre à celui de Charles Valentin, il les examine un court instant, puis il disparaît dans son antre en traînant un peu les pieds.

J'aime beaucoup Roblin. Il est grand, maigre, tatillon et courtois. Il est mon aîné de dix-sept ans. C'est dire qu'il connaît la Maison de fond en comble avec ses rouages et ses clans, ses mystères et ses chausse-trappes. Je suis sûr, avec lui, que la vérification sera bien faite et que je vais tout connaître de la vie des Bergonza et des Valentin.

Quand Roblin réapparaît, une dizaine de dossiers sous le bras, je me précipite au-devant de lui.

« Alors ?

— Je ne t'ai pas tout rapporté, dit-il, les Valentin c'est comme les Durand, les Dubois ou les Dupont. J'en ai des cabriolets entiers. Des Victor, des Ernest, des Hyacinthe mais, tiens-toi bien, Borniche, pas de Charles ! Par contre, j'ai peut-être quelque chose qui va t'intéresser : un Bergonza Luigi dont la femme était une Valentin. Ils semblent être le père et la mère de Gabrielle dont tu m'as donné l'état civil. On va voir. »

Roblin pose le paquet de dossiers sur le comptoir de consultation. Il ouvre une chemise.

« C'est bien ce que je disais, ajoute-t-il en sortant la notice individuelle de Gabrielle Bergonza. Elle est née le 14 avril 1912 à Marseille de Luigi Bergonza et de Simone Valentin. Tu me suis ?

— Bien sûr.

— Bon. Voyons le dossier du père, Luigi Bergonza. Il est né à Naples le 24 octobre 1890. Docker à Marseille en 1932. Mort en 1938 des suites d'un accident de travail. Que trouve-t-on à la rubrique mariage ? Qu'il vivait maritalement avec une nommée Simone

Valentin, née le 7 juin 1894 à Aix-en-Provence. Tu me suis toujours ? »

J'approuve d'un signe de tête. Roblin poursuit :

« Situation de famille, maintenant. Il a indiqué, à l'époque : *deux* enfants, Gabrielle et *Charles*. Voilà, c'est clair. »

Je demande :

« Et alors ? »

Un sourire apparaît sur les lèvres de Roblin.

« Alors ? Eh bien, mon vieux Borniche, je prends son dossier d'accident ! Quand Luigi a été interrogé à l'hôpital par les gardiens de la paix, il a confirmé. « J'ai deux enfants, Gabrielle et Charles que j'ai reconnus à leur naissance. Ma concubine est morte en 1926 en mettant Charles au monde. » J'ai donc sorti le dossier de ce Charles Bergonza qui est le frère de Gaby. Je ne sais pas si tu me suis bien !

— Mais oui, dis-je énervé. Dépêche-toi. Où veux-tu en venir ? »

Roblin tire sur sa cigarette et rejette une bouffée de fumée vers le plafond en prenant son temps. Il ajoute :

« Tu aurais été à ma place, tu aurais fait comme moi. Tu aurais sorti les dossiers de Charles Bergonza, le D.I. et le D.C. Et tu aurais découvert alors que c'est un truand ! »

Il ouvre le dossier criminel, en extrait une fiche rouge, une photographie et une feuille à en-tête du tribunal correctionnel de Marseille. Il me les colle sous le nez. Je m'aperçois que Charles Bergonza, né le 24 mai 1926 à Marseille, de Luigi et Simone Valentin, est recherché en vertu d'un jugement le condamnant pour vols, à cinq années de prison et que l'opposition n'est pas recevable. La fiche rouge est la diffusion du mandat d'arrêt. La photographie jointe à la notice individuelle ressemble à la photographie de sa sœur qui figure dans le dossier de celle-ci. Les yeux sont immenses. Les paroles de Martine me reviennent en mémoire.

« Des yeux gris immenses. C'est peut-être son parent après tout. »

Du coup tout s'éclaire. Charles Valentin est le frère de la Grosse. Il utilise de faux papiers pour échapper à l'arrestation. Il a pris le nom de sa mère et, sous cette fausse identité, il a rendu visite à sa sœur et couche à Saint-Germain-des-Prés. Au village, comme dit Martine, il ne risque rien.

« Tu me sors les dossiers de Gaby et de Charles », dis-je à Roblin.

Ce n'est peut-être pas très franc-jeu, mais ma décision est prise : ces dossiers je préfère les emporter chez moi, dans mon bureau. On ne sait jamais. Si une équipe concurrente avait la même idée, Charles Bergonza, pris à la gorge, pourrait cracher le morceau. Les dossiers de Roblin contiennent un moyen de pression qui peut mener à Girier. Je vais donc les planquer.

C'est avec une satisfaction évidente que le Gros, à qui je fais part des résultats de mon enquête éclair, enregistre mes explications.

« Au fond, dit-il, vous finissez par adopter les principes que je vous ai toujours inculqués. Les archives et les informateurs, il n'y a que ça. J'ai bien fait de vous aiguiller sur la Roquette. Sans ça, nous n'avions rien.

— C'est vrai, dis-je avec humilité. Simone Tirard m'a branché sur Martine, Martine sur Gaby et Gaby sur Valentin. La police est vraiment une bobine de fil. Quand on en a trouvé le bout, il n'y a qu'à tirer dessus.

— A condition de ne pas le casser, précise le Gros. Si je comprends, vous savez donc où pêcher ce Valentin ? Vous allez le cueillir, l'amener ici et lui faire la chansonnette. Mais qui vous prouve qu'il est un ami de Girier et qu'il sait où il se planque ? »

La pertinence de la question me déroute un peu.

« C'est Martine qui me l'a dit, patron. »

Il hausse les épaules.

« Martine ? Vous croyez qu'elle viendra témoigner votre Martine ! Qu'elle acceptera une confrontation avec Valentin ? Vous rigolez ou quoi ? Le Milieu se trahit mais se soutient. Il faut chercher autre chose. »

Le Gros a raison. C'est le métier qui parle. Pour faire accoucher Valentin, je n'ai pas grand-chose. Pas question de mettre Martine dans le bain. Il me faudra manipuler le frère de la Grosse avec doigté, pour qu'il ne me claque pas dans les mains. Si c'est un dur, c'est fichu. Il se moquera de sa condamnation par défaut et d'une nouvelle inculpation pour usage de fausse carte. Je vais devoir jouer serré.

« A quoi pensez-vous ? demande le Gros.

— A Charles Valentin. Enfin, à Charles Bergonza. S'il est l'ami de Girier, ce ne doit pas être un tendre ! Pourtant, il faut qu'il collabore, c'est vital pour nous !

— Je serai là, Borniche, conclut le Gros avec un sourire épanoui. Prenez Hidoine et allez me le chercher.

— Hidoine ?

— Oui. A partir d'aujourd'hui, je le remets dans votre équipe. Vous l'aimez bien, Hidoine ?

— Bien sûr, patron.

— Eh bien, piquez ce Bergonza-Valentin, laissez-le une nuit au séchoir pour le faire réfléchir et venez me retrouver chez Victor, on se tapera un bon pastis. »

La figure du Gros rayonne lorsque je quitte son bureau. Je suis sûr qu'il se voit déjà annonçant au directeur général la capture de René la Canne.

A onze heures du matin, la rue Saint-Benoît n'est pas encore agitée. D'après ce que j'ai lu dans les journaux sur Saint-Germain-des-Prés, je croyais découvrir Byzance. Je trouve les rues paisibles et sales d'une petite ville de province. Le « village » dort. Dans la lumière grise de l'hiver, l'hôtel Royalty a une apparence des plus modestes. Le bar, à gauche du couloir qui se termine par un comptoir de réception en forme de tonneau, est fermé. Deux rideaux épais, doublés de jaune, voilent la glace. Un écriteau indique : *Ouverture 21 heures*.

Je jette un coup d'œil à Hidoine. Le boulevard Saint-Germain convient à ses airs de hobereau. Il a quitté son costume rouille de travail qu'il a suspendu au clou de notre bureau et il a enfilé la veste de tweed, la culotte de whipcord et les bottes d'équitation avec lesquelles il arrive, tous les matins, rue des Saussaies pour faire des conquêtes dans le métro. Nous avons laissé la voiture de la boîte conduite par Crocbois tout près du Flore. Nous sommes rue Saint-Benoît devant le Royalty.

Hidoine et moi, nous avons le même âge. Peut-être est-il un peu plus jeune. C'est un ancien sergent de cavalerie que l'Occupation a précipité dans la police à la suite de la dissolution de l'armée d'armistice par les autorités allemandes. Il est grand, maigre et pince sans rire. Ses traits sont fins, ses yeux vifs et rieurs, sa démarche un peu arquée. J'avais remarqué, au début de notre collaboration, qu'il possédait des dents d'une blancheur éclatante et, quand je lui avais demandé comment il pouvait les garder aussi saines, il avait, d'un coup de langue, projeté son dentier supérieur hors de sa bouche. J'avais été écœuré. Depuis, chaque fois qu'il veut me faire enrager, il exhibe son appareil par des saccades habiles et répétées.

L'affaire des bijoux de la Bégum nous avait séparés. Le Gros l'avait expédié dans un autre service, mais après l'arrestation de Buisson, Hidoine avait réintégré la section criminelle, au groupe des vols à la tire. A longueur de journée, il stationnait dans les files d'autobus, le métro ou les grands magasins. L'œil toujours en alerte, il avait vite appris à différencier les « tireurs » des « frotteurs » qui, eux, se servent de leurs mains pour exercer une activité moins rentable, certes, mais de loin beaucoup plus agréable. Si le tireur, tel le prestidigitateur, opère la paume cachée par les doigts de la main, le frotteur se colle aux femmes, la paume en avant, pour ne pas perdre un pouce de terrain.

En reconstituant notre « flèche », nom donné dans la police à une équipe de deux inspecteurs, le Gros avait fait des heureux. Le « groupe de répression du banditisme » de la Sûreté nationale retrouvait son effectif...

Dans la voiture de Crocbois, j'avais mis rapidement Hidoine au courant. Je lui avais rappelé les principales lignes de l'affaire qu'il connaissait d'ailleurs par les journaux et l'intérêt qu'il y avait pour nous d'interpeller Charles Bergonza alias Valentin. Hidoine m'avait laissé parler, puis rompant le silence, il avait lâché :

« C'est une belle fille, cette Martine ? Tu te l'es faite ? »

Instinctivement, l'œil de Crocbois s'était collé au rétroviseur. Il avait passé la main dans ses cheveux ondulés et il avait appuyé un peu sur l'accélérateur.

« Si on veut, avais-je répondu. Pour le moment, on va tâcher de se faire un beau mec ! »

Cette perspective avait fait jaillir hors de sa bouche, dans un sourire de cannibale, le dentier éclatant de l'ancien cavalier.

Le bureau de l'hôtel est désert. La cage d'escalier sombre et le tapis rouge, usé jusqu'à la corde sur le nez des marches, témoignent de la catégorie inférieure de l'établissement. Le balancier de la minuterie résonne dans le silence de ce palace pour déshérités. Au premier étage, je cogne à une vitre derrière laquelle je distingue un standard téléphonique à manettes d'ébonite, d'une époque révolue. La chevelure hirsute d'un être hybride surgit dans l'encadrement du vasistas.

« Vous désirez ? »

Le ton est grincheux. La vue de ma plaque dorée transforme le masque de tristesse en un sourire cauteleux.

« Je voudrais vous voir. Une seconde.
— J'arrive. »

Les rideaux se tirent. La porte s'ouvre, démasquant une femme sans âge, aux cheveux longs ébouriffés, au visage anguleux, à la poitrine défaillante. Elle est en chemisier et jean. Elle devait dormir lorsque j'ai heurté la vitre. J'entre dans la pièce, Hidoine sur mes talons. J'attaque.

« Vous avez un Charles Valentin, ici ? »

Elle ouvre des yeux comme des soucoupes.

« Gino ? Oui. Enfin, il était là. Vous l'avez embarqué hier ! »

C'est à mon tour d'être sidéré.

« Comment ça embarqué ?
— Ben oui, quoi. Vous êtes sûrs que vous êtes des poulets au moins ? Parce que vous n'avez pas l'air très au courant... »

Hidoine, intrigué, arrive à la rescousse :

« Ne plaisantez pas, madame, je vous prie. Qui l'a embarqué ? »

Elle lève les bras.

« Comment voulez-vous que je le sache ! Je croyais que c'était vous. Ils sont venus à quatre, hier à six heures, dans le bureau. Gino venait de rentrer. Il conversait avec moi. Je n'ai pas eu le temps de me retourner qu'il était déjà dans la bagnole. »

Je suis effondré. Charles Valentin arrêté, il ne manquait plus que ça. Je pose une question ridicule :

« Comment étaient-ils ?
— En gabardine, tiens ! Avec des chapeaux sur la tête ! Il y en avait un qui ne devait pas être commode. On aurait dit un ancien lutteur. Je crois que j'ai entendu : criminelle. C'est tout ! »

Le visage de la femme se tord dans une grimace. Je suis fixé sur deux points : Charles Bergonza, alias Charles Valentin se fait aussi surnommer Gino et c'est la Criminelle qui l'a cravaté. La Criminelle, c'est Poirier, le rouleau-compresseur qui s'occupe de l'affaire Girier. Le Gros va être content ! Je l'entends déjà vociférer. La femme me dévisage sans méchanceté, comme si elle trouvait cette histoire comique.

« J'avoue que je n'y comprends plus rien, dit-elle. Gino est arrêté hier soir. Ce matin, on le relâche. Je le vois monter à sa chambre. Il redescend dix minutes après avec une valise et vous venez le rechercher. Bon Dieu, qu'est-ce qu'il a donc fait ?

— Ma foi, rien, dis-je sans penser à la portée de mes paroles.

— Comment ça, rien ! s'exclame-t-elle. Alors, pourquoi vous venez le piquer ? »

C'est vrai. Seulement je ne peux pas mettre la concierge dans le coup. Ce n'est pas le moment d'avoir un pépin de plus.

« Vous avez votre livre de police ? »

Elle a un haut-le-corps.

« Voyons ! Vous croyez que c'est une maison mal tenue, ici ? »

Je ne réponds pas. Sur le registre, je note que Charles Valentin occupe depuis deux ans la chambre numéro 27 au deuxième étage sur cour. La date de naissance est bien celle qui figure aux archives au nom de Bergonza.

« Parfait, dis-je en tendant la main. Je vous téléphonerai demain matin.

— D'accord. Mais ce n'est pas moi que vous aurez. C'est mon jour de repos. Moi, je suis le gardien de jour. La nuit, c'est la patronne qui est à la caisse. »

Le gardien de jour ! Je le regarde à deux fois. J'étais étonné aussi de lui trouver la poitrine tellement plate.

Dans la voiture qui nous ramène rue des Saussaies, je laisse éclater ma déception. L'intervention de la Criminelle a bousculé les pions. J'étais sur la bonne piste et Poirier — car ce ne peut être que lui — m'a devancé. Qu'est-ce que Gino lui a promis puisqu'il l'a relâché ? Qu'a-t-il promis à Gino en échange ? Connaît-il sa véritable identité ? L'a-t-il menacé d'exécuter le jugement de Marseille ? D'habitude, Poirier ne fait pas de cadeaux. Si Gino est dehors, c'est qu'il va lui amener Girier sur un plateau. Il me faut à tout prix l'intercepter.

Planquer devant le Royalty pour guetter son retour me paraît être une solution de sagesse. Mais j'éprouve le besoin d'agir. J'ai l'impression que Poirier a déclenché une opération dont le rythme va se précipiter. Ce n'est pas le moment de musarder.

« Si on allait voir sa frangine ? suggère Hidoine. Elle nous filerait peut-être un tuyau ? »

Hidoine a raison. Mais nous ne pouvons pas nous couper en quatre, planquer devant l'hôtel et, en même temps, nous rendre avenue des Ternes interroger la Grosse. A la Criminelle, les inspecteurs sont nombreux. Ils disposent de moyens qui leur permettent d'effectuer des planques, des filatures, des recherches simultanées. Ils peuvent vérifier les indices, suivre les pistes, filer les suspects. Nous, « groupe de répression du banditisme de la Sûreté nationale », c'est-à-dire Hidoine et moi, sommes obligés de choisir.

« On y va, dis-je. Mais avant, il faut que je voie le patron.

— Si tu veux, dit Hidoine. Ne t'éternise pas. Ça urge. »

Quand je fais au Gros le récit de notre visite au Royalty, sa figure change à vue d'œil. Elle passe du rose à l'écarlate avant de virer au violet. Je n'ai aucun mérite à saisir ce qui l'obsède : nous sommes en retard de plusieurs longueurs sur la préfecture, nous pouvons faire notre deuil de Girier.

Le dos courbé, je m'attends à subir l'engueulade en règle. Et puis, tout d'un coup, comme une baudruche qui se dégonfle, la colère divine tombe. Le visage de Vieuchêne redevient calme.

« Borniche, me dit-il d'une voix posée, il faut me retrouver dare-dare ce Gino. C'est lui qui a l'affaire en main, ce n'est pas Poirier. Nous passerons un marché avec lui. S'il nous donne Girier, on lui fera cadeau de sa condamnation. En plus, il aura une prime que la P.P. ne pourrait jamais lui offrir. Je vais en parler au directeur général. Vous m'avez compris, Borniche ? Il me faut Gino et Girier à tout prix. Votre nomination de principal en dépend. D'accord ?

— D'accord, patron. »

Vingt minutes plus tard, notre voiture se gare devant le 124 avenue des Ternes.

36

En quittant le quai des Orfèvres, la fureur de Gino a décuplé au rythme de ses pas. Les heures qu'il vient de vivre lui collent à la peau. Il a envie de se laver, de se débarrasser de cette odeur particulière qui régnait dans les locaux de la police. Il traverse la Seine et, quelques instants plus tard, se retrouve rue Saint-Benoît. Il monte à sa chambre. Avec rage, il entasse ses affaires dans une valise, puis il lance au gardien qu'il croise sur le seuil de l'hôtel :

« Si on me demande, je suis quelques jours chez ma mère. »

Il hume l'air, s'assure que les hommes de Poirier ne l'ont pas suivi, qu'aucune voiture suspecte ne stationne dans les environs et, à grandes enjambées, il remonte le boulevard Saint-Germain jusqu'à la rue du Bac.

« Porte des Ternes. »

Il a jeté l'adresse au chauffeur de taxi en maraude qui le dépose vingt minutes plus tard à l'angle du boulevard extérieur. Il règle sa course, lance un coup d'œil à l'entour, attend que le taxi disparaisse et pénètre dans l'immeuble de sa sœur. Son plan est prêt. Il l'était déjà avant que la police ne lui tombe dessus. Il faut qu'il s'en aille, qu'il quitte Paris. L'affaire d'Annecy se précise. Grâce à Girier, il sera millionnaire dans quelques jours. En attendant, il va taper la Grosse de deux à trois cents mille francs, puis il ira se planquer chez la Canne, rue Surcouf. Lisa les ravitaillera.

Poirier l'a traité de maquereau. Comme si son idiote de sœur n'était pas destinée à être exploitée par un homme ! Gino se demande si l'inculpation de proxénétisme tiendrait dans ce cas particulier. Poirier voulait qu'il lui balance Girier. Il se fait du cinéma, le perdreau ! Ce n'est pas une question de loyauté ou d'amitié mais derrière René la Canne, il y a Monsieur Louis. Il y a aussi les centaines de millions des boursiers qui ne demandent qu'à être cueillis !

Cette idée galvanise l'énergie de Gino. Il marche à pas plus pressés. Il oublie sa peur, la panique qu'il a ressentie quand on l'a arrêté, la terreur de se voir découvert, mis en prison pour plusieurs années. Il oublie qu'il était prêt à tout dire il y a encore une heure et que c'est un miracle si les choses se sont passées de cette façon. Il se donne maintenant le beau rôle, il juge les policiers stupides, complètement cons.

Pour l'instant, avec lui, Girier ne risque rien. Dès qu'il aura semé les flics, il lui rendra visite. Il coupera les ponts avec tout le monde et les poulets pourront toujours les chercher !

Gaby accueille son frère comme l'enfant prodigue. Depuis l'arrestation de maître Grador, elle vit dans l'attente de la catastrophe. Sa visite à l'avocat lui avait laissé un arrière-goût de malheur. Les titres, les articles de journaux l'ont éclairée. Elle a compris que Gino était mêlé à l'évasion de l'ennemi public. Elle en est atterrée. Ses sacrifices et ses efforts depuis des années sont remis en question. Si la police remonte jusqu'à Gino, il sera coffré. Quel besoin avait-il d'aller se compromettre avec des avocats marrons et des truands ? Ne lui donnait-elle pas tout ce dont il avait besoin, l'argent, la liberté et l'affection ? Vraiment, elle ne comprend pas. Toute sa vie, elle a lutté pour que Gino n'ait aucun contact avec les réalités sordides de l'existence et lui, bêtement, est allé tout compromettre dans une histoire d'évasion qui ne le touche, ni de près ni de loin.

Le visage fermé, Gino observe sa sœur. Elle l'exaspère avec sa mine défaite, ses questions idiotes et sa tendresse abusive. Tout l'agace dans ce studio ridicule qui sent la lavande et la propreté. Il éprouve presque du plaisir à lui assener un coup au porte-monnaie :

« Il faut que je me tire. J'ai besoin de fric. »

La Grosse le dévisage, surprise :

« Comment tu te tires ? Pourquoi ?

— Parce que, grogne-t-il, les flics me font chanter. Si je ne me débine pas, je dégringole. »

Gaby n'ose pas comprendre.

« Ils t'ont téléphoné, pour Marseille ? »

De son index, Gino se tapote la tempe.

« Téléphoné ? Mais t'es dingue, ma parole ! Tu crois que les flics téléphonent aux mecs pour leur annoncer leur visite ? Ils m'ont emballé, oui ! C'est encore une chance qu'ils ne m'aient pas passé au piano, sans ça j'étais marron ! Maintenant il n'y a plus trente-six solutions : il faut que je me tire et pour ça, j'ai besoin d'argent. »

La Grosse s'assied sur une chaise en face de lui. Elle a l'horrible impression de se heurter à un mur. Si ce que dit Gino est vrai, pourquoi la police ne l'a-t-elle pas arrêté ? L'idée qu'il ment traverse son esprit plein de confusion. Dès qu'elle lui a ouvert la porte, elle s'attendait à quelque chose de ce genre.

« Que te veulent-ils exactement ? demande-t-elle, anxieuse. Comment peuvent-ils te faire chanter ? »

Gino secoue la tête.

« Parce qu'ils connaissent le solfège, pardi ! Ils sont au courant de tout. Si je ne leur dis pas ce qu'ils veulent savoir, ils me font tomber. C'est simple. Donnant, donnant. »

Il exhale un profond soupir. Gaby revient à la charge.
« Et qu'est-ce qu'ils veulent savoir ? »
Il a un geste énervé.
« Ça, ma petite, ce sont mes affaires. Des affaires d'homme, tu comprends ! »
Elle insiste :
« Bon. Mais si tu le leur dis, est-ce qu'ils te laisseront tranquilles, après ? »
Il la regarde bien en face.
« Tu as déjà vu des flics tenir parole, toi ? »
La Grosse hésite. Elle sait que sur ce point Gino a raison. Pourtant, elle quémande :
« Dis-moi au moins ce qu'ils veulent savoir ! Qu'est-ce que tu as fait ? Comment sont-ils arrivés à toi ? »
Il explose.
« Qu'est-ce que j'ai fait ? Eh bien, je vais te le dire. J'ai une sœur pute, voilà ce que j'ai fait ! C'est toi qui m'as fourré dans ce pétrin-là.
— Moi ?
— Bien sûr, toi ! C'est la première chose qu'ils m'ont balancée à la figure, quand ils sont arrivés dans le bar du Royalty. J'avais bonne mine, moi. Je n'osais plus regarder personne. C'était plein d'artistes connus. Tu parles d'une avant-première ! C'est par toi qu'ils me tiennent ! Ils ne me seraient pas tombés dessus autrement. On peut dire que tu m'as bien arrangé ! »

La Grosse l'écoute, stupéfaite. Ainsi voilà ce qu'il pense d'elle ! Elle revoit sa vie en un éclair. Elle a l'impression qu'il l'a frappée avec un poignard. C'est la première fois qu'il la juge. Il est égoïste, intéressé, menteur, mais jamais il n'a été aussi cynique. Il lui reproche ce qu'elle fait pour lui ! Son visage reflète un tel désarroi que Gino éprouve un remords passager.

« Et puis, qu'est-ce que ça peut te faire, ce qu'ils me veulent ? reprend-il. Il me faut de l'argent pour me sauver. Un point c'est tout. Quand ils auront perdu ma trace, je te ferai signe. Tu viendras me rejoindre.

A Genève, une fille comme toi se débrouillera facilement. »

Gaby secoue sa chevelure.

« N'y compte pas ! s'exclame-t-elle. J'ai sacrifié ma vie pour toi. Maintenant, ça suffit. Il te faut de l'argent, toujours de l'argent. Plus je t'en donne, plus tu m'en réclames. Que j'use ma santé et mes talons au travail, tu t'en moques. Tu as tout fichu par terre avec cet avocat marron et c'est à moi que tu fais des reproches ! »

Gino la regarde, ahuri.

« Qu'est-ce que tu sais de cet avocat ? Qui t'a mis au courant ? »

Il se souvient qu'il l'avait envoyée porter une lettre à maître Grador. Il s'inquiète :

« Tu l'avais vu, le baveux ? »

Elle fait un signe affirmatif de la tête.

« Bien sûr. La police vient de l'arrêter. Tu parles si j'ai tout lu de long en large dans les journaux. Il avait fait évader René la Canne. Et comme par hasard, toi, tu as des ennuis, il faut que tu partes d'une minute à l'autre. Ecoute-moi, Gino, si tu sais quelque chose dans ce truc-là, il faut le dire. Tu as peut-être une chance de pouvoir régler ton histoire de Marseille une fois pour toutes. »

Devant l'expression maussade de son frère, elle s'arrête. Gino la contemple avec dégoût :

« C'est ça, minaude-t-il, tu me mettrais en taule rien que pour faire des économies ! Eh bien, garde-le ton fric. Et tes conseils aussi. Je n'en ai rien à faire. Je me débrouillerai tout seul. »

Il fait mine de reprendre sa valise. Elle tente de le rattraper :

« Gino ! Tu sais bien que je suis là si tu as besoin de quelque chose. Mais, mon Dieu, pourquoi es-tu allé te fourrer dans un guêpier pareil ! »

Un coup sec frappé à la porte l'interrompt.

Le 124, avenue des Ternes, est un immeuble cossu de l'époque 1880, entre le boulevard Gouvion-Saint-Cyr et Neuilly. La façade vient d'en être ravalée, des traces de chaux sont encore visibles sur le trottoir. Des jardinières ornent les balcons. D'après la concierge qui nous a dévisagés d'un air pincé, Gabrielle Bergonza occupe un studio au quatrième étage à gauche.

« Il y a un escalier de service ?
— Non. »

Je me méfie toujours des sorties secondaires. Un jour, avec le Gros, au cours d'une arrestation rue des Plantes, nous avions failli nous faire piéger. Frédo le Bijoutier, qui était recherché pour une condamnation aux travaux forcés par contumace, habitait un atelier d'artiste au septième étage. Confiants, nous avions sonné à sa porte. Nous redescendions nos sept étages, déçus de ne pas l'avoir trouvé, lorsque nous avions eu la surprise d'apercevoir notre condamné qui, un pardessus sur le bras, poussait tranquillement la porte de service. Un miracle... Depuis, je veille au grain.

Le tapis rouge de l'escalier assourdit nos pas. Je grimpe les marches quatre à quatre, Hidoine à mes trousses. A travers une porte du quatrième, des bruits de voix me parviennent. Je plaque mon oreille au panneau. Le surnom « Gino » est prononcé. Je suis fixé : Charles Bergonza est là. Il discute avec sa sœur. Je fais un signe à Hidoine et, en même temps que je frappe, je tourne la poignée. Je suis surpris de ne rencontrer aucune résistance. Je me retrouve dans un living exigu, devant un couple que mon apparition surprend. Assis près d'un guéridon, en manches de chemise, Gino n'a pas fait un mouvement. Sa sœur, en robe de chambre rouge, ronde et petite malgré ses mules à hauts talons, a gardé les mains jointes entre ses genoux.

« Charles Valentin ? »

L'homme approuve de la tête. L'étonnement mêlé de crainte se reflète dans ses yeux gris, largement dessinés. Hidoine a refermé la porte contre laquelle il s'adosse. Sa veste entrouverte découvre la crosse de son pistolet.

« C'est pour quoi ? »

Gino pose la question d'une voix blanche. Sa pomme d'Adam a le curieux mouvement de va-et-vient que je connais bien et qui décèle l'inquiétude. Il ressemble à la vieille photo de 1945 que j'ai de lui, bien que son visage soit devenu plus dur, plus viril. C'est un beau garçon, aux larges épaules, au torse puissant.

« Police, mon vieux. Nous avons quelques explications à te demander. On t'emmène. »

Il se lève, tout d'un coup résigné, enfile sa veste. La Grosse s'interpose.

« Il n'a rien fait, monsieur l'inspecteur, je vous le jure ! C'est un ami. Il est venu me rendre visite.

— Je vois, dis-je. Il allait même partir en voyage. Sa valise est prête ! Il s'en va peut-être à Marseille ? »

Gino tourne la tête vers le sol, la ramène vers moi, m'interroge du regard. Il a un pénible mouvement de déglutition.

« Vous n'êtes pas de l'équipe Poirier ? » parvient-il à dire.

Je feins la surprise, les yeux ronds :

« Poirier, qui c'est ça ?

— L'inspecteur de la Criminelle. Je croyais que vous étiez avec lui.

— Non, dis-je sèchement. Je n'ai rien à faire avec la Criminelle, moi ! »

Puis, m'adressant à la Grosse.

« Habillez-vous, madame, on vous emmène aussi ! »

Le silence tombe. Hidoine a craqué une allumette et tire sur la Philip Morris que je lui avais offerte dans la voiture. Un parfum de tabac blond embaume l'air. Gino s'approche de moi, comme pour me faire une confidence.

« Je ne comprends pas, murmure-t-il. J'ai été relâché tout à l'heure et vous revenez me chercher. C'est sans doute une méprise. Vous ne pourriez pas téléphoner à l'inspecteur Poirier ? »

Je le fixe avec intensité.

« Pourquoi ? Tu es son indic ? »

Gino semble gêné. Il considère ma question comme un affront. Il fouille dans sa poche, en sort une carte qu'il brandit.

« C'est son écriture, ajoute-t-il. Il m'a donné son numéro. Vous pouvez l'appeler. »

Dans sa chambre, la Grosse s'habille. Je l'aperçois, dans un reflet de glace, en slip et soutien-gorge noirs. Elle passe une robe écarlate à fermeture Eclair. Décidément, le rouge semble convenir à son teint de brune. Gino guette ma réponse. C'est le moment de lui assener un premier coup. Je veux lui donner l'impression que je suis un policier borné, soucieux de faire mon devoir, rien de plus. Poirier, tel que je le connais, a dû lui sortir le grand jeu des menaces et des promesses. Il faut qu'il croie que nous sommes, Hidoine et moi, une machine à exécuter un travail programmé à l'avance.

« La Criminelle, on s'en fout ! dis-je. Nous, nous sommes de la Sûreté nationale. C'est pas pareil. »

Gino a un mouvement de recul. Je remarque que sous l'émotion, ses traits s'amollissent. Il bredouille.

« Eh bien, oui, la Sûreté... Mais j'en sors... Téléphonez si vous ne me croyez pas ! »

Il me tend à nouveau la carte comme si c'était une sorte de sauf-conduit miraculeux. Hidoine s'esclaffe.

« Il est con comme un balai, ce mec ! »

Piqué au vif, Gino se retourne. Il contemple Hidoine avec dédain. Puis la colère l'envahit. Pour lui, la police, c'est un bloc qu'il vient d'affronter avec succès. L'idée qu'elle ait plusieurs têtes le démonte :

« Je ne comprends pas, s'obstine-t-il. J'ai été libéré il y a deux heures à peine et on vient me rechercher ! Il faudrait peut-être vous entendre.

— Te fais pas de souci, dis-je, nous, on a une signification de jugement à te taire, alors, on vient. On est même venu au flan, pas vrai Hidoine ? On savait que Valentin c'était du bidon et que ton vrai nom est Bergonza. On a trouvé une Bergonza aux Mœurs et alors on s'est dit qu'elle pourrait peut-être nous renseigner. On ne croyait pas te découvrir là. Peut-être que Poirier ne sait pas que Valentin et Bergonza, c'est du kif ! »

Gino est catastrophé. Je lis le désarroi dans son regard. Il ne me demande même pas comment nous avons pu l'identifier. Et j'ajoute, comme si ce mot avait le pouvoir de tout expliquer :

« Tu sais, pour nous, c'est de la routine ! On notifie les condamnations, on expédie les mecs en taule et on recommence. »

J'attends une réaction qui ne vient pas. Gino semble touché. Si je sais jouer, je saurai vite quel marché il a passé avec Poirier et j'en tirerai mes conclusions.

« Alors, grince Hidoine, on y va ? »

Gino a repris de l'assurance. Il sait qu'il a quelque chose à me proposer et je devine le cheminement de sa pensée. Je l'attends. Il pense que s'il a réussi à se tirer des griffes de Poirier, il s'échappera aussi bien des miennes. La Grosse, elle, est terrifiée. Elle s'est plantée devant Hidoine.

« Quel jugement ? s'inquiète-t-elle. Mais il y a prescription ! Gino n'a rien fait. »

Le visage d'Hidoine s'éclaire :

« C'est pas possible, ma petite dame, se moque-t-il. Faudra nous expliquer ça tout à l'heure pour nous faire rire. » (Il fouille dans le veston de Gino et en sort la fausse carte d'identité.) « C'est quand la Saint-Valentin ? poursuit-il. Le surveillant-chef des Beaumettes pourra peut-être te la souhaiter ? »

Gino hausse les épaules. Il extirpe une cravate de sa poche, la noue devant la glace du buffet et me demande par-dessus son épaule :

« Où allons-nous ?

— Rue des Saussaies. »

Le miroir reflète sa perplexité.

« Pourquoi rue des Saussaies ? On ne retourne pas quai des Orfèvres ? »

Je commence à m'impatienter.

« Je t'ai déjà dit que ce n'était pas pareil.

— Ah ! Et vous êtes sûr que ce n'est pas pour Girier que vous venez ? »

La question est ironique. Je m'attendais à ce qu'il me la pose, mais pas aussi vite. Je fais l'étonné.

« Qu'est-ce que Girier a à voir avec ta condamnation ?

— Rien, dit-il. Je dis ça comme ça. Vous pourriez vous intéresser à lui, vous aussi ! »

J'évite de répondre pour le laisser mariner dans son jus. Il achève de nouer sa cravate. Hidoine, qui est d'une nature franchement pessimiste, émet :

« Nous en reparlerons dans cinq ans de Girier ! S'il est toujours en cavale quand tu sortiras des Beaumettes... Cinq ans c'est vite passé ! »

Gino se redresse, comme un roquet prêt à mordre.

« Parce que vous croyez que je vais me farcir cinq ans ?

— Tu t'imagines pas que je vais les faire pour toi, s'indigne Hidoine. Et puis tu sais, moi je m'en fous. On ne sait même pas pourquoi tu les as morflés ! »

La Grosse est prête. Son manteau gris et ses souliers plats lui donnent bon genre. Elle ressemble à une bourgeoise du quartier, parée pour ses courses. Hidoine sort sa paire de menottes. Leur cliquetis résonne dans le studio. Gaby pâlit. Elle regarde son frère avec terreur.

« Ah ! non, ne me filez pas ça ! »

La voix de Gino frémit d'indignation. Il a perdu son aplomb. Son émotivité me déroute. Il y a une seconde, il ressemblait à un arrière de rugby difficile à plaquer. A présent, il sue la panique. Je n'aime pas ces hommes insaisissables qui passent sans cesse d'un extrême à l'autre. En réalité, il n'y a que leurs impulsions du moment qui comptent, leurs caprices. Leur monde est peuplé d'ombres. Ils sont capables de tout parce qu'ils ne mesurent pas l'effet de leurs actes sur autrui, les apprécient uniquement par rapport à eux-mêmes et dans l'immédiat. A la limite, ce sont des tueurs : les autres n'existent pas. La manière dont Gino se comporte avec sa sœur est significative. Pas un instant il ne s'est préoccupé de savoir pourquoi nous l'arrêtions.

« Et alors ? dit Hidoine en s'approchant. Tu as peur que de beaux bracelets comme ça te gênent ? »

Gino esquisse un mouvement de recul.

« Soyez chic ! Je vous jure que je ne me sauverai pas. »

Hidoine lui lance un regard ironique.

« Mets-moi ça gentiment, dit-il. Ça porte bonheur. »

Les menottes se verrouillent sur les poignets de Gino. La tête basse, il me devance dans l'escalier. Hidoine et la Grosse suivent en silence. La concierge est à la porte de sa loge. Stupéfaite, elle assiste au défilé du cortège. Elle échange un regard avec la Grosse. Toutes les deux y mettent ce qu'elles pensent des hommes, de la société, des lois, de cet univers pesant qui n'a rien à voir avec la sagesse des femmes.

37

UNE odeur d'encaustique plane dans les couloirs de la Sûreté lorsque nous quittons l'ascenseur. D'un geste machinal le planton porte la main à son képi. Son regard blasé hésite entre le spectacle que nous lui offrons et la revue libertine étalée en douce sur ses genoux, derrière le comptoir. Je désigne à la Grosse le canapé défoncé qui trône dans le hall.

« Attendez là. On vous appellera. »

Puis à l'agent :

« Je vous confie madame. Prévenez le poste que j'aurai deux invités pour cette nuit. »

Dans mon bureau, Hidoine soulage Gino de ses menottes. Les bracelets ont un peu rougi les poignets. Il avance une chaise. Gino s'y laisse choir. Sa langue humecte ses lèvres, tandis que son regard fait le tour de la pièce. Il paraît inquiet. En guise de préambule, je lui demande :

« Comment trouves-tu notre installation ? C'est mieux que la Criminelle, ici ? »

Je n'attends pas la réponse. D'un classeur, je sors les dossiers Bergonza. Je m'arrange pour que Gino puisse voir le sien dont l'inscription se détache en lettres majuscules. Un léger tressaillement le parcourt. S'il avait encore un doute, il vient de s'envoler.

J'extrais du dossier la condamnation que je dois lui notifier, je l'étale bien à plat sur mon bureau pour qu'il en enregistre la provenance et j'introduis un procès-verbal et son double dans le chariot de ma machine. Avec mes deux index — les policiers n'ont jamais été des champions de la dactylographie —, je commence à taper.

Gino s'agite sur sa chaise. Tout en continuant à m'intéresser à ma frappe, je le sens nerveux. A mesure que j'avance, il voit que ses chances d'échapper à la prison diminuent. Il a commencé le compte à rebours. Son angoisse monte à la cadence du martèlement de mes doigts.

« Vous tenez tant que ça à me filer au trou ? » demande-t-il avec amertume.

Je sens que le grand moment approche. Je relève la tête et, simulant l'indifférence :

« Moi ? Non ! »

Je recommence à frapper les touches. Hidoine a étalé *Le Figaro* devant lui et en tourne les pages après les avoir rapidement parcourues. Il m'interroge :

« Dis donc, les journalistes, on les fait venir maintenant ou après ?

— Après, dis-je en tapant. Quand j'aurai terminé le procès-verbal. »

Gino toussote. Il tire de sa poche un mouchoir de soie bleue qu'il promène sur ses lèvres.

« Monsieur l'inspecteur ? »

Je le regarde. Ses narines sont pincées. Il est pâle. Je me demande comment un colosse pareil peut connaître de tels moments d'abattement.

« Oui ?

— On peut peut-être s'arranger ? »

Je reste les doigts suspendus, au-dessus du clavier.

« Comment ça, s'arranger ?

— Ben oui ! Si vous êtes gentil, je peux vous faire un avantage ! »

Je fais semblant d'avoir un haut-le-corps. Je repousse ma machine, me renverse en arrière sur mon fauteuil.

« Je ne comprends pas. Tu as cinq ans à te farcir,

je dois te les notifier. Je suis même sympa. Je pourrais te faire une procédure pour faux papiers et, probablement, pour insoumission. Je n'en parle pas. »

Il acquiesce du menton. Il me regarde fixement. J'observe un long silence avant de reprendre :

« D'ailleurs, je ne vois pas ce que tu pourrais m'offrir. »

Il relève la tête, la secoue à plusieurs reprises :
« Girier, lâche-t-il.
— La Canne ? » (Je lève mes épaules.) « Ça ne m'intéresse pas, mon vieux. »

Il s'étonne.

« Comment ? Girier ne vous intéresse pas ? »
J'affiche un air peu enthousiaste.

« Non. Je ne suis pas chargé de le retrouver. Ça regarde la Criminelle. C'est elle qui est saisie de l'affaire. »

Gino me contemple avec attention. Il est assis, immobile, la tête levée vers moi, le corps incliné en avant. Il me donne l'impression d'être arrivé au bout de son rouleau. Girier est son atout maître, mais si je refuse de jouer, il ne sert à rien. Cette idée lui coupe le souffle.

« Alors, ça ! bégaie-t-il. Vous préférez me crever, moi, alors que toute la police recherche Girier ! »

Je me rapproche de ma machine.

« Tu ne t'imagines pas que la police s'arrête parce que Girier s'est évadé ! Si chaque fois qu'un type se cavale, il fallait suspendre les affaires en cours, on n'en sortirait plus !

— Quand même, vous vous rendez compte ! insiste-t-il. Un homme comme Girier à votre palmarès ! C'est pas la Criminelle qui cracherait dessus !

— Pourquoi ? Tu as passé un marché avec eux ? »
Il se rebiffe :

« Un marché ? Ils m'ont fait du chantage, oui ! »
Je souris.

« Arrête ! Ce n'est pas un chantage que tu es en train de me monter à moi ?

305

— Ce n'est pas pareil, monsieur l'inspecteur. Je vous propose des tuyaux. Si vous piquez Girier, vous n'êtes pas obligé de me boucler. Donnant, donnant.
— Il faudrait qu'ils soient rudement bons, tes tuyaux. Qu'est-ce qu'un type comme toi peut avoir affaire avec Girier ? Tu ne le connais même pas ! »

Gino a un sourire entendu.

« C'est pourtant chez moi qu'il est venu après sa cavale ! »

Hidoine m'aide à digérer la révélation. Il émet un sifflement admiratif.

« Sans blague ! Et vous êtes allés au Tabou fêter ça au champagne, non ? Tu ne nous prendrais pas pour des caves, des fois ? »

Gino soulève une épaule :

« Demandez au barman du Royalty si vous ne me croyez pas. D'ailleurs, c'est un indic, celui-là ! »

Les détails du tableau se mettent en place. Je sais comment Poirier est remonté jusqu'à Gino.

« Admettons, dis-je, encore que tu me feras croire difficilement qu'un homme aussi prudent que Girier se soit baladé dans Saint-Germain-des-Prés le soir de son évasion. De toute façon, ça ne prouve pas que tu sais où il se cache. Un conseil : je n'aime pas être mené en bateau. »

Gino secoue la tête.

« Je n'ai jamais dit que je connaissais sa planque ! Il doit me joindre un de ces jours. Voilà. »

Je m'exclame :

« Tiens ! Et c'est ce que tu lui as promis à Poirier ? Mon collègue a raison : tu nous prends vraiment pour des imbéciles. »

Je recommence à taper à la machine.

« On va toujours terminer le P.V., hein ? On verra le reste demain ! »

Je me retourne vers Hidoine :

« Prépare-moi un bulletin d'écrou, vieux ! »

Gino se lève à demi. Ses yeux affolés vont d'un mur à l'autre comme s'ils cherchaient une issue.

« Ainsi, vous ne me croyez pas ? »

Sa voix est montée d'un ton.

« Non ! Si tu as quelque chose de précis à m'offrir, d'accord. Mais moi, je ne fonce pas dans une combine à la flan. Ou tu me donnes Girier, tout de suite ou tu prends le train pour Marseille, *via* la Santé. C'est clair ! »

Gino rive ses yeux aux miens. Il cherche à comprendre si je bluffe.

« Ça ne peut pas se faire comme ça, dit-il. Il me faut du temps.

— Rassure-toi, dit Hidoine, tu vas en avoir ! Cinq ans pour gamberger, c'est pas mal ! »

Les yeux de Gino continuent à m'interroger. Son masque se défait quand il réalise qu'il est acculé. Les faux-fuyants, les mensonges ne sont plus de mise.

« Si je vous donne sa planque, qui me dit que vous ne me ferez pas tomber quand même ? »

Hidoine grogne avec dégoût. Cette méfiance l'écœure. C'est toujours pareil : plus les truands sont retors et vicieux, plus ils voudraient s'entourer de garanties et de précautions. Je conclus :

« Ça, mon cher, c'est une autre question. C'est un risque à courir. Ce que je puis t'affirmer, c'est que je ne marche pas pour du vent. Alors tire tes plans en vitesse et on avisera. Déjà tu vas avoir toute ta nuit pour réfléchir. »

38

POIRIER, renversé dans son fauteuil, allonge ses longues jambes et se met à penser. Quand Gino donnera-t-il signe de vie ? Il a promis de faire le point chaque matin. Il a ajouté qu'en cas d'empêchement — et cela serait alors bon signe —, la Grosse téléphonerait à sa place. Combien de temps faudra-t-il attendre ?

Pourtant, la journée s'annonce belle. Un soleil presque printanier succède à la grisaille des jours précédents et illumine les tours de Notre-Dame. La Seine s'étire le long des quais. Poirier ne se soucie pas du paysage. Avec un claquement régulier des lèvres qui trouble le silence de la pièce, il continue à tirer sur sa cigarette. Que fait Mazard ? Depuis une demi-heure, il devrait être là. Poirier fouille dans sa mémoire pour trouver une excuse au retard de son collègue, mais il ne se souvient pas lui avoir confié une quelconque mission. Il n'a pas pu se lever, voilà tout.

Poirier regarde sa montre. Dans dix minutes, il gagnera le bureau d'Hillard pour le rapport journalier. Que dira-t-il ? Rien, puisque l'enquête piétine, Girier demeure introuvable. Hillard sait qu'une affaire de cette importance ne se traite pas à la légère mais le divisionnaire ? Comment le chef de la Brigade criminelle acceptera-t-il le silence de Gino, pressé qu'il est de renseigner, heure par heure, le directeur de la P.J. du déroulement de l'enquête ? Poirier escalade mentalement l'échelle administrative. Il imagine le directeur immobile devant le bureau du préfet de Police, les bras écartés en signe d'impuissance, puis le préfet expliquant au ministre de l'Intérieur les difficultés de l'opération, le ministre, enfin, fournissant aux journalistes assoiffés le communiqué négatif habituel : rien à signaler. Poirier expédie quelques volutes vers le plafond. Il refait le chemin en sens inverse. Le ministre donne congé à son visiteur :

« Mon cher préfet, dit-il la main tendue, je vous en prie, faites vite. Mes adversaires politiques... »

Poirier hausse les épaules. Comme si l'évasion de René la Canne pouvait influer en quoi que ce soit sur la stabilité gouvernementale ! Tous les mêmes ces politiciens. En pensée, il se glisse dans le cabinet du préfet au moment où le directeur de la P.J., demandé d'urgence, fait son entrée.

« Qui s'occupe de l'affaire Girier, cher ami ?
— Poirier, monsieur le préfet.
— Ah ! Poirier ! » (Le préfet griffonne le nom sur son bloc-notes.) « Bon élément ? »

Poirier cesse de tirer sur sa cigarette. Il guette la réponse de son supérieur. Enfin, il va savoir ce qu'on pense de lui.

« Bon élément, monsieur le préfet. Vieille méthode, peut-être, mais très efficace. Actuellement principal numéro deux. Proposé pour le numéro un. »

Poirier respire. Le directeur est un brave type. La réponse du préfet le fait pourtant grimacer :

« D'accord pour le numéro un, mais qu'il se dépêche d'arrêter Girier. Le ministre s'impatiente. »

Poirier reprend son suçotement. Comme s'il suffisait d'appuyer sur un bouton pour que la Canne jaillisse de sa cachette ! Dans une auréole bleutée, le chef de la Brigade criminelle entre à son tour dans la ronde :

« Poirier était de permanence ce jour-là, monsieur le directeur. Hillard lui a confié l'enquête. Il la mène fort bien. D'une minute à l'autre une information sensationnelle doit lui parvenir. Vous vous souvenez de ce Gino dont je vous avais parlé... »

Poirier en est là de ses réflexions quand la porte s'ouvre avec violence. D'un bond, Mazard traverse la pièce et vient se planter devant le bureau de son collègue :

« Gino a disparu ! »

Poirier ne sait pas par quel effet du hasard il se sent catapulté de son fauteuil ni comment il se retrouve debout, de l'autre côté de sa table, devant Mazard qui hoquète :

« Envolé, mon vieux ! Je suis passé au Royalty. La taulière l'a vu foutre le camp. Rien dans sa piaule sauf une valise défoncée. Et une ardoise de cent mille balles ! »

Poirier n'écoute plus. Sa main gauche est allée caresser dans sa poche sa blague porte-bonheur. De la droite, il s'essuie le front. Les jambes lui manquent. Il a du mal à respirer. Gino a disparu. Il a le pressentiment de la catastrophe. Comment va-t-il annoncer cet échec au patron ? Il demeure là, impuissant, planté avec sa colère, incapable du moindre mouvement.

« Et la Grosse ? » bredouille-t-il.

Mazard a un geste d'ignorance.

« Barrée aussi. Le plus emmerdant, c'est qu'après notre visite, d'autres poulets se sont présentés au Royalty et avenue des Ternes. On ne sait pas qui c'est.

— Comment ça ? s'étonne Poirier.

— Non. La vieille pédale de gardien de jour se souvient seulement d'une plaque jaune. Ce doit être la Sûreté, les nôtres sont argentées.

— Ou c'est un reflet de lumière », dit Poirier, une lueur d'espoir dans le regard.

Mazard hausse les épaules.

« Peut-être. C'est quand même empoisonnant. »

Poirier retrouve vite son esprit d'à-propos :

« Ou il est arrêté, dit-il, ou il a changé d'hôtel. Fais tout de suite des recherches dans les prisons et dans les garnis. Il faut retrouver ce Gino, entends-tu ? »

Il revient s'asseoir à sa table. Mazard s'introduit

dans la cabine téléphonique. Il réapparaît quelques minutes plus tard.

« Rien, dit-il laconique. Inconnu partout. La Grosse aussi. S'ils sont en meublé, ils sont pas assez idiots pour remplir des fiches ! Ça m'étonnerait pourtant que Valentin soit arrêté, j'avais fait les archives de la Sûreté. Il n'a pas de dossier ! »

Poirier ne répond pas. Il se lève et gagne à son tour la cabine téléphonique. Mazard le voit sortir un papier de son portefeuille, composer un numéro et attendre, l'œil au plafond. Une sonnerie, un déclic et il l'entend demander sèchement :

« Le Royalty ? Ici la Criminelle. Qui est venu demander Gino la dernière fois ? On ne vous a pas laissé une carte, un nom, un numéro de téléphone ? »

Poirier raccroche. Lentement, il passe devant Mazard, le front soucieux. Il se laisse tomber dans son fauteuil. Un long silence que Mazard n'ose troubler, plane :

« Vous voyez, dit-il enfin, j'ai bien peur que la Nationale soit passée par là. Comme moi, elle a dû mettre à Gino le marché en main. Avec, en plus, la promesse d'une récompense. Et à l'heure actuelle, elle le planque avec sa frangine. » (Il respire bruyamment.) « Tout ça, parce qu'elle a des moyens que nous, à la P. P., nous n'avons pas ! Ça va recommencer comme dans l'affaire Buisson ! »

Il se renverse sur le dossier de son fauteuil et se remet à penser. Est-ce sa faute si la Sûreté nationale possède une caisse noire qui allèche les indicateurs ? Pour quelle raison le préfet, qui dépend lui aussi du ministère de l'Intérieur au même titre que le directeur de la Sûreté, ne dispose-t-il pas, comme lui, de fonds secrets ? Poirier secoue la tête. Si le divisionnaire lui fait des reproches, il saura quoi répondre, cette fois !

Presque soulagé, il éteint sa cigarette et l'écrase dans le cendrier, à plusieurs reprises. Puis, sans un mot, il quitte son siège et, de sa démarche dégingandée, il gagne le bureau d'Hillard, pour le rapport.

39

DANS la cave transformée en cellules où on l'a conduit, sous l'immeuble de la D.S.T., les heures s'écoulent, angoissantes. Assis sur le bord de sa paillasse, Gino ressasse les mêmes pensées. Il n'est plus question de tergiverser. Ses projets sont à l'eau. Ces nouveaux inspecteurs ne sont pas des hommes à se laisser amuser par des promesses. Il ne s'agit plus de gagner du temps. La menace qui pesait sur lui s'est précisée. Il sait ce qu'il risque. Le choix est clair. C'est Girier ou lui. Pourtant il n'arrive pas à se décider. Cette hésitation qu'il ne comprend pas, l'étonne et l'effraie. Il s'aperçoit que le dilemme dans lequel il est enfermé, et que son égoïsme lui dépeignait comme facile à résoudre, est en réalité insupportable. La prison ou Girier. Girier ou la prison... Il faut trouver quelque chose. Donner satisfaction aux inspecteurs et en même temps sauver la Canne.

Il se lève, gagne la grille, pose les mains sur les barreaux. Son pantalon glisse le long de ses hanches. Il le rattrape en grinçant des dents. Ils lui ont enlevé sa ceinture, sa cravate et ses lacets. La rage l'envahit. Il ne supporte pas la vulgarité et la familiarité des policiers. Il crache par terre de dégoût. Un agent court et rubicond arpente le couloir.

« Quelle heure est-il ? » demande Gino avec hargne.

Le geste lent, le gardien déboutonne sa tunique, tire une longue chaîne au bout de laquelle est accrochée une montre énorme, l'examine à deux reprises et, avec tendresse la replace dans son gousset.

« Huit heures du matin. »

Ce cérémonial lui donne à chaque fois l'impression merveilleuse de contrôler l'univers.

« Je ne peux pas fumer ? »

Le gardien a un haut-le-corps. La question, absurde, le mord comme un taon. C'en est fait de sa quiétude !

« Quoi encore ! » meugle-t-il. Puis soupçonneux, il s'avance. « Avec quoi que tu fumerais d'abord ? On t'a retiré tes pipes à la fouille !

— Je sais, dit Gino, mais vous m'en auriez filé une. »

Les yeux du planton s'agrandissent.

« C'est ça. Je vais me faire supprimer mon congé pour une pipe ! »

Gino lui tourne le dos. Cet intermède ne l'amuse plus. L'homme est trop bête.

Il revient à sa paillasse, s'allonge. Mains derrière la nuque, il suit le trajet d'une goutte d'eau qui suinte entre les moellons noircis. « Si elle tombe sur la pierre blanche devant le lit, je suis sauvé, pense-t-il. Si elle passe à côté... » Il retient son souffle. La goutte glisse sur une aspérité, y laisse une marque brillante, la contourne, s'étire, grossit et, finalement, se détache. Gino bondit. A genoux, il cherche la trace humide. En vain.

La voix du gardien le cloue sur place.

« Qu'est-ce que tu fous, comme ça, à quatre pattes ? »

Gino tourne la tête.

« Rien. Je cherche une goutte d'eau. »

L'autre lui jette un regard effaré.

« Une goutte d'eau ? T'es cinglé non ? Tu te fous de ma gueule ? Je vais t'en faire voir, moi, des gouttes d'eau ! »

Gino se relève. Il ne veut pas discuter. Il reprend sa position allongée et, en silence, attend la formation d'une autre gouttelette.

Par le même processus, aussi lentement, aussi mystérieusement, un plan germe dans son esprit. Ce n'est encore qu'une traînée confuse de mots sans liens les uns avec les autres, mais, petit à petit, ils s'ordonnent, gonflent en une bulle brillante qui tremble au bord de sa conscience comme une goutte d'eau que son propre poids allonge puis arrache à la surface où elle s'accroche.

Gino saute sur ses pieds. Le mensonge a pris forme. Il est là, devant lui, avec tous ses détails, parfait, imparable.

Des bruits de verrous, les grognements du gardien couverts par une voix de femme le font tressaillir. Gino s'arc-boute des pieds et des mains à la grille pour tâcher d'apercevoir sa sœur, mais la silhouette a disparu dans la cellule d'en face.

Le fonctionnaire arpente le couloir. Gino guette ses pas. Il les entend décroître puis se rapprocher. Les chaussures cloutées griffent le ciment du couloir avec une monotonie désespérante. Soudain, une altération dans le rythme l'avertit d'un changement : le bruit a décru jusqu'au silence. Le gardien s'est éloigné.

Gino se colle à la grille.

« Grosse ? » chuchote-t-il.

Derrière la porte grillagée, une tête prudente apparaît.

« Oui ? »

La surprise traverse sa voix. Ses yeux s'élargissent.

« Comment ça c'est passé ?

— Oh ! Gino, c'est affreux ! Ils m'ont interrogée toute la nuit. Qu'est-ce que tu as donc fait ? Ils veulent t'envoyer en prison ! »

Gino laisse échapper un petit ricanement.

« C'est ce qu'ils te racontent. T'en fais pas ! »

La Grosse soupire, plisse le front. Son regard cherche à percer la pénombre de la cellule.

« Ils disent que tu as aidé Girier à s'évader ! C'est vrai ? Tu as fait ça ? »

Gino hausse les épaules. La voix geignarde de sa sœur l'horripile.

« Mais non ! Ça n'a rien à voir ! s'exclame-t-il. Ce n'est pas pour ça que je suis ici !

— Pourtant, ils m'ont dit que tu risques la même peine que Girier !

— Ça ne tient pas debout !

— Si, Gino, je te le jure ! Ils m'ont montré l'article du code. C'est écrit noir sur blanc ! »

Elle cherche à le convaincre. Cette idée encourage Gino. Si les flics se servent de sa sœur pour tenter de le persuader, c'est qu'ils ont besoin de lui. Sa position est plus forte qu'il ne le pensait...

Elle reprend :

« Tu vois, si j'étais à ta place, si je savais où est Girier, je le leur dirais.

— Et alors, tu crois qu'ils ne me feraient pas tomber quand même ?

— Non, Gino. Pas si tu les aides ! Ils ont l'air correct !

— Pardi. Ils t'ont monté la tête ! Tu es assez naïve pour croire tout ce qu'ils disent ! »

La Grosse se mord les lèvres. Elle sait que Gino ne se laissera pas convaincre facilement, mais elle est décidée à le sauver malgré lui.

« Gino, si tu es raisonnable, ils m'ont promis de s'arranger pour classer l'affaire de Marseille !

— Ne déconne pas ! Je ne suis pas un indic, moi !

— Ça n'a rien à voir ! Tu préfères faire cinq ans de taule pour protéger un type que tu connais à peine ? Un truand qui serait le premier à te laisser tomber ?

— C'est mon ami. »

Ce mot la frappe de stupeur.

« Ton ami ?

— Bien sûr, mon ami.

— Et toi, tu ne comptes pas ? Qu'est-ce que tu vas devenir ? Tu te rends compte de ce qui t'attend ?

Si tu donnes Girier, je suis sûre qu'ils te laisseront partir ! On pourrait aller à l'étranger... Je t'aiderai On aura de l'argent ! »

Il ironise.

« Tiens ! A présent tu veux m'aider !

— Ne sois pas injuste, Gino. Tu sais que je ferai n'importe quoi pour toi ! Mais comment veux-tu que je t'aide si, de ton côté, tu ne fais pas un effort ? Tu n'as pas le choix. Il faut te décider. Ils sont bien disposés, profites-en tant que tu peux ! »

Gino est ébranlé. Peut-être la Grosse a-t-elle raison. Il questionne :

« Tu as confiance, toi, dans leur parole ? »

Elle réfléchit avant de répondre. Elle a peur de l'entraîner dans une issue incertaine :

« Tu ne risques rien ! soupire-t-elle enfin. Il n'y a pas le choix. Si tu ne leur dis pas ce que tu sais, tu vas en taule. Ta seule chance, c'est de passer un marché avec eux ! »

Gino ne répond pas. Il se dit que la Grosse ne connaît qu'un petit bout de la vérité, qu'elle raisonne exactement comme les flics, bien que ses motifs soient différents. L'idée de mettre sa combinaison à l'épreuve lui traverse l'esprit. Si Gaby réagit comme il l'espère, alors les flics devraient se laisser convaincre.

« Ce n'est pas aussi simple que tu crois, dit-il. Je ne sais pas où Girier se cache, moi. Il a pris des précautions !

— Alors ? Qu'est-ce qu'on va faire ? »

Sa voix est désespérée. Gino la laisse se tourmenter un moment.

« Il y a un moyen, dit-il. Je peux joindre un intermédiaire et, par lui, filer un rendez-vous à Girier.

— Qui est-ce ?

— Quelqu'un qu'il a connu au village.

— Ah ! Et comment le joindras-tu ?

— Je peux lui téléphoner. »

La Grosse pèse le pour et le contre. Elle émet :

« Si Girier se méfie, s'il ne vient pas ?
— Il ne se méfiera pas ! L'intermédiaire ne connaît pas sa planque. Il sait seulement comment le prévenir. Girier a une boîte aux lettres, des vieilles gens, tout ce qu'il y a de plus respectables. Il n'a aucune raison de se méfier.
— Après ?
— Après ? Ce que tu peux être gourde ! Quand il viendra au rendez-vous, les flics lui tomberont dessus. Il croira que j'ai été suivi. De toute façon, c'est un risque qu'il est obligé de courir.
— Pourquoi, puisqu'il est si prudent ?
— Parce qu'il a besoin de moi pour quelque chose de précis que les flics ignorent. Parce qu'il ne peut pas savoir que ces salauds m'ont redressé. Il ignore que j'ai une condamnation sur le dos. »

Un silence puis elle reprend :
« Mais d'où téléphoneras-tu ? Si tu téléphones de chez eux, ils vont repérer le numéro et ils n'auront pas besoin de toi.
— Ça ne les avancera pas ! L'intermédiaire ne connaît que la boîte aux lettres. Tout ce qu'il peut faire c'est transmettre une demande de rendez-vous. Quand Girier téléphone, il décide lui-même de venir ou de ne pas venir. De cette manière, tout reste cloisonné. »

Gaby semble admirative mais elle doute quand même :
« Moi, je veux bien. Il ne faudrait pas que les poulets aient un bout de la filière, et qu'ils remontent les échelons. »

Gino fait semblant de réfléchir.
« C'est simple, dit-il. Je vais dire à l'inspecteur de m'emmener au hasard dans Paris et de m'arrêter dans un bistrot. N'importe lequel. Je téléphonerai de là. Qu'est-ce que tu en penses ?
— Ça, c'est une bonne idée, approuve la Grosse, émerveillée. Comme ça, tu gardes tes atouts en main. Ils ne pourront pas te doubler. »

La porte du couloir pleure sur ses gonds. Les pas du gardien se font entendre. Gino se jette sur son lit. La Grosse disparaît dans un coin de sa cellule. Lorsque le gardien passe devant les grilles, Gino, la tête tournée contre le mur, fait semblant de dormir. Le gardien ne peut pas voir l'expression de triomphe qui illumine son visage.

Dans la pièce du rez-de-chaussée, juste au-dessus de la cave, où je me suis installé avec Hidoine, Durand, le collègue des communications radio-électriques se tourne vers moi.

« On peut couper le micro, maintenant, hein ? »

J'acquiesce d'un signe de tête. En réintégrant mon bureau, je ressens une sorte d'excitation intérieure. Je tiens une piste ! Si le plan de Gino fonctionne, je dois marquer des points. Le Gros va être content. J'admire les précautions de Girier qui utilise les vieilles méthodes de la Résistance : une planque inconnue de tous, un relais — en général des gens qui ignorent la signification des messages qu'ils reçoivent et qu'ils transmettent —, une série d'intermédiaires, complètement en dehors du coup.

Si Gino réussit à faire sortir Girier de sa tanière, ce soir René la Canne sera ici. Je n'ose y croire !

40

LORSQUE le dernier client à quitté la salle, le silence tombe sur le restaurant Cambacérès à l'angle de la place des Saussaies. Hidoine se verse un verre de beaujolais. Il est trois heures de l'après-midi. Autour de nous c'est le désert des tables en désordre. Un rayon de soleil joue sur le vallonnement des serviettes et des nappes froissées. A la caisse, la patronne fait ses comptes.

J'interroge Hidoine.

« Ça a marché, rue d'Anjou ?

— Au poil. On m'a dit qu'il ne fallait pas plus de cinq minutes pour brancher l'appareil. »

Je ne sais si mon plan va réussir. J'ai tapé en vitesse à la machine une réquisition pour le chef du central téléphonique de la rue d'Anjou d'avoir à enregistrer les communications qui partiraient du restaurant Cambacérès. Hidoine l'a portée. La rue d'Anjou, c'est à deux pas de la Sûreté. Une chance.

Il ne faut pas être sorti de Polytechnique pour faire une écoute. Il suffit de s'installer dans un coin du central, un casque sur la tête, pour que les communications enrichissent vos oreilles, grâce à une dérivation de fils branchés sur la ligne de l'abonné. Je vais faire mentir la légende : aucun déclic, aucun bruit anormal de pose de bretelle ou d'enregistreur ne peut être perçu par les correspondants. C'est du travail bien fait, impeccable, sans bavure, que le personnel technique des P.T.T. n'apprécie pourtant pas tellement. Par contre, la compagnie des policiers ne déplaît pas aux demoiselles des centraux.

Dès que le cadran d'un poste se met à tourner, les déclics sont enregistrés au central sur une feuille de papier blanc, semblable à celle d'un téléscripteur. Leur impression en tirets, comme les signes de l'alphabet morse, donne un nombre de sept chiffres qu'il est facile de reconstituer. C'est celui de l'appelé.

Un certain Girard, ingénieur astucieux, a conçu une machine qui, par impulsions reçues, imprime directement les chiffres des numéros des destinataires. L'invention supprime les tables de comparaison. J'y ai repensé tout à l'heure. Si Gino tombe dans le panneau, je saurai quel numéro il appellera du Cambacérès. Le tout est de l'amener à composition. Il faut agir sur lui par l'entremise de sa sœur.

« Tu vas chercher Gaby ? »

Hidoine vide son verre, s'essuie les lèvres, pose sa serviette et se lève. Son calme m'exaspère. Cinq minutes après, il est de retour avec la Grosse dans son sillage. Une nuit d'interrogatoire a marqué ses traits. Son visage mal maquillé est gris et bouffi. Des cernes apparaissent sous ses grands yeux.

« Vous avez l'air fatiguée, dis-je avec sollicitude. Un café et un cognac vous feront du bien. Cigarette ? »

Je lui tends mon paquet de Philip Morris. Elle reprend des couleurs et minaude.

« Et on dit que les policiers ne sont pas galants ! C'est une erreur. Merci, je ne fume pas. Mais si vous permettez, j'en prends une pour Gino. »

Sous son sourire de commande, je sens que si elle était sûre de sauver son frère en me faisant la peau, elle n'hésiterait pas. Je m'étonne de cette passion exclusive. Il n'y a pas que la vie de Girier qui soit cloisonnée. La Grosse, malgré son expérience de la vie et des hommes, semble conserver à l'abri du doute et de la critique tout ce qui concerne Gino. Elle me rappelle la confidence d'une prostituée qui, parlant de son souteneur, disait : « Tous les hommes sont des vicieux, sauf le mien. C'est pour ça que je l'aime. Si je découvrais qu'il est comme les autres, je le quitterais. » Pour la Grosse, Gino est l'incarnation de la pureté... Je questionne :

« Alors ? Vous lui avez parlé ?

— Oui, fait-elle. Mais il n'est pas facile ! Vous croyez que vous pourrez faire quelque chose pour lui ? »

Je secoue la tête.

« S'il est raisonnable, oui. Quoique son rôle dans l'histoire Girier ne plaide pas en sa faveur.

— Et s'il vous donnait Girier, vous l'aideriez ? »

Je fais la moue.

« Vous savez, je n'y crois pas beaucoup. J'ai réfléchi depuis hier soir, j'ai peur que votre frère me double à la première occasion, comme il l'a fait avec la Criminelle. La différence c'est que moi, j'ai une pièce de justice à exécuter. Je ne peux pas me permettre de prendre des risques. »

Je réalise, tout en parlant, à quel point je dis vrai. Dans le feu de l'action, je n'y avais pas pensé. J'ai déclenché la machine judiciaire : ou je colle Gino au trou, et la morale est sauve, ou je le laisse partir dans la nature. S'il revient, parfait ! Mais s'il me joue un tour, une révocation est vite arrivée. J'entends déjà le Gros me dire : « Je vous avais prévenu, Borniche. Vous jouez trop avec le feu. Vous manquez de maturité, mon vieux. Vous auriez dû rester enfant de chœur ! »

Hidoine m'observe en silence. Il n'aimerait pas être dans ma peau.

« Fais pas le con, me recommande-t-il, ce gars-là est une salope. Il est plus dangereux qu'un serpent à sonnette. S'il se barre tu vas porter un drôle de chapeau. »

La Grosse me scrute, elle aussi. Elle réalise que je

suis à la croisée des chemins et que le sort de Gino est en train de se jouer.

« Il ne vous doublera pas, j'en réponds, jure-t-elle. Gino a ses défauts mais il n'est pas bête. Il ne va pas sacrifier cinq ans de sa vie pour sauver Girier ! Il est jeune, il a sa vie à faire. Il sait bien qu'il ne supportera jamais la prison. »

Elle hoche la tête. Elle semble sincère.

« Ça ne l'a pas empêché de doubler Poirier, remarque Hidoine.

— Là, soupire la Grosse, vous n'êtes pas juste ! Vous lui êtes tombé dessus comme la foudre ! »

J'interviens :

« Au moment où il s'apprêtait à foutre le camp !

— Pas du tout ! s'exclame-t-elle. Il n'a pas un sou. Il était venu m'en demander... Vous voyez, je vous dis tout. C'est un enfant, Gino, il n'est pas capable de se débrouiller seul ! Où voulez-vous qu'il aille ? Ce n'est pas Girier qui va le prendre en charge ! Gino n'est pas un truand ! Il ne se promène pas avec un revolver dans la poche, lui. Il ne braque pas les fourgons ! Il veut faire du cinéma. »

Hidoine apprécie la remarque au point de s'étrangler.

« Pas possible ! C'est pour ça qu'avec nous, il joue les rôles muets ! »

La Grosse lui jette un regard méchant.

« Ça vous fait rire, dit-elle, mais il a déjà tourné des petits rôles...

— Sans blague ! fait Hidoine. Qu'est-ce qu'il fout avec Girier, alors ? »

La question embarrasse la Grosse.

« Il a eu tort de l'aider, mais Girier n'est pas n'importe qui. Jamais on ne le prendrait pour un gangster ! Tous les journaux le disent. Gino s'est trompé sur son compte, voilà tout. »

J'interviens :

« Si Gino est aussi coopératif que vous le dites, il n'a qu'à nous donner sa planque. »

Elle plonge son regard dans le mien.

« Je suis sûre qu'il ne sait pas où Girier se cache ! Par contre, si vous lui faites confiance, il sait comment le joindre. »

Elle me fixe toujours. Pourtant je ne me sens pas rassuré. Je reste dans l'expectative.

« Si j'avais confiance en lui, ce serait simple. Je le lâcherais, je classerais l'affaire de Marseille et nous pourrions même envisager une prime.

— Une prime ? »

Ses yeux s'allument.

« Qu'est-ce que ça va chercher une prime ?

— Je ne sais pas. Il faut que j'en parle à mes supérieurs. Un million, peut-être.

— Un million ! Vous êtes sûr ? »

J'incline la tête. Dans la tasse de la Grosse, la cuiller s'arrête de tourner.

« Une brique pour faire piquer la Canne et on ne parle plus de rien ?

— C'est ce que je pense. »

Elle se redresse.

« Allez me le chercher ! ordonne-t-elle. Je vais lui parler, moi, à Gino. Ça ne va pas être long ! »

Je cligne de l'œil vers Hidoine. Il se lève. La désapprobation suinte de tout son corps. Je suis aussi tendu que le joueur de poker qui relance avec une paire de huit, un carré d'as.

Quelques minutes plus tard, Gino fait son entrée dans le restaurant désert. La barbe bleuit son menton. Le col et les manchettes de sa chemise sont sales. Son veston est fripé. Il pose sur sa sœur un regard stupéfait.

« Assieds-toi, ordonne-t-elle. J'ai à te causer. Tu veux gagner une brique ? Tout de suite ? »

Gino reste figé. Son regard parcourt le visage de la Grosse, celui d'Hidoine puis le mien. Nos yeux s'accrochent.

« Un million, tu entends ! répète la Grosse. Et la tranquillité par-dessus le marché ! Qu'est-ce que tu veux de plus ? »

Gino se laisse choir sur la banquette.

« Je ne comprends pas », bégaie-t-il.

Je prends le relais :

« C'est simple. Je t'offre un marché : tu m'amènes la Canne et je te fais cadeau de l'affaire de Marseille. En plus, tu touches une prime d'un million. Voilà. Si ça t'intéresse, ça va. Si ça ne t'intéresse pas, tu te retrouves ce soir à la Santé. »

Gino rougit légèrement et se frotte la narine. J'ai déjà remarqué ce tic quand il réfléchit. Ses ongles sont manucurés. La main est longue, forte, les doigts spatulés comme ceux des imaginatifs et des menteurs.

Ses épaules se tassent, son visage prend un air rêveur.

« J'accepte, finit-il par dire. Mais comment vous allez vous y prendre ? Si la Canne se doute que c'est moi qui l'ai donné, votre million ne me servira pas à grand-chose ! »

La Grosse pousse un petit cri. Je lui verse un doigt de cognac.

« Voyons ton plan. Si ça tient, je tâcherai de combiner quelque chose pour te sauver la mise. »

Il hoche la tête.

« Je n'ai pas de plan, dit-il. En principe, c'est Girier qui doit me joindre.

— Comment ça ?

— Il a besoin d'une voiture avec un triptyque. Je lui ai promis d'en trouver une. »

Je secoue la tête.

« Ça ne colle pas. Je ne peux pas attendre dix ans ! Tant pis. »

Il fait marche arrière.

« Si je vous le donne, que se passera-t-il avec la Criminelle ?

— Ne te fais pas de souci. Ici nous sommes au

ministère de l'Intérieur. Ça compte. D'ailleurs, Poirier ignore ta condamnation. »

Gino s'abîme dans ses pensées. Son beau visage reflète un mélange de prudence et de ruse, de veulerie et d'audace. Un monde de contradictions. Il me répugne. Il est pourtant le seul à pouvoir me conduire à Girier.

Brusquement, il se lance dans des explications. Il s'adresse tantôt à moi, tantôt à Hidoine dont il perçoit le scepticisme, raconte ce que nous avons entendu ce matin par le micro, parle d'un intermédiaire, d'une boîte aux lettres, ajoute quelques détails concernant la régularité des contacts, ce qui semble écarter une longue attente.

« Voilà ce qu'on va faire, conclut-il. Vous prenez une bagnole, on se balade. A un moment on s'arrête et, d'un café, n'importe lequel, je téléphone à l'intermédiaire. Je lui dis que je veux voir la Canne ce soir, je lui fixe l'endroit que vous souhaitez et vous lui tombez dessus. »

Je hoche la tête.

« Tu parles d'une trouvaille ! Tu appelles de mon bureau, tout simplement. Ton histoire est assez compliquée comme ça ! »

Gino ne se démonte pas.

« Si je connaissais sa planque, je vous y conduirais. Mais Girier se méfie. Je ne suis même pas sûr qu'il viendra ! »

Ou il est fort ou il est sincère. Je ne parierais ni sur l'un ni sur l'autre.

« Où veux-tu lui fixer rendez-vous ?

— Où vous voulez. Mais dans un endroit dégagé. La Canne doit s'assurer que je ne suis pas suivi. Au Champ-de-Mars, par exemple ?

— Admettons que tu lui files rancart... Et après ?

— Vous attendez dans un café autour de l'Ecole militaire. Une demi-heure après, nous passons devant et vous nous tombez dessus. »

Ce plan n'a qu'un mérite : son côté improvisé !

Jamais un truand décidé à se faire la belle n'aurait osé proposer un montage aussi faible.

« Et s'il ne te suit pas ? » s'enquiert Hidoine avec hypocrisie, comme s'il n'y avait vraiment que ça qui le choquait dans cette proposition.

Le visage de Gino se ferme.

« Moi, je fais ce que je peux. Si vous avez une meilleure idée, bravo ! Je prends tous les risques. Je double un ami et je tombe pour cinq ans si ça ne marche pas !

— Tu peux aussi t'évaporer dans la nature dès que je t'aurai lâché.

— C'est vrai. Mais qu'est-ce que je vais devenir sans fric, sans papiers, sans planque ? Avec toute la poulaille sur le dos ? Avec la Criminelle et vous, je n'irais pas loin, c'est sûr ! Et puis, si vous voulez, la Grosse restera avec vous. Vous ne risquez donc rien. Si ! Que Girier ne vienne pas : c'est tout ! Vous voyez, je vous fais confiance, faites-en autant. »

Il a employé les mêmes arguments que sa sœur. Sans argent, il est perdu. Et ça, je le crois.

Le moment est venu d'agir. Je demande d'un air détaché :

« Tiens, pourquoi tu ne téléphonerais pas d'ici ? Il y a une cabine, personne ne t'entendrait. »

Mon regard parcourt la salle. Je fais la carte forcée, comme dans un tour de cartes. Ça passe ou ça ne passe pas !

« Viens, dis-je, en me levant. On va demander à la caisse. »

J'achète un jeton. Devant la cabine, Gino s'arrête, tendu.

« Je veux bien, mais à une condition : vous me laissez seul. L'intermédiaire n'y est pour rien. Je ne veux pas qu'il soit emmerdé ! »

Je hausse les épaules, ouvre la porte, la referme sur lui. Je m'éloigne de la cabine en prenant soin de rester dans son champ de vision. Cela l'apaise. Après une légère hésitation, il compose un numéro. Je le vois appuyer sur le bouton et tourner le dos à la salle. Je me rapproche. Un murmure de voix me parvient. J'ai l'impression que Gino parle à une femme, tant son intonation est différente, doucereuse. Il raccroche, se retourne. Quand il ouvre la porte, j'ai déjà repris ma place, à quelques pas. Il me dévisage, l'air soucieux.

La communication a été rapide. Je regrette de ne pas avoir placé quelqu'un à la table d'écoute. J'en aurais saisi la teneur. Mais à quoi cela m'aurait-il servi si la femme — car je suis à présent persuadé qu'il s'agit d'une femme — n'est qu'une intermédiaire ? Par chance, je vais avoir son numéro. C'est déjà ça.

« Alors ? »

Gino demeure immobile. Il me fixe quelques secondes, l'air inquiet, puis :

« J'ai transmis le message. Je dois voir la Canne ce soir à dix heures, à l'angle de la rue Saint-Dominique et de l'avenue Bosquet. »

Ses yeux me fuient. J'ai l'impression qu'il me ment mais je chasse aussitôt cette pensée. Il n'a aucun intérêt à me doubler. Il hoche la tête.

« Vous me faite faire un drôle de boulot, murmure-t-il. Si un jour j'avais pensé être comme Albert... »

Il étale son découragement. Il est si convaincant que j'en ai presque des remords. Puis je me souviens que la Grosse m'avait annoncé qu'il voulait faire du cinéma. C'est bien ce qui me gêne en lui. Cette graine de truand joue un rôle. A moi de bien savoir manipuler la caméra.

41

QUAND nous regagnons mon bureau, il est presque seize heures. La patronne et le garçon du Cambacérès nous avaient lancé des regards angoissés. Je laisse Gino et la Grosse à la garde d'Hidoine et je me précipite rue d'Anjou. Le chef de centre me remet un morceau de papier rectangulaire arraché d'un ruban circulaire. J'y lis en caractères d'imprimerie :

Début : 15 heures 47 minutes 14 secondes.
Fin : 15 heures 47 minutes 41 secondes.
Appelant : Anjou 29-47.
Appelé : Roule 34-86.

La conversation a duré vingt-sept secondes. C'est tout. Le premier numéro est celui du Cambacérès. Je le sais et pour cause. Pour connaître le second, je n'ai qu'un étage à monter. Le service de renseignements de la région parisienne est au-dessus du central téléphonique.

Une surveillante acariâtre en blouse bleue, la bonne cinquantaine, les cheveux relevés en chignon et un début de moustache au-dessus des lèvres, se précipite sur moi, tel un coq qui voudrait protéger sa tribu de poulettes casquées et installées devant des cylindres rotatifs. La salle est immense. Les réponses aux demandes fusent de toutes parts. C'est une cacophonie invraisemblable.

Au milieu d'œillades encourageantes, je suis la majordome, jusqu'à la section Neuilly. Un cylindre tourne. Je constate que les abonnés sont répertoriés numériquement sur des bandes étroites de carton indiquant leur nom et leur adresse. La surveillante se retourne.

« Liste rouge, me dit-elle. Abonné à ne pas communiquer. »

Je reste bouche bée. Elle ajoute :
« A moins d'une réquisition. »

J'ai trop besoin de mon renseignement pour m'énerver.

« Je l'ai fournie au chef de centre, dis-je. C'est lui qui m'a demandé de monter vous voir. Téléphonez-lui.

— Ah ! »

Quand, à pas précipités, je regagne mon bureau, je sais que l'abonné Roule 34-86 est une dame Gueudé, 65, rue des Dames-Augustines à Neuilly.

Mais rien ne me dit encore que cette femme a un quelconque rapport avec René la Canne.

« Monsieur désire se raser et se changer ! s'offusque Hidoine lorsque je pénètre dans mon bureau. Comme si on n'avait pas assez d'emmerdements ! »

J'interroge Gino du regard.

« Si vous ne voulez pas, tant pis, fait-il. Je disais que si René me voit sale et mal rasé il va se douter d'où je sors. Vous faites comme vous voulez après tout. »

Je dois reconnaître qu'il a raison. Un homme en cavale se méfie de tout. Surtout Girier ! Si Gino se présente dans cet état, l'affaire est ratée. J'ordonne :

« Crocbois va accompagner ta sœur chez elle. Elle te rapportera ce qu'il te faut. Pour te raser, c'est facile. Nous avons un bon coiffeur rue des Saussaies, juste en face de la boîte. Hidoine va t'y conduire. Tu as même une chance d'y rencontrer le père Antoine Pinay. Il y est souvent.

— Et quoi encore ? proteste Hidoine. Tu ne veux pas que je l'amène au hammam, des fois ! »

Il ressort sa paire de menottes, l'air furieux. Il vocifère :

« Allez radine-toi. C'est le coiffeur qui a besoin de ses mains. Pas toi. »

Gino me jette un coup d'œil désespéré. J'interviens.

« Fais comme moi, vieux, fais-lui confiance, dis-je. Et ne soyez pas trop longs. »

Hidoine foudroie Gino du regard. Le cœur serré, je me demande si son attitude ne va pas compromettre nos chances. La mine hautaine, il promène son œil sur moi, puis il déclare, résigné :

« Bon. »

Il jette les menottes dans son tiroir, le referme en le faisant claquer et ajoute en se tournant vers Gino :

« Si t'essaies de te barrer, ça va être ta fête. Tu vois celui-là ? »

Il soulève un pan de sa veste et tapote la crosse de son pistolet glissé dans sa ceinture. Gino hausse les épaules. Quand ils sont sortis, je soupire. Le moment est venu d'aller inviter le Gros à participer à la curée.

Quand je lui fais le récit des événements, Vieuchêne paraît vivement intéressé. Je lui narre comment j'ai remonté la filière grâce à Martine et à Roblin. Il rit de bon cœur lorsqu'il apprend que j'ai soulevé Gino à Poirier. Il rayonne quand je lui parle de la mise en condition de Gino et de sa sœur. Il témoigne sa satisfaction par des : « Bien, bravo, formidable. » A un moment, il m'interrompt :

« Très, très bien, Borniche. Vous êtes vraiment un policier plein d'imagination. Votre idée de la table d'écoute est géniale, quoiqu'elle ne vous serve pas à grand-chose puisque Gino vous amène à la planque de Girier. Je viens avec vous. Quand part-on ? »

Je toussote légèrement :

« Je crains de m'être mal exprimé, patron. Gino

ne m'amène pas droit à la planque. Il a téléphoné à une intermédiaire qui doit contacter René la Canne pour lui fixer rendez-vous. Gino ira seul au rendez-vous et ramènera Girier dans les parages où nous serons planqués. Nous lui mettrons la main dessus au passage. »

Le visage du Gros perd de son éclat.

« Pas si vite, dit-il. Vous allez donc avec Gino place de l'Ecole militaire. Gino se rend au rendez-vous fixé. Il vous ramène Girier. C'est bien ça ?

— C'est ça, oui, patron.

— Bien. Mais pourquoi vous n'accompagnez pas Gino jusqu'au lieu de rendez-vous ?

— Il a peur de porter le chapeau. Il dit que si Girier nous voyait arriver avec lui, il se débinerait. Supposez que la Canne soit venu en avance surveiller les lieux sans que nous l'apercevions. Ce serait fichu ! »

Le Gros réfléchit quelques instants. Puis il se lève de son bureau et se met à arpenter la pièce. La tête rentrée dans les épaules, je le laisse méditer. Soudain il vient se planter devant moi et me fixe, droit dans les yeux :

« Votre plan est complètement ridicule, mon vieux ! En tout cas, moi, je ne m'y associe pas. »

Les bras m'en tombent.

« Pourquoi ridicule, patron ?

— Parce que si ce Gino vous raconte des histoires, vous ne le reverrez jamais !

— Mais, patron...

— Il n'y a pas de mais, Borniche. Vous êtes en train de jouer à l'imbécile. Vraiment, oui, vraiment, je pensais que vous aviez plus d'imagination ! »

Il regagne son bureau, les mains dans les poches, tourne autour de son fauteuil, revient vers moi.

« Enfin, ajoute-t-il, comment pouvez-vous penser que je vais participer à une affaire pareille ! Vous me voyez partir, moi, avec un repris de justice qui a cinq ans à faire et que je lâcherais comme ça dans la nature, sans garantie...

— Souvenez-vous de Mathieu Robillard, patron ! Dans l'affaire Buisson, nous lui avions fourni un pistolet, une planque, une voiture à votre nom[1]... »

Il balaie la pièce d'un grand mouvement de bras.

« Ce n'était pas la même chose. Et puis là, je jouais mon avancement. On a réussi, tant mieux. Mais les miracles ne se reproduisent pas deux fois. »

J'insiste :

« Je ne vois rien d'autre à faire, patron. J'ai bien réfléchi.

— Et Hidoine, que pense-t-il de votre plan ? La même chose, bien entendu ! Il le trouve génial lui aussi. Je vais vous dire, Borniche, je ne vous approuve pas, mais alors pas du tout. Ou ce Gino nous donne Girier sans concession ou il va au trou. Directement. Il n'y a pas de cadeau à faire à des types comme ça. Surtout à des souteneurs qui vendraient père et mère.

— Justement, patron, nous avons une chance ! »

Le Gros me dévisage, étonné :

« Et s'il se débine ? Et si Poirier l'arrête ? Qu'est-ce qu'il lui racontera, votre Gino ? Que c'est moi qui l'ai kidnappé et qu'au lieu de lui notifier ses cinq ans, je l'ai relâché. J'aurai bonne mine ! Enfin, Borniche, vous raisonnez ou quoi ! »

Il fait à nouveau le tour de son fauteuil, lance ses lunettes sur son bureau, frappe du poing son sous-main. Son visage est congestionné.

« Si vous avez tant confiance en votre Gino, allez-y, conclut-il. Mais je vous préviens, c'est à vos risques et périls. Je ne ferai rien, mais rien du tout pour vous couvrir. »

Il me tourne le dos, fait encore volte-face, demande :

« A quelle heure le rendez-vous ?

— Dix heures, patron.

— Bon. Je vous attendrai au bureau. J'avais un dîner mais je préfère que vous me touchiez ici. J'ai-

---

1. Voir *Flic Story*.

merais connaître le résultat de votre expédition.
— Et si je pique Girier, patron ?
— Dans ce cas, mon petit Borniche, appelez-moi. J'irai tout de suite vous rejoindre. »

42

Il est vingt et une heures quinze quand nous quittons la rue des Saussaies. Notre dîner — un sandwich et un demi — servi sur un coin de mon bureau a été sinistre. Hidoine n'a pas dit un mot. La Grosse est nerveuse. Les paroles de mon Gros à moi résonnent dans ma tête comme un glas. J'observe Gino. La réponse à mon angoisse est là, lovée dans les traits de ce visage qui me devient familier et qui garde, malgré tout, son mystère.

Gino m'explique comment il a connu Girier. Il en parle, par moments, avec admiration. Ça me travaille. La Grosse aussi m'inquiète. A mesure que l'heure approche, elle s'assombrit, se tasse. Elle a peur pour Gino et je sens qu'elle est prête à renoncer au million et à l'impunité. L'idée que Girier pourrait toucher à un cheveu de son frère la ronge.

Nous quittons la voiture place de l'Ecole militaire et Crocbois va la garer dans une contre-allée. De la table que nous occupons dans le café qui fait l'angle de l'avenue Bosquet, nous devons voir Gino et Girier apparaître d'assez loin. Alors, nous agirons. Nous irons nous poster de chaque côté de l'avenue, moi dissimulé par les voitures, côté chaussée, Hidoine dans l'embrasure d'une porte cochère. Nous ne pouvons pas manquer René la Canne.

L'avantage du plan de Gino, c'est qu'il permet d'éviter l'effusion de sang. Ce n'est pas que j'ai la frousse mais je ne veux pas voir Girier se transformer en tueur. Il est armé et il ne faut pas lui laisser le temps de dégainer. Je lui tomberai dessus par-derrière, comme j'ai ceinturé Emile Buisson, et je l'immobiliserai pendant qu'Hidoine lui passera les menottes. Notre tactique est au point. Elle a déjà fait ses preuves dans nos précédentes arrestations à l'esbroufe.

Gino nous quitte. Je consulte instinctivement ma montre. Il est vingt et une heures quarante-cinq. Il nous a demandé de patienter une demi-heure. Nous le voyons disparaître dans l'avenue Bosquet. Il est désormais seul. Ma carrière policière dépend de lui.

Dix minutes plus tard, toujours selon le plan établi, nous quittons la Grosse après lui avoir recommandé d'attendre notre retour. De loin, Crocbois la surveillera. Je l'ai installée près de la caisse devant un tilleul-menthe. J'ai réglé les consommations. J'agis comme un automate.

Hidoine a trouvé la planque idéale : une porte cochère profonde comme le chœur d'une église. Je me dissimule entre deux voitures et j'attends. L'avenue est déserte. Là-bas, l'entrée du métro draine quelques passants pressés de regagner leur domicile. Je n'ai même pas la possibilité de griller une cigarette.

Gino part d'un pas raide vers la rue Saint-Dominique. Dès qu'il est hors de vue, il accélère. Il tourne brusquement dans la rue du Champ-de-Mars et il se met presque à courir. Il lui faut trois minutes pour rejoindre la rue de Grenelle, cinq minutes encore pour atteindre, par la rue de la Comète, la rue Saint-Dominique. Il se retourne fréquemment. Pourtant, il n'éprouve aucune peur. A l'angle de la rue Surcouf, il s'arrête, fait le simulacre de relacer une chaussure, sonde la rue derrière lui. Des gens sortent d'un restaurant, parlent fort. Le rire d'une femme s'élève dans la nuit. Des portières claquent.

Une seconde, Gino a la tentation de faire demi-tour. Il se dit qu'il va donner l'adresse, se décharger de ce poids trop lourd, fuir. L'envie est si puissante qu'elle annihile toute autre pensée. La haine gonfle sa poitrine. Tout se confond : la Canne, Monsieur Louis, les flics, ce monde qui le traque et l'oblige à agir. Puis la tentation disparaît. Il se reprend à contrôler ses pensées. Son cœur bat moins vite. Il arrive. La porte de l'immeuble s'ouvre sous sa pression.

Gino se glisse à l'intérieur, se jette de côté. Il guette le bruit suspect, le pas étouffé sur le trottoir ou le glissement d'une voiture dans le noir. Rien. Il sonne suivant le signal convenu. Puis, un doigt replié, il frappe à coups secs et espacés sur le panneau. Retenue par une chaîne, la porte s'entrouvre.

« C'est moi. »

Girier ôte la chaîne. Il s'efface pour laisser entrer Gino. Il repousse le battant du talon. Le claquement de la serrure résonne dans le silence.

Gino lui fait face.

« Ça va ?

— Non. Il faut te casser, René ! J'ai les flics depuis hier sur le dos. »

Girier fait un bond de côté. Sa main descend vers l'arme passée dans sa ceinture. Son regard court de la porte au visage de Gino, qui secoue la tête.

« Ne crains rien, dit-il. Je les ai semés. Si je les avais amenés, ils seraient entrés en même temps que moi. »

Girier se ressaisit. Ses muscles se détendent. Il fait quelques pas dans la pièce jusqu'à la fenêtre dont les volets de fer sont fermés, hésite, revient vers Gino.

« Qu'est-ce qui se passe ? demande-t-il, la voix dure. Comment sont-ils remontés jusqu'à toi ?

— La connerie, fait Gino. Le barman du Royalty a jasé. Il nous avait vus ensemble le soir de ta cavale.

C'est un indic. Tu n'aurais pas dû entrer dans le bar.

— Ils t'ont embarqué ? »

Gino fait un signe de tête affirmatif.

« Poirier, de la Criminelle. Il m'a relargué ce matin. Ses gars me filochent mais ils sont lourdeaux ! »

Girier a un sourire plein d'amertume.

« En te laissant son numéro de téléphone, non ?
— Pardi. Mais comme il n'a rien pour m'accrocher, je suis peinard. »

Girier lui lance un regard lourd de suspicion.

« Tu es sûr ? »

Gino hausse les épaules. Girier n'a pas besoin de savoir. Même Louis ignore la vérité.

« Sûr, dit-il. Mais quand il s'agit de t'arrêter, les flics sont capables de tout. Regarde Grador, c'était pourtant un avocat. Moi, ils m'ont fait chanter comme mac de ma frangine. »

Girier apprécie l'argument à sa valeur.

« Qu'est-ce que tu leur as raconté ?
— Du vent. Ils ne peuvent pas le prouver. Et pour toi, j'ai chiqué. J'ai dit que le barman avait confondu. Ça a duré des heures. Je n'ai pas cédé. »

Girier secoue la tête. Gino lui cache quelque chose. Il le devine.

« Tu as touché Louis ? » demande-t-il.

Gino secoue négativement la tête.

« Non. Je n'en ai pas l'intention. Pas avant le coup d'Annecy. Tu connais le vieux. S'il a un doute, il est capable de se volatiliser. Je dois le joindre dans une quinzaine pour les derniers tuyaux. L'affaire dépend de lui, maintenant.

— On ferait ça quand ?
— Le mois prochain.
— D'ici là, tu vas pouvoir amuser longtemps les flics ? »

Gino hausse les épaules. La méfiance de Girier est normale. Il s'y attendait.

« Je ferai pour le mieux. Ne t'en fais pas. Et toi ?

— Moi, je vais voir. Si tu veux me joindre, tu passes par Louis. »

Gino incline la tête. Il serre la main tendue et s'avance vers la porte. Il écoute, ouvre et disparaît. Girier passe dans la chambre à coucher, rassemble ses affaires dans un sac en cuir, jette un coup d'œil dans la cuisine, revient dans le living-room, éteint les lumières.

Dans le hall faiblement éclairé, René la Canne se dirige vers une porte vitrée qui donne sur une cour étroite. Un mur la sépare de l'immeuble voisin. Il pose son sac, traverse la cour, tire une poubelle d'un cagibi. Il la retourne. Il récupère son sac, puis se servant de la poubelle comme d'un escabeau, il se rétablit sur le faîte du mur. Il saute, atterrit dans le jardin qui entoure l'immeuble voisin, le traverse jusqu'à une grille, passe dans une autre cour et, de là, par une galerie couverte, il débouche sur le boulevard de la Tour-Maubourg. Il franchit la Seine au pont des Invalides.

A la station Franklin-Roosevelt, il s'engouffre dans le métro.

Quand, de mon observatoire, j'aperçois au loin la silhouette de Gino se mouvoir à grandes enjambées dans ma direction, un sentiment de panique s'empare de moi. Puis il s'estompe, laissant place à une consternation que je refrène. Gino est revenu, c'est le principal. Mais il est seul. Mon rêve s'envole à la vitesse d'un météore. Girier aussi, sans doute.

Le Gros s'amusait de savoir Poirier cocu. Il va être heureux quand il saura que nous le sommes aussi !

« ... ET MAT »

43

LE receveur des postes, télégraphes et téléphones porte un costume sombre croisé avec, à la boutonnière, le liséré rouge et vert de la croix de guerre. Il a ma taille, un mètre soixante-quinze, paraît âgé d'une cinquantaine d'années, et ses cheveux poivre et sel, coupés à la brosse, lui confèrent une attitude un peu militaire. Je soupçonne que, comme Hidoine, il fait partie de l'amicale des sous-officiers de réserve. Deux rides creusent son visage de chaque côté du nez, et de fines lunettes cerclées dissimulent l'éclat du regard. De la main, il me désigne un siège en tube chromé.

« Inspecteur Borniche, dis-je en exhibant ma carte tricolore qui porte la signature d'Achille Peretti, l'ancien directeur de la Sûreté, devenu maire de Neuilly. J'ai besoin de vos lumières pour une affaire importante. »

Pour franchir les remparts de l'administration, il faut savoir mixter la politesse, la ruse et la flatterie. Le receveur se rengorge. Il se cale sur son fauteuil et, le bout des doigts joints dans une attitude presque religieuse, il me demande :

« Que puis-je pour votre service ? »

Sous la question, je décèle la réserve prudente du fonctionnaire brusquement confronté à un problème qui pourrait engager sa responsabilité.

« Voilà, monsieur le principal », dis-je. J'ai décidé de lui distribuer du galon, connaissant le complexe de supériorité qui sommeille dans tout responsable d'un service public. « Vous avez, sans doute, entendu parler du gangster René la Canne qui s'est échappé d'un fourgon cellulaire en novembre dernier ? Eh bien, je l'ai localisé dans votre secteur. »

Le receveur a un instinctif mouvement de recul, comme s'il s'attendait à voir Girier surgir dans son bureau, mitraillette sous le bras. Ses yeux s'arrondissent. Il m'écoute avec une inquiétude croissante. Je poursuis :

« J'ignore s'il est encore à Neuilly ou s'il a pris une autre direction. Ce que je sais » — je débite ça avec une tranquille assurance — « c'est qu'il entretient des relations suivies avec des personnes dont les noms me sont apparus au cours de l'enquête. Or ces gens-là habitent Neuilly. »

Le receveur incline la tête. Ses mains se disjoignent. Il y a un moment de silence. Enfin, il se décide :

« Je vois ce que vous voulez, dit-il, soulagé. Mais le central téléphonique n'est pas ici. Il faut vous adresser à mon collègue. Moi, je ne m'occupe que des opérations postales. »

J'adopte un sourire de circonstance.

« Je sais, monsieur le principal. C'est justement pour ça que je viens solliciter votre concours. Je voudrais que le courrier des personnes que j'ai identifiées soit passé au crible. »

Il a un froncement de sourcils prononcé.

« Parce que vous croyez votre homme assez niais pour écrire ?

— On ne sait jamais. J'ai un spécimen de son écriture dans ma serviette. »

Le receveur m'arrête d'un geste.

« Il est impossible de surveiller le courrier au départ, explique-t-il. C'est compréhensible. Les lettres peuvent être postées dans n'importe quelle boîte de Neuilly ou d'ailleurs. Par contre, à l'arrivée, avec le nom et l'adresse du destinataire, je peux en bloquer la distribution. Mais il est interdit de les ouvrir.

Si vous devez les saisir à la demande d'un juge, il faut m'adresser une réquisition. D'ailleurs, je ne vois pas ce que l'examen des enveloppes pourrait vous apporter ! »

Je ne me tiens pas pour battu.

« Je saurais au moins d'où elles viennent par le cachet de la poste. »

Il hausse les épaules.

« Et alors ? Je ne crois pas que l'oblitération d'un timbre puisse vous mettre sur une piste. Une lettre peut avoir, elle aussi, été postée à Paris ou dans une grande ville. »

Je me rends compte de l'énormité de ma tâche. Ma chance serait que les Gueudé reçoivent du courrier de province. D'un petit bled, encore. Ça simplifierait les choses. Mais Girier est-il homme à écrire ?

Je suis têtu. C'est ce qui me sauve, parfois, et qui indispose, souvent, mes interlocuteurs. Je pose le problème d'une façon différente.

« Supposons, monsieur le principal, que les personnes dont j'ai les noms fassent parvenir à Girier des mandats ou des colis recommandés à l'endroit où il se serait réfugié. On doit en trouver trace, non ? »

Il incline affirmativement la tête.

« Oui. Les fiches de dépôt des plis recommandés mentionnent aussi bien les noms des expéditeurs que ceux des destinataires. Nous les gardons trois années. Si un envoi a été effectué à partir de Neuilly, une recherche dans nos archives peut vous renseigner. »

Il s'interrompt quelques instants et ajoute :

« A condition encore que je sois couvert par une réquisition ! Sans ça, ce serait une violation du secret des correspondances. Je risque ma place et la Correctionnelle.

— Ne vous inquiétez pas, dis-je, elle est prête. »

Je sors de mon porte-documents une feuille que je lui tends. A mi-voix, le receveur commence à lire : « Nous, Borniche, officier de Police judiciaire, prions et au besoin requérons M. le receveur du bureau des P. T. T. de Neuilly de vouloir bien nous communiquer d'extrême urgence... »

Il glisse un regard par-dessus ses lunettes :

« C'est la formule habituelle ? »

J'acquiesce d'un signe de tête et je dirige mon attention sur une armoire blindée entrouverte sur des liasses ficelées de billets. Le receveur poursuit :

« ... nous communiquer d'extrême urgence les noms des destinataires et des villes figurant sur les lettres, objets recommandés ou télégrammes qui ont été ou seraient expédiés par la nommée Gueudé Christine et sa fille de Labassagne Hélène, domiciliées rue des Dames-Augustines à Neuilly (Seine). Et pour la garantie de M. le receveur, apposons ci-dessous notre sceau et notre signature. »

Le receveur pose le document sur son sous-main :

« C'est parfait, dit-il, cette pièce me délie du secret. Je suis toutefois sceptique. On peut envoyer des colis ou des mandats de n'importe quel bureau de poste. »

J'ai un imperceptible mouvement d'épaules tout en sortant mon paquet de Philip Morris.

« Laissez-moi tenter ma chance, monsieur le principal. Une petite chance, je l'avoue, mais c'est en ne négligeant aucun détail qu'on fait de la bonne police. Mon patron me le répète souvent. Il dit que c'est ça, l'imagination. »

Un double cordon de fumée s'enroule autour de la photographie du président de la République : Vincent Auriol, rigide dans son cadre de bois peint. Le receveur appuie sur un bouton. Un employé se présente, respectueux.

« Durieu, accompagnez M. l'inspecteur à la salle de tri et sortez les fiches recommandées de janvier. Vous savez où elles se trouvent ? »

Puis, se tournant vers moi, le receveur ajoute :

« Il y en a bien entre deux à trois cents par jour. Ça vous fait plus de deux mille récépissés à consulter !

Bon courage, monsieur l'inspecteur, et bonne chance. »

Il me tend la main.

Dans le vent d'une blouse grise, je m'enfonce dans la salle de tri.

Quand, en fin de matinée, je fais irruption dans mon bureau, Hidoine relève la tête. Il questionne :
« Elles ont donné quelque chose tes recherches à la noix ?
— Et comment ! Tu vas être soufflé ! »

Je quitte ma gabardine tandis qu'Hidoine s'adosse à la fenêtre, les mains dans les poches, la prunelle ironique.

« Alors ?
— Viens, dis-je. On va chez le Gros. Je ne vais pas fredonner deux fois la même chanson. »

Le Gros reçoit notre délégation, l'œil méfiant. Il pense que nous venons quémander une avance sur nos états de frais. Déjà, il adopte une attitude de défense.

« Ce n'est pas le moment, prétexte-t-il. J'ai beaucoup de travail. Que voulez-vous ? »

Je sors de mon portefeuille deux récépissés de dépôts que je pose en évidence sur son sous-main. Il se penche, les examine, fait basculer ses lunettes d'écaille sur son front.

« Qu'est-ce que c'est que ça ? »

Je savoure l'effet produit.

« C'est l'adresse du refuge de Girier, patron. A Creue, dans la Meuse.
— Ah ? »

Il me regarde, sceptique, prend les deux fiches, les tourne, les repose. Il ouvre un tiroir de son bureau, attrape une tablette de chewing-gum, la dépiaute. Depuis un mois, il a décidé de ne plus fumer et ça le rend nerveux.

« Expliquez-vous ! Vous êtes là à sourire comme

un imbécile. Qu'est-ce que c'est que ça, Creue ? Comment savez-vous que Girier s'y trouve ?

— C'est réglé comme du papier à musique, patron !

— J'aimerais mieux d'emballage », ricane Hidoine. Je ne relève pas le calembour.

« Regardez, dis-je. Le 13 janvier à neuf heures trente, un colis de vêtements a été expédié au nommé André Gueudé, à Creue, par une dame Gueudé de Neuilly. Le 17, à quatorze heures, un second envoi a été déposé à la poste par la même expéditrice.

— Et alors, ronchonne le Gros, ça ne vous est jamais arrivé d'expédier des colis à un parent, vous ? »

J'ai décidé de distiller mes confidences :

« Si, patron. Mais tout s'éclaire quand on sait qui est cette dame Gueudé. C'est tout simplement l'abonnée à qui Gino a téléphoné du restaurant Cambacérès !

— Pas mal, pas mal », apprécie le Gros.

Je poursuis :

« Quand la Canne n'est pas venu au rendez-vous de Gino, j'ai fait une enquête à Neuilly. A la mairie, j'ai découvert que Mme Gueudé avait une fille d'un premier mariage, une certaine Hélène de Labassagne que la concierge ne prise pas du tout.

— Au fait, au fait, s'énerve le Gros en mâchant son chewing-gum. Vos histoires de concierges... »

Je continue, déterminé à le laisser souffrir jusqu'au bout :

« Sous un prétexte fallacieux, Marlyse a téléphoné à la mère d'Hélène. Et savez-vous où on peut la toucher en permanence ? » Je me tais un instant, préparant mon effet : « Au Royalty, rue Saint-Benoît. Voilà.

— Et alors, qu'est-ce que ça prouve ? grogne le Gros. Ça n'a rien à voir avec Girier.

— Non, patron, mais avec Gino, si. Parce que Marlyse et moi nous sommes allés nous balader au Royalty. J'ai baratiné le veilleur de nuit et c'est comme ça que j'ai su que Gino et Hélène s'envoyaient en l'air ensemble, de temps à autre. N'est-ce pas curieux ?

— C'est plutôt normal, ça, non ? » glousse Hidoine en soulevant les épaules.

Je me retourne vers lui.

« Récapitulons, veux-tu ? D'abord, au cours de la conversation de Gino et de la Grosse, dans la cave de la S. T., il était bien question d'un intermédiaire, hein ? »

Hidoine approuve de la tête.

« Ensuite, quand Gino est entré dans la cabine du Cambacérès, il a eu une légère hésitation avant de composer son numéro, non ?

— Exact, fait Hidoine.

— Et ce numéro que nous connaissons maintenant est celui d'Hélène ! Alors, quand il nous affirme que l'intermédiaire ne connaît pas Girier, il ment. René la Canne a fréquenté Saint-Germain-des-Prés, Hélène y fait la vie. Ils ont dû s'y rencontrer. C'est pour cela que Gino a téléphoné à Hélène du Cambacérès.

— Il a pu aussi bien composer le premier numéro qui lui soit passé par l'esprit, suggère Hidoine dont l'affection pour Gino n'a guère augmenté. Celui de sa poule s'imposait. »

Le Gros referme le dossier qu'il examinait lors de notre irruption, le range sur le côté de son bureau.

« Et vous en concluez quoi, de tout ça, Borniche ? demande-t-il.

— Que l'intermédiaire entre Gino et Girier est Hélène. C'est elle qui l'a planqué.

— Ce n'est pas très convaincant, dit le Gros en crachant son chewing-gum. Et moi, ça ne m'explique pas l'histoire de Creue. »

Il a une moue de désapprobation et je me demande si je ne fais pas fausse route. Je poursuis néanmoins mon exposé :

« Tout cela n'est qu'hypothèses, bien sûr, mais alors, pourquoi la mère d'Hélène — et il reste à démontrer que les récépissés sont de sa main — prend tant de précautions pour expédier des colis à André Gueudé dont tout le monde ignore l'existence ? Elle habite 65 rue des Dames-Augustines, c'est-à-dire au début du boulevard Victor-Hugo. Or, sa première fiche indique 143 boulevard Victor-Hugo et la seconde, 175 rue Perronnet. Deux adresses inexactes. Que vous le veuilliez ou non, pour moi, c'est troublant. »

Le Gros ne répond pas. Tel que je le connais, il cogite à trois cents tours seconde. Puis il demande au bout de quelques instants :

« Vous, vous pensez que Girier se trouve là-bas ? »

J'avance le menton.

« Je ne sais pas. Mais cela mérite vérification.

— Est-ce que les écoutes à Neuilly ont donné quelque chose ?

— Rien, patron. »

Le Gros referme son stylo, sort un nouveau chewing-gum, se lève, gagne la fenêtre, les mains derrière le dos, contemple un instant la cour des Saussaies, puis il se retourne :

« Où est Crocbois ?

— Au garage, dit Hidoine. Il y était il n'y a pas deux minutes.

— Dites-lui de faire le plein d'essence. Nous partons. »

Je dévisage le Gros avec étonnement :

« Comment, nous partons ?

— Oui. Il n'y a pas une seconde à perdre. Vous êtes persuadé de la présence de Girier à Creue. Alors, autant liquider cette histoire tout de suite. Je signe mon courrier, j'avertis le directeur et nous partons. »

Je suis interloqué.

« Mais, dis-je, vous avez vu l'heure, patron ? Il est midi et quart ! Nous arriverons à Creue à la nuit. Jamais nous ne pourrons opérer ! »

Il se plante devant moi, me fixe droit dans les yeux.

« Vous voudriez partir quand, mon vieux ?

— Demain matin. Nous serions sur place à midi.

Nous pourrions au moins intervenir à la lumière du jour. »

Le Gros agite nerveusement la tête de droite à gauche.

« Naturellement ! Pour nous faire griller ! Vous n'y êtes pas, Borniche ! Prévenez Crocbois, préparez les armes et attendez-moi dans votre bureau. »

L'ordre est impératif, il n'y a qu'à l'exécuter.

44

Le Gros est transformé. En quelques minutes, l'affaire Girier est devenue la sienne. La journée va être décisive. Il est tout sourire quand nous quittons la rue des Saussaies.

La traction de Crocbois attaque la route nationale 3 à la porte de Pantin. L'aiguille oscille autour du 110. Une buée épaisse colle aux vitres, sauf devant le chauffeur où la spirale d'un dégivreur électrique dessine un clair trapèze sur le pare-brise.

Crocbois est heureux. Cette promenade dans une région qu'il connaît bien ne manque pas de charme. Deux cent quatre-vingts kilomètres de campagne le changent des éternelles et assommantes filatures dans Paris. Et, au bout du trajet, une belle arrestation l'attend. La présence du Gros dans la voiture est significative. Le commissaire Vieuchêne n'est pas homme à se déranger pour rien. S'il s'est mis dans le coup, c'est que l'affaire est cuite.

Intérieurement, Crocbois remercie le ciel de l'avoir désigné pour une telle mission. Le coup de téléphone l'a touché au garage. Après avoir fait le plein d'essence, il s'est empressé d'extraire d'un placard une canadienne, un chapeau marron imperméable et une paire de brodequins rapportés de l'exode. Indispensables, ces précautions ! Il le connaît bien, le climat lorrain ! Lorsque le mécano gouailleur lui a lancé : « Tu vas au pôle Nord, mon pote ? », il a haussé les épaules. A l'autre d'en faire une tête quand, le lendemain, dans les journaux, son nom paraîtra. Et la prime de capture! C'est comme s'il la possédait déjà. La mère Crocbois pourra enfin chausser la paire de bottillons dont elle rêve depuis deux hivers.

Les kilomètres défilent. Engoncée dans un pardessus bleu marine, la puissante stature du Gros me dissimule le déroulement de la route. Je suis furieux. Ce départ sur les chapeaux de roue ne me plaît guère. Hidoine, pensif, fixe le bout de ses bottes neuves sur lesquelles, de temps à autre, le canon d'une mitraillette vient rouler.

Peu après Claye-Souilly, le Gros tourne la tête vers nous :

« 1 h 25, mes amis. Si nous déjeunions à Meaux ? »

Nous sommes devenus ses amis! Je feins de ne pas avoir entendu. Il me plaisante.

« Mauvais caractère avec cela, Borniche. Vous aviez sans doute une fille à voir pour ne pas vouloir quitter Paris aujourd'hui! »

Je hausse une épaule.

« Ma foi non. Je trouve stupide d'effectuer de nuit des recherches dans un pays que nous ne connaissons pas.

— Vous préférez peut-être vous faire kidnapper Girier sous le nez par la P. P. ? ironise le Gros. Il faut dire que vous en avez l'habitude... »

Au bas d'une descente, la cathédrale Saint-Pierre se profile. Notre voiture vire sous le pont du chemin de fer. Elle contourne la place de l'Hôtel-de-Ville.

« Connaissez-vous un restaurant à Meaux ? interroge le Gros. Convenable et pas trop cher ? »

Hidoine, sarcastique, propose :

« Au Beau-Lapin, derrière la sous-préfecture. C'est la femme d'un flicard qui le tient. Ça nous mettra en condition. »

Par des rues mal pavées, la Citroën gagne le centre

de la ville. Le lapin est farci de plombs. Mais ce n'est pas cher. A quinze heures, Crocbois reprend le volant.

« Je passe par Montmirail ? interroge-t-il, les pommettes rosées par une absorption inhabituelle de beaujolais.

— Passe par où tu veux, grogne Hidoine somnolent. On s'en fout ! »

Après trois heures de route, à la sortie d'un virage, un poteau indicateur naît dans le pinceau des phares.

« Creue ! s'exclame le Gros. On arrive. »

J'allonge mes jambes engourdies. Je propose :

« Nous devrions traverser le village et filer. Ce n'est pas la peine de nous faire repérer ici.

— Pourquoi ? s'étonne le Gros.

— Creue est un trou, patron. Si le bureau de poste est ouvert, nous aurons peut-être des tuyaux sur Gueudé. Mais je serais d'avis d'attendre demain.

— Pas question ! tranche le Gros. Nous sommes venus pour opérer, nous opérerons. »

Je reste bouche bée :

« De nuit ? Ce n'est guère prudent !

— Et pourquoi pas ? Dès que nous avons l'adresse, on s'y précipite. Ce serait bien le diable si, à quatre, nous n'arrivions pas à coincer Girier dans la maison ! »

Je soulève les épaules.

« Si vous voulez. Moi je sais que j'aurais préféré voir clair ! »

Le Gros se renfrogne. Notre traction traverse un hameau endormi et, à la sortie, reprend de la vitesse. Quelques minutes après, virant sur sa lancée, elle pénètre dans Creue. Nous stoppons devant le bureau de poste, encore éclairé.

Le Gros déplie une tablette de chewing-gum et la porte à sa bouche.

« Faites pour le mieux, Borniche, me dit-il. Tachez de ne pas donner de noms. Personne n'a besoin d'être au courant de notre venue. »

Je quitte la voiture. Dans le noir, je me dirige

vers la baie illuminée que d'épais barreaux protègent. Je suis sur le point de frapper à la vitre mais je me ravise. La porte interdite au public n'est peut-être pas verrouillée ? Je me félicite de mon initiative. D'une enjambée, j'atterris dans la salle de tri, devant un receveur bedonnant, une épouse tricoteuse et un facteur manchot occupé à sceller, de son bras valide, un sac de courrier. Le trio n'est pas encore revenu de sa stupeur que le Gros apparaît à son tour.

Le facteur, impassible, continue à lutter avec la ficelle, la cire, son bras, sa bouche et un tampon cuivré. Rivé à sa chaise, le receveur articule :

« Vous désirez ? »

Je présente ma plaque.

« Police, monsieur le receveur. Je m'excuse mais votre porte n'était pas fermée. »

La vue de mon insigne le rassure. Il se lève et s'approche, un journal déplié au bout de son bras gauche. Il est petit, râblé, la chevelure brune séparée par une raie et son accent du Sud-Ouest est très prononcé.

« C'est pour quoi ? demande-t-il.

— Nous cherchons l'adresse de M. Gueudé. Vous connaissez ?

— Ma foi non. Ça ne me dit rien. »

J'exhibe les deux fiches de dépôt de Neuilly.

« Il habite ici. Des colis lui ont été expédiés les 13 et 17 courant, en recommandé. »

Le postier jette un coup d'œil en coin sur les récépissés. Il secoue la tête.

« Je vois. *André Gueudé — Creue* ? C'est bien ici. Mais je ne connais pas. »

Il se tourne vers son épouse :

« Tu vois qui c'est, toi ?

— Non, fait la femme, tandis que son regard inquisiteur nous détaille à tour de rôle. Peut-être que Fernand le sait, lui. »

Elle pose les aiguilles sur ses genoux. Le receveur

se tourne vers le fond de la salle. D'un geste, je stoppe l'appel. J'interroge :

« C'est votre facteur ? »

Il secoue la tête affirmativement.

« Oui, il connaît tout le monde à Creue. Il y a longtemps qu'il est ici. »

Je prends un air de conspirateur.

« Vous avez confiance en lui ? »

Le visage du receveur marque l'étonnement. Je poursuis, en baissant la voix :

« L'affaire est délicate. La moindre fuite... »

Je ponctue ma phrase d'un clignement d'œil entendu et j'affirme dans une envolée qui me vient tout d'un coup :

« ... aurait des conséquences incalculables pour l'avenir de la nation. »

Le Gros, muet, m'approuve du menton.

« Je comprends », fait le receveur sans vouloir paraître intrigué.

Je continue mon offensive, tourné vers le Gros :

« Monsieur le commissaire, puis-je dévoiler l'objet de notre visite ?

— Si vous voulez, articule le Gros. A condition que le secret soit gardé.

— Oh ! s'exclame le postier, offusqué, soyez tranquille. »

Je m'approche de l'oreille qu'il tend et je souffle :

« Contre-espionnage ! »

Le receveur reste figé sur place.

« Oui. Un suspect se cache chez Gueudé. Entre nous, hein ? »

Il approuve d'un signe de tête complice.

« Compris, murmure-t-il à voix basse. Mon facteur va vous renseigner. C'est un ancien militaire, un héros qui n'a peur de rien. »

Il se tourne à nouveau vers le fond de la salle et, enflant sa voix, il ordonne :

« Fernand, venez ici ! »

Un visage ahuri nous fixe. L'escogriffe à képi s'avance :

« Facteur, commence le receveur d'un ton solennel, j'ai à vous entretenir d'une chose très, très importante. Promettez-moi de n'en parler à personne. »

L'œil inquiet du facteur se pose alternativement sur le Gros qui mastique son chewing-gum, son chef qu'il ne reconnaît plus et sur moi.

« Vous promettez, Fernand ?
— Je promets, répète le manchot d'une voix sourde.
— Même pas à votre femme ? »
La réponse sort, troublée :
« Non. Même pas à ma femme.
— Parfait. D'ailleurs, à partir de maintenant, considérez-vous en secret professionnel. J'ai fait part à ces messieurs » — il nous désigne de la main — « de votre brillante conduite pendant la guerre. Ils vous font confiance. Connaissez-vous un nommé Gueudé ?
— Oui, monsieur Georges.
— Monsieur le receveur, rectifie l'autre, gêné de cette familiarité. Où habite-t-il ?
— Au pied du versant, près de la briqueterie désaffectée. »

Je demande :
« Quelle adresse ? »
Le receveur a un geste vague :
« Il n'y a pas d'adresse là-bas. C'est un hameau. Trente maisons, à peine. »
Il revient à son collaborateur :
« Vous le connaissez, ce Gueudé ?
— Comme ci, comme ça. C'est un Parisien, il n'y a pas longtemps qu'il est au pays.
— Que fait-il ? »
Le facteur soulève son bras en signe d'impuissance.
« Je ne sais pas. Il m'a dit qu'il se soignait.
— Il vit seul ?
— Avec un cousin, je crois. »
Mon œil s'allume. Je ne perds pas un mot de la conversation.

« Comment un cousin ? »
Le facteur se tourne vers moi.
« Oui, un grand. Un rapatrié d'Indochine. Je l'ai vu lorsque j'ai été porter le petit colis. Pas celui qui contenait les chaussettes, l'autre...
— Facteur, bondit le receveur, comment savez-vous qu'un paquet contenait des chaussettes ? »
Le manchot a un moment pénible de déglutition.
« Le papier était un peu déchiré. Il a bien fallu que je le rafistole. Mais le deuxième, je sais pas ce qu'il y avait dedans. »
Je prends le relais :
« Aucune importance, dis-je. Il y a longtemps que vous êtes allé porter le petit colis ?
— Il y a trois jours.
— Vous l'avez revu depuis, le cousin ?
— Cet après-midi. Il était sur la route. Il revenait du bois. »
Je me tourne vers le Gros qui rayonne :
« Qu'en pensez-vous, patron ?
— Que nous avons bien fait de venir. Il faut voir les lieux. Après, nous aviserons.
— A cette heure-ci, vous n'y verrez rien ! objecte le receveur. La briqueterie est au bout du pays en bas du plateau. Il fait sombre et c'est glissant. »
Le Gros médite un instant.
« Votre facteur ne pourrait-il pas nous accompagner ? Nous le ramènerions dans un quart d'heure, le temps de repérer la maison. »
Le facteur redresse sa haute taille :
« C'est que...
— Il n'y a pas de c'est que, tranche le receveur. Accompagnez ces messieurs ! »
Je me dirige vers la masse sombre de la voiture. Le facteur prend place à l'arrière de la Citroën, près d'Hidoine. Crocbois tire sur le démarreur lorsque la voix du receveur retentit :
« Fernand ? »
La carcasse se déplie :

« Otez votre képi et prenez votre pèlerine pour cacher votre uniforme. S'il vous arrivait quelque chose, je ne veux pas que vous soyez en tenue. »

Le facteur émerge péniblement de la traction. Trente secondes plus tard, nous démarrons. Hidoine s'inquiète :

« Du nouveau ?

— Et comment ! fait le Gros, avec une satisfaction visible. Borniche avait raison. Girier est là. »

Il se frotte les mains et je l'entends chuchoter :

« Demain à dix heures, la presse sera rue des Saussaies. Ils vont en faire une gueule, ceux de la P. P. »

Dans l'obscurité, les yeux du facteur-héros brillent comme des feux.

45

Un peu après Creue, Crocbois abandonne la route nationale et tourne à droite. Nous suivons un chemin étroit, détrempé, s'élevant en colimaçon sur le flanc d'une colline. La nappe lumineuse des phares perce l'obscurité et, à chaque virage, balaie des troncs d'arbre. Sur la hauteur, la plaine silencieuse apparaît. Le sentier devient impraticable. Après quelques soubresauts au milieu des terres labourées, la voiture s'arrête à la lisière d'un bosquet. Je saute à terre. Je grogne à l'adresse du facteur :

« Vous nous avez fait passer par un sacré chemin. Nous ne sommes plus à Creue ! »

Le facteur émerge de l'ombre. Son index se pointe vers le bois :

« C'est exprès. Comme ça, nous arrivons par-derrière. La maison de Gueudé est au pied du versant, de l'autre côté des arbres. »

Le manchot prend la tête de la file. Je précède le Gros, et Hidoine colle à ses talons. Crocbois ferme la marche. En silence nous atteignons les premières broussailles. Je m'y enfonce lorsque Hidoine soupire :

« Mes bottes neuves ! On aurait dû prendre une lampe électrique. »

Un claquement métallique l'interrompt. Dans le poing du Gros, le canon d'un 6,35 luit. Le facteur s'immobilise, terrorisé.

« Vous n'allez pas l'assassiner au moins ? larmoie-t-il. Moi, je retourne à la poste... »

Je le pousse sans ménagement :

« Mais non ! Avancez. »

J'adresse un regard courroucé au Gros et je reprends ma marche. A grands coups de pèlerine, l'employé des postes écarte les buissons. Il accélère son allure. Je proteste :

« Pas si vite, facteur, pas si vite ! Je ne peux pas vous suivre. »

Je m'élance, je glisse sur les feuilles mouillées, j'atterris dans les ronces. Je me relève et je repars. L'autre a disparu.

« Facteur ? »

Pas de réponse. Je continue ma poursuite au hasard. Des branches me cinglent le visage. Tout à coup, à une cinquantaine de mètres en contrebas, quelques lumières apparaissent :

« Facteur, où êtes-vous ? »

Des pas lourds derrière moi. Respiration haletante et le pistolet à la main, le Gros surgit. Il ronchonne :

« Qu'est-ce qui vous a pris ? Vous vous êtes mis à courir comme un dératé ? »

Je hausse les épaules d'énervement.

« Avec votre pétard, — le Gros rengaine son 6,35 — le facteur a eu la trouille. Je ne le retrouve plus !

— J'ai entendu des branches cassées sur ma droite, affirme Hidoine, c'est peut-être lui ? »

Crocbois arrive à la rescousse.

« Le facteur a dû repartir à la bagnole, dit-il. J'ai vu quelqu'un qui cavalait dans les champs. »

Nous revenons sur nos pas. Je m'approche de la voiture.

« Personne, dis-je. Cet idiot a filé par un autre chemin. »

Je risque un regard à l'intérieur. Sur la banquette arrière, enroulé dans sa pèlerine, le facteur grelotte. Je tempête :

« Qu'est-ce que vous faites là ? On vous cherche partout. »

Il esquisse une grimace.

« Je vous attends, répond-il, d'une voix blanche. Le secret professionnel, c'est bien beau, mais ça dure pas tout le temps. Et puis, j'ai mon courrier à faire. »

La situation est si cocasse que j'ai de la peine à réprimer mon envie de rire. Je l'encourage :

« Venez. Il n'y en a plus pour longtemps.

— Non, dit-il. La maison de Gueudé, c'est la dernière à côté de la briqueterie. Vous la trouverez sans moi. »

Je m'impatiente :

« Venez me la montrer au moins. »

Le facteur ôte sa pèlerine et, résigné, déloge sa haute carcasse de la traction. Prudent, je m'accroche à sa vareuse. Pour la seconde fois, nous reprenons la direction du bois.

Du faîte de la colline, le manchot désigne un groupe de baraques :

« C'est là, murmure-t-il.

— Où ? demande Hidoine. Je ne vois rien.

— Sous vos pieds, à droite des ruines. »

J'écarquille en vain les yeux.

« Je ne vois rien non plus. Il faut s'avancer. Par où descend-on ? »

De son bras valide, le facteur désigne un trou noir :

« Par là. Il y a un ravin sur la gauche. Faites attention, ça glisse...

— En route », dis-je.

Le manchot a un haut-le-corps. Je le secoue.

« Venez. Il faut la repérer cette maison ! Vous partirez aussitôt après. »

Mon ton est sans réplique. Le facteur s'exécute. La descente commence. Je traverse des ruines encombrées de broussailles, je m'aventure dans un ravin boueux et je m'arrête à une trentaine de mètres de trois maisons collées les unes aux autres. Le facteur se dissimule derrière un tas de pierres.

« Là, souffle-t-il. A droite où il y a de la lumière.

— A droite ? Moi, je vois de la lumière à gauche. »

La tête du facteur se découpe au-dessus d'un tas de cailloux.

« C'est embêtant, dit-il. Si on me voit, demain on me dira : « Qu'est-ce que vous foutiez, facteur, der-« rière votre tas de cailloux, hier soir. »

Le Gros intervient :

« Il faut passer devant la maison.

— Pardi, fait Hidoine. Pour se faire remarquer.

— Dans le noir, on ne risque rien. Au besoin, le facteur va se dévouer. Il marquera un temps d'arrêt devant la porte de Gueudé car, d'ici, les trois maisons se ressemblent. »

Le facteur secoue la tête avec énergie. Il proclame :

« Je n'irai pas. J'en ai assez du secret professionnel. Je vous ai dit où c'était, je ne peux pas faire autre chose. J'aurais bonne mine, moi ! On ne porte pas des lettres à huit heures du soir.

— J'y vais, grommelle Hidoine. Attendez-moi. »

Il s'élance. Sa frêle silhouette s'attarde devant les maisons, se confond avec la nuit, puis réapparaît.

« Impossible de se rendre compte, dit-il. Les baraques sont toutes identiques avec chacune une porte et deux fenêtres. Il faudrait savoir laquelle est occupée par Gueudé.

— Celle de droite où il y a de la lumière, s'énerve le facteur. C'est pourtant simple. »

J'éclate :

« Vous, vous commencez à m'empoisonner ! Ce n'est pourtant pas difficile de désigner une maison. »

Je me tourne vers le Gros.

« Il serait plus sage d'attendre demain. Nous allons finir par faire des bêtises ! »

Le nasillement d'un poste de radio s'élève dans la pénombre, suivi de sifflements et de crépitements. Le facteur pointe son doigt vers le ciel.

« Vous entendez, dit-il. Il répare aussi les postes de T. S. F.

— Qui ? questionne le Gros, l'oreille tendue.

— Le cousin aux Gueudé. »

Hidoine remonte le col de sa gabardine et repart. Il se dirige vers les maisons. Soudain une porte s'ouvre, un chien s'élance qui tourne en grognant autour de lui. Un homme se tient dans l'encadrement d'une porte, la pipe à la bouche. Il dévisage Hidoine. Nous nous aplatissons derrière les pierres. La tête du facteur disparaît dans un tas de sable. Je le secoue :

« Qui c'est ce type-là ? »

Il risque un coup d'œil prudent et s'affale à nouveau :

« C'est Gueudé qui fait pisser son chien !

— Alors, nous sommes grillés, dit le Gros. La présence d'un étranger dans un lieu aussi désert va l'intriguer. Il va prévenir Girier. Que faisons-nous ? »

Je le fusille du regard :

« Il est bien temps maintenant ! Il ne fallait pas venir ici la nuit. »

Le Gros tente de se justifier.

« Dans la journée, c'était pareil. »

Je hausse les épaules sans répondre. Hidoine surgit :

« Pas de chance, souffle-t-il. Un type s'est mis sur le pas de la porte et m'a dévisagé.

— C'est Gueudé, fait le Gros qui prend une décision rapide. Foutu pour foutu, je me poste avec Crocbois derrière, pour parer à toute tentative de fuite, et vous entrez tous les deux par-devant. Maintenant, il faut prendre Girier de vitesse. Comptez jusqu'à trente et allez-y. C'est notre seule chance. »

Le Gros a ressorti son pistolet et a entraîné Crocbois vers la briqueterie. Hidoine et moi, nous nous dirigeons vers les logements. Des craquements de poste s'élèvent à nouveau.

« C'est marrant, constate Hidoine. On dirait que les bruits proviennent de la maison de droite. Pourtant, le type est entré avec son chien par la porte du milieu. Est-ce que le facteur ne s'est pas trompé ? »

Son poing heurte le volet. Un chien aboie. Le poste de radio s'arrête net.

« Police ! hurle Hidoine, à travers la fente. Ouvrez. »

Un temps. Le battant s'entrouvre, un homme en casquette demande avec calme :

« Qu'est-ce qu'il y a ? »

Nous nous engouffrons dans un couloir obscur. L'homme nous suit, effaré.

« Où est-il ? demande Hidoine.
— Qui ?
— Girier ! »

Dans la cuisine, l'homme secoue la tête :

« Girier ? Connais pas. »

Je demande :

« Vous êtes bien Gueudé ? André Gueudé ?
— Ah ! non, fait l'homme. Gueudé c'est la porte à côté.
— Merde, lâche Hidoine en détalant, on s'est gourré. »

Nous frappons aux persiennes voisines. Une clef tourne dans la serrure. Un homme se présente qui nous dévisage tranquillement.

« Gueudé ?
— Oui ?
— Police. Où est-il ?
— Qui ?
— Ah ! non, grogne Hidoine, ça ne va pas recommencer. La Canne, votre cousin ? »

L'homme perd légèrement contenance mais il se reprend assez vite.

« Je n'ai pas de cousin qui s'appelle la Canne. Vous devez faire erreur... »

Il tente de s'opposer à notre passage. Furieux, je l'écarte d'une bourrade. Ses lunettes tombent sur le sol et se brisent. Sous prétexte de les ramasser, il se jette dans mes jambes en gémissant. Sur une table, un poste de radio gît, démonté. Je me précipite vers une femme qui débouche de la cuisine.

« Où est votre cousin, madame ? Si vous ne répondez pas tout de suite, nous arrêtons votre mari. »

D'un geste de la main, elle me désigne la porte de la cour.

« Parti ! balbutie-t-elle. Je vous en supplie, messieurs, soyez gentils. »

Je me précipite comme un fou, surgis dans une cour noire. Je me heurte à un grillage et je me cogne le front contre une échelle accédant à un grenier.

« Une lampe, vite... »

La femme écarte les bras.

« Il l'a emportée, dit-elle. Je n'ai qu'une bougie. »

Je reviens à la cuisine au moment où le Gros et Crocbois y font irruption, pistolet au poing.

« Ne cherchez plus, dit le Gros. Girier s'est enfui dans les bois. Vous n'avez pas entendu nos coups de feu ? Nous avons tiré dessus pour vous avertir. Il est passé au travers... »

Je suis anéanti :

« Vous l'avez laissé filer ?

— On ne pouvait pas faire autrement. Lorsque vous avez cogné, nous avons aperçu une torche électrique par la porte arrière de la maison. Nous avons reconnu Girier. Il tenait son Colt dans la main droite. J'ai tiré dessus. Crocbois aussi. La Canne a éteint sa lampe et nous l'avons perdu de vue. Dans le bois, nous avons entendu des bruits de branches cassées et une cavalcade. Nous avons encore tiré. Girier s'est échappé vers les terres labourées.

— Où étiez-vous ?

— Sur la colline. Nous n'avons pas pu nous approcher davantage. »

Ma bouche s'arrondit. Réveillés par les coups de feu, des paysans apparaissent, fourches au bras.

« Je crois qu'il vaut mieux foutre le camp, dis-je.

D'ici que nous recevions un coup de fusil de chasse dans la gueule. »

En trombe, nous escaladons la colline. Nous nous regroupons, déçus, à l'orée du bois. Tout à coup, Crocbois jure :

« Merde, ma bagnole ! J'ai laissé les clefs dessus ! »

Débandade. La voiture est toujours là avec, à l'intérieur, la pèlerine du facteur. Je propose :

« Fouillons le bois, Girier n'est peut-être pas loin. »

Je repars, rageur, vers le bosquet. Une demi-heure après, las, crotté, déchiré, abattu, je reprends place dans la Citroën.

« Rien, dis-je d'un ton amer. Volatilisé. Quel succès ! »

Une sourde animosité m'envahit. Tout est à recommencer. J'en veux au Gros de s'être immiscé dans une arrestation que nous aurions pu réussir sans lui. La question de Crocbois me tire de mes réflexions.

« On va casser la croûte ? »

Je retiens à temps des paroles désagréables. Il est mignon celui-là, avec son chapeau, sa canadienne et ses brodequins ! Comme si la capture de Girier n'était plus déjà qu'un souvenir.

« Il faut repasser à la poste, dis-je, le facteur a oublié sa pèlerine. »

Le Gros ne souffle mot. La voiture vire péniblement, patine, puis regagne la route nationale. Collés à la vitre, mes yeux fouillent les bas-côtés. La silhouette d'un homme surgit dans le faisceau lumineux. C'est le facteur qui, au bruit du moteur, accélère son train d'enfer. La pèlerine lui est jetée au passage.

D'un bond, le héros du receveur regagne le sous-bois environnant.

46

Aussi longtemps qu'il peut courir sans reprendre haleine, Girier fonce tête baissée, droit devant lui. Il traverse des labours, des chaumes et des guérets. Ses pieds butent contre des mottes à la dureté de pierre, se tordent dans les sillons. Girier s'accroche aux obstacles. Il franchit des fossés et des haies épineuses. Il ne prend garde, ni à la souffrance, ni au sang. Il avance. Son instinct s'est réveillé. Dix fois il manque de tomber. Dix fois, il repart, tendu, vers la forêt qui borde l'horizon. Sa tête bourdonne, ses muscles sont douloureux. Une sueur froide l'inonde. Il a l'impression que ses poumons vont éclater. Malgré la douleur qui l'oppresse, il court, consacrant son énergie à chaque enjambée.

Sur sa droite un boqueteau se présente. Il s'y précipite, se laisse choir sur le sol. Il se repose quelques instants. En même temps, son regard embrasse la plaine. Elle lui paraît immense. Mais il n'y voit personne. L'air est clair et froid, les étoiles scintillent. Les flics ont perdu sa trace.

Girier, à plusieurs reprises, aspire et expire profondément. Les battements de son cœur se normalisent. Ses pensées s'ordonnent. Il perçoit encore le bruit sec des détonations quand les flics lui ont tiré dessus et le miaulement des balles à ses oreilles. Les salauds ! Il y en avait partout : devant, derrière, sur les côtés de la maison. Des salauds et des imbéciles ! Il n'a pas riposté, pour sauver cette famille qui l'a accueilli, hébergé et nourri sans jamais lui poser de question. Un frisson le secoue. Il reprend sa marche pénible. La forêt est encore loin.

Un aboiement lointain l'arrache à ses pensées. Les chiens ! Il n'a pas pensé aux chiens policiers ! Les flics sont allés chercher du renfort et, déjà, les battues s'organisent. La chasse à l'homme a commencé. Jamais il n'atteindra la forêt. Elle semble s'éloigner à mesure qu'il avance.

Girier jette un regard désespéré autour de lui. A trois cents mètres sur sa gauche, il aperçoit une cabane. Il essaie de courir, mais la terre labourée se dérobe sous ses pieds. Il trébuche, se redresse, avance presque en rampant.

Soudain le sol s'ouvre. Une petite rivière lui barre le chemin. Girier se déchausse, jette son Colt et ses chaussures sur l'autre rive. Il saute. L'eau glacée recouvre ses épaules. Le froid lui coupe le souffle. Il se hisse, ruisselant, sur la berge. Ses mains tremblent en récupérant ses chaussures et son Colt. Il chancelle jusqu'à la cabane.

Un coup de crosse fait voler le cadenas. Il entre et referme le battant. Il grelotte. L'obscurité est totale. Il se rappelle qu'il a fourré la lampe électrique dans sa poche. Il presse le bouton. Le faisceau balaie la cabane. Au-dessus d'un amas d'outils, des vêtements de cantonnier sont suspendus à des clous. Le pantalon, la veste de velours côtelé, le foulard rouge et même le chapeau empestent le goudron. Girier éteint sa torche. Il se déshabille aussi vite que le lui permettent ses doigts gourds. Il essuie son corps transi avec une toile de sac rugueuse comme une râpe, et enfile les effets secs. Ils ne lui vont pas si mal. En tout cas, il a moins froid. Il enroule sa chemise et son pantalon trempés autour d'une pioche qu'il démanche, entrouvre la porte avec précaution et les jette dans la rivière où ils s'enfoncent avec un bruit mou. Il attaque la route d'un pas ferme.

Dans le ciel, le croissant de lune s'accroche aux nuages. Il ne doit pas être loin de dix heures. Il marche. Le ciel semble se déplacer avec lui. La lune, les nuages, la forêt, la nature entière se met en mouvement. Il continue à marcher. La route est sèche et droite. Il ne sait pas où il est. Des pensées confuses tournent dans sa tête. Il n'a pas de papiers, pas d'argent, pas de vêtements, pas de planque. Que va-t-il faire ? Contacter Louis ? Le vieil antiquaire n'aidera jamais un évadé pris à la gorge. En le voyant dans un état aussi pitoyable, ne s'empressera-t-il pas de quitter Paris ? Il s'enfuira à Genève pour monter, avec quelqu'un d'autre, l'affaire d'Annecy. Avant de revoir Louis, il faut redresser la situation. Découvrir, surtout, comment les policiers ont remonté jusqu'à lui.

Depuis quinze jours, il vit dans le pays. Si la dénonciation émanait de Creue ou du hameau, la gendarmerie n'aurait pas attendu la nuit pour le cueillir. Il faut donc chercher ailleurs. Gino ? Impossible. Depuis sa visite rue Surcouf, il s'en méfie. Gino ne sait pas qu'il s'est réfugié à Creue. Il ignore qu'il connaît Hélène. Comment aurait-il pu deviner qu'il a passé avec elle sa première nuit d'homme libre au Royalty, qu'il l'a revue pendant qu'il était planqué rue Surcouf ?

Hélène ! A chaque fois qu'il pense à la jeune fille, Girier ressent une sorte de joie étonnée. Il se rappelle ses scrupules, le soir où, rue Surcouf, torturé par le souvenir encore chaud de leur nuit, il avait décidé de la retrouver. Cette impulsion, il ne la comprend pas, comme il ne comprend pas davantage les caprices et les passions qui l'ont poussé durant toute sa vie. A certains moments, il sent en lui le besoin d'agir et d'agir vite. C'est ce qui l'a toujours sauvé.

Il s'était glissé hors de l'appartement où il venait de vivre des journées insupportables, s'agitant comme une panthère déchaînée. Il s'en voulait de compromettre les mesures prises par Louis et par Gino pour assurer sa sécurité, mais il n'en pouvait plus. La claustration dans ce petit studio était aussi étouffante que celle de la prison. Il sentait la vie battre contre la porte. Le pas d'une femme, un rire, le démarrage d'une auto, tout le narguait. Le quatrième soir, il avait décidé que, le lendemain, très tôt, il irait surprendre Hélène devant chez elle. Il y était allé. Il l'avait vue arriver de loin, la démarche souple dans son blue-jean délavé, charmante et désirable, malgré une canadienne un peu grande pour elle.

« C'est à cette heure-ci que tu rentres ? » lui avait-il soufflé en se détachant du mur.

Elle avait eu un petit cri étouffé, puis elle l'avait reconnu.

« Girier ! »

La façon dont elle l'avait accueilli lui avait fait battre le cœur. Son nom et sa photo s'étalaient en première page des journaux, mais l'accent de la jeune fille ne révélait que la surprise, la crainte, la curiosité et le plaisir. Tout sauf le blâme, le reproche ou l'indignation. Elle lui avait dit exactement ce qu'il lui avait murmuré sur le palier le soir de leur première rencontre :

« Viens. »

Après sa fuite de la rue Surcouf, la réaction de la jeune femme avait été aussi spontanée. Quand il lui avait annoncé qu'il ne pouvait plus rester dans sa planque, elle lui avait aussitôt proposé de le cacher à Creue, un village perdu dans la Meuse, chez son oncle. Elle l'y avait conduit elle-même, en train jusqu'à Bar-le-Duc, en taxi jusqu'au logement, près de la briqueterie désaffectée, du frère de sa mère.

Non, Hélène ne peut pas l'avoir trahi volontairement ! Mais elle a pu parler à Gino. Il lui avait recommandé de ne jamais lui révéler leur liaison mais Gino est charmeur et insidieux. Il a pu réussir à lui faire avouer leurs relations et obtenir l'adresse de Creue.

C'est cela. Gino a fait parler Hélène. Puis la Criminelle l'a tarabusté et il s'est mis à table. Curieusement, René n'en veut pas à Hélène. La vie ne lui a pas appris à se méfier. C'est Gino qui doit payer l'addition.

Girier atteint le sommet d'une côte. La fatigue s'empare de lui. Il se laisse tomber dans l'herbe. Une borne indique : *Verdun, 23 kilomètres*. Il peut y être au petit jour. Ce serait bien le diable s'il ne réussissait pas à faucher une voiture. Il sursaute. Au pied de la montée, deux phares sortis d'un virage éclairent la route.

Girier roule dans un buisson. Il attend, le doigt sur la détente, décidé à vendre sa peau si ce sont les flics. Un ronflement poussif de moteur, suivi d'un grincement de boîte de vitesses le rassure. Un poids lourd. Girier se soulève sur les coudes. A l'allure d'un homme au pas, le véhicule arrive au sommet de la rampe. Girier le laisse passer. Il distingue la silhouette du conducteur rivé à son volant. L'homme est seul. Girier se rue à la poursuite du camion, le rattrape à l'amorce de la descente. Il s'accroche au hayon, court encore plus vite et se rétablit à la force des poignets. Il s'écroule au milieu de cageots de légumes, de bidons de lait et de caisses de fromage. Il se cale entre deux meules de gruyère, le nez à l'ouverture de la bâche.

Dans une demi-heure, il sera à Verdun. Pour la première fois de la soirée, un sourire effleure son visage.

47

Je claque la porte de mon bureau, pose ma gabardine sur le dossier d'une chaise, bâille et me dirige vers la fenêtre. Je regarde sans la voir la pluie battre contre les vitres et j'allume ma dixième Philip Morris. Je demeure ainsi un moment, les mains dans les poches. Je suis crevé. Je n'ai pas fermé l'œil de la nuit. Nous sommes rentrés à trois heures du matin. Mes chaussures crottées à la main, j'ai tâtonné dans le noir de ma chambre. Malgré mes précautions, j'ai renversé une chaise. Marlyse a hurlé :

« J'en ai marre, mais marre de vivre avec un flic. D'où viens-tu encore ? »

Ce cri du cœur et le fiasco de Creue m'ont empêché de trouver le sommeil. Je me suis relevé, j'ai téléphoné à Hidoine et nous sommes arrivés, à l'aube, à la boîte. Sans enlever ses bottes de cavalier, Hidoine, en tenue équestre, a foncé voir le technicien de permanence aux écoutes, de la S.T. Je l'attends avec impatience. Il arrive, une bobine d'enregistrement sous le bras.

« Rien ! s'exclame-t-il. Personne n'a appelé. Pas plus de Girier que de beurre en branche. Tu vois, nous aurions dû planquer chez Hélène au lieu d'aller nous coucher. »

J'avais envisagé cette éventualité. Je soupire :

« Inutile. Si Girier la contacte — et ça m'étonnerait

qu'il le fasse chez elle, — il s'entourera de tant de précautions que nous ne pourrions rien faire. Il faut d'abord lui redonner confiance. »

Hidoine quitte ses bottes, revêt son costume rouille et prend place derrière sa table. Il étale *Le Figaro*.

« Je vais toujours éplucher les petites annonces, dit-il. Je crois que nous en aurons besoin. »

Désinvolte, je pose mes fesses sur son journal.

« Il nous reste encore une chance : Gino. »

Hidoine me jette un regard scrutateur où je décèle une pointe d'ironie.

« Tu es maso, non ? L'équipée d'hier soir ne te suffit pas ? Ce voyou s'est payé notre fiole à l'Ecole militaire ! Au lieu de cela, tu le chouchoutes ! Monsieur te demande de le protéger de la Criminelle et toi, bonne pomme, tu le planques dans un meublé des Champs-Elysées et tu écoutes religieusement tous ses bobards. Vraiment, je ne te comprends pas. A ta place, je l'expédierais à Poirier. C'est bien son tour de se faire mener en bateau !

— Ecoute, dis-je, j'ai une certitude : un jour ou l'autre Gino trahira Girier. »

Hidoine me sort son vocabulaire des grandes occasions :

« Tu t'autosuggestionnes, mon vieux. Peut-on te demander, célèbre inspecteur Coué, ce qui te rend si sûr ?

— Lui. Sa nature et son caractère. Je l'observe depuis quinze jours. Gino est un menteur-né. Il s'enferme dans ses mensonges. Quand nous le prendrons en flagrant délit, il s'effondrera. Alors, il nous mènera fatalement à Girier. »

Hidoine hausse les épaules. Je décroche le téléphone et je compose un numéro.

« Le Madrigal ? »

Hidoine relève la tête. Il m'observe, l'œil étonné.

« La chambre 13, s'il vous plaît. »

Un ronflement puis, dans l'écouteur, le timbre endormi de Gino.

« Gino ? Borniche. Habille-toi et viens tout de suite à la boîte. J'ai du nouveau. »

Je raccroche. Hidoine esquisse un sourire.

« Tu l'as réveillé, ce salaud, dit-il. Chaque fois qu'il répond : « présent », j'ai envie de brûler un cierge à saint Antoine. C'est un miracle qu'il soit encore là. A moins qu'il nous maque, comme il maque sa sœur ! Après tout, pour lui c'est la vie de château, c'est nous qui payons l'addition. »

J'écrase ma cigarette sur une soucoupe de porcelaine que la crasse a noircie :

« Tu as des nouvelles de la Grosse ? dis-je pour arrêter ce débordement d'humour.

— Oui. Les hommes de Poirier continuent à planquer avenue des Ternes. Elle a repris le turf. Elle, au moins, a fait une croix sur cette affaire.

— Et tu n'as pas peur qu'ils nous la cravatent et qu'elle s'allonge ?

— Tu parles, dit Hidoine, ça ne risque pas. C'est son Dieu, Gino, à cette connasse. »

Quand Gino entre dans mon bureau, son visage reflète l'inquiétude que lui cause cette convocation aux aurores. Il s'est pourtant rasé et a noué une cravate neuve. Je le sens sur le qui-vive.

« Gino, lui dis-je, j'ai des nouvelles de Girier. »

Je sors une pièce de monnaie et je la fais sauter à plusieurs reprises dans ma main. Je lui désigne une chaise. Hidoine s'approche, s'installe avec nonchalance sur mon bureau. Il a l'air d'un hibou sur une branche, effaré par le jour. Il me tourne le dos, mais je devine son expression sarcastique quand il fixe Gino. L'atmosphère est tendue.

« Tu savais que Girier était dans la Meuse ? » dis-je.

Il me regarde, ahuri.

« La Meuse ? Comment la Meuse ? Ma foi, non ! »

Son expression prouve qu'il ne ment pas et je sens,

à la façon dont les épaules d'Hidoine se soulèvent, qu'il le croit lui aussi. J'insiste :

« Pourtant, il était chez une de tes amies ! »

Gino ouvre des yeux étonnés. Je poursuis :

« Oui, mon vieux, la Canne se planquait à Creue. Tout simplement.

— Ça ne te dit rien, Creue ? demande Hidoine, insidieux. Et Gueudé ? André Gueudé ? »

Gino le regarde en hochant la tête. Il cherche à se rappeler quelque chose mais ces noms lui sont inconnus. Il affirme :

« Mais non ! Je ne vois pas. »

Hidoine hausse la voix :

« Ça m'étonne ! C'est l'oncle d'Hélène !

— Hélène ? »

La voix de Gino a perdu tout d'un coup de l'assurance.

« Hélène de Labassagne ? C'est impossible ! Girier ne la connaît pas !

— Tu crois ? dis-je. Alors qu'est-ce qu'il foutait chez son oncle ? »

Les yeux de Gino nous scrutent à tour de rôle.

« Vous vous trompez certainement ! Je connais Hélène mais Hélène ne connaît pas Girier, je vous assure.

— Ne nous fais pas rigoler, dit Hidoine. Nous arrivons de chez l'oncle de ta belle Hélène ! On y a vu la Canne comme on te voit. »

Je résume à Gino notre équipée et la fuite de Girier dans la nature. Quand j'ai terminé mon récit, il demeure muet, le visage maussade. Sa lèvre inférieure tremble. Il a l'air d'un enfant pris en faute.

« Dans le fond, affirme Hidoine, c'est un coup de veine pour toi ! Si nous avions piqué Girier à Creue, nous pouvions nous passer de tes services. Et alors, en route pour Marseille. »

Gino se retourne vers moi.

« Qu'est-ce qu'il veut dire ? »

Il est sans doute bon comédien, mais son angoisse

me paraît sincère. Je le laisse mijoter en silence. Je m'amuse à ranger des papiers, je vide mon cendrier dans la corbeille, je manipule le combiné du téléphone.

« Il veut dire que tu ne joues pas franc jeu avec nous ou, si tu préfères, que tu nous bluffes depuis le début.

— Voyons, monsieur Borniche !

— Il n'y a pas de monsieur Borniche. Roule 34-86 ça ne te dit rien non plus ? »

Un éclair de panique traverse les yeux de Gino. Roule 34-86 : le numéro d'Hélène ! Il lui a téléphoné du Cambacérès. Ils avaient mis le téléphone du restaurant à l'écoute, les ordures !

La colère lui brûle la peau. Il est possédé. Pourquoi avait-il composé ce numéro ? Quelle connerie ! N'importe quel autre aurait fait l'affaire ! Gino fixe avec haine le cadran du téléphone que le flic caresse, une expression faussement détachée sur son visage de rapace. Les chiffres et les lettres, noirs et rouges, brillent comme ceux d'une roulette. Pourquoi ce numéro est-il sorti ? Par quelle malchance a-t-il pensé à celui-là plutôt qu'à un autre ? Ce n'est pas la poisse, c'est sa faute ! Il a voulu parfaire son mensonge, donner une sorte d'existence à cet intermédiaire mythique ! « Bon Dieu ! pense-t-il, si je n'avais pas formé ce maudit numéro, tout aurait marché. Je les couillonnais complètement ! »

La rage, cette fois, lui ceint la poitrine, l'étouffe, mais il se contrôle. Il ne faut surtout rien leur montrer. Il doit retomber sur ses pieds, trouver le joint. Et vite ! Impossible ! Le destin l'a pris au collet. Girier l'a bluffé. Il connaît Hélène, il couche avec elle. C'est chez elle qu'il s'est réfugié quand il a quitté la rue Surcouf ! Où se sont-ils rencontrés ? Comment ? La réponse est claire : au Royalty, dans sa chambre, la nuit de l'évasion ! Les femmes, pense-t-il, sont toutes les mêmes, des garces et des salopes. Et Girier qui l'enfonce maintenant avec ses cachotteries à la con ! Que faire ?

« Tu vois, dis-je d'un ton hargneux, ton intermédiaire à la gomme, c'était la petite amie de Girier. Alors, cette fois, il y en a marre ! Que tu saches ou que tu ne saches pas si Girier et elle se connaissent, je m'en fous. Ce qui compte, c'est ce que je vais te mettre maintenant sur le paletot. Ecoute : *Primo*, tu as téléphoné à Hélène du Cambacérès; *Secundo*, on trouve Girier chez l'oncle d'Hélène. Pour nous, ça suffit ! Pour le juge aussi. La jonction est faite : ça s'appelle une association de malfaiteurs et ça va chercher la cour d'Assises. Avec ce que tu as déjà sur le dos, tu vois que tu n'es pas sorti de l'auberge. »

La langue de Gino passe à plusieurs reprises sur ses lèvres desséchées.

Il murmure d'une voix blanche :

« Je vous ai dit la vérité, monsieur Borniche. Ils ne se connaissent pas, je n'y comprends rien. »

Je m'approche de lui, menaçant. Je hurle.

« Je t'ai dit que je m'en foutais ! Pour moi, c'est terminé. La Grosse, Hélène, Gueudé et toi, tout le monde aux Assises ! Ça fera une belle brochette ! Avec Girier, bien entendu. Car, crois-moi, je l'aurai, Girier. Avec ou sans toi. Et il sera là plus tôt que tu ne le penses. Tu dois te rendre compte que j'ai quand même de bons tuyaux et que je n'ai pas eu besoin de toi pour aller à Creue. »

Gino voudrait parler mais les mots ne trouvent pas le passage. Ils se figent dans sa gorge. L'ordure de flic ! Il est là, derrière son bureau, les paupières lourdes, l'air cordial ! Gino se dit avec désespoir qu'il aurait dû se méfier de ce poulet, de ses yeux noirs enfoncés sous le front, deux tarentules que l'arête du nez a du mal à tenir éloignées l'une de l'autre. Le salaud ! Son sourire fielleux, il voudrait le lui faire rentrer dans le gosier !

Gino se sent perdu. « Ne pas refuser, pense-t-il, gagner du temps, faire semblant de marcher dans leur combine. Mentir tant que je pourrai. Mentir, c'est ça la solution. Jusqu'à ce qu'une nouvelle chance de les posséder se présente. »

« Je peux vous dire quelque chose, monsieur Borniche ?

— Rien. »

Je fais glisser le combiné vers lui. Avec méfiance, il regarde l'appareil avancer. J'ordonne :

« Roule 34-86. Appelle Hélène. »

48

HÉLÈNE se hâte vers son métro. La nuit est tombée. Le froid est devenu plus vif. Elle a envie de se retrouver à Saint-Germain-des-Prés, dans le bar bruyant du Royalty qui la réchauffera des rues glacées et désertes de Neuilly.

Soudain, une voiture la dépasse en vrombissant. Ses pneus crissent quand elle freine sur place, à deux mètres devant elle. Un inconnu affublé de vêtements bizarres a jailli sur la chaussée. Elle a poussé un cri lorsqu'il a couru vers elle. Puis elle a reconnu la voix.

« Hélène ! »

L'appel l'a stoppée. Elle ne distingue pas tout de suite le visage défait de Girier, et elle reste figée.

« Monte ! » dit-il d'un ton pressant.

Elle obéit comme un automate. La portière s'ouvre d'un coup sec. Girier est déjà au volant.

Une odeur de goudron et d'essence la prend à la gorge. Le moteur ronfle. La traction démarre en trombe vers la porte Champerret, avale le boulevard de l'Yser entouré de hangars voués à la pioche des démolisseurs et s'arrête dans un coin sombre.

Hélène reste muette. Dans la pénombre de la voiture, son regard ne quitte pas les traits creusés par l'insomnie, les yeux rougis, les cheveux emmêlés, les écorchures des joues et du front. Les yeux ont une expression sauvage que l'épuisement rend plus insolite encore. Girier coupe le contact.

« Je vous remercie tous de m'avoir envoyé les poulets », siffle-t-il en se tournant vers elle.

Elle le dévisage, sidérée. Elle ne réalise pas les raisons de son déguisement. Elle met un long moment avant de comprendre le sens exact de ses paroles. L'angoisse étreint sa gorge. Elle finit par articuler :

« Je ne comprends pas. Qu'est-ce que tu fais là ? Comment es-tu venu ? »

Du menton, Girier désigne le capot de la voiture.

« Tu vois, en bagnole ! »

Il y a quelque chose de tendu dans sa réponse, malgré l'ironie. Il guette sur le fin visage, rosi par le froid, une trace de culpabilité. Il n'y rencontre que de l'inquiétude.

« Je ne comprends pas, répète Hélène. Tu as quitté Creue ? »

Il hausse le ton.

« Je viens de te le dire ! Les poulets sont venus me déloger. J'ai passé une nuit et une journée dans un cimetière, près de Verdun, et hier soir, j'ai fauché une bagnole. »

Il lui raconte la ruée des flics sur la maison, les coups de feu dans la nuit, sa fuite insensée à travers la campagne, le changement de vêtements, le vol de la voiture. A mesure qu'il parle, il réalise qu'elle n'est au courant de rien. Chacune de ses paroles la frappe d'une manière inattendue. A un moment, sa main s'est même posée sur la sienne dans un geste qui l'a réchauffé.

« Et Gino ? dit-il.

— Quoi, Gino ?

— Tu ne lui as vraiment pas parlé de la planque ? »

Elle s'offusque :

« Certainement pas. Il ne sait toujours pas que nous nous connaissons. Il ignore même que j'ai de la famille à Creue. »

Son accent de sincérité l'ébranle. Il garde quelques instants le silence, puis :

« Les perdreaux ne sont pas des fakirs, nom de

Dieu ! Il a bien fallu que quelqu'un me balance ! Ils sont arrivés directement à la maison. »

Soudain, l'image du facteur se glisse dans son cerveau. Un grand type, manchot, dégingandé. Deux fois, il était venu lui porter des colis. Avant-hier, sur la route qui va de Creue au hameau, il l'avait croisé. Le facteur l'avait salué de la tête au passage. Quand Girier s'était retourné, mû par il ne savait quelle prescience, il avait remarqué que le manchot descendu de sa bicyclette, le regardait s'éloigner, figé au milieu de la route. C'était ça ! Le facteur avait dû le reconnaître et en parler aux gendarmes avec qui il buvait souvent un coup, au tabac du village.

Girier balaie une mèche de son front. Gino serait hors de cause. Cette nouvelle le réjouit. L'avenir s'éclaire. Il a besoin de Gino. Le jeune homme va pouvoir le dépanner, lui trouver une planque et des vêtements, reprendre contact avec Monsieur Louis.

René la Canne a la certitude que la chance vient de tourner une nouvelle fois.

« Tu montes chez moi ? demande Hélène. C'est impossible que tu restes comme ça dans Paris ! »

Il la dévisage, un éclair de doute à nouveau dans les yeux.

« Tu es folle ? Et si les perdreaux débarquaient ? Ton oncle va parler. Rien que pour te voir, j'ai dû prendre de drôles de précautions. J'ai planqué devant ta maison. Quand tu es sortie, je t'ai filée pour être sûr que tu n'avais pas les flics au train. Ils ne vont pas être longs à envahir ta piaule. »

La perspective d'ennuis n'indispose même pas la jeune femme.

« Bah ! dit-elle, qu'est-ce qu'ils peuvent me faire ? Je raconterai ce que j'ai dit à ma famille. J'ai rencontré au village un gars qui me plaisait. Aux Deux-Magots, par exemple. Il avait besoin de se retaper. Je l'ai envoyé à la campagne pour quelques jours. »

Girier s'en veut de mendier un peu d'argent.

« Tu ne peux pas m'avancer cinq mille francs ? demande-t-il. Et un peu de monnaie. Je ne peux pas garder cette bagnole dont le numéro est sans doute diffusé. »

Elle sort de la poche de sa canadienne des papiers et de l'argent en vrac. Il s'étonne de cette insouciance et de ce désordre. Elle déteste les sacs à main et un foulard noué contient ses produits de maquillage.

« Tiens », dit-elle en lui tendant quelques billets chiffonnés.

Elle l'embrasse sur les lèvres. Soudain, Girier demande :

« Tu le vois souvent, Gino ? Toujours comme avant ? »

Hélène hoche la tête.

« Oui et non. Il a disparu pendant au moins quinze jours. Il avait des ennuis, il a préféré partir à la campagne. Il m'a appelée hier pour me demander de passer au Royalty voir s'il n'avait pas de courrier. Il n'y a pas remis les pieds. »

Le soupçon frappe Girier en plein cœur. Pourquoi Gino a-t-il téléphoné à Hélène le lendemain de l'affaire de Creue ? La coïncidence est troublante. Manipulé par les flics, ce petit salaud venait peut-être aux nouvelles.

« Où est-il ? demande-t-il d'une voix dure.

— Dans une planque, m'a-t-il dit. Aux Champs-Elysées. Il m'a laissé son numéro. »

Elle fouille de nouveau dans sa canadienne, lui tend un ticket de métro sur lequel, au rouge à lèvres, un numéro de téléphone est inscrit. Girier allume le plafonnier, déchiffre le billet, le glisse, l'air absent, dans la poche de sa veste.

Hélène scrute son visage fermé et passif. Il est devenu un étranger. Tout ce qu'il y avait entre eux s'est défait. Ils ne sont plus que deux êtres enfermés chacun dans sa propre vie. Elle s'apprête à quitter la voiture.

« Tu sais, lui dit-il avec gaucherie, pour ton oncle, il s'en tirera. Je lui revaudrai ça. »

Hélène hoche la tête. Girier la regarde s'éloigner, la tristesse au cœur. Quand elle se retourne, au loin, dans la nuit, avant de disparaître, il a l'impression de la voir pour la dernière fois.

Pas un instant, la jeune femme ne s'est préoccupée de son propre sort.

49

La Résidence Madrigal est plus une maison de rendez-vous du quartier de l'Etoile qu'un hôtel de tourisme. Une plaque de marbre discrètement apposée à la porte d'entrée signale que des chambres « tout confort » sont louées à la journée. On sait ce que cela signifie.

La propriétaire, une sexagénaire parée de bijoux anciens qui donnent à sa silhouette de duègne une élégance désuète, accueille la clientèle derrière un guichet séparé de l'entrée par une cloison de verre. Elle dirige avec fermeté son personnel, deux femmes de chambre en tenue d'infirmières et un homme de peine, souffreteux et voûté, aux favoris en pattes de lapin.

Depuis la loi réglementant la prostitution, Mme Hortense — c'est son prénom — collabore étroitement avec les services de police. En échange de quelques informations assez salaces mais peu originales, elle reçoit dans son établissement les demi-mondaines des Champs-Elysées, sans risquer la fermeture de son hôtel.

C'est au Madrigal que Gino se consume depuis deux semaines. Il occupe, sous les combles, une pièce avec douche et téléphone, à un prix défiant toute concurrence. Mme Hortense a été compréhensive : elle surveille pour moi les faits et gestes de son locataire et, surtout, ses communications.

Quand je m'installe devant le standard de l'hôtel, Hidoine à mes côtés, la propriétaire reprend les explications qu'elle m'a fournies, par téléphone, dix minutes plus tôt.

« Ce qui m'a surpris, dit-elle, c'est que M. Gino paraissait nerveux et méfiant. Son correspondant lui a réclamé des vêtements. Je n'ai pas bien entendu le début de la conversation mais j'ai bloqué le standard en vous attendant. L'homme va rappeler d'un moment à l'autre. »

Elle disparaît dans sa salle à manger. Hidoine s'appuie sur la housse d'une machine à coudre. Près d'un volumineux panier à linge, une pile de draps attend le repassage. Un voyant s'éclaire avec un faible déclic. Mon cœur cogne. Avant que j'aie esquissé un mouvement, la patronne est de retour.

« J'écoute, dit-elle, ici le Madrigal. Ah! monsieur Desroches? Oui, oui, c'est entendu. Demain vingt heures. »

Elle se retourne et commente :

« C'est un vieux client. Il vient d'Angers toutes les semaines, pour se distraire un peu. »

Je suis sur le point de lui demander comment elle peut avoir l'ouïe aussi fine pour percevoir le déclic du standard, depuis sa salle à manger, lorsqu'une autre lampe témoin s'allume. La patronne écoute une seconde, me fait un clin d'œil, branche une fiche, actionne un levier et annonce à voix basse :

« C'est pour lui. »

Elle me passe l'écouteur. Pour mieux me concentrer, je ferme les yeux et je bloque ma respiration. Je reconnais la voix de Girier.

« Tout à l'heure, je ne pouvais pas te parler. Quand je t'ai rappelé, c'était toujours occupé. Tu as bien pigé ? Il me faut un costard, une chemise et une cravate. Une paire de pompes, si tu peux. Tu m'entends ?

— Oui, oui.

— Rendez-vous à dix plombes au zoo. Un mec

viendra te chercher. Je verrai comme ça si tu es filoché. Tchao ! »

Raccroché. J'entends la respiration de Gino au bout du fil puis un bruit sec. Le voyant de sa chambre s'éteint. La patronne se penche sur mon épaule, débranche la fiche.

« Eh bien, s'exclame Hidoine admiratif, tu ne t'es pas trompé, la Canne rapplique sur Gino ! Qu'est-ce qu'on fait ? »

Son dentier fait un rapide mouvement de va-et-vient, signe d'une intense activité intérieure.

Je fixe Hidoine un moment, puis je prends ma décision.

« Viens, dis-je, nous allons monter lui parler de Marseille. »

Pour la troisième fois, Gino, au volant de sa M.G., fait le tour du parc zoologique. Les avenues sont désertes. Au-dessus des taillis qui les bordent, le rocher du zoo se dresse dans l'obscurité tel un énorme blockhaus.

Gino roule lentement. Il a peur. Peur d'affronter Girier, peur de l'avenir aussi imprévisible que les broussailles de ce bois de Vincennes que la lumière de ses phares nettoie. L'envie d'accélérer, de lancer sa voiture sur les routes, de fuir le plus loin possible, le tenaille. Mais où aller ? Les flics le traqueront comme ils traquent Girier, et Girier, de son côté, le pourchassera pour l'abattre comme on abat les indics.

Gino voit défiler une suite d'images terrifiantes. Dans le même instant, la nostalgie lui broie le cœur. Il aurait dû parler à Girier, lui confier la vérité, s'en remettre à sa force, à son audace pour trouver la solution. C'est râpé. Il a raté le coche rue Surcouf. Jamais il n'a éprouvé un besoin aussi puissant d'amitié. Mais il y a trop de mensonges entre eux, les siens et ceux de Girier, trop de méfiance accumulée, qui se nouent à présent dans le risque d'être accusé de trahison par l'homme qu'il admire. L'absurdité des choses lui donne envie de vomir. Il a suffi d'un numéro de téléphone et d'une tromperie insignifiante pour tout foutre par terre!

Gino essaie de se mettre à la place de Girier. Malgré son coup de téléphone à Hélène, il n'a senti aucune menace dans sa voix, à peine un peu de nervosité ou d'excitation.

Gino longe maintenant le lac. Avant d'arriver au carrefour de la Conversation, un homme bondit d'un fourré. Dans la lueur des phares, Gino distingue un vagabond vêtu d'une veste et d'un pantalon de velours côtelé, coiffé d'un chapeau enfoncé sur les yeux. Quand la M.G. arrive à sa hauteur, l'homme fait un signe du bras. Girier! Gino freine avec une violence que ni la vitesse, ni la distance ne justifient.

La portière s'ouvre. Gino n'a d'yeux que pour le canon du pistolet braqué sur lui. Il se rejette en arrière.

« Tu es dingue, balbutie-t-il. Qu'est-ce qui te prend ? »

Girier inspecte la voiture.

« Tu aurais pu ne pas être seul. »

La tension des dernières heures a émoussé la résistance nerveuse de Gino. Il se tasse sur son volant, le plus loin possible de l'arme que Girier tient toujours à la main. La portière claque.

« A droite! ordonne Girier. Je te guiderai. Tu as mes frusques ? »

Gino incline la tête, démarre. La voiture bondit, passe le carrefour, emprunte la route de la Plaine qui court à travers bois.

Gino se demande où ils vont. Son cœur saute. Les nerfs tendus, il examine à la dérobée le visage de Girier, essayant de deviner les pensées qui se cachent derrière ce front barré de rides. Il a le sentiment de rouler vers sa perte. Un coin désert, un coup de feu, une voiture qui repart dans la nuit, un cadavre dans les buissons. Et pourtant l'espoir est là, plus fort que tout.

« Où va-t-on ? » demande-t-il.

Ses mots s'arrachent avec peine à l'angoisse qui le torture.

« Fonce ! » répond simplement Girier.

La route étroite serpente entre les taillis, se coule jusqu'à la croisée des chemins du cimetière de Charenton et du Vélodrome.

Girier n'a pas rengainé son arme.

« Arrête-toi là ! » commande-t-il.

Il examine les environs découverts puis, rassuré, il passe son pistolet dans la ceinture de son pantalon. Il se détend.

« Tu m'as foutu le trac, dit Gino. J'ai cru que tu allais me buter ! »

Girier le regarde, amusé.

« Moi ? Pourquoi ?

— Comment, pourquoi ! Tu me braques et tu me demandes pourquoi !

— Pour buter un mec, faut une raison, fait Girier. J'en ai une d'après toi ? Tu as quelque chose à te reprocher ? »

Gino retient une grimace.

« Sûrement pas, mais tu as une drôle de façon de m'accueillir !

— Si les flics t'étaient tombés sur le dos à coups de flingue, tu ferais comme moi, ricane Girier. Tu ne prendrais pas de gants ! »

Une petite sonnerie se déclenche dans l'esprit de Gino. « Tout va se jouer maintenant, pense-t-il, tout dépend de ce que tu vas dire ! » Il essaie de sourire :

« Quand tu m'as parlé de frusques, j'ai compris que quelque chose foirait. Qu'est-ce qui t'est arrivé ? Tu as l'air d'un clochard ! »

Girier chasse de la main un mauvais souvenir :

« J'avais une planque en pleine cambrousse. Eh bien les flics sont venus m'y dénicher ! Je donnerais cher pour savoir comment ils ont eu le tuyau ! A moins que ce ne soit une coïncidence, que je me sois fait retapisser par un mec du bled ! »

Il déploie ses membres, s'étire. Gino est puissamment bâti mais il se sent fragile, à côté de ce fauve. Il interroge :

« Comment tu as eu mon numéro ?
— Par Hélène...
— Hélène ? Tu connais Hélène ?
— Faut croire ! dit Girier. Ça t'ennuie ? »

Gino sent un frisson galoper sur son échine. Le ton de Girier lui paraît plein de sous-entendus.

« Tu aurais pu au moins dire que tu la connaissais, remarque-t-il avec aigreur. Moi qui ne savais pas où te joindre ! »

Une lueur se promène dans l'œil de Girier.

« Heureusement ! Si tu avais été au courant, c'est pour le coup que je t'aurais soupçonné !
— Bon Dieu ! murmure Gino. C'est donc chez elle que tu te réfugiais ? »

Un sourire narquois flotte sur les lèvres de Girier. Il n'a pas l'intention d'entrer dans les confidences, même si sa confiance renaît peu à peu.

« Et toi, demande-t-il, pourquoi tu lui as téléphoné aujourd'hui ? »

Gino s'attendait à cette question.

« Parce qu'Hélène est une copine, répond-il. Il y a quinze jours que je me planque. Je suis rentré à Paris depuis deux jours seulement.
— Ah ! fait Girier, tu t'étais barré, toi aussi ? »

Gino secoue la tête :

« J'étais chez un copain, à la campagne. Ça me changeait de la Criminelle.
— Et Louis ?
— Il doit être à Genève. Il devait s'y rendre à la fin du mois. Je n'ai pas de nouvelles. »

Girier sent ses derniers soupçons s'envoler.

« On pourrait aller l'y rejoindre, dit-il. Le coup d'Annecy peut aussi bien se monter de Suisse. »

Gino ne répond pas. Il soupèse les probabilités de réussite. Les millions, c'est bien beau, mais la tranquillité aussi.

« Tu as du fric ? questionne Girier.

— Ça, je peux en avoir. Combien te faut-il ? »

Girier suppute la situation. Ils ont besoin l'un de l'autre. C'est le moment de prendre une décision.

« Ecoute, tranche-t-il, on se taille pour la Suisse. Après, on verra. Ta voiture marche ?

— Evidemment. J'ai même un triptyque. »

Girier sourit. La naïveté de Gino l'amuse. Il s'imagine qu'ils vont passer la frontière comme deux touristes et dans une voiture peut-être signalée !

« Ne t'en fais pas pour ça, dit-il. On abandonnera la tire à Mulhouse et on passera avec les frontaliers. Je connais la filière...

— Tu voudrais partir quand ? demande Gino. L'excitation fait trembler sa voix.

— Demain. On roulera la nuit par des routes secondaires. Tu auras de l'argent ?

— Oui, dit Gino.

— Ça va ! Passe-moi la valoche, que je me change. »

Il poursuit :

« J'ai une planque pour cette nuit. Demain, si tu veux, on se verra à neuf heures au métro Europe pour mettre au point les derniers détails. Ça colle ? »

Gino approuve d'un signe. La valise à la main, Girier quitte la M.G. Gino le voit se changer dans la lumière des veilleuses. On dirait une ombre aux bras désarticulés. La peur de Gino a disparu. Girier lui a insufflé de sa force et de sa décision. Avec lui, il irait au bout du monde. Il se sent maintenant de taille à affronter les flics qui l'attendent...

Quand Girier remonte dans la voiture, Gino le regarde avec chaleur.

« Où va-t-on ? » demande-t-il.

Girier élève la main.

« Conduis-moi à Denfert-Rochereau. »

Il n'y a rien d'injurieux dans cette prudence. Gino

sait que ce n'est pas par méfiance que Girier lui cache sa planque. Cette pensée le gonfle d'orgueil.

« Tu ne crois pas qu'il l'a buté ? »

J'essaie de déceler dans la question d'Hidoine la part qui revient à l'inquiétude et celle qui relève de l'humour noir.

Gino nous a quittés il y a plus d'une heure et ce sont les premières paroles qu'Hidoine prononce depuis son départ.

« Girier n'es pas un tueur, dis-je pour me rassurer moi-même. De toute façon, il fallait le mettre en confiance. »

Hidoine hoche la tête. Son profil se détache sur la vitre du café les Cascades où nous attendons le retour de Gino.

« Si cette ordure a filé, ajoute-t-il, ça va être sa fête ! »

Hidoine a l'art de me torturer. Des éventualités de plus en plus désastreuses défilent devant mes yeux. Je vois tantôt un cadavre, si Girier se doute de la vérité, tantôt Gino, fuyant dans la nuit s'il s'est fait la paire. J'ai toutes sortes de visions à l'exception de celle de Girier, menottes aux poignets, entre l'inspecteur Hidoine et l'inspecteur Borniche triomphants ! Mais comment aurions-nous pu, en pleine nuit, cerner, à nous deux, le bois de Vincennes ?

A mesure que le temps s'écoule, l'attente devient insupportable. Je guette par la vitre l'apparition de Gino. L'affolement me gagne. Les aiguilles de la pendule tournent trop vite à mon gré.

Soudain, j'écarquille les yeux. À l'angle de l'avenue, une silhouette se hâte à grands pas dans notre direction. Hidoine explose :

« Le voilà ! »

La porte du café se referme sur Gino. Il s'assoit près de moi. Il rayonne.

« Il ne me soupçonne pas ! »

Hidoine rigole. Lui aussi a l'air soulagé. J'interroge.
« Alors ? »
Gino savoure ses effets :
« Il m'a tout raconté. Il est furieux à cause des coups de flingue. Mais il croit qu'on l'a reconnu dans le pays et dénoncé.
— Il t'a fixé rendez-vous ?
— Oui. Demain à dix heures, à la gare Saint-Lazare. On ira chercher une piaule ensemble car il ne sait pas où crécher.
— Dès que tu connais la planque, tu nous téléphones, grince Hidoine.
— D'accord, reprend Gino. Mais vous, vous tenez vos engagements. Vous effacez l'affaire de Marseille et vous me filez ma brique. »
Je demande :
« Tu sais pas où il couche ce soir ?
— Non. J'ai proposé de l'emmener au Madrigal mais il n'a pas marché. Il trouve les Champs-Elysées trop chauds ! »
Le visage de Gino est souriant.
« C'est curieux ! me dis-je. René la Canne se méfie des Champs-Elysées et il va s'afficher en plein jour à la gare Saint-Lazare. Oui, vraiment curieux ! »

50

Il est exactement onze heures du soir lorsque je me faufile dans une rue de Lappe encombrée de cars de touristes. Une pluie fine s'est mise à tomber. Je m'engouffre au Balajo.

Les facettes de la boule de cristal qui tourne au-dessus de la piste balaient la salle. L'accordéon de Jo Privat pleure une rengaine. Des couples dansent.

Sous l'estrade de l'orchestre, je cherche la silhouette désossée de Bébert la Fouine. C'est sa place habituelle. Où traîne-t-il encore à cette heure ? On ne l'a pas vu de la soirée chez Frédo, rue de Charonne. A la Roulotte, non plus, le bar d'Anita, rue de La Roquette. Reste sa chambre. Improbable. Bébert n'est pas un homme à se coucher comme les poules.

Figé au bord de la piste, je réfléchis. Il faut absolument joindre Bébert, c'est capital. Et si j'allais l'attendre chez lui ?

Je fais demi-tour. Dans la rue, les plaintes de l'accordéon m'accompagnent. J'entre sous un porche, je traverse une cour mal pavée et j'arrive au pied d'un escalier abrupt. Il fait nuit noire. Je gravis, mon briquet à la main, des marches qui plient sous mon poids. J'atteins un palier encombré de poubelles. Pas de sonnerie. Je cogne à la porte de droite. Dérangé dans son casse-croûte nocturne, un chat me saute dans les jambes. Je frappe plus fort. Une voix gutturale s'élève derrière la porte.

« Qui c'est ? »
Je pousse un soupir de soulagement.
« Borniche ! Ouvre, Bébert. »
Un ronchonnement inintelligible, puis :
« Borniche... Comment ça, Borniche ? »
Je m'impatiente.
« Oui... Dépêche-toi !
— Deux secondes, je mets un falzar. »
Le parquet intérieur craque sous le frottement des savates. La porte s'ouvre. Ses cheveux roux épars sur sa figure osseuse, le torse nu, Bébert apparaît dans l'encadrement. Il allonge sa tête de cheval.
« Qu'est-ce qu'il y a de cassé ? »
Je referme la porte.
« Il y a que j'ai besoin de toi. Tu es seul ? »
Les canines déchaussées de Bébert se découvrent :
« Non, mais c'est tout comme. Je baise une Polak que j'ai levée aux puces. Elle ne jacte pas un mot de français. »
Le logement est à son image, tout en longueur. La pièce unique est divisée en cuisine et chambre à coucher par un rideau de caoutchouc glissant sur une tringle. Au-dessus de l'évier en pierre jaune, un robinet goutte. Un restant de soupe stagne dans une casserole en alu, posée sur un réchaud noir de suie. Des mégots sont écrasés dans de la vaisselle sale et ébréchée.
Bébert la Fouine est le type même du truand sans envergure qui gravite autour des bars mal famés des quartiers populeux. Son casier judiciaire à tiroirs s'orne de condamnations mineures assorties d'interdiction de séjour. C'est comme ça que je le tiens.
Il tire un escabeau, le pousse vers moi.
« Un coup de rouquin ? »
D'un signe de tête, je décline l'invitation.
« Il faut que tu me rendes service », dis-je.
Le long visage s'épanouit.
« Je suis là pour ça, monsieur Borniche.
— Bon. File tout de suite à l'hôtel Madrigal, rue de Chateaubriand. Tu vas repérer les lieux. Voilà

une photo d'un gars nommé Gino. Il faut que tu te planques là-bas demain matin à partir de cinq heures et que tu me le prennes en filature. »

Une grimace déforme ses traits. Ses sourcils broussailleux se rejoignent.

« C'est du travail de poulet que vous voulez me faire faire ! »

Je ne m'attarde pas sur son indignation.

« Le type que tu vas suivre a rendez-vous avec Girier.

— Quoi ? René la Canne ! Vous vous rendez compte !

— Tu ne risques rien. Gino ne peut pas se méfier de toi. Il t'amènera à Girier. J'attendrai ton coup de fil. Je veux savoir où il pieute. Si tu réussis, tu n'auras plus de mauvais sang à te faire pour ta trique. »

Bébert émet un sifflement lugubre.

« Forcément, si je suis canné ! »

Je le rassure tout de suite, sans me rendre compte de mon mauvais calembour :

« Je pourrai même t'offrir un bouquet.

— Pardi, fait la Fouine. En attendant, vous pourriez pas me filer une violette ? Je suis raide à blanc. Si des fois, il prenait un bahut, votre Gino. »

Il cueille le billet que je lui tends, le glisse dans sa poche.

« Soyez tranquille, monsieur Borniche, dit-il, je ferai pour le mieux. C'est pas pour rien que dans le Milieu on m'appelle la Fouine. C'est le gros Pierrot, ce connard de Belleville, qui a voulu faire de l'esprit parce que j'aime fourrer mon nez partout. Du coup, ça m'est resté.

— Tâche de le mériter ! J'attends ton coup de fil. »

Bébert referme la porte de son cambuse.

Discrètement, René Girier quitte l'atelier de Leduc, boulevard Raspail.

Il a passé la nuit sur un lit de camp, dans un coin de l'immense verrière. Le sculpteur laisse toujours les clefs sur la porte. Il prétend que, le soir, ses œuvres quittent leurs socles pour s'en aller rôder dans les rues jusqu'au matin. Comme il est un peu fou et presque toujours ivre, il le croit. Ses sculptures confirment sa croyance, son alcoolisme et sa folie. Elles s'égarent dans toutes les directions. Les plus récentes ne sont que de longs filaments plâtreux qui représentent des femmes-araignées. Il y a eu la période des femmes jaunes d'œuf, puis celle des femmes ventriloques. Les jaunes d'œufs ont enrichi quelques musées d'art moderne. Un milliardaire texan a acheté en bloc les ventriloques. Les araignées, elles, sont toujours là, sous leurs toiles.

L'atelier de Leduc sert de refuge à ses amis. Les inconnus, eux aussi, peuvent y dormir tout leur soûl.

Girier remonte la rue de Londres. Il croise des employés qui se hâtent vers les bureaux des compagnies d'assurances ou de la S.N.C.F. Il est en avance. Place de l'Europe, il marque un arrêt. Il a toujours aimé contempler les trains. Enfant, il avait rêvé de posséder un chemin de fer mécanique, avec un fourgon et deux ou trois wagons. Cela lui aurait suffi.

Il se poste contre la grille surplombant les voies qui partent de la gare Saint-Lazare et assiste aux manœuvres de triage. Les éclairs des boggies illuminent la voûte noire de la gare. L'air est vif. La vapeur des locomotives des grandes lignes, qui passent sous le pont, le réchauffe.

Il est maintenant huit heures quarante-cinq. Girier abandonne son observatoire. Lentement, il descend les marches du métro Europe, gagne l'extrémité du quai et se fige près de l'escalier donnant sur la voie, qu'un panneau mobile interdit au public. Dans quinze minutes, Gino sera là.

Girier a retrouvé sa confiance et son énergie. Quand il aura réalisé l'affaire d'Annecy, il planquera son magot à Zurich où il se fera ouvrir un compte numéroté. Il gagnera ensuite l'Allemagne, passera en Hollande et il s'embarquera à Amsterdam pour le Brésil.

Gino est à l'heure. Girier le voit débarquer, souriant, détendu, sur le quai. Le jeune homme attend que le portillon se ferme et que la rame emporte les rares voyageurs avant de venir le rejoindre. Girier apprécie la feinte. Les deux hommes s'assoient sur le banc. Par moments, le grincement des roues sur les rails couvre leur conversation.

Gino est volubile. Il explique que tout est prêt, que cet après-midi il aura récupéré l'argent qu'on lui doit. La M.G. sera vidangée et ils prendront ensemble le chemin de la Suisse.

« Maintenant, dit Girier, quartier libre ! File-moi un peu d'oseille. Je veux m'acheter quelques trucs. Rendez-vous à cinq heures, place de l'Opéra, au premier étage du tabac le Khédive, à côté du magasin Lancel. »

Mon téléphone vibre :
« Bébert ? Qu'est-ce que tu fous rue Washington ?
— Je suis derrière Gino. J'ai paumé la Canne.
— Quoi ?
— Oui. Il a pris un taxi à Sèvres-Babylone. Il n'y en avait pas d'autres. Vous en faites pas, monsieur Borniche, votre Gino je le lâche pas. C'est pas facile, il se retourne tout le temps ! On dirait que c'est lui qui craint le plus !
— Tu ne t'es pas fait griller ?
— Non. En ce moment, il est en train de se taper un apéro avec une brune, petite et boulotte. Elle lui a même passé une grosse enveloppe. J'ai les crochets rien que de les voir...
— Tu mangeras après. Où il est parti Girier ?
— Ça, je sais pas ! Quand Gino l'a retrouvé au métro Europe, il était déjà là. Ils ont bavardé un bout de temps puis ils ont filé rue du Bac. Ils ont acheté un chapeau et une gabardine puis des lunettes

fumées à la pharmacie d'à côté. Après, on est allé à pied à Sèvres-Babylone où ils se sont séparés. J'ai suivi Gino jusqu'à la rue de Rennes et on est revenu par le métro aux Champs-Elysées.
— Tu penses qu'ils vont se revoir ?
— Possible, émet Bébert. Ils ne se sont pas serré la poigne en se quittant.
— Alors, tu continues. J'attends ton coup de fil. Fais bien gaffe, c'est vital pour toi. »
Je raccroche le combiné.
« Gino nous double, dis-je à Hidoine. Le rendez-vous de ce matin était au métro Europe et non à la gare Saint-Lazare. »

Girier s'est engouffré dans une cabine téléphonique. Il compose le numéro de *France-Soir*.
« René Delpêche, s'il vous plaît. »
Un temps, un déclic, puis :
« J'écoute, dit une voix.
— Salut. C'est Girier à l'appareil ! »
Un silence. La Canne perçoit nettement la respiration de son interlocuteur. Il insiste :
« Ben oui, quoi. Girier. René la Canne si vous préférez. Ça vous étonne ? »
Nouveau silence puis, dans l'écouteur, il entend : « C'est un con qui a du temps à perdre. » Il enchaîne :
« Rassurez-vous, c'est pas une blague. Je suis bien Girier. Vous voulez un papier ? »
Défiant, le journaliste questionne :
« A quel sujet ?
— Pas si vite. Vous téléphonez à Sainte-Menehould, au garage Azur, avenue Victor-Hugo. Vous m'excusez de leur avoir fauché quarante litres d'essence et vous envoyez l'argent correspondant au patron. En échange, je vous donne une information. Ça marche ?
— Hum, fait Delpêche embarrassé. C'est que...
— Si vous ne voulez pas, je m'en fous. Je téléphone à *L'Aurore*.

— Non. Je vous écoute. »

Girier a un sourire. Il place sa main devant le micro et, lentement, articule :

« Les poulets ne se sont certainement pas vantés de m'avoir loupé une fois de plus lundi, après m'avoir flingué à bout portant. Alors, vous pouvez écrire que c'est terminé. Désormais, je flinguerai moi aussi.

— Oh! dit Delpêche. Vous me faites marcher !

— Si vous ne me croyez pas, une précision : ça s'est passé à Creue, un village de la Meuse, lundi soir. Téléphonez donc au facteur. Le pays doit être au courant. »

Un chuchotement dans l'appareil. Girier comprend que Delpêche passe l'écouteur à un collègue.

« Où êtes-vous ? questionne, méfiant, le journaliste.

— Ça c'est autre chose. Je me débine à l'étranger. Pour quand le papier ?

— Pour cet après-midi, si c'est vrai !

— Ça va. Je le lirai au soleil dans deux ou trois jours. N'oubliez pas le garagiste. »

Girier quitte la cabine. Ils en feront une gueule, les flics, en lisant le canard tout à l'heure ! Ils n'ont pas dû se vanter de leur échec. Ça leur apprendra à jouer les cow-boys.

Hidoine décroche, écoute, me passe le combiné :

« Tiens, dit-il, c'est ton pote ! »

Dans l'écouteur, la voix de Gino résonne :

« Ça y est, monsieur Borniche. Tout va bien. Il ne se méfie pas. Demain, je crois que c'est bon !

— Comment ça, demain ?

— Parce qu'on va voir une planque tout à l'heure au parc Montsouris. Je vous raconterai ça. A quelle heure peut-on se voir ?

— Comme tu voudras. Sept heures au Fouquet's, ça va ?

— C'est un peu juste. Faut que je le mette au lit avant.

— Alors, onze heures, ça marche ?
— Ça marche. Je ne peux pas rester longtemps, je suis dans une cabine. »

Je lance un coup d'œil significatif à Hidoine.

« Tranquillise-toi, dis-je à Gino. Ce soir onze heures. Si tu as quelque chose avant, je ne bouge pas du bureau. »

Depuis que Gino l'a quitté, Girier erre dans les rues. A l'excitation du prochain départ a succédé un sentiment de tristesse qu'il ne s'explique pas. Il a flâné au hasard sur la rive gauche. Maintenant, l'heure du rendez-vous à l'Opéra approche. Il traverse la cour du Carrousel, s'assied sur un banc, repart. Il est las. Il ressent une impression désagréable, comme si au coin de cette rue ou de cette avenue allait surgir quelque chose d'inattendu dont dépendrait son avenir.

Girier pense à son contact avec Gino dans moins de deux heures, à son départ définitif, à l'affaire d'Annecy qu'il montera à partir de la Suisse. Il pense aussi à Marinette, à sa fille, à Hélène. Il regarde. Il regarde sans les voir les vitrines éclairées, les gens qui se pressent ou qui flânent autour de lui, avec leurs problèmes mineurs qu'ils traînent pourtant comme des fardeaux.

René la Canne s'arrête devant le Studio Universel : on joue *Le Troisième Homme*. L'affiche l'attire. Il prend un billet, s'installe à l'extrémité d'une rangée près d'une sortie de secours. Il absorbe le film dans un état voisin du rêve. Il suit la chasse à l'homme dans les égouts de Vienne, le visage fermé. La violence et l'angoisse qui se déchaînent sur l'écran appartiennent à un autre monde.

Il réfléchit aux précautions qu'il doit prendre avant sa rencontre avec Gino. Sa méfiance ne s'est pas complètement dissipée. Il faudra qu'il repère les lieux, qu'il s'assure, avant de rejoindre Gino, que le jeune homme ne tire aucun poulet dans son sillage.

« Allô ! Bébert ? Où es-tu ?
— A l'Opéra, monsieur Borniche.
— Où ça ?
— Attendez que je lise ! Café-tabac le Khédive ! C'est proche d'un magasin qui s'appelle Lancel.
— Qu'est-ce que tu fous ?
— Votre Gino est là à attendre. Il est passé à un garage. Maintenant, il est nerveux. Il regarde tout le temps sa montre. Faites vite ! »

Je raccroche. Hidoine sur mes talons, je dégringole l'escalier qui permet de sortir de la Sûreté par l'issue secondaire de la rue Cambacérès.

Entre deux suffocations, Hidoine éructe :

« Ça sert à rien tout ça ! C'est des suppositions. Rien ne prouve que le Gino a rendez-vous avec Girier. »

Nous courons vers l'Opéra, battant sur cette courte distance des records de vitesse.

Sur le terre-plein central, la Fouine nous attend. Il me lance un clin d'œil rassurant. Gino est toujours là au premier étage du café.

Sans que Girier s'en rende compte, le monde de l'écran où un homme se débat et le sien commencent à converger l'un vers l'autre. La musique lancinante l'assaille. La panique le gagne peu à peu. Il réalise que, lui aussi, n'a aucune pitié à attendre d'une société qu'il a toujours défiée, qu'il est un homme traqué, définitivement exclu, comme le héros du film.

Autour de lui, dans la salle, des ombres s'agitent, se déplacent, s'approchent. Ses doigts crispent instinctivement la crosse de l'arme qu'il a dans sa poche et qui ne suffit pas à le rassurer. La musique l'obsède, devient insoutenable.

Alors, Girier s'arrache de son fauteuil. Il se précipite vers la porte. Dehors, la vie continue, les gens défilent au rythme de leurs pensées. Il s'ébroue. Progressivement, il retrouve son calme. Il suit le trottoir à pas lents vers l'Opéra. L'horloge de la place indique cinq heures moins cinq. Il attend, docile, que le signal se mette au rouge pour traverser entre les clous.

Un crieur de journaux gueule derrière lui les dernières nouvelles :

« Demandez *France-Soir* ! Le gangster Girier échappe une fois de plus à la police ! Voyez *France-Soir* ! »

René la Canne met une fraction de seconde à réaliser qu'il s'agit de lui.

Il est difficile de rester calme quand on sait que, dans quelques minutes, on va se trouver en face de son destin.

Si j'arrête Girier, je colle un soufflet au Gros que mes méthodes exaspèrent. Pour lui, depuis deux mois, je suis le fumiste qui spécule sur sa fantaisie et son imagination. Je fais fi de la logique et de la routine administratives. Ma façon de procéder — « mon style », comme dit Vieuchêne — lui paraît ridicule. Il la supporte parce que jusqu'alors je lui ai ramené des « crânes », mais je sais qu'à la première embûche, je serai rayé des contrôles de la Sûreté nationale. Si je n'arrête pas Girier, si Gino, sur lequel j'ai tout misé, se fait la paire en me laissant entre les mains ce chiffon de papier qui vaut à lui seul cinq ans de cabane, ce sera simple. Je rentre au bureau, je vide mon tiroir de mes quelques affaires personnelles, je les entasse dans ma serviette en carton bouilli, je distribue aux uns et aux autres mes crayons, ma gomme, quelques photographies souvenirs et je m'en vais rendre ma carte tricolore, mon insigne, mes menottes et mon pistolet que je n'ai jamais utilisé, au service de la gestion.

Mais si j'arrête Girier, je passe inspecteur principal ! Cette fois, le Gros sera obligé de tenir sa promesse. Depuis l'affaire Buisson, il me fait miroiter le principalat au bout d'une gaule comme la carotte à l'âne. Marlyse sera heureuse. Je pourrai préparer tranquillement le concours de commissaire qui se présentera un jour ou l'autre, lorsque les crédits seront débloqués. Après, je n'aurai plus qu'à me laisser vivre. L'avancement est automatique.

J'ai découvert le poste d'observation idéal qui me permet d'embrasser la place de l'Opéra sans être vu. J'ai fait irruption dans les locaux de l'agence de tourisme Holland America Lines, à l'angle de la rue de la Paix, et maintenant derrière les vitres arrondies, je scrute la place.

Accoudé à la margelle de l'escalier du métro, Bébert ne quitte pas des yeux l'entrée du café. Il a réussi une filature difficile et, rien que pour cela, je le ferai bénéficier d'une mesure de clémence supplémentaire.

Hidoine, qui a repris son souffle, s'impatiente.

« J'ai bien envie d'aller voir si Gino est toujours au tabac, dit-il. Il est possible que Bébert ne l'ait pas vu ressortir. »

Hidoine adore jeter le doute dans les esprits. Il est cinq heures moins cinq à la grosse horloge. Rien n'est commencé, rien n'est perdu.

« Il a dû filer lorsque Bébert nous téléphonait, prophétise-t-il encore. On peut rester comme ça longtemps à attendre ! »

J'apprécie la pertinence de l'observation mais je ne réponds pas. Hidoine ajoute, pour mieux me torturer.

« Gino s'est rendu compte de la filoche. Il a emmené ton Bébert en belle ! »

Je hausse les épaules, agacé.

« Tu fais ce que tu veux, mais moi j'attends, dis-je. Je verrai bien. »

Le silence tombe, troué par les bruits de tiroirs-caisse et les mitraillades des machines. Les minutes s'écoulent, longues, déprimantes.

Tout à coup, je sursaute. Au pied de l'agence, étonnamment calme parmi les passants, les mains dans les poches d'une gabardine élégante, Girier s'apprête à traverser l'avenue.

« Regarde !

— Nom de Dieu ! » s'étrangle Hidoine.

Nous dévalons l'escalier. Un trio de touristes que nous bousculons bouche la porte d'entrée. Nous sommes sur le trottoir. Trop tard. Les feux se sont mis au vert. Les voitures défilent à toute allure, obstruant la voie. Girier a traversé. Sa silhouette se meut sur le trottoir opposé. Je crie à Hidoine :

« Fais le tour à gauche par le magasin Citroën. Moi, je fonce derrière lui. »

Le flot des voitures me bloque toujours. Je n'y tiens plus. Je me rue entre les autos. Un autobus m'évite de justesse, et l'écart que je fais me place sur la trajectoire d'un taxi qui freine désespérément. Un bruit de tôle me parvient. Je fonce sans me retourner.

J'arrive à l'angle de la rue du Quatre-Septembre. La tête de Girier dodeline de l'autre côté de la rue à trente mètres devant la bijouterie Clerc. Il se faufile entre les passants. Il s'arrête au bord du trottoir du boulevard des Capucines. Le feu se met au rouge. Il va traverser. Il est cinq heures moins trois.

Ma détente est foudroyante. J'ai mis toute mon angoisse dans mes jarrets. Jamais je n'aurais cru posséder une telle puissance. Mes bras enserrent ceux de Girier, les collent au corps.

« Bouge pas, René, tu es fait. »

La soudaineté de l'attaque l'a anéanti. Il n'esquisse pas le moindre mouvement. Hidoine, plus pâle qu'une hostie, surgit devant lui. Au bout de sa main, son pistolet tremble.

« Les pattes en l'air et vite ! hurle-t-il. Sans ça, je tire.

— Fais pas le con, je suis là, dis-je en montrant ma tête par-dessus l'épaule de Girier. Passe-lui plutôt les menottes. »

Hidoine se fouille. J'ai l'impression de le voir chercher ses allumettes. Il avoue, piteux :

« Je les ai oubliées. C'est de ta faute aussi, à m'avoir fait partir si vite. »

Je desserre mon étreinte, l'espace d'un éclair. Ma main plonge dans la gabardine de Girier. J'extrais un Colt que je glisse dans ma poche. La foule s'amasse. Un brigadier de police s'approche, soupçonneux.

« Qu'est-ce que c'est que ce travail-là ? interroge-t-il. Vous avez vos papiers, vous tous ? »

Je l'injurie. D'autres gardiens arrivent en renfort. Hidoine sort sa plaque. Soudain, il s'exclame :

« Tiens, les voilà, mes pinces ! Elles étaient passées à ma ceinture. »

Un déclic aux poignets de Girier. Je le vois maintenant de face. Il a maigri. Il me sourit faiblement.

« Bravo, reconnaît-il. Mais, vous savez, je n'aurais jamais tiré sur vous. Et puis, c'est peut-être mieux ainsi, j'en ai tellement marre de ce Milieu pourri... »

Tandis que je l'entraîne vers les bureaux de la Holland America Lines, il ajoute :

« Quel enfoiré, ce Gino ! Il m'a fait un de ces cinémas ! Il n'y avait que lui qui connaissait le rendez-vous. »

Je secoue la tête à plusieurs reprises :

« Il ne perd rien pour attendre. Moi aussi, j'ai un compte à régler avec lui. »

Girier me regarde, stupéfait. Hidoine s'esquive. Cinq minutes plus tard, il réapparaît :

« Penses-tu, dit-il. Envolé, l'oiseau ! L'arrestation a fait trop de bruit sur la place. Gino ne nous a pas attendus. »

Un appareil téléphonique est là, à portée de main. Je compose le numéro de la Sûreté. J'ai besoin d'une voiture pour ramener Girier à la Grande Maison.

51

Le commissaire divisionnaire Vieuchêne, faisant fonction de sous-directeur des Affaires criminelles, a la gorge sèche. Rongé d'anxiété, il déambule dans son bureau, incapable de porter son attention sur le courrier que Paulette, sa secrétaire, vient de déposer sur son sous-main. Les mains dans les poches, ses lunettes à monture d'écaille en équilibre sur son front dans leur position habituelle, il attend. Il sait que quelque chose d'important va se produire dans les heures qui suivent. Il en est sûr mais il ne sait ni où, ni comment.

Ses deux esclaves, Hidoine et Borniche, sont en chasse. Il ne les a pas vus partir et cela le tracasse. Au cours du déjeuner qu'il avait partagé avec le directeur de la police judiciaire, celui-ci, à brûle-pourpoint, lui avait demandé :

« Dites, Vieuchêne, qu'est-ce que c'est que cette histoire de coups de feu à Creue que les gendarmes ont signalée ? Vous êtes au courant ? »

Il avait avancé son menton en signe d'ignorance. Le directeur avait ajouté :

« D'après le receveur des postes, des types du contre-espionnage seraient arrivés là-bas pour descendre un gars ? Moi, ça m'étonne. Les hommes de Wybot ne sont pas des assassins !

— C'est peut-être une pétarade de moto », avait murmuré le Gros. Puis il avait changé de conversation. Une chance que le postier n'ait pas relévé le numéro de la voiture. Il aurait bonne mine, à présent. Pour une fois, Crocbois avait fait preuve d'initiative en n'allumant pas ses phares au départ du bureau de poste.

Le Gros consulte sa montre. Il est dix-sept heures. La secrétaire égalise ses ongles que les touches de la machine ébrèchent journellement. Sa lime flexible travaille avec une vélocité de manucure.

Le Gros ouvre la porte de communication.

« Je me suis absenté deux minutes. Toujours rien ?
— Non, monsieur. »

Il sort une tablette de chewing-gum dont il froisse le papier, le jette dans sa corbeille et vient se planter devant la fenêtre, l'air absent. Soudain, la sonnerie du téléphone le fait tressaillir. Il se précipite au secrétariat.

« Qui est-ce ?
— Borniche, dit Paulette en masquant le récepteur.
— Passez-le-moi. »

Il lui arrache le combiné :

« Où êtes-vous ? hurle-t-il, la figure congestionnée. C'est intolérable de ne pas me tenir au courant ! »

La secrétaire le regarde s'étrangler. Puis elle constate que sa colère tombe tout d'un coup. Ses mains tremblent. Il passe un doigt dans l'encolure de sa chemise comme pour échapper à l'asphyxie. Elle l'entend murmurer :

« Ce n'est pas une blague, au moins ? Sans ça vous me le paierez cher ! Je vous l'envoie tout de suite. »

Il lui lance presque le combiné et articule :

« Appelez-moi le garage de la rue de Penthièvre. Que Crocbois soit devant le 11 dans trois minutes. »

Il fait quelques pas puis se retourne.

« Pas le 11 rue des Saussaies. Le 11 rue Cambacérès. »

Il referme sa porte, s'assied devant son bureau,

ouvre son tiroir et en sort une liste d'appel. Il compose un numéro.

« Le service de presse ? demande-t-il. Est-ce que Rank, Basset ou Séraphino sont là ? Dites-leur que c'est Vieuchêne. Je les verrai tout à l'heure à mon bureau. C'est très important. »

Il raccroche. Un sourire illumine son visage. Il enfile son pardessus, quitte la pièce, emprunte la sortie secondaire après avoir jeté un coup d'œil en arrière pour voir si personne ne l'a vu partir. Par la passerelle qui unit les immeubles de la Sûreté nationale, il gagne la rue Cambacérès où, devant le 11, la voiture de Crocbois stationne.

« Place de l'Opéra, ordonne-t-il. A l'angle de la rue de la Paix. »

Cinq minutes plus tard, le commissaire divisionnaire Vieuchêne surgit, haletant, dans les bureaux de l'agence de voyage hollandaise. Il a l'impression que son cœur va éclater. Il se précipite sur Girier en soufflant comme une forge.

Quand la Citroën de Crocbois, après avoir quitté la rue de Miromesnil, se présente devant le 11 de la rue des Saussaies, un fait provoque mon étonnement. Contrairement à l'habitude, le portail est grand ouvert. Il se referme dès que notre voiture s'engouffre dans la cour intérieure.

Le Gros est radieux.

« Mon petit Borniche, me dit-il en ouvrant sa portière, vous allez monter à mon bureau. Je vous y rejoindrai. Il faut que je voie le directeur général. »

René Girier, que les menottes gênent, s'extirpe de la voiture tant bien que mal, les pieds en avant. Nous l'encadrons, Hidoine et moi, dans l'ascenseur E. Deuxième étage : Réglementation intérieure. Troisième étage : Direction générale. Quatrième étage : Renseignements généraux. Au cinquième étage, le mien, lorsque nous ouvrons la porte, des éclairs de magnésium nous assaillent. Les journalistes ont envahi le palier. Je ne comprends pas. Ou plutôt je comprends trop. Une marée nous submerge, tandis que j'entraîne Girier vers le fond du couloir. Des exclamations fusent :

« Quel as, ce Vieuchêne ! proclame un journaliste.

— Oui, dit un autre, après Buisson il vient d'arrêter Girier ! Il a la baraka avec lui.

— C'est vraiment le premier policier de France ! » surenchérit un troisième.

Au moment de disparaître dans le bureau du Gros, sous le feu d'artifice des projecteurs des actualités cinématographiques, Girier se tourne vers moi. Un sourire ironique flotte sur son visage fatigué :

« Tu vois, mon vieux Borniche — je note avec surprise qu'il me tutoie —, ne te vexe pas de ce que je vais te dire, mais j'ai bien l'impression que nous sommes marron tous les deux. »

ÉPILOGUE

6 JUILLET 1951. René Girier est condamné, pour son évasion de la prison de la Santé, à dix-huit mois de prison par la 14ᵉ chambre correctionnelle de la Seine.

Moinon retrouvé peu après, subit le même sort.

A la même audience, maître Grador est condamné à dix-huit mois de prison et cinquante mille francs d'amende, Hélène de Labassagne et André Gueudé à huit mois de prison ferme, Gennie à quatre mois de prison avec sursis.

14 novembre 1952. La Cour d'Assises de la Seine condamne René Girier à huit ans de réclusion criminelle et à la relégation pour vol qualifié. Cette sentence vise l'agression du boulevard Jourdan. Par contre, aucune inculpation n'est retenue contre René Girier en ce qui concerne l'agression de la société Van Cleef et Arpels à Deauville. Les services de police ne sont jamais parvenus à établir sa participation au hold-up dont les auteurs n'ont pas été identifiés.

La clémence du verdict s'explique en partie par le témoignage du psychiatre, le docteur Micoud, qui affirme que les méfaits de Girier sont la conséquence d'une enfance malheureuse. Il s'engage à abandonner sa charge d'expert près les tribunaux et la Cour d'Appel si René Girier se livrait de nouveau, un jour, à des activités criminelles.

19 juin 1955. Charles Bergonza est arrêté à Paris après son retour d'Italie où il s'était réfugié.

15 février 1956. Sur l'intervention du président de Moissac, de l'avocat général Raphaël, de M. Cana de l'administration pénitentiaire, René Girier bénéficie d'une mise en libération conditionnelle.

A trente-sept ans, il a subi avec succès les tests du Centre national d'orientation et est sorti major de l'école d'Ecouvres avec le diplôme d'ouvrier fraiseur (mention Bien).

1974. René Girier est devenu industriel dans l'Est de la France. Il dirige sa petite entreprise, s'occupe de clubs de jeunes avec le même acharnement qui sous-tendait, jadis, ses actions de banditisme.

J'ai moi-même quitté la police et il vient souvent me rendre visite. Une amitié est née, qui dépasse de loin les rôles de gangster et de policier que nous avons joués au cours de notre jeunesse.

Il nous arrive parfois de replonger dans le passé. René Girier m'a appris bien des faits racontés dans ce livre et que je ne pouvais qu'ignorer au moment de mon enquête.

Deux sujets restent tabous. L'évocation du hold-up de Deauville amène sur le visage de celui qui fut René la Canne, un énigmatique sourire — unique survivance de son aventureux passé. Quant à « Monsieur Louis », si Girier m'en a beaucoup parlé il s'est toujours refusé à m'en dévoiler l'identité.

« Monsieur Louis » reste inconnu des services de police, comme nombre de personnages mystérieux, ces « gros bonnets » qui, dans les coulisses, tirent sans danger les ficelles d'hommes plus courageux qu'eux.

La police ne peut tout savoir. Et c'est regrettable pour la société qu'elle protège, même si celle-ci ne lui en manifeste souvent aucune gratitude.

TABLE

L'enjeu	9
La première manche	17
La deuxième manche	123
La troisième manche	189
« Echec ... »	255
« ... et mat »	339
Epilogue	409

DU MÊME AUTEUR

Aux Éditions Bernard Grasset :

Le Play-Boy.
L'Indic.
L'Archange.
Le Ricain.
Le Gringo.
Le Maltais.
Le Tigre.

Aux Éditions Fayard :

Flic Story (porté à l'écran par Jacques Deray avec Alain Delon et Jean-Louis Trintignant).
René la Canne (porté à l'écran par Francis Girod avec Gérard Depardieu, Michel Piccoli, Sylvia Kristel).
Le Gang (porté à l'écran par Jacques Deray avec Alain Delon et Nicole Calfan).

Composition réalisée en ordinateur par IOTA

IMPRIMÉ EN FRANCE PAR BRODARD ET TAUPIN
7, bd Romain-Rolland - Montrouge - Usine de La Flèche.
LIBRAIRIE GÉNÉRALE FRANÇAISE - 14, rue de l'Ancienne-Comédie - Paris.
ISBN : 2 - 253 - 01678 - 0

30/4946/7